五香街

残雪 著

湖南文艺出版社

图书在版编目（CIP）数据

五香街 / 残雪著. -- 长沙：湖南文艺出版社，2017.2（2024.10重印）
（残雪作品典藏版）
ISBN 978-7-5404-7894-0

Ⅰ．①五… Ⅱ．①残… Ⅲ．①长篇小说－中国－当代 Ⅳ．①I247.5

中国版本图书馆CIP数据核字（2016）第315490号

五香街
WUXIANG JIE

残雪 著

出 版 人：陈新文
责任编辑：陈小真
特邀编辑：薛　梅
责任技编：黄　晓
装帧设计：弘毅麦田
湖南文艺出版社出版、发行
（湖南省长沙市东二环一段508号　　邮编：410014）
网址：www.hnwy.net
湖南省新华书店经销
湖南省众鑫印务有限公司

版次：2017年2月第1版
印次：2024年10月第7次印刷
开本：880 mm×1230 mm　1/32
印张：12.75
字数：265 千字
书号：ISBN 978-7-5404-7894-0
定价：46.00元

本社邮购电话：0731-85983015
若有印装质量问题，请直接与本社出版科联系调换

目录

故事前面的介绍

一、关于 X 女士的年龄及 Q 男士的外貌 ·················· 003

二、关于 X 女士所从事的职业 ·················· 023

三、X 女士与寡妇两人对于"性"这件事的不同意见·················· 054

四、Q 男士其人其家庭 ·················· 078

五、一次改造的失败 ·················· 089

六、X 女士泛泛而谈对于男人的感受·················· 098

故　事

一、关于故事开端的几种意见 ·················· 115

二、一些暗示性的要点 ·················· 171

三、追随者的自白 ·················· 211

四、Q男士的性格……………………………………………… 221

五、X女士面临进退两难的局面…………………………… 239

六、谁先发起攻势…………………………………………… 245

七、怎样交代一切下落的问题……………………………… 279

八、寡妇的历史功绩与地位之合理性……………………… 309

九、Q男士与X女士丈夫的暧昧地位 …………………… 324

十、我们怎样化不利因素为有利因素，选举X女士作我们的代表 … 349

十一、X女士脚步轻快，在五香街的宽阔大道上走向明天………… 365

附　录

残雪作品中的自嘲的乌托邦／夏谷（Goran Sommardal）　…………379

故事前面的介绍

一、关于 X 女士的年龄及 Q 男士的外貌

关于 X 女士的年龄，在我们这条五香街上，真是众说纷纭，莫衷一是。概括起来，至少有二十八种意见，因为最高者说她五十岁左右（暂且定为五十岁），最低者则说她二十二岁。说她五十岁左右的是一位孀居多年、受人宠爱的寡妇，年约四十五岁，身材丰满，脸蛋妩媚。据说她经常亲眼看见 X 女士在屋里化妆，"搽了寸把厚的粉"，其结果是"将脖子上的皱纹全部掩盖"，而那条脖子是"几乎没有什么肉了"。关于她侦查之详细地点，她愤怒地"拒绝透露"。笔者想在此插一句，略微介绍一下这位可爱的寡妇。她绝对是一个有身份、有气派、出类拔萃的女人，在这个故事中占有举足轻重的地位，笔者终身受其影响，一贯对她另眼相看。

说 X 女士二十二岁的，是一位本身二十二岁的年轻小伙子。小伙子自述在一个雾蒙蒙的早上，在一口井边和 X 女士"邂逅"，

X女士"意想不到地嫣然一笑","满脸皆是白色的牙齿",而从其笑声的"放浪清脆",其牙齿的"结实可靠",其姿容的"性感程度"等因素来判断,X女士绝不会超过二十二岁。小伙子是煤厂的工人,这些话是他下班后洗掉满身的煤屑,蹲在街上的公共厕所里对其邻居述说的。当时那位邻居就"咦"了一声,以示怀疑。细究起来,煤厂小伙子之所以偏偏说了个二十二岁,而不说二十一或二十三岁;明明是街坊,又故弄玄虚搞什么"邂逅",必有其不可告人的私心。所以他的话必须大打折扣,更何况还有"雾蒙蒙"啦、"性感"啦这类一目了然的东西在作怪。

还有其他二十六种说法,各有根据和道理,反正是众人各执己见,互不相让。这里面值得一提的是一位可敬的中年男子,他是X女士丈夫的好友。这位男子十分仗义和耿直,逢人谈话涉及其好友之妻,便一把扯住他的袖子,郑重地宣布X女士的真实年龄为三十五岁,因为他"亲眼看过她的户口簿"(X家在五香街是外来户)。他说话时脸色铁青,声音发抖。对于他这种强加于人的侠义心肠,别人并不理解,反而怀恨于他,认为他"多管闲事","伪君子",说不定"早就尝到了甜头"。这种种的污蔑,竟然使得这位男子"日渐消瘦",早晨起来"口中有胃气"。说这话的是那位寡妇的好友、四十八岁的风韵犹存的女性。

有一天傍晚,这个很久以来不得解开的疑团似乎忽然得到了答案,但立刻又被否决了。因为答案有两个,而众人分为势不两立的两大派,相持不下,而终于没有定论。

那是一个闷热的夏天的傍晚,吃过饭,家家都坐在街边乘凉。不一会儿,众人看见一大一小"两团白光一闪",如流星一般,流至眼前，才恍然看出X女士身着"通体发光"的白绸裙，而小男孩的白套装则"看不出是何等质地"。等到清醒过来，众人大哗。以煤厂小伙为首的一帮中青年男性立即统一了意见，肯定X女士的年龄在二十八岁左右，并从她身材的"苗条袅娜"，腿臂皮肤的"细嫩光滑"等因素来判断，甚至"还要年轻"。而以受人宠爱的寡妇为首的一伙中青年女性，则肯定X女士的年龄"过了四十五"，根据是她们就近、仔细观察了她的脖子，发现那脖子原来是经过伪装的，而从几处真相败露之处，显出了"米粒大的汗毛孔"，和"一叠一叠多余的皮"。继而中青年女子们大骂中青年男子们"丧失了廉耻"，竟然将眼光"钻到人家裙子底下去了"。中青年男子们被骂得茅塞顿开，乐滋滋地向女子们探听她们"就近观察"到的详细内幕。这一场骚动延续了约两小时。唯有X女士丈夫好友单独自成一派，与众人发生扭打，被几个血气方刚的小伙击倒在地，"失声痛哭"。骚动结束时。寡妇跳上一个石桌，挺着饱满而富有性感的胸部，高呼要"维护传统的审美情趣"。

久而久之，X女士的年龄便成了我们这条街上一个最大的疑案。而一离开群体意识，大家又各执己见，将见解分裂为二十八种以上。并谁也懒得追究谁了。就连X女士的丈夫，一位三十八岁的美男子，也莫名其妙地按照煤厂小伙子的眼光，将妻子的年龄看作二十二岁，而不是其好友强调的，以及户口簿上登记的三十五岁了。这位丈夫的惰性很重，喜欢遵从自己的一种特殊习惯，而且对妻子又总是情意绵绵的。据说从一开始他就"看不出她有什么缺点"。所以最最不可信的是这位丈夫的见解，因为他"可说是根本不用眼睛看事实，只是一味地胡思瞎想，满脑子乐观主义"。（寡妇语，本文后面记叙的事实更加证明了寡妇预见之英明。）

X女士年龄的疑案始终没有解决，岂但没有解决，到后来还越搞疑团越大了。在闻及她与某机关职员Q男士有了一种鬼鬼祟祟的暧昧关系之后的第二天，受人宠爱的寡妇曾经用一种方法潜入她的内室，偷看了她的户口簿，发现在年龄一栏上进行了巧妙的涂改，根据涂改后留下的痕迹来判断，证实了寡妇的估计非但没有错，简直是"不差分毫"。但在同时，X丈夫的另一位男友，一位连腮胡须的青年男子又跳出来证明：X女士的年龄并不是三十五，而是三十二，因为他与X女士乃同年所生，从小青梅竹马，两家父母甚至有过要结为亲家的意图之嫌，X本人在少年时代对他的态度也总带着几分娇羞，只因他自己尚不懂男女间事，才未抓紧机会，将两人关系进一步发展。现在要说X一下比他多活了三年，这是件不可思议的事。另外还有几个故意把水搅浑的家伙也在X的年龄上大做文章，到处游说，说法在已有的二十八种之外：一说三十七点五岁，一说四十六点五岁，一说二十九点五岁，一说二十六点五岁，似乎经他们弄出个零点五岁的差距来，事情就变得万分深刻，充满哲理了。

既然X女士的年龄至今没有定论，我们就暂且按户口簿上记载的和X丈夫第一位好友调查的那样，将其假定为三十五岁吧。将年龄假定为三十五岁有好多方便，这一来，我们不会把X看作一个少女（她的儿子已经六岁），也不会把X看作一个老妇（即算寡妇等人估计她已年近五十，也并没有断言她已经是一个老妇,这里面还是有种微妙的区别。寡妇是懂得分寸的严谨的人)。至于她的丈夫坚持要将她看成二十二岁,那是他的自由,别人无权干涉,只能等待他自身的"觉醒"(寡妇语)。煤厂小伙和故意把水搅浑的家伙们之流的胡言乱语就更不必考虑了,因为他们无非是些各取所需,时刻伺机捞一把的角色,不用寄希望于他们说话会有丝毫诚意。

通过对于年龄的种种议论,我们现在得出了这么一个不协调的模糊印象:X女士是一个中年妇女,牙齿白,身材瘦,脖子苗条或有皱多皮,皮肤光滑或粗糙,声音清脆或放浪,外表性感或毫无半点性感。这个模糊的印象有时会出其不意地在刹那间"露出庐山真面貌",继而又一切如旧,还原为高深莫测、模糊斑驳的一团,这些都是后话。

关于她丈夫对她的印象,我们不以为然,因为他的看法是最最成问题的。虽则他本人是一个魁梧的男子汉,待人处世颇有风度,但只要谈及妻子,他立刻就变得女人心肠,唯唯诺诺了。甚至在和你谈话的当儿,忽然抽风似的一怔,忘了话头,出乎意料地提议和你玩一盘小孩"跳房子"的游戏,并马上找来粉笔就地画起格子来。如果你不和他跳,他就把你忘了,一个人跳得起劲。

在所有这些印象中,唯有X女士的奸夫(大家这么称呼那人)Q男士的印象是骇人听闻的。受人宠爱的寡妇曾因公拆阅过他给X女士的信件。据信上披露:Q男士在第一次见到X的时候,竟看见X的整个脸上仅存一只巨大的、不停颤动的橘黄色眼球,当时他就头一昏,什么也看不见了。直到那件丑闻结束,他从来没有看清X女士的本来面貌。他没有看清是因为他无法看清，只要X女士出现在他面前，他就永远只能看见一只橘黄色眼球，而那眼球一颤动，他就感动得热泪盈眶，泪眼模糊，当然更看不清眼前之物了。他信上这些话也许纯属故弄玄虚，曲意迎合X女士那种阴暗、奇特的心理，也许竟是某种密码、黑话之类。

奇怪的是X女士也有一套与之相呼应的自供，并且是在Q男士认识她之前。（此系X女士的同行女士提供，因这X女士向来爱乱表白，嘴巴没遮没拦，哪怕对性情迥异的同行女士也如此。如有可能，她甚至会"向全世界表白一番"。）当时，她坐在她那间阴暗的房间里，得意扬扬地对同行女士自吹自擂："我的眼珠之所以这般特殊，是和我对它们的无微不至的关注分不开的。不瞒你说，我时刻都用镜子观察它们，哪怕是上街，我也随身带着小圆镜，不时拿出来照一下。有时候，我真想看到我睡着之后它们的模样，可惜不能。我就想，它们要干什么呢？这个晶状体的后面，是什么在紧张地工作呢？我还干着研究它们排泄物的工作呢。我有一架显微镜，就是专为观察这个买的，这种事，我简直到了入迷的程度。我已经有了很大的进展。我的小宝（注：她唯一的儿子），我也替他收集了一些镜子，到他大些的时候，我就要诱导他对自己的眼珠发生兴趣。大家都说，眼睛是心灵的窗户，却谁也不去想起这个窗户，他们把这个窗户忘记了，让它上面落满了灰尘，变得认不出了。"她说话时不停地眨眼、耸眉毛，以加强语气。

虽然她反复强调，她的同行女士却并没有发现她的特异功能，整条五香街上也没人发现，包括她的丈夫。这位丈夫固然极其钟爱他的妻子，不幸也看不出她有什么特异。这么说来，领略了X女士这种特异功能的，就只有Q男士一人了？这或许也并不尽然，因为除了五香街，这世界还大着呢。何况根据煤厂小伙的亲身体验，X不是还有某种说不出口的"性感"吗？谁又能保证五香街以外的男子在为其性感吸引的同时不发现她的这种特异功能呢？岁月如此漫长，难道仅仅因为她丈夫没有看出来就否定这种可能性吗？

话又说回来，我们并不因为Q男士感到了X女士的特异功能，就说他对她的了解是全面而又深刻的了，毋宁说，他对她的了解是极其浅薄、片面的。Q有一个最大的弱点，就是不喜欢询问对方的来龙去脉，也从不向人打听某人，而只爱独自一人自言自语，自作多情。所以Q男士和X女士，虽然偶然相识，后来又交往了半年，他竟然也从未搞清她的真实年龄。在这个问题上，Q男士没有像X女士的丈夫那样将她假定为二十二岁，而是也许比较接近事实，假定为二十八岁或二十九岁，这里面当然也有某种私心欲念，我们暂不深究。

讲到Q男士对于X女士认识之浅薄，两人关系之滑稽可笑，我们还可以举出一段对话来说明。这段对话也是X的同行女士提供的：

X：我用不着有意去找你，你必将到来。（X轻浮地做出朦胧的神态。）

Q：人头涌动，我一直就朝你的眼睛走过来了。我昏头昏脑，什么也没看见，包括你。（Q的样子像个呆子、乡巴佬。）

X：每个星期三，我们会在某个十字路口相遇，躲也躲不开。

Q：我也许会变成一只长尾鸡，那时便只能栖息在很高的树枝上。

同行女士提供了这段对话之后，又进一步加以说明：每次两人见面谈话的口气，就仿佛是上一次谈话的继续，并且纯粹是些毫无意义的疯话，并且总是同一个话题，而且这两人一见面，从来不称呼对方，就仿佛不是重新见到，而是一直就在一起谈论，就仿佛除了疯话，其他的一切（例如称呼、自我介绍、对周围事物的议论）全是多余的、不协调的。讲到这里，同行女士用一只手掩住半边嘴细声地说："这是否就是那种'隐形人'呢？"随即汗毛竖起，不敢再往下说了。

关于Q男士的外貌，虽然没有关于X女士的年龄那么多的见解，在我们五香街上却也没有一个统一的意见。这里要强调一点：我们的人并不喜欢议论男人的外表，因为他们都信奉一句古老的俗话：男子无丑相。那么Q男士外表到底如何呢？我们只能根据一些零星的形容词和一些无意中的谈话语气来判断了。

第一个对Q男士的外貌产生印象的是寡妇那位四十八岁的女友。她的印象是Q男士长得"毫无特点"（说到这里她不屑地撇了撇嘴，还吐了一口痰），她"怎么也记不住他的样子"，"好像是个傻大个"，"反正再平常不过了"。她议论了这几句之后，觉得有失尊严，立刻话锋一转，谈起气功的神奇作用来，一边谈一边大甩脑袋，好像在赶跑某种"杂念"的骚扰。

从表面看来，五香街的女人们对Q男士的外貌是不会有什么兴趣的，更谈不上仔细地观察了，若直接问她们，便只有三个字：长得丑。那么我们五香街的女人是从未正眼看过Q男士一眼的了？其实不尽然。因为搜集起来，几乎所有关于Q男士外貌的零星形容词和某种捉摸不定的语气几乎全是女性提供的。她们在说话时闪烁其词，轻描淡写，是不是正好说明她们对此类问题有极大的兴趣和非凡的敏感呢？她们往往假装心不在焉地提起一个话头，然后绕一个巨大的圈子，再重新回到这个话头上来试探对方，诱导对方说出自己心里早就要说的东西，从而得到精神上的满足。

我们五香街的女人全都擅长于此种谈话的艺术。比如寡妇的女友，在大谈了一通气功之后，话题又涉及人种学上面去了，并引用了一句民歌的歌词："江南的女子江北的汉。"直到对方心领神会，马上接了她的话头由江北的汉子扯到大个子男人的种种优点，最后，双方围绕Q男士的外貌这个问题含蓄地暗示来，暗示去，直讲到太阳落山，天昏地黑，才依依不舍地分手。分手时乐陶陶地说道："今天真是痛快淋漓的一天！"

第二个对Q产生印象的是一个长年卧床不起的跛足女性。此女子二十八岁，奇瘦，下陷的双眼乌黑幽深，从早到晚不停地射出一种光，那种光随时可以使年轻男人"倒退三丈"（寡妇语）。此女子在Q进入五香街的第一天看见他一次。当时她正撩开床边的窗帘（她的床自然是靠窗安放），而Q迎面走来，两人打了个照面。女子使出浑身的解数，直勾勾地瞪住Q足有二十五秒钟（她本人估计）。那Q男士先是一愣，用一只手掌挡住她发射过来的那道光，但接下去并未"倒退三丈"，而是勉强向着女子一笑，随即走过去了。女子"砰"地一下打开窗，放开喉咙对着Q男士的背影凄厉地大喊："一条狼狗！一条狼狗！请注意打雷了！"后来，跛足女子不无感慨地说，Q男士并不是长得像一条狼狗的那个家伙，Q男士只不过是长得像一条鲶鱼罢了，他的嘴角有两条须，他刮胡子时将它们一起剃掉了，只要注意观察，还是可以看得出来。那个长得像一条狼狗的家伙是多年前夺去她处女贞操的恶棍，而Q仅仅只是某个部位长得有点像他。正因为长得有点像他，所以她只要一看见他还是不由得怒火攻心，必定要起身恶骂一通，才能稍稍平息心头之恨。

  Q倒不是第一个长得像他的，这些年来，她骂过很多人了，她只有不停地骂下去，才能维持一种内心的平静。讲到这里她又补充说：她之所以痛恨那条狼狗，夺去处女贞操倒不是主要的，最主要的一点是他竟敢在第一夜之后便"不辞而别"，单是这一点就足以使一个女子抱恨终生了。讲到夺去处女贞操之恶行，只要他愿意悔过，回来之后跪在她面前请求饶恕，她是可以考虑在某种程度上原谅他这一罪行的，不过这并不意味着她仍然要与他保持一种拉拉扯扯的关系，经过那"令人心碎"的一夜之后，她倒是变得"心明眼亮"，"头脑里有条有理"了。难道她，好不容易战胜了外部的与内心的压力，成了一个类似铁女人的人物，现在反而要走回头路，去受二遍苦？不！一切抱有这种幻想的家伙都是打错了算盘。

  跛足女子的描述并不能使事情有丝毫进展，因为她对Q的外貌的看法仍是长得像她从前某个可疑的情夫，别说她看没看清Q，就是那个可疑的情夫，也是谁也没见过，她本人也说不清是个什么样子。万一是她无聊之中的捏造呢？抑或是她在混淆视听，趁机抬高自己的身价呢？为什么她连情夫的照片都没捞到一两张呢？（如有的话，她还不早亮出来了？）或者更坏，根本不存在什么情夫，她当时之所以盯住Q，并寻衅取闹，只不过是她独特的调情、勾引的方式？（狐狸吃不到葡萄，就说葡萄是鲶鱼。）假如真是这样，我们五香街的群众倒要庆幸Q并未上她的钩了，毕竟和她勾搭比起和X勾搭来是更加恶心万倍的事情。

第三个注意过Q的外貌的，是一位自称是X的妹子，并自称年龄二十九岁的女性。（谁也无法肯定是否属实。）在Q第一次来到五香街时，她曾和她姐姐"自始至终"在一起待了一天，其间曾"细细地打量了Q好久"，发现Q的外貌对于她来说"很熟悉"，与其姐的形象"毫无相似之处"，但又总好像"有某种看不见的联系"。而关于Q的外貌特征究竟如何，她却又含糊其词了，只说是"见了便知道"，"只可意会，不可言传"，"反正有那么一点奇怪"，"传统的审美情趣无法来评价他"等等，言语间看出她的蠢头蠢脑、执迷不悟，只知一味包庇其姐，没有丝毫的理智，也没有清醒的分析。她完全是属于那种过一天算一天，稀里糊涂的类型，所以这种一边倒的议论是没有什么价值的。

这里我们还可以告诉读者一个情况：后来这个妹妹或自称妹妹的抛弃了她那位老实巴交的丈夫钓上了另外的人，并且是"和平解决"，至今仍然"礼尚往来"。这个情况使我们大家猛醒：像X这种人并不是什么独来独往的与世隔绝的仙人，细细一分析，她不仅是一种恶性传染病（人在得病后全然不知），而且具有一种恶魔般的背后操纵的本领。难道不正是她，使得整条五香街蠢蠢欲动，人欲横流？她足不出户，来势却如调集了千军万马，使这千把人的长街猝不及防，混乱不堪。她的这种本事究竟从何而来呢？为什么和她朝夕相处过的人（包括她的丈夫、妹妹、儿子、Q之类）统统被她同化，而变得莫名其妙，做出种种离奇的怪事来，且又一个个理直气壮，不思悔改？仅仅只是X身上的特异功能在起作用吗？这样说是不是过于神秘了呢？X在幼年时期究竟是受的何种教育，以至发展成了今天这个样子？这一切始终是个无法解答的谜语。总之是她在操纵我们五香街的人们，只要她的眼珠子动一动，很多人脸上就起疹子；她在半夜自言自语，全街人民都在梦中侧耳倾听。据笔者统计，至少有两个人无论在什么情形下都愿为她牺牲生命。这两个人在后文中都搬到了路边的工棚中居住，过着含辛茹苦的悲惨生活，其中的缘由皆在X。

第四个注意过Q男士的外貌的，是一孤寡老妪。此老妪老得如一根干竹子，脱光了头发的小脑袋戴一顶黑色小绒帽，一天到晚鸡啄米似的啄个不停。她注意到Q男士的外貌完全是偶然的。一个昏暗的冬日的傍晚，送煤工替她拖了一车煤来她家，但因她家有一很陡的斜坡而上不来，老妪急昏昏地四处寻人，当时来帮忙的只有一人，就是Q。事后老妪揪住Q胸前的扣子站稳了，将他左看右看看了个遍，末了大声惊叹："好大的脸，容得下千山万水！"老妪的这种议论，乃是一时的感情冲动。在以后的岁月中，她早就把这件事忘得干干净净，连Q这个人也记不清了。人家一说Q，她就将Q与她早年的一个什么表哥（那表哥是否确有其人也是极为可疑的）混为一谈、合二而一，大谈她表哥那张"国字脸"的奇妙之处，一谈一啄米。她确实是太老，也太容易产生幻觉了。后来，她似乎每时每刻都处在幻觉之中，经常在断断续续和人讲话时，眼一翻，自顾自地咽起口水来，一咽就咽个没完，"咕咚咕咚"，把人烦死。有人提出了一种质疑：那个昏暗的冬日傍晚的事，是不是老妪的幻觉？老妪如此人老眼花，会不会搞错了人？假如帮忙拖煤的实际是她的侄儿（据她强调，她那位侄儿已有二十多年没进她的门），而她出于对他二十多年的怀恨，故意隐去他的善行，而将功劳强加于人们正在谈论的随便某个Q，这也是完全可能的，合乎情理的。就从脸膛竟能"容得下千山万水"这种谵语来看，也能看出些破绽来。她对Q的外貌的印象充其量也就只一点：脸很宽。但"千山万水"又并不是脸宽的形容词，而是有另外的含义，才突然用起这种惊世骇俗的比喻来。

那么我们能否设想老妪是处在某种恍恍惚惚的精神状况中，返老还童，自以为看见了从前某个死鬼，便一把揪住，死死执着于那种多情的遐想？这事是否与"致幻剂"有关？还有人提出另一种质疑：这老妪是否在装疯卖傻，以达到独霸Q的目的呢？这Q，本是众人的话题，人人关心着他，这老妪却强词夺理，一把拉去据为己有，硬说是她的什么老掉牙的情人。明明Q是个年轻汉子，她非要将他说成三十年前的死鬼，还不容人家有异议。要是这世界依她的心愿，变成强权者的天下，那还得了呀？

第五个注意过Q的外貌的，是一位男性，那位丈夫。俗话说：情人眼里出西施。而现今这世界，大约是出了点毛病，变得颠三倒四的，连情敌的眼里，也出起西施来了。说起来X女士的丈夫是属于那种少见的美男子（寡妇和寡妇的女友以及五香街的全体居民都这样认为），可惜的是他本人对于这一点全然无知，即使人家好心告诉他，他也只会惊讶一阵，随即马上忘之脑后。他并不关心自己的外貌，也从不关心人家的评价，也许可以说他对自己"很自信"。他的感受，就如小娃娃一样天真无邪，又有某种偏执狂的成分。在戴了绿帽子以后，五香街最为引人注目的人物之一大概就是他了，但他一如既往，听之任之，安然处世，就好像什么也未发生过一般。寡妇为首的一伙女性曾深入地研究过他这种生活态度，最后归结为他生理上一种很暧昧的原因，那种原因在人前"不便明说"。（说到"原因"时，寡妇捅了捅女友的腰，涨出一脸通红。）他对于Q的外表的看法只有两个字：英俊。有一回他无意中向他的第一位好友（调查X年龄的那位）发表了这个看法，而这个看法又通过好友的妻子不胫而走，百思不得其解的五香街居民一下子大彻大悟，一切疑窦都烟消云散了。他们对于寡妇的探索精神佩服得五体投地，后又进一步深入，将这位丈夫的心理称之为"太监心理"，并为一下子想出了这个名称乐得东倒西歪。

一切都在背地里发生，X女士的丈夫不闻不问，照旧关起门过他的小日子，照旧对X以外的女性出奇地冷淡、傲慢，走起路来昂首挺胸，那样子明明是说：除了X，全世界的女人都不在他眼里。这种走极端的态度真把五香街的女性气死，因为她们就算不都是美人儿，当中毕竟有一些极出色、极风流别致，又极温柔多情的，比如寡妇就是一位。不管从哪方面比较，X女士这个瘦猴都绝不是她的对手，而她，自称虽然已经过了四十五岁，还"从未败在任何男人手下"，"哪怕同时来他两百汉子"，她也"不在乎"。（这些话都是用耳语悄悄告诉X的同行女士的。而同行女士却成日里举着一个话筒，不辞劳苦地向整条五香街的居民报道了这个消息，"哇啦哇啦"直喊得中青年男性，包括部分老年，个个乜斜着眼，跃跃欲试。）寡妇又说（这次用的是高嗓门），那家伙的傲慢是伪装的，她认为他根本不是什么真正的傲慢，只不过是一种拼命克制自己欲望的反常表现。每次她挺着丰满的胸部与他面对面相遇时，她都"分明瞭见"他"浑身直抖"，"疯了一般地抽搐"，只要她"眼风一动"，他的防线必定"全盘崩溃"。但是她，众所周知，向来为人正直、坦率，从丈夫过世后一直清心寡欲地修炼，对这种把戏毫无兴致，所以那家伙对她的渴望只能是毫无希望的空想，她"永世也不会为之所动"。

对于Q的外貌的看法，还有很多暗示性的意见，限于篇幅，我们就不一一提及。将这五个人的印象去粗取精，总结起来，我们也得到一个相互矛盾的模糊印象：Q是一个大个子，长得丑或英俊，或毫无特点，很宽的国字脸，表情有点古怪，有点像一条鲶鱼。

我们还有一个最最重要的人物的印象没有提及，就是X。真的，X究竟对Q是如何看的呢？我们怎么会忘了她这个关键人物呢？要知道没有她，便没有这整个的故事呀！说起X，她还真的对Q有一个固定的看法，这个看法就是："从来不看他。"

有人怀疑，X岂不是在开玩笑，玩弄字眼？不，"她说的是由衷之言。"（同行女士语。）X的确是不用眼睛看人。（这里，与Q有重大区别，Q是想用眼看人，但总遇到一种障碍而看不清。例如他看X，泪腺问题就成为最大的障碍。所以Q的性情远不如X那么干脆，总是徘徊在看与不看之间，左右为难。）又有人提出：那么X对于自己的丈夫，这个美男子，是否也从未正眼望过一下，而竟然根本不知道他长得很美，于是错误地放弃了他，钓上了"长得丑"的Q？这不是X一生中的一大憾事吗？回答是未必如此。要知道X的这种性情，并不是从早年就一贯如此的。在早年，她倒正是用眼睛看见了她这位美男子丈夫，然后设法将他钓到手，结为夫妻的。X的性情是从她从事迷信活动（这下面要专门介绍）以来，慢慢地变得乖张，不合时宜的。尤其是她从旧货店买了那些镜子和一架显微镜之后，她干脆宣布自己的眼睛"退休"了，也就是说除了镜子里的东西，她什么也不看了。一部分人认为这种解释不能令人信服，理由是假定X根本没看见过Q，也不知道他长得怎么样，那她或许连这个人的存在也毫无把握，怎么谈得上有什么关系呢？这里有一点值得强调，就是X并非不知Q为何等模样，X只不过是不用眼睛看Q，她是用她的特异功能来感到他的，这甚至比看见要更真切万倍（X自称）。这种事看似荒谬，偏偏也有它的道理。据同行女士报道：某个风和日丽的早上，她看见X像往常一样边走路边盯着随身带的小镜子看，在人群拥挤的马路上如入无人之境，脚步稳当，胸有成竹。于是她搞了个突然袭击，一步蹿上前捉住X的双肩，细细打量她的眼睛。打量的结果是她"说不出话来"，因为X的眼珠"茫然无光，完全丧失了视觉功能"。同行女士惋惜地叹道："这都是自命不凡，钻牛角尖的思想毒害了她呀。如果她客观一点，早一些发现她的身边还有比她出色得多的女性，这位女性又从来不显山不露水，从不与她争地位，她也不至于落到这步田地了。"（从这里我们又可以看出：Q在信上对于X的眼珠的那种古怪的描述，可能完全是虚构的，自己设想出来的。）

好吧，既然X坚持不用眼睛看Q，而只"感到"他，我们就来看看，她"感到"的这个Q是怎么回事吧。X的妹子对人透露，X说过，Q是她星期三要在十字路口遇见的那个男人，穿一件粗呢大衣（事实上Q根本没有粗呢大衣），嗓音低沉（这倒基本属实），眼珠起码能变幻出五种颜色。（这怎么可能？）她对声音洪亮、眼珠只有一种颜色的男人不感兴趣。现在遇到了Q，而Q的眼珠，正是她"梦寐以求"的眼珠，说话的嗓音更不必说了，所以和Q的关系是她的"第二次恋爱"。X说这些话时的表情，完全如一个精神病患者，细长的指头不停地将一张雪白的纸撕成碎片，然后往空中一抛，让它们像蝴蝶一样飞起来。她这种举动总使我们联想到"致幻剂"的作用。

提起"致幻剂"，又使我们联想到X的另一种奇特癖好。凡是经常去找X的人，都知道X有一种习惯，就是躲在卧室里搞一种什么活动，发出一阵一阵的跳动声和一些原因不明的骚响，这种时候，她往往从门缝里对来人说："请等一下。"这一等的时间或长或短，有时十分钟，有时半个多小时。当她从事那种秘密活动时，不管谁，丈夫也好，宝贝儿子也好，都不得入内。谁也不知道她搞什么名堂，因为窗帘将里面的内情遮掩得严严实实。如果不是寡妇的功劳，五香街的居民到如今仍在为这件事苦思苦想，忧虑不安。那是一个雨夜，受人宠爱的寡妇获取了第一手情报资料（对于获取的方法她宣布保密）。窗外黑乎乎的，寡妇聆听着雨声向几个居民汇报说，X躲在室内的活动"乏味透顶"，她"根本想不出那会有丝毫乐趣"。她的全部活动只不过是赤身裸体，像小娃娃一样在镜子面前蹦过来蹦过去（她有一面巨大的穿衣镜，也是寄卖店买来的旧货，影像倒异常清晰、准确），然后又是踢腿、弯腰，转来转去地细细打量自己的腰部、乳房、臀部、腿子等处，"搔首弄姿"，"俗不可耐"。其实她那对乳房，一点也谈不上丰满，至多也不过达到了小姑娘的标准。一个成熟的妇人，当然应该具有一种成熟的美，一种动人心弦的韵味，才能让男人着魔。像这种幼稚的乳房，还有那马蜂似的细腰，算是怎么回事？这世界莫非要颠倒了吗？X女士之所以这般沾沾自喜，以至到了每天要观察自己一个多两个小时的地步，会不会是她眼里出现了并不存在的幻象呢？听说这是癔病患者常有的症状。寡妇作完汇报以后告诉那几个居民：从这里便可以看出X的内心世界是何等阴暗，性格是何等的自私，狂妄自大，目中无人。她对于自己的身体是如此的重视，每天关起门来反复考察，而对周围的群众，却又一概声称"不用眼睛看"，她的眼睛已经"退休"，她对周围人"没有感觉"，因为她身上"长出了一层钢板"。得了寡妇的情报，五香街的居民都放下了心里悬着的大石头。

　　从前对于X的这种关门行为，五香街的群众真是又痛恨又害怕，各式各样的说法无奇不有：一说X在里面制造炸药，准备置放于公共厕所内；一说她在饲养蝎子，打算报复谈论过她的人；一说她在苦练某种"功夫"，"功夫"一成，只要萌动意念，就能致某人于死地；还有一个自作聪明的家伙说，X是在里面搞隐身法，因为他有一次看到了内室的情况，事实上里面根本没人，却又听见拳打脚踢的响声。他的这种说法后来当然为寡妇所否定了。弄清了X女士内室活动的内容后，一些散布流言的人以为这下群众会要在X女士家钻墙打洞，日夜守候，他们可以大饱眼福了。他们要等着瞧。他们等到了什么呢？什么也没有，群众不仅不去打洞，简直连提也不提这事了，他们不久就将这事忘了个干干净净。别有用心的人空喜欢一场。

最后还有一点需要补充的就是：Q本人对于自己的相貌是如何估计的呢？根据寡妇因公拆阅的信件，我们这里有可靠的第一手资料能说明这件事。从信上看起来，Q对于自己的相貌有两个走极端的看法：一是同意X女士丈夫的意见，认为自己很英俊；一是自暴自弃，认为自己行动笨拙，形容丑陋。这两种针锋相对的感觉在他身上交替产生，有时在一个钟头内就会有好几次大起大落的变化，引起变化的原因很复杂，我们也无法一一弄个水落石出。有一点却是肯定的：每次X女士与他在一起，并将她眼珠里那种橘黄色的光波向他发射，他都感到自己非常漂亮，非常雄伟，简直就和美男子差不远了。那时候，脸上的每一个细微表情都变得大有深意，魅力无穷，他从X女士手上的镜子里看到自己的形象（X女士总忘不了在这种关键时刻叫他照镜子），立刻就爱上了那张容光焕发的脸。于是一连好多天，他都沉浸在对于自己的相貌的赞赏的狂喜心情中，像X女士一样关起门来反复照镜子,以肯定这种情绪。为了饱尝这种秘密的喜悦,他还特地去买了一面镜子挂在墙上。在这以前,他家里根本没有这玩意,因为他和他妻子都从不照镜子,他们俩都认为自己已经很老了,而照镜子是青年人的游戏。

二、关于 X 女士所从事的职业

X 女士与她丈夫经营着一家规模很小的炒房,炒房的地点在街口,出售炒蚕豆、炸蚕豆、五香瓜子、普通瓜子、炸花生米、炒花生等等。他们没雇工人,每天由 X 女士的丈夫到一处地方拖来生蚕豆、花生、瓜子等,然后两人亲自动手淘洗、制作、出售。平时,夫妻俩忙个不亦乐乎,街口四季飘香。我们前面提到,X 女士家在五香街是外来户,那么他们来五香街之前,是从事什么职业的呢?对于这个问题,两口子讳莫如深,避免回答,只在被逼不过时才笑答:"捡破烂为生哟。"终于户籍调查开始了,他们在表格上关于来五香街前的职业那一栏里填了个"机关干部"。五香街居民大惊。如果说他们来五香街之前一直是"国家的人",又何至于堕落到干起了炒房的营生?这营生与国家实在是毫无一丝半点的联系,从国家的人到卖蚕豆的,无异于从天堂跌进地狱,莫非他们在机关里出了什么乱子,以致被赶了出来,落得如此下场？五香街的居民认为这里头一定有某些被有意隐瞒了的、惊心动魄的情节，这些被隐瞒了的情节扰得他们日夜不安。比如说，这两口人，为什么总不能与五香街的居民一致，而加入他们一伙，成为自己人呢？并没有谁禁止他们这样做呀！为什么总要做出那种诡秘的举动，使得他们倍加提防，疑神疑鬼呢？

表面看来，他们似乎彬彬有礼，平常得很，但从他们那种沉默的态度里，从他们那种恍惚的眼神里，五香街的群众嗅出了某种不对劲的味儿，完全不对劲，他们从直觉上感到这是两个异己分子，而在一瞬间就将他们从理念上排除在五香街群众团体之外了。但这两口子，不仅心安理得地干炒房，还干得颇为得意，就好像这也是什么高级营生，值得炫耀一般。他们还将这种观念灌输给儿子小宝，一旦有人问及长大后的理想职业，娃娃便迫不及待地回答："干炒房工作。"

炒房是X女士与丈夫的公开职业，X女士还有一个尽人皆知的秘密职业，她将那职业取了一个复杂的名称："替人消愁解闷或搞一回恶作剧。"谁也说不清这是怎么回事，局外人去调查，往往一无所获。追问那些参与者呢，更是纠缠不清，用一些黑话来向你解释："假如你闭上眼，脑子里就出现飞船与地球相撞的场面"啦，"红心和蓝心，——用树枝戳个对穿，挂在半空"啦，"衣柜里挂着十件衣服，取出其中一件，可以感觉出上面的体温"啦等等。

从X来到五香街的第一天，她就偷偷地从事这种"消愁解闷"的活动。来找她的多是一些少男少女，她在他（她）们当中干得得心应手，但并不收取费用。（说句老实话，X女士脸上的神气是捉摸不透的,她究竟是否看清了屋里这些来人,还是个问题。)只是有一次,她的活动不幸受到上面的追查,后又因证据不足而做出了罚款一百元的从宽处理,并勒令学习国家有关文件一星期。学习之后,X女士愈加嚣张,破罐子破摔,满不在乎地堕落下去了。X女士到底是在从事何种性质的活动,这种活动有些什么样的后果与影响,为什么五香街的少男少女们会像中了魔一般往她的小屋里钻,什么东西吸引着他们?这一连串的问号,别说政府调查组,就连受人宠爱的寡妇也无可奈何,回答不了这些问题。

寡妇曾多次在夜间强行闯入X女士的内室,以可敬佩的探索精神与X女士和她年轻的同伙们在一起度过了好几个夜晚,千方百计地盘问、留意,还用一个听诊器从他们后颈窝冷冰冰地插入背部,细细倾听,不厌其烦,然而所得却是甚微。

寡妇发现,那些人的精神,是处在一种不由自主的状况中。他们一个个靠墙端坐,手执从X女士桌上拿到的小镜子,瞪着镜子里面,像瓷人似的一动也不动,整个晚上就如此,真是枯燥得要死。寡妇立在屋当中,总觉得有一股股无形的气浪向她冲来,那些镜子里似有五颜六色的怪火蹿到半空,烤得她背上微微出汗,想走呢又不好意思,只得咬紧了牙关站稳,待定睛一看,又并无什么火苗,瓷人们仍旧靠墙端坐,一动不动。X女士正自顾自地用显微镜观察玻璃板上的东西,神情又紧张又专注,末了她说一声:"结束。"于是个个脸上大放红光。(明眼人当能看出,X女士那声"结束"其实是自言自语。)这伙人在回家的路上兴高采烈,追追打打,一下爬到树梢上,一下又腾空而下,同时又忍不住破口大骂X女士"混蛋","吃饱了没事耍弄人呢","拿我们的神经做试验","自以为是了不得的天才,其实狗屁不如","都搞起这种鬼名堂来还了得"?"政府是否应对这种活动加以限制"?等等。要这些人提供情况显然是十分困难的,因为他们压根就搞不清自己在小屋里经历了一些什么,有什么意义,他们一点也不关心这种事。也许可以说,他们之所以往X女士家里钻,是由于体内感应了某种神秘的召唤,那种召唤是在有星光的夜晚常常出现的。当时他们并没去细细分辨,而很快就忘记了那时断时续的骚响。而现在,这种蜂鸣般的怪声来自X女士摆弄的那些魔鬼镜子,分外强烈,每一面镜子都是一个奇迹,将无以名状的东西送进了那些麻木的耳膜,使他们不由得张开了大嘴,精神为之一振似的。还可以说,他们之所以往X女士家里钻,是他们错以为X女士是他们一伙的,他们要与她联合,然后携手前进。待到进了那房间,发现X女士神情麻木,故作高傲,大家又不由得无比愤慨了。一愤慨,哪里还记得他们初来时的打算。

　　寡妇极其失望,但凭着不信邪的一贯作风,定要一追到底。她一个接一个地扼住他们的脖子,发狠地摇晃,逼他们吐出肺腑之言。这些人一个个眼神恍惚,谈到要点上就含糊不清了:"通体有种陌生感,痛快得说不出话来。""对自己的肺部和心脏都生出了信心似的。""星光在头顶照耀,脚底生风。""暗暗地报了仇似的,但又痛恨唆使者"等一类鬼话,说了也等于没说。那么寡妇就这样一无所获了吗?就再也想不出什么办法来接触事情的本质了吗?这与她那百折不挠的性情是不相符的。我们的寡妇绝不是那种遇难而退的人。在痛苦彷徨中挨过了好多日子以后，一盏明灯照亮了她的心田。她决心一下，打算另找突破点了。她跟踪追击了好久，在一条偏僻小巷的拐角上一把捉住 X 女士的丈夫，这个魁梧的汉子，这个未开化的童贞美男子。她用自己那饱满的胸部不断地摩擦着他的臂膀，还将脸蛋也贴上去，如痴如醉，弄得他十分诧异。下面就是两人的对话：

寡妇：女人身上最吸引人的是哪个部位？（用自己的胸脯向他反复做出暗示，兴奋得两颊绯红。）

X 女士的丈夫：啊，你干吗挡着我？

寡妇：我是说，男人的眼睛首先看到女人身上的什么？什么东西使他周身热血沸腾，不能自制？回答我这个问题，不然不放你走。

X 女士的丈夫（面有为难之色）：这个嘛，很复杂，我在这上头远远算不得精通。女人的性感要由男人来判定，各式各样的男人又有各式各样的标准……最吸引人的？喂，你胡搅蛮缠些什么呀？你当我是傻瓜吗？

寡妇（绝望地）：就没有一个统一的标准了吗？这世上就没有公理了吗？魔鬼就要统治世上的男人了吗？活着还有什么意思！你们这些中了邪的家伙，真是可怜透了呀！

X 女士的丈夫：我看你这人太蛮横了，自找痛苦。

寡妇：呸！你懂什么？你这吃奶的娃娃，你尝过那种销魂的快乐了吗？你领略过了成熟女人的魔力吗？你连试一试都害怕是不是？你一定是患有一种病！你老婆的"消愁解闷"，是不是和你的病有关？你必须回答这个问题。你不要弄错了，以为我会对你有一种意思。我生平最最厌恶的，就是像你这样娃娃腔的、不男不女的人，我简直不能设想这种人怎么会激起别人的欲望来。我一贯对你很轻视。对不起，我刚才问你什么了？对，你老婆晚上搞的什么活动？

X 女士的丈夫：不许你管我们的事，你这人莫名其妙。（他将臂膀从她两只肥大的乳房中间抽回，一甩手就走了。）

寡妇（如梦初醒）：啊！

我们的寡妇落得如此下场，无缘无故地被人羞辱，难道她应该就此隐退，远离 X 女士一家？难道她只代表她个人的偏见？事实是这种种打击只是更加坚定了她的信心，从而更执拗地追求下去，并且不久情况就发生了转机。这一回寡妇一反常态，没有宣布她的调查结果，她甚至连一个字也没说。她所了解的内情只在她的心里，而她的内心世界是五光十色、丰富多彩的。当有人急不可耐地问及内情一事时，她便眯缝着细长多褶的眼睑，挤出一个极其意味深长的、似笑非笑的表情，背着双手绕那人走几圈，然后冷不防在他屁股上拍一巴掌，哈哈大笑，直笑得那提问的人满脸紫胀，不敢抬眼，她才慢慢走过去，凑近那人的耳边发问："发育不良的小姑娘和健康的大娘们，哪样更好？"同时送着媚眼儿，在那人身上捏来捏去，将那人弄得魂飞魄丧，末了一正色，大声喝道："把老娘看成什么货色了？滚！"

在同时，过路的人们全都看见，X 女士家那面粉白的墙上出现了一个奇怪的图案。那是用炭笔画的一个男性生殖器，像是出自儿童的稚拙手笔，下面还有附言：某人第二职业之图解。这桩事情发生后，X女士不但没有丝毫生气的迹象，反而如获至宝，好几天激动不安，反复独自叨念这几句话：她是不是终于在黑暗中遇见了知音呢？与她产生共鸣的那个人，如今躲在何处呢？为什么他（她）要用这种古怪的方式与她取得联系呢？她思来想去，最后灵机一动，决定豁出去。她在屋门口放了一张长条桌，自己身轻如燕地跳上桌子，就对着空中发表演讲。五香街的群众蜂拥而至，大看西洋镜。似乎她所讲的，全是有关两性的问题，其中还有"性交"等不堪入耳的词汇，一边讲还一边感动地抽鼻子，以致嗓音在几个关键地方出现了颤抖。她说她有一个朋友，这个朋友马上就要来了，她本人日夜思念着他或她。她又说，她所涉及的，实在是一件最好的，了不得的高尚事情，总有一天，一切都会真相大白。为了实现这件好事情，她将伴随显微镜度过很长一段时间。"这件事有多大的力量！"

"她说得我们心痒难熬，我看她是一个大心理学家。"煤厂小伙郑重地说，感叹不已。

"这种女人，真带劲。"药房的算命先生老憎微醉地眯着双眼，"我八十多了，先前和不少女人好过。现在有的青年不像话，把我们老前辈不放在眼里，还说是老废物。要是真干起来，说不定还干不过我们的。总有一天我要证明一下：性的功能，决不因年龄的增长而受影响，不但不受影响，还随年事的增高不断地有所增加。我能不停地干，他们却不能，这些狗崽子！"他扬起枯瘦的拳头向煤厂小伙等人示威，"我要比他们厉害得多呢！不信试一试！X女士的演讲使我有种返老还童的感觉。不过她把这种事讲出来，就足以说明她本身有问题。一个女人，怀春也罢，还四处招摇，这算怎么回事？我们都疯了吗？"

"她这些话是冲我说的，"与X女士青梅竹马的青年男子说道，"她压抑得太久了，我同情过她。现在这女人是变得糟糕透了，动不动就胡言乱语，也不顾忌场合。她这么一搞，把我对于她的印象彻底败坏了。这种大肆地张扬到底有一种什么样的含义呢？不知怎么我看见她站在那里，只觉得心里恨恨的，从前那些爱恋之情一下就消失得无影无踪了。虽然一切都是由我引起的，从今以后，我也要发誓与她为敌，这太伤我的自尊心了。一个女人，怎么能随便到大庭广众中去讲出自己的隐私呀！即算是欲望高涨，难以自制，也得悄悄行事才对。这女人恰好相反，平日里假作正经，你一向她表示，她就义正词严，拒人于千里之外，而在你意想不到的当儿，她却来上这么一手！这真太叫我受不了了！"

听众越来越多，X女士的丈夫发现情况不对，就焦急地在人堆里钻来钻去，一心想快快挤到X女士身边，弄得满头大汗。最后，他终于挤到了她的背后，就伸出一只手去扯她的衣角，想提醒她。他这么一扯，周围的男人还以为他要独占X女士，一个个气得直嚷嚷，并从脚下使绊子，绊倒了他。

X女士正在情绪高涨、遐想联翩的时候，哪里顾得上旁的事。她根本就不知道有人在扯她，也不知道脚下的听众是些什么人，实在，她没料到有人在听她演讲，她是讲给心目中假设的那些人听的。她的眼睛放射出那种颤动的波光，周围的人脸全都在她的光芒里变得奇形怪状，而在她本人来说，发光的眼睛却是瞎的,这不能不说是一件悲哀的事。如要我们选择,我们情愿不要这种怪光,而要一双平常的眼睛。X女士本人并不悲哀,她说她习惯了这种瞎眼的生活,没有比这更适合于她的了。她还吹嘘她现在是多么"自由自在""如鱼得水"呢!她不断说下去,感情洋溢,妙趣横生,说着话,又不时停下来插一句,讲自己此刻如何"为自己的讲演感动得要死"。这真是一种古怪的意识,世上的人哪里会有这么一种"感动"?还"感动得要死"了!

在X女士毫无察觉的情况之下,人群蠕动,一种情绪酝酿成熟了。X女士的丈夫,看出了危险的迹象,准备好了豁出性命去保护妻子。他不再企图去劝阻她了,他那么深知她的本性,懂得劝阻是毫无作用的,他只是紧张地注视着、等待着。

群众的情绪向来是种最微妙的东西,如万花筒里的彩色玻璃。这伙听众一开始如置身于云雾之中,昏昏地听她乱扯了半个来小时,竭力琢磨她话里的含义。前排的男子纷纷伸出手臂,渴望在这年轻女人的脸蛋和大腿上好好捏它一把,后面的男人义愤填膺,只想将前排的霸道者掀翻。忽然有人从后面某个处所(有人说是寡妇家的窗口)投出了第一块瓜皮,歪打正着,刚好贴在X女士左边的脸颊上。接下去石头、瓦片如暴雨般冲她而来。她的丈夫舍命卫护着她,两人一齐仓皇撤退到他们的小屋里,连气也不敢出了。但窗户终于被砸出了好大的窟窿,X女士的小腿也受了重伤,以至于"半个月不能去炒房干活"。X女士看来失败了,她尽可以装瞎子,不看别人,可她自己的一举一动皆在众目睽睽之下,这件事使她深深地认识到群众情绪的暴烈性、多变性,从而进一步加深了自身的某种颓废情绪。那些日子,她的丈夫心疼得整天长吁短叹，疯了一般在城里乱跑，寻找"治伤的草药"。

半个月后，X女士的腿伤基本好了，但心灵的创伤却并未痊愈。除了为生活所迫，支撑着去炒房干活以外，X女士余下的时间就是昏睡，往往一觉醒来之后连身边的亲人（丈夫、儿子）也认不出来了，而将他们一并称之为"那些人"。"消愁解闷"自然也取消了。每天昏睡，几乎不吃东西，她眼看就变得如一个透明的幽灵，悄无声息，游来游去。每当点灯的时刻到来，五香街的人们就看见美男子一手牵着儿子小宝，一手挽着一个苍白而透明的影子，沿着那条乌黑的河流缓缓前行，走几步又停下来，细听河里的涛声。儿子不断跳开去，捡了石头往河里扔，高兴得很。人们凑在一处议论道："看，'隐形人'！""哗众取宠落得这种下场。""这个人完了。"

人们的估计是过于乐观了，这种情形并未持续好久。忽有一天，美男子的第二位好友（自称与X女士青梅竹马的）看见他怀里揣着个大纸盒在街上走，精神抖擞，意气风发。出于好奇心，他便走上前，不顾主人的反对，死皮赖脸地揭开那纸盒看了一看，发现里面原来有架显微镜。新的显微镜买回来的那天晚上，X女士的内室通明透亮，如节日一般。寡妇唆使她的女友进去参观了一番，看见她"将所有大小镜子都抹得干干净净，摆在显眼的地方"。她的脸上焕发出那种"蜜橘色"的光彩，头发"黑得像漆"，美男子更是"喜气洋洋"，"每隔一分钟，就不放心地跳起来，搂一搂她的肩膀"，仿佛生怕她会在一瞬间重又丧失人形，变成那种捉摸不定的东西，又仿佛"幸福得发了昏"

似的，那种黏黏糊糊的样子，看了真是"令人作呕"。魔镜重又发出了召唤，少男少女们在黑夜里重新辗转而烦闷起来，有几个还不知为何缘故赤条条地站到了街边，以致每人被治安警察罚款五元。第二天傍晚，他们又一个接一个地钻进了X女士的小屋，在那里面痴呆发傻地坐上两个小时，末了照旧痛骂X女士"无聊""乏味"，将她奚落得一无是处。有一个人还发誓说下一次一定要偷走她的皮鞋。（但到了下一次，只要一进门，他立刻身不由己地被镇住了，变得瓷人一般，于是出门后又发誓再下一次一定去偷。）

X女士所从事的夜间职业的内幕，似乎有一个知情人，就是她那位丈夫。他曾在第一位好友的追问下透露过一点内情。从他叙述的态度看起来，X女士固然向他解释过她所做的一切，但这美男子，由于自身那种永恒不破的幼稚劲，对于妻子所做的事，一律以儿童的头脑加以理解、想象，充满了柔情蜜意和一些虚幻的词语。当问及X女士晚上的活动时，答曰："观察星象。"他涨红了脸又补充说："你设想一下吧：所有的大小镜子全部'呼呼呼'地从窗口飞出，进入太空，然后又'呼呼呼'地飞回来了，这不是一件十分高尚的工作吗？正因为她的全部精力都被这项工作吸引过去，所以显微镜是她的命根子呀。"

依照他那种特殊的思维方法看来，所有的人都有一点小小的癖好。比如他，就对跳房子十分有兴趣，兴趣一来，甚至可以没日没夜地跳，他妻子的癖好也属这同一类，丝毫用不着大惊小怪的。那位好友耐心耐烦地听着他的胡言乱语，心想：这家伙的疯劲又来了。由此又联想到凡与X女士接近的人都有点疯疯癫癫的,就连他们的幼子小宝,也显出了"照镜癖"的苗头,开始偶尔从镜中端详自己了。他虽屡次力图将父子俩拉回正道上来,以抑制X女士的过激倾向,却总是徒劳。这位丈夫最后总结道:"我的妻子是个最最普通的人。"好友听了这句话直摇头,认定这家伙是钻进幼稚感情的牛角尖里去了,自己也无能为力,只能任其发展,等待转机。X女士果真是在搞天文活动吗?一切全是这样简单吗?美男子的理解是极其成问题的。实践证明,这家伙那双受蒙蔽的眼睛,是永远分不清是非曲直的。试想他连寡妇那种妖娆迷人的身段都视而不见,以致坐失良机而毫无感觉,就是这样一个废物,他能搞清那些魔镜的用途吗?能一眼看清镜中之物吗?显然他的说法都是企图蒙混过关。为掩饰自身的可笑处境,他费尽心机佯装出一种大丈夫姿态,以至连自己也弄假成真,飘飘然不知所以然了。

既然局外人对这个问题头痛得很,我们就只有求助于知情人了。还有一个知情人,就是X女士那位自称二十八九的妹子。这位妹子,只要有人问起X女士的夜间职业这件事,她就莫名其妙地多愁善感起来,一把鼻涕一把泪,哭得两只眼睛小而又小。我们听听她那语无伦次的叙述吧:"我的姐姐从前是一个娇嫩的小女孩,桃花红艳艳,她忽然将母亲的眼镜扔进了山涧里。后来我们跑啊跑,她就腾空了,两只小脚在我的头顶'踢踏踢踏'。爸爸和妈妈都私下里说,她的眼睛里有两盏电石灯。有时候,她那些细细的指头会冷不防变成鹰爪。锋利极了,那真可怕。妈妈老是不停地捉住她剪指甲,一直剪到出血。"她还说,她的姐姐是她所见到的第一个会腾空而飞的人,正因为有这种本事,所以她所干的一切都是绝对正确的、无可挑剔的。她常常一连好多天不吃不喝,变得像一片羽毛一样轻柔,然后从窗眼里飞出去。她飞得那么高,以致那妹子一看到她那孤零零的影子飘来飘去,就忍不住哭起来。这位妹子,每次都是越扯越离谱,越离谱越来劲,满脑子的迷信与个人崇拜。而她自己的思想观念呢,从来是一锅稀粥,或一锅大杂烩,半点主心骨也找不到。(这又使我们联想到多年后她那桩离婚案,可见这女人完全是一种赶时髦的动机,一种拙劣透顶的模仿。)

从X女士的妹子口中,我们虽然并未丝毫接近问题的实质,但获得了X女士少年时代生活的点滴资料。这些资料,有助于我们今后进一步分析X女士的性格特点。这样看来,X女士是从孩提时代起,便培养了那种内在的怨毒情绪的。这当然与家长们的疏忽不无关系,(我们的一些糊涂家长,往往用一种田园牧歌式的眼光看待自己的孩子,采取一种不负责任的敷衍态度,他们都是好心肠的老爸爸、老妈妈,仅仅记得为儿女剪指甲这类小事。)但她自身却应负主要的责任。这种毒素在她后来的岁月中一定是渗透了她全身每一根毛细血管,使她成为一个铁了心肠要与世上的人们为敌的怪物,并顺着一个泥坑滑下去,到了无可救药的地步的。且不但自己如此,洋洋自得,还时刻忘不了引诱、教唆那些亲近她的人,恨不得将他们一一拖下泥坑而后快。其引诱、教唆的方法又别具一格,竟使得中毒者对她感激不尽,好似获得了新生一般。试问一个从孩提时代起便具有谋杀心理(将母亲的眼镜扔进山涧里对一个儿童来说等于一次谋杀)的人,长大起来,她的性格会具有何等的破坏性呢?这种破坏性如果受到客观环境的压抑（X女士不幸从未能自由发挥她那种超人的情欲），会发生何种奇异的转化呢？

分析种种情况，都使我们对于X女士那黯淡的前途越来越悲观，越来越绝望。说到底，多年前的一个雨夜，她的母亲就不应当将这不合水土的肉团生下来，扰乱整个世界的秩序和安宁。虽然现在X女士的父母已经作古，装在某个墓地的骨灰坛子里无声无息，我们在谈到这一点时仍然忍不住要诅咒他们几句。要不是他们不负责任地生育了X女士，又用田园牧歌式的态度助长了她的谋杀心理，她怎么能生出这么一系列的事情来呢？（笔者在此插一句，笔者描述的这种态度，是五香街群众在故事开头部分对X女士的基本态度。这态度不是一成不变的，我们以后将要看到。）五香街群众的警惕心理是有来由的，他们都是一些眼睛雪亮、头脑冷静、遇事有对策的人，他们能在事情到来之前，凭直觉嗅出对于自身的危害性，及时加以防备、制止。所以我们也用不着过分地为他们担忧，他们自有一套办法对付外来的威胁。虽然目前他们的局部调查也许毫无进展，但他们那些历史悠久、完美无缺的防备措施，到时一定会发挥它的威力的，所以我们尽可以高枕无忧地静候事态的发展。

这位妹子就是如此来解释她姐姐的活动的，每次都做出伤感得要死，不想再活的样子。有次诉说完毕之后还死死缠住听众，要他找一把尖刀，"挖出她那颗心来检验一下"，把那人吓出了一身冷汗。这种女人最喜欢干的事就是把水搅浑，为自己他日的丑行找理论根据。对于这样一种无赖货色，我们也就不会对她日后所干的事觉得意外了。她是什么都做得出来的，做过之后又善于装疯装傻，骗取个别人的廉价同情心。在听说她姐姐的丑行败露之后，她立刻飞奔到姐姐家里，一边安慰悲痛欲绝的姐姐姐夫，一边顺手牵羊，偷走了他家那面最大的镜子。后来她把镜子拿到自己家里摆弄，将阳光反射到街对面的土墙上，口里发出尖声锐叫。当时有一个墨黑的流浪汉从那墙边走过，细细地辨认着墙上的亮斑，一下子就站住了。那人蹲下来，再也不离开那面墙。入夜时分他用捡来的废纸木柴烧了一堆火，靠墙进入冥冥的昏睡中。就这样，流浪汉在土墙下待了三天三夜。然后我们的妹子收拾起自己的衣物，和那墨黑的家伙两人撅着个屁股"私奔了"！这不是天下奇谈吗？这种令人目瞪口呆的行为，究竟有什么意义啊？不久就传来消息，说那流浪汉可不客气，"一个墨黑的耳光打聋了她的两只耳朵"。想到"墨黑的耳光"这个词儿，五香街的群众觉得自己出了一口恶气。这种女人正配吃耳光，吃得越多越好，我们犯不着搞这种粗鲁举动，这与我们的性情不相符，现在有人代劳正好。每次她来五香街，大家都在手心里捏一把汗，预料着会要出什么怪事。谁都清楚她来的目的无非是挑拨怂恿，煽阴风点鬼火。她虽然脑筋糊涂，但生性下流顽固，又极喜猎奇，信奉异端邪说，所以谁也拿她没办法。

知情人和不知情人都未能提供可靠的情报，任何走捷径的试探都碰了壁，现在，我们只有"坐等"X女士的自行暴露了。根据我们的经验，在五香街，无论何等暧昧的、曲里拐弯的行径，时间一到，总要暴露于光天化日之下。

在"坐等"了若干时日以后，一个春日融融的早晨，住在杂货铺旁边以收卖旧书为生的金老婆子，从整整一冬的昏睡中挣扎着醒了过来，趿着烂棉鞋，蓬着一个狮子头，站在屋檐下捶着胸口，大骂自己"该死"。她记起入冬之前，她的头发是十分有光泽的，差不多可以称为"秀发"，睡眠将她的头发毁掉了。骂完之后，她开始东张西望，看见悠悠晃晃走过来的煤厂小伙，就一把拖进屋里，按在破藤椅上坐下，凑着耳朵和他说悄悄话。积蓄了一冬，她的话语如流水滔滔不绝，每当小伙要起身，她又下死力将他按住。她那一双苍老的手竟如铁钳一般，血气方刚的小伙也无可奈何。"姜还是老的辣"嘛。以下便是她心中珍藏的秘密：

"我一直具有一种信心，这是十分奇怪的。有时一觉醒来，我也免不了有片刻烦恼的时候，于是脑子里很空似的。但这算不了什么，只要看一下自己这双手掌，力量又回到我身上来了。我从自己是个小姑娘的时候起就具备了这种信心，当时我发誓要用一根铁钎将墙壁捅个对穿，后来我果然达到了这个目的。我在街上走的时候，遇见了人从来不让路的，我有的是力气。有一次，一个老头迎面冲我而来，我用胯骨一撞，将他撞了个四脚朝天。我的未婚夫（我不幸有过未婚夫，幸而没结婚）总是怯怯地站在门边说：'得了。'我翻了他一眼，仍然我行我素。后来有一天，我想试试他的牢度，就飞起一脚踢在他薄薄的胸口上。那一脚要了他的命，真是漂亮的一脚。一切都痛快地完了。这就是我独特的精神气质。也许五香街人都认为我是衣衫褴褛，没得肉吃的下等人，便不将我放在眼里，看我如路边的电线杆。他们是大错特错了！在将来的形势发展中，总有那么一天，一切全会由我来操纵，每个人的切身利益都与我的一举一动密切相关，这一天会到来的，某些人意料不到的事必将发生。

"我并非不懂得反省，我也曾无数次地反问过自己：我这种信念，是不是自己幻想的产物呢？我这样坚持下去，会不会虚度一生呢？毫无疑问，我这一生中已经经历了大大小小的许多考验，但这些考验全不足以致命。只有这一次，才是绝无仅有、极其壮丽的一次。经过这一次，我才觉得自己充满了新鲜感和旺盛的活力，一切猥琐和卑怯的心理一扫而光，就像老树逢春，不，百岁得子，不，大器晚成！我一直预感到我这不平凡的一生中有一个机会，我把这种预感向我那可怜的母亲说过三次。我说这话的地点是在郊外山坡上的一棵松树下，树上有两个鸟巢，我望着那两个鸟巢一个字一个字从牙缝里吐出来：'总有一次机会。'我就这样说了！后来所发生的，全都显示着这一预感的实现，连我自己都惊讶得不得了，想要分析都来不及了！在我这个人身上，蕴藏着怎样的惊人的潜力呀？童年时代那颗沉默的种子，将会开出怎样令人炫目的花朵呢？假如我在从前和人谈起这一切，有谁会相信我的话呢？机会终于来了，来得那样迅速、凶猛，致使我几乎手足无措，眼睁睁地看着它流逝而去，竹篮打水一场空。当然只是'几乎'，实际上，我很快就反应过来，死死地抓紧了自己的机会，认清了新的形势，调整了步伐，行动起来。我尽情地捞了一把，一下就改变了五香街群众的成见，在他们心目中树立了一个崭新的形象。我举一个例子来说明这一次之后的变化吧。你注意过隔壁杂货铺的周三几吗？你注意过是谁几十年如一日，每次大便后，都故意堵在我的屋门口扎那污垢的裤头吗？他这一下流举动不过是要反复对我强调：他周三几是比我高明万倍的人物，全世界都应知道这一点，如果还有人不知道，他就负有宣传的义务。我忍气吞声，像地老鼠一样缩在屋里。多少年过去了，是暗无天日的多少年啊。直到云开雾散的这一次发生，事情才颠倒过来，这一次真是划时代的光辉创举。"

金老婆子说到这里突然收住话头，卖起关子来了。她颤颤地走过去用一只手拿起火钩，粗暴地捅起煤炉子来，直捅得满屋子飞扬着呛人的煤灰，连气也出不来。在同时，她的另一只手还是死死地抓住煤厂小伙，一丝一毫也不放松。这个时候，煤厂小伙已经一下子就敏感到了她将要提及的事情，于是在破藤椅子上扭来扭去，喘着粗气，红着脸，一下子就产生了那种性冲动。虽然那种冲动是无对象的，他依然不能自制，难受得要死。金老婆子那些很长的指甲似乎要将小伙的肌肉抠个对穿，每隔几分钟，她就用胸音低沉地说出那个令人发抖的姓："X？"她感到她一生中那些秘密的期望，那些幽美的或斑斓的幻想，全都要成为现实，而现实，便是对于这姓氏的惊心动魄的体验，所以她才一次又一次地重复、玩味，像是疯人的游戏。她那双死死瞪着小伙子的老眼，渐渐地模糊，后来又变幻为两个血红的圆球，一下子鼓出到眼眶之外，一下子又缩了回去。煤厂小伙感到了一种不可抗拒的压力，在一种自卑与虚幻的复杂情绪的支配下，他很快做出了生平最惊人的决定：与面前这个巫婆"胡来一通"。

在他们胡来完毕时，房门忽然一下子大开，床上这两个光着屁股的人发现，出现在门口的，正是那位可敬的周三几。他向这里面探了一下头，然后又在门边站立了几秒钟，似乎显得兴致勃勃。他走的时候说了一句难以揣摩的话："一个新的纪元开始了，整整一冬的烦恼一扫而光。"

金老婆子光着屁股走下地来，（并且她绝不容许煤厂小伙穿裤子）朝着周三几的背影啐了一口，骂他"俗不可耐"，然后开始在房间里踱步，踱着踱着，又冷不防停下来说一句："我与X势不两立！"煤厂小伙子战战兢兢地裸着下身站在床上，始终搞不清眼前发生的事，只觉得自己似乎被人利用了，一想到这一点就垂头丧气，自怨自艾，至于这巫婆干吗要利用他，是出于一种什么目的，那绝不是他的脑袋能想清楚的。我们可以假定，他是在一种反复的暗示和诱导下，由X这个他心目中偶像的姓氏而联想到其人，其身体的某个部位，从而本能地发生了那种性冲动，并且就张冠李戴地胡搞起来，充当了牺牲品的角色。而在此过程的自始至终，金老婆子是十分清醒冷静的，可以说是事先预谋，胸有成竹，操纵了整个事态的进展，轻而易举就达到了那不可告人的目的。奇怪的是她所做的这一切又并不是想从煤厂小伙身上获取一种什么快感。因为说实在的，她早就过了那种产生快感的年龄了。毋宁说她本人对"胡搞"这事本身是"毫无兴致"，甚至有些"厌恶"的。这下事情就变得万分复杂了。难道我们能说，金老婆子这种种圈套，种种预谋，只是为了战胜她的某一两个设想出来的敌人？她与煤厂小伙子在他们那昏昏的人生中所寻求的，是一种什么样的境界呢？像她这样强悍有力的人物，会不会有估计失误的时候呢？这些事都是想不通的。在我们五香街有这样一条思维的规律：想不通的事就不去想，你只要静待就成。如果静待还不成，那就只能说明你自己有毛病了，这毛病或出在脑袋里，或出在脚趾头上，总之是不治之症。

经过那一次之后，金老婆子发生了很大的变化。有天早上起来，她忽然对自己的身体生出了很强的自信心，她在镜子前左照右照，做出种种动人的体态，然后就决定取消上衣对她肉体的遮蔽了。她要达到那种"整个灵魂的展示"。她觉得一切条件都已成熟了。于是她开始裸着上半身来实现这种"展示"。可惜五香街群众的审美情趣并不习惯这种"展示"，反应冷冷清清，每个人尽力将目光调向别处。假装没看见这老妪的裸体。另外金老婆子的生活里还增加了一件大事，那就是与X女士所从事的夜间职业捣乱。假若哪个有狗胆问及这个问题，她就会一边朝天击掌，一边说道："呸！请澄清历史的误会！本人的成果遭到卑鄙的窃取！X？X是谁？不就是我吗？当然是我，我在这里，除了我，还有谁具有那种魔鬼般的操纵力呢？你们却瞎了眼去相信那种弄假成真的诡计。我向你们大声宣布：X就是鄙人！"每天傍晚她都烦躁，在家坐不住，于是跑进X女士家，强行抢走她的一面镜子，逢人就说已掌握了X女士的一切底细，X女士早成了她的"手下败将"，不久即将从五香街"隐退"。她说这话时当然忘不了抖动赤裸的上身叫人欣赏，完毕之后又当街大叫煤厂小伙子的名字，唤他出来"作证"，那种威风凛凛的派头令五香街居民都服了她。

我们的煤厂小伙怎么样了呢？说起来真是悲哀，真是绝望，他干吗要生到这世上来呢？既然生到这世上来，又何以遭到这许多的磨难呢？这吃尽苦头的小伙，究竟有没有出头之日呢？好，我们暂不为他的前途担心，我们回到现在吧。现在，这小伙一下就成了精神分裂症患者，除了金老婆子那儿，他成天闭门不出，哪儿也不去了。在他那一片空白的脑子里，有时会产生一个模糊不清的图像，那图像有许多雾似的花边，中央是一个类似X女士背影或叫人联想到X女士背影的东西。这个图像，必须在他踏进金老婆子的家门，并与之"胡搞"时才会产生。那种时候，他往往痛快得全身发抖，发出雄鸡般的啼叫。于是像有鬼使神差一般，他每天都往那老婆子家里钻，如吃鸦片似的上瘾。事情会弄成这么一个局面，这真是谁也预想不到的。这个收卖旧书的，行将就木的老妪，忽然就发达了！要站到五香街人头顶上来了！还有那位周三几。每天眼睁睁地看见一个年轻力壮的小伙子走进他隔壁的家门，有时还光着屁股出门来当街撒一泡尿又进去，他会做何感想呢？对于自己那种拥有了十几年的快感的猛然失落，他会不会发狂，从而也做出一些精神病人的举动来呢？

对于金老婆子的野蛮袭击，X女士似乎毫无察觉，她仍然从容不迫，漫不经心，而又作风严谨。我们可以举出她与丈夫的谈话为例：

丈夫：那疯子又来抢劫了，要不要揍她一顿？

X女士：今天我又体验到了那种至高无上的恬静感，达二十分钟之久。我看我们再买一些镜子搁在箱子里备用吧。

丈夫：婆子的事弄得我有点心烦，怎么能不闻不问呢？

X女士：你只要细细地听一听自己的脉搏，那时就有一片云从你眼前缓缓移过，于是一切烦恼烟消云散。而到了下一次，你的眼睛如烟如雾，牙齿熠熠生光，你甚至再也不会察觉有一个什么婆子来过。我们可以将镜子藏好的。

前面我们好像说过，X女士不但影响周围那些与她密切相关的人，而且天生有一种暗中操纵的本能。虽然她从未意识到这种本能，也没有有意地运用过这种本能，但它又无时无刻不在发生作用。经过这次谈话，她那位美男子果然就有点迷迷糊糊的，对于那婆子的骚扰感觉要迟钝得多了。日子一久，竟会忘了婆子的相貌，而在某一次与婆子迎面相撞时诧异地问道："你是谁？"继而又若无其事地绕过她去干自己的事，眼睁睁地看着她在家中东翻西找而毫不生气。这样的情形有好几次。当他清醒的时候，他仍然与婆子计较，甚至揍过她一次，并且对妻子的置若罔闻产生过一点小小的埋怨情绪，但很快又与她达到了一致。

"坐等"了若干日子以后，一个偶然的机会使我们那位可爱的寡妇又获取了Q男士给X女士的一封信。而那封信的内容，刚好是谈及X女士的夜间职业的，虽然都是用的暗语和黑话，但寡妇凭着自身丰富的经验和对于性关系的惊人的嗅觉，似乎已经查出了一些什么。那封信如同所有Q男士给X女士或X女士给Q男士的信一样，既没有称谓，也没有署名，连个开头和结尾都没有，通篇故作时髦，虚情假意，令人倒胃。（说到这里，寡妇又提出久存心中的一个疑团：这些信中的话，是不是从某本古书上一段一段原封不动抄袭下来呢？因为这样一搞，既省了好多事，又达到了标新立异的目的，迎合了双方的虚荣心，这对白痴正好乐得而为。）我们在此摘录几段如下：

1."听说你的眼睛发炎了，我急得如坐针毡，非常非常害怕，万一瞎了怎么办？当然你是有理由毫不在乎这个的，你并不认为视力对你会有什么用处。在凉风习习的夜晚，你仍然安详地面对那些镜子，脸上带着微笑，神秘而又性感，我却做不到。我试过了，即使是紧闭了眼睛，我的目光依然穿透眼皮盯着布满了迷雾的外界，那时我的精神错乱，神态惊慌，走起路来跌跌撞撞，丑态百出。这种时候，我总能看到你那张妖精般的笑脸，于是很恨你，拼命挣扎着想要来反抗什么。"

2."……昨晚你又从镜中飞向了夜空，当时我正在沉思默想，忽然听见'呼'地一响，我知道那是你，于是我竖起两耳用听觉追随你的踪迹，你的赤脚扇起一股凉风，吹到我脸上。白天里，我听到一种流言，说有一个人要报复你。（少男少女中的一个？）他会潜伏在床底下，或柜子背后，你一定要仔细检查房间里的那些隐蔽之处，用我送给你的那把扫帚将那些地方清扫一遍。我这样神经质你又要讥笑我了，我知道你一定说：'我根本感觉不到那个人，我一般很难感觉到别人，他怎么能伤害我？'我想得出你说这话时的表情。不管怎样，今天夜里，我会到你的房间外面转悠一夜，我担心那个人，那个亡命之徒。"

3."你说你能长时期地'感官澄明'，这是因为你会用那些镜子。你坐下来，立刻就能'入定'。我只能偶尔体验到那种意境（比如在和你见面的早晨），平日，我总是心乱如麻……"

寡妇从这封信里分析出了几点重要的发现：一是她本人恍然大悟，X女士原来一直在弄虚作假。她根本就没有什么"名堂"，只不过是骗人上当的把戏演了又演。她妄图占有世上所有的男人（包括一些女人），又深知他（她）们那种猎奇而又虚弱的本性，于是故作高深，把他们骗得晕头转向，不能自拔。二是她更加肯定了一个事实：世上除了像X女士的丈夫这样一个童男子，性幼稚症患者以外，和他同样的人还有不少。这类人对于女人，越是不可靠的、能引动他们那种虚幻缥缈的遐想的，就越是感兴趣，而且容易自作多情地"入迷"。他们在性的方面一窍不通，却又无时不自以为是，固执得要死。要治好这种精神病实在是太容易了：只要有一个真正的女人进入他们的生活，并与之发生实实在在的肉体关系，那么他们与X女士的那种脆弱的联系立刻会土崩瓦解。当然她的意思并不是说世上就没有这种真正的女人，才使这种不合理的现象得以存在。真正的女人是有的（寡妇皱紧眉头说下去），但很稀少，而她们又绝不愿去勾引这类童男子或半男半女的货色，因为实在是"不够劲儿"，"说不出口的别扭"。就因为这种种的阴差阳错，我们的X女士才能将她那类鬼把戏搞下去，使大家只能眼睁睁地看着她行骗。

在我们的静待期间还发生了一件事，这件事与X女士那次关于性的讲演直接相关。当时在西瓜皮与香瓜皮横飞的混乱之中，有一双锐利的鹰眼始终追随着X女士，那人甚至准备好了挺身而出，与X女士的丈夫一道去保护她，但还没轮得上他来保护，事情就结束了。他是不是在墙上画图的那个恶棍呢？还是一个陌生的路人？三个月后，这个"热血沸腾"（同行女士语）的青年男子走进了X女士的家门,并不自报姓名,他便很"坦然而坚决地"坐下来,"虎视眈眈"地打量X女士的全身,然后开门见山地与X女士谈到那次讲演。他们谈了两小时,其间约莫有一小时是在心领神会的沉默中度过。最后青年男子急躁地站起来问道:"您觉得我对您是否合适?"X女士从梦中惊醒过来,目光清澈如水,缓缓地摇了摇头:"不。您的眼光不够柔和,并且只有三种颜色,不能变幻,而我,早就不是青春焕发的少女了,我们彼此不能满足。"青年气急败坏地走掉了,X女士从窗口看见他那孤零零的身影,难受地倒在床上躺了好久。这件事并没有就此结束,青年男子出于一种无法解脱的内心狂热仍然对X女士充满了渴望,他说这并不是"性"的诱惑,而是一种"说不清"的东西。因为在他的观念里,X女士并不够"性感",而"性感"的女人他能找到很多,但又每一个都不能长久地吸引住他。这样说来,莫非是他的身体出了毛病?还是他的观念本身有缺陷?这件事他始终没能想个透彻。他仍然常去X女士家坐一个小时,与她进行那种惬意的"神交"。那种时候,两人都感动得热泪盈眶,但每次只要他提出进一步的要求,或在动作上有所表示,都遭到X女士坚决的抵抗,毫不含糊。一次他发抖地摇晃着她单薄的肩头问道:

"为什么?"

X女士痛心而又冷静地回答:"我们不合适。"

"什么不合适?"

"同你发生性的关系不合适。"

"怎么能知道?"

"我的身体能感到。"

"该死的镜子!"青年男子不能自制了,一拳砸烂了X女士一面镜子,手上流着血冲出了门。而为了这件事,X女士有很长一段时间心神不定。她并非对青年的魅力毫无感觉,也并非是有什么忠贞或禁欲的观念在作怪,不如说,她是任意妄为的,只要感觉合适,她可以面向每一个遇到的男人。这一次,她非常喜欢他,也常为他的某种魅力所打动,但她在他面前的确没有产生性的冲动,并且也不会装假,如此而已。如果他想得通,她甚至愿意同他保持一种"微妙"的关系,这种关系将使双方感到自然、合理。可惜他太死心眼、古板,这就使得这种关系不可能了,她只好忍痛放弃与他的友谊。

对于这件事我们还可以听听同行女士的叙述。同行女士说,在青年到来的那一天,她刚好在X女士家中。青年进来坐下后,她"故意待在旁边不走开",所以那一出戏的自始至终,她都看在眼里。而那两个被情欲冲昏了头脑的家伙,根本就忘记了她的在场,只顾说些撩拨放荡的粗话,还装出那种假模假样的严肃,其实是心痒难熬,恨不得"立即上床"。最可笑的是这两人的谈话动不动就中断达十几分钟之久。在中断期间,两人谁也不望谁,一动不动,"眼中有泪",使她一再怀疑这两个家伙莫非在练什么气功之类的玩意儿。她灵机一动,决心来一出恶作剧,就抓紧一个这样的当口"咯咯"一声大笑,但那两人竟"没有听见!"他们的确是没有听见。在X女士,是进入了一种宁静的、阳光灿烂的意境,她在那里面长时间遨游,早就感觉不到世事的骚扰。而青年男子,却是被自己那狂乱的心跳声震聋了耳朵,并且在短期内丧失了视力。所以同行女士的恶作剧是白搞了，因为这一招对这两个疯子根本就不起作用。最后她站起身，"猛踢一下房门"，鄙夷地离开了房子。

X女士是否就是那种在性关系上非常严肃的女性呢？从这件事单独看起来好像是，但只要熟悉她的人，又都知道她的许多行为与这种态度截然相反。比如说，对于来找她的男性，她不但不回避，而且简直是"来者不拒"，越多越高兴，有时还"尽力挑逗"，甚至"找上门去"。在与那些人交往时，当然免不了鬼鬼祟祟，避人耳目，尤其是要哄骗丈夫的（哪怕是如此的"好丈夫"）。在这中间，要说没有人与之发生过性的关系，这恐怕是很难令人相信的。而X女士，似乎也并不要人相信这一点，不如说她"一点也不在乎"。她只是守口如瓶。而与X女士交往过的男人也全都守口如瓶。但有人的确看见过，一个男人（绝对不是Q男士）在光天化日之下的大街上吻了X女士，而那人当时由于"厌恶和害羞"，没能看清X女士脸上的表情，但他能肯定X女士没有丝毫反抗的举动。说不定她已经软绵绵的了呢！还说不定她早就与他有过肉体关系了呢！X女士的丈夫的第一位好友还在有一天看见，X女士与一个极年轻的小伙子一起手挽手，去郊外的一个荒坡上待了一夜，直到第二天上午九点才回家。两人都是"憔悴不堪"，"神情兴奋"。好友痛心疾首，心情沉重地向X女士提出忠告，X女士却百般狡辩，厚颜无耻。她笑嘻嘻地说：

"什么事也没有，他想通了，我终于说服了他，我们仍然是好朋友。"

"你就没有估计到他可能采取暴力吗？也许你暗暗盼望这一点吧？"

"当然估计到了，如果发生这种事，我会为他感到难过。不过谢天谢地，没发展到那一步，我用感觉说服了他。"

"他吻了你吧？"

"这又有什么？"X女士显得十分恼怒，"这又有什么？喂，你说说看？你说说看？"

她步步紧逼，反把丈夫好友逼到了墙上。事后这男子一回忆到自己当时的窘相，就恨不得找个地洞钻进去。就是这样一个水性杨花的女人，怎么会有什么严肃可言呢？既然丧失了人性中的一切真实可靠，我们就只能说她是装模作样了。联系X女士的种种行为，我们又不由得想起她那种暗中操纵的魔鬼本能，原来X女士有无数副截然不同的面孔。在什么人面前，就扮出什么样的面孔，而且高明到绝不让人感到有丝毫做作的痕迹。在前面提到的那位聆听过X女士讲演的青年男性面前，X女士一定是凭着自身丰富的经验感觉到，只有摆出异常严肃的面孔，保持一定距离，永远不走到最后一步，才能长久地拴住这匹狂放不羁的野马，使之在自己面前驯服，从而满足自己那种变态的性心理。当然从客观的态度来看，她倒不是有什么预谋，只不过是她的天性总能使她做出最准确的判断。所以我们可以说，X女士天生是个出色的演员，每时每刻都在演戏，也可以说她并没有演戏，只不过是本性上属于巫女一类，以玩弄男性为终身最大乐事，不惜伤人，却又似乎处处替别人着想，性情冷峻，却又仿佛热情洋溢。总之要对X女士的性情下个结论是绝不可能的，试想我们连要确定她的年龄都费了那么老大劲儿，最后还是不负责任地不了了之，任其模糊，那么对于"性情"这种复杂万倍的事儿，我们怎么搞得清呢？搞不清就不去搞清，我们仍旧"静待"吧。不过我们有一点倒是确定下来了：她性格中的一个主要倾向就是任意妄为。我们五香街的居民，虽然不是禁欲主义者，待人也十分宽厚，但我们都是一些守纪律、讲章法的人，自从发现X女士这种无法无天的作风之后，全都恨得牙缝里痒痒的，欲置她于死地而后快。当然不排除我们当中也有个别想乘机得利的市侩小人，在大骂她的同时又暗中去试探她，其结果往往是碰了一鼻子灰，于是比我们更加痛恨，加倍大骂，这种败类当然不能算在我们的群体之内。

我们还可以举出两个例子来说明X女士这种下流无耻的作风，不过这又扯得太远了，因为我们现在要谈的，是X女士的夜间职业问题，而我们说了这么多，怎么也接近不了真相，云里雾里，讲梦话似的讲个没完。当然我们也可以断言：事情本无真相，因为只是一场骗局。这样说当然最简便又省事，免去了许多困难与烦恼。但X女士夜间职业的影响又分明存在。它看不见，摸不着，每个五香街的居民却都能感到它的作用，那作用有时如放射性物质和冲击波，有时又如虫蚁对皮肤的咬啮。据说X女士那位同行好友的儿子，就因为在X女士家中受了一晚上的训练，性情急转直下，堕落成了一个酒鬼、流浪汉，东游西荡，露宿街头，危害治安。他还逢人就瞎吹：乞讨（其实一半是抢劫）的生活是多么的幸福，简直有种"通体放光"的感觉。在没过这种生活之前，他曾无数次萌动过自杀的念头。而现在，他真想"永久地活下去，到处走走，看看，想和谁打架就和谁打架，并与随便碰到的姑娘恋爱、性交"。我们的同行女士曾在走投无路的情况下用一柄长竹竿追赶这个"孽子"，结果是反被他打得手臂骨折，惨不忍睹。听说那小子现在已流浪到了北方一个野蛮地区，在没有饭吃的情况下甚至"茹毛饮血"，还喝过一个死人的脑浆。他过得"十分自在""舒坦"，打算"永生永世不再回来"。小子出走后，他的母亲曾短时期地发过癫痫，并受到X女士的照顾。但对其儿子，X女士不但不设法挽救，反而劝同行女士"想开去"，"只当没生这个儿子"，说是这样"对他来说是最好的"。同行女士恢复了体力之后，与这个用心险恶的女人之间爆发了一场殴斗。同行女士如母虎发威，若不是X女士身体轻，跑得快，她差一点要"打折她的腿子"。不过时间一长，同行女士虽然嘴里不承认，心里倒也渐渐地感到了儿子出走的好处，因那小子在家时处处跟家人过不去，动不动就要"白刀子进红刀子出"，还在父母夜间干那事的时候踢开房门闯进去，说些戏弄的怪话，弄得家人日日提心吊胆，神经衰弱。这一走，家里倒是"鸡犬安宁"了。

同行女士得了好处，不但不领X女士的情，反而跑到公安机关去报案，说X女士"引诱青年堕落"，从事"卖淫生意"，"从中发了大财"。这一闹，闹得风风雨雨的，最后又因证据不足停止调查。按照我们五香街的观念，"捉奸要拿双！"但谁也不曾拿到X女士的"双"。而所谓"卖淫"，只不过是一种私下里的猜测，一种个人的主观判断罢了。所以在这一点上，我们的群众团体倒也并未像同行女士那样武断专横和感情冲动，马上很肯定地将X女士的夜间职业称为"卖淫活动",而一齐跑去公安局报案,闹出一场大笑话来。我们的群众毕竟是比较稳重,而又尊重事实的。他们宁愿"静待",坚决反对冒失行事。他们相信一切全会在"静待"中迎刃而解,根本用不着那么急躁。对于同行女士的急躁情绪他们是有些看法的。从那年的五月,她手持一个话筒,沿街宣扬了寡妇的隐私之后,大伙儿就对她有些不利的议论了,尤其中青年男性,简直对她望而生畏,暗地里叫她"青头苍蝇"。而现在,她忽然就跑到公安局去乱报案,想第一个抢功,出一出风头,大家更是对她说不出的厌恶了。请问谁要她来自作聪明多这个事,把一盘好棋搅得个稀乱?这不是头脑发昏、疯疯癫癫,连上下左右都分不清了吗?照此下去,这家伙说不定还想大权独揽,骑到五香街群众头上来作威作福呢!从什么时候起,她就有权利来代表我们广大群众开口讲话了?要知道"谁也没有把她放在眼里过"(寡妇语)呀!想想当年寡妇深受其害,至今名誉不得恢复,该是何等痛心的教训,难道现在我们还会执迷不悟,任其继续捣乱?

三、X女士与寡妇两人对于"性"这件事的不同意见

前面我们似乎讲到过，受人宠爱的寡妇在性的问题上一直是十分冷淡，始终如一地保持着贞节的。当然我们不能因为这个就说她空灵透顶，毫无性的魅力。事实毋宁说是恰好相反，她本人也这样认为，并有种与生俱来的自信。她是完全有充分的理由保持这种自信的。首先她的身段。在行家男人的眼里就正好属于"性感毕露"的那一类，乳房与臀部都"异常丰满"，"线条刺激感官"（某中年男性语——寡妇搜集）。这样一个天生的尤物，即使感觉迟钝如木头，也会意识到千千万万的男性对她那种如饥似渴的欲望的（当然这千千万万的男性中并不包括那些半男半女的货色）。寡妇身体所显露的性感使她处于一种尴尬的境地中，我们可以举出她的几段言论来说明她的这种尴尬处境。（因为她实际上吸引了千千万万的男性，而自己又坚守贞节，不能与其中任何一位有"超出友谊"的关系，这就在很大程度上妨

碍了她尽情展示自身的魅力,而显得不伦不类。)

1."我一直所向无敌,从二十岁到五十岁的男人全为我发疯,即使睡到半夜,窗棂也被这些饿鬼敲得像打雷似的。有时想一想也觉得无聊得很。一个女人长得过于性感真是一大灾难,我总想清静地过日子,但他们又偏不让你清静。有些男人,长得很英俊,家里又有美丽的娇妻(当然不是像我这样性感),但只要见过我一面,就莫名其妙地憔悴起来,对与我胡来这件事朝思暮想,以至于得病。其实我倒希望自己不要生得如此性感,这对我并无半点好处,对别人更是造成了不可估量的巨大痛苦。不过一个人生得怎么样又不是你事先能选择的,现在刚好是我生成了这个样子,想一想又有值得欣慰之处:我将把我的那些崇拜者都引到正路上去,净化我们的社会风气,提高我们大家的素质。所以我说,一个女人生得性感,既是她的灾难,也是她的运气,性感的女人都是些有所作为的女人,她们主宰了整个社会的浮沉。"

2."男人们很多都是爱想入非非、没有主见的家伙,要靠我们这些强有力的女人来引导。尤其在传统的审美情趣受到如此冲击的今天,就更看出他们这种懦弱的本性来。他们中的一些人,竟脱离自身的生理本能,追求起一种虚无、怪异的刺激来了,搞得中毒甚深,病入膏肓。那种东西就和同性恋差不多,都是不健康的、反常的。我觉得造成这种情况的原因之一就在于我们女性的软弱无力。由于缺乏对自身那种真正性感的自信,而一味被动,丧失了对男人的控制,只好一任他们胡作非为,落得顾影自怜的下场。而本来,情形完全可以是另一样的。我们应当懂得自己的身体功能，用它来吸引男人，控制男人，使他们脚踏实地，服服帖帖。这世上虽然存在像X女士这种怪物，但她并不是万能的，对于这一点我有深刻的体验。凡与她有关的男性，只要我愿意，随时可以钓到手，而他们也个个对我垂涎三尺。如果我不是这样一种性情，也许就要成为一位乱世佳人了，但我恰好正是这样一种性情，这才使得像X这样的怪物长期得逞，装神弄鬼，大搞迷信活动。X正是由于熟悉了我的本性，才敢于放心大胆地行事，置我于这种既不能上又不能下的境地的。因为我虽然外表生得性感，但又由于长期的修炼早就丧失了人间的欲望，所以我无法用行动来证实她的虚伪和不堪一击，并且我也不屑于同她争风吃醋，我和她根本不是一回事⋯⋯"

3."男人的性感是毫无用处、干预不了生活的。女人的性感却是她用来战胜外界、显示自己生存意义的法宝。我简直想不通男人会有什么性感，在我们女人看来也许所有的男人全是一样的，丑的、漂亮的、老的、少的，只要没有生殖器官的毛病，全都一样能干起来，一样的卖力。当然力气的大小有不同，但本质上毫无区别。我认为性感是属于女人特有的，它是对身体功能的自我意识。当这种意识达到高级阶段时，一个女人就会变得充满了神性，令人销魂。那时她的一举一动、一颦一笑，都会使得男人全身酥软，魂不附体。（从这几句话看起来，我们的寡妇在冥思遐想中简直产生了哲学高度的认识了，我们不能不佩服：她对于性的科学的确是钻研得很深入，并且是无师自通。）在这种情况下，一个女人如能很好地控制自己，避免与男人进行肉体上的接触，她那种神奇的性感就会变得更加饱满、成熟，简直所向无敌。(她这种言论气坏了五香街的中青年男性，大家众口一词地说："如果一个女人的功能只是为了这种疯狂的怪癖，那要它有什么用？这不成了'花瓶'了吗？"又说假如他们家里有个这样的女人，那他们就要"揍她个半死"。)当今的社会风气这般淫乱，其过错全在于我们女性，我们太涣散，太死气沉沉了。"

寡妇的言论还有很多，我们不能一一列举。值得一提的是，寡妇在研究性科学的同时，还时常进行那种实地调查，可说是不畏人言，不辞辛苦，并形成了自己一套独特的方法，神不知鬼不觉，一下子就得到了可靠的原始材料。那些作案的人，打死他们也不知道事情是怎么泄露出去的，搞得他们各自怀疑墙壁上是不是挂着许多眼睛。

自从X女士与其丈夫搬来五香街之后，寡妇就将他俩的性生活列入了调查日程表的主要部分，实施了各种各样的措施。当然她并没有飞墙走壁的本领，也不是那种"隐形人"，她是通过严密的逻辑推理来完成这项调查的。调查的结果是：X女士与她丈夫的性生活"异常痛苦"，相互间"充满了憎恨"，可以说他们之间"没有什么性生活"，只有一种"变态的性心理"。她说："单从形体上的巨大差异也能看出问题来。一个如此强壮魁梧，一个那么细瘦孱弱，能有什么性生活的和谐呢？当然那男的在性的方面也十分无能，但越是无能的，越是充满了不切实际的遐想，自以为很强烈似的，要真干起来，又显出自己是个十足的废物。而那女的，只是擅长于逢场作戏，撩拨得所有的男人春心荡漾，其实自己无动于衷。说到底，这真是天生的一对，活宝一双，他们那种性关系在正常人看来是不可思议的。"她又说:"这两个人在性方面都像冰一样冷,说不定直到今天,他们仍然是两个'童身'呢!我看他们的儿子小宝,与他们在相貌上毫不沾边,说不定是从孤儿院领来的也未可知。请注意 X 女士的臀部和乳房吧,我一直怀疑直到今天她仍然是个处女,这是完全可能的。我认为她是为了掩盖这一令人羞耻的事实,才故意在人们眼中树起一个淫乱的、无法无天的女性形象,似乎自己就很有本事了似的。所有与她交往的男人,都哑巴吃黄连——有苦说不出,自认倒霉。不然为什么直到今天为止,并没有一个男人对于 X 的私生活涉及一言半语?这是一个耐人寻味的现象呀。"现在 X 女士的私生活中又出现了像 Q 男士这样一个"不避嫌疑、明目张胆的人物",事情就更具典型性了。寡妇决心要将她的调查深入地进行下去,最后揭出 X 女士的"老底",使人们最终认识其危害性,自觉自愿地来"维护传统的审美意识"。

　　说到这里又在读者的脑子里出现了一个疑问。如果说这位寡妇一直守身如玉,那么在先前,她对于那位死去的丈夫也有可能采取这种态度的,说不定正是她自己(而不是 X),直到今天仍然是一个处女吧?她是否就有资格来滔滔不绝地大谈什么"性感"呢?我们会不会到头来全上了她的当,被她当猴耍了呢?我们听听她自己的解释吧。她说,她这一生中只有一个男人与她有过肉体关系,那就是她的丈夫。她本人,虽然毫无疑问地性格开朗,思维活跃,富有朝气和非同寻常的魅力,但她一直严格地遵循我们的传统美德,至今保持着身体上和精神上的纯洁。说到她多年的寡居生活,那是未免寂寞了一点,单调了一点,但正是这种清静的生活,这种有意识的修炼,时常使她达到了一种最高的境界,她往往在那种境界里感动得呜呜地哭起来。和那种境界相比,一切人间的享乐都显得毫无吸引力,所以她永远也不为所动,哪怕那些发疯的男人砸破玻璃、撬开门冲进来,也不会如愿以偿的。

这倒不是说,她生来就是这样的,从前她与她丈夫生活在一起时,她倒是实实在在地享受过人间的乐趣。她毫不否认,她在性欲上异常强烈,以致"一夜来它七八次也不能满足",并随时能"设计出数不清的花样和动作来"。在这一点上她丈夫(当年是个年轻力壮的小伙)当然不是她的对手,也没有她那么丰富的联想能力,因此在婚后不久便出现阳痿,日渐消瘦,不久就一命呜呼了。多少年来,只要一提到这事,她就要痛哭,泣不成声:

"你怎么也设想不出,我从前体验过的那些奇妙的瞬间,不,那是无法形容的,你想不出来。事隔多年我仍然没法冷静。只要一想到他,我就怀疑他不是一个真人,而是天上的一位神。真的,我已经在心目中渐渐地将他神化了。世上还有像他那样的人吗?我看一看周围这些美男子,这些凡夫俗子,我就恶心反胃,哪里还提得起什么兴致?"

哭泣完毕,她又想起一些话来:"有时我也想过,也许他并没有什么了不得,很平常,只不过是我同他有了那种关系,便同时将我身上那些奇妙的魅力赋予了他,才使得他令人销魂的。如果不是遇见了我,他也只不过是一个普普通通的男人,和这世上的男子毫无区别。男人只能通过女人实现自己的种种美德,并且这女人，必须是强有力的，充满性的魅力的。不然，他们由于自己那软弱的天性，便很可能被那些邪恶的女人拉下水，成为一些堕落的捣乱分子，把这世界搅得不得安宁。"

这下我们可以放心了：寡妇一生中虽然只同一个男人发生过性关系，但可以说她在性的方面是有丰富的经验的，简直可以说是个权威。这种经验，倒不是来自于与各式各样的男人性交，而是来自于她对这种事儿清醒正确的认识。所以说她越是不与男人接近，就越是冷静，体验得越清楚，并且有充分的把握，而她本人，在男人们的眼中就越富于性感，可望而不可即。我们可以毫不夸张地说：寡妇就是理想的性的化身。这一点可以从五香街的男性身上得到证实。每当寡妇神情庄严地缓缓走过大街时，几乎绝大多数男性都要停住脚步，痴痴地"回眸一笑"，然后在脑子里迅速地剥光了她的衣服、将眼光久久地停留在她身上那几个隐秘的部位，长久地陶醉、脸红、出粗气，长时间不得平静，然后一整天，他们都失了魂似的，到处去找人吹牛，瞎编自己的一些桃色事件，脑子里产生那种自己是个大英雄的错觉。这种错觉一直维持到入夜，才陡然清醒，于是沮丧袭来，一个个如泄气的皮球，连和老婆亲热都亲热不成了。于是又迁怒于人，大骂老婆"毫无性感"，"干巴巴的"，"倒不如去医院租一副模型来得痛快"，"这样的老婆要她干什么"？"假如不是这种家庭的拖累，我早成了大气候了"，等等，口出狂言，不由自主。有的甚至跳出被窝，赌气赤条条地到地板上躺一夜，搞得一场大病，久久不能痊愈。这种种的情形，我们的寡妇全都了如指掌，她只是冷静地观察，然后对这些狂妄之徒加以"循循诱导"，不厌其烦，希望通过自身的"良好影响"改变社会风气。

寡妇对于两性关系的这种意见一直使我们五香街的男性愤愤不满。当然他们在骨子里并不相信她编造的这一套鬼话，但经她反复一宣扬，他们总觉得"有点不自在"，"好像将被人吊在半空一般"。这种情绪又影响了他们与老婆的性生活。所以他们中的一些人，对寡妇是有种无名的怒气的。一位"老实本分"的中年男子A随着怒气的上升而变得胆大包天，在一个漆黑的夜间"一横心"，闯进寡妇的家门，"一进去就再没有出来"。一星期之后人们才看见他，那时他已成了一个半残废，骨瘦如柴，还吐血，盗汗，终日如老猫一样缩在墙角，头脑也痴呆了，凡来人一律称之为"豹子"，吓得全身簌簌发抖。一些人出于好奇心，想要打听他与寡妇之间的详情，却没有成功，一个个被他脸上的表情搞得忐忑不安，双手在衣袋里摸来摸去，担心是否掉了什么东西。有目共睹：寡妇经过那"无人能够设想的一夜"之后，反而更"鲜嫩水灵"，"仪态万方"，在大家眼中更"高不可攀"了。这一变化对于她本人的修炼发生了一点小小的干扰，使得她好几天"略感不安"，"记忆力似有减退"。她经过郑重的沉思默想之后，决心破釜沉舟，把事实的真相"捅出去"，打消群众对她的怀疑。一天傍晚，她开始着手这个工作了。她选择的地点正好是X女士家门前的那块空地，那空地上有一堆圆木，寡妇往那圆木上一坐，五香街的男性就一个又一个地接踵而来，如众星捧月一样将她高高捧起，一个个眼放油光，心怀鬼胎。寡妇先是觑着X女士家那放下了帘子的窗户，打了一个两分钟之久的哈欠，将男人们急得蹦跳，这才又用力咳了一声，用蚊子叫那样大的声音讲了起来，一边讲一边用手护着喉咙，说自己"患了伤风，用不得嗓子"。男人们不得不缩小了圈子，不断地朝她挤拢，每一个人的身体都变得又小又扁，脑袋变得又细又尖，像鳊鱼一样游来游去，见缝插针。有两个没有位置的胆大包天的家伙，竟然摇摇摆摆地栖息在寡妇的头发和鼻子尖上。这当儿那帘子动了一动，寡妇马上精神为之一振，但很快又泄了气：原来是风吹的。她的叙述终于由模糊而清晰，进入了主题，每讲几句，那些鳊鱼似的男人就推来搡去，往她怀中直钻，用尖尖的脑袋去蹭她的乳房，还发出"嗯嗯"的应和声。那些后排的不服气，又拼命将前排的挤到后面去，自己好挤上前来，享一享"艳福"。寡妇那蚊子叫般的叙述声大意如下：那天夜间发生的事件她觉得有必要向各位"澄清"，在这件事上她是"清白无辜"的。她并不是像"某些人"（她说这三个字时略微提了提嗓子，朝那窗帘狠狠瞪了一眼）似的，一味地撩拨勾引别人，装作满腔情欲，而一旦事情真正到来，便若无其事，将男人弄得进退两难，自惭形秽，自己却从中取乐。她是一个朴实、诚恳的女人，她的种种行为，全是出自内心的意愿，她决不勾引人，也不有意地使人失望，也不以此来达到控制人的目的。尽管那一夜，她始终与 A 滚打在一起，但一直到天亮也没有让他的企图得逞。细细一想，对 A 这样的血性男子，这种体验又是不无裨益的。在滚打的过程中，他自始至终地接触到了她这样的成熟女性的身体，这在他今后的漫长生涯中，发生的影响是不可估量的，至少是打下了一个很深的烙印吧，这一次体验将足以抵御今后的任何诱惑，说不定竟因此而看破红尘，像她本人一样从事起修身养性来也未可知的。男人的可塑性是极大的，以往的经验证实了她这个看法。

寡妇长期以来一直从事性问题的研究，见解独到，自成体系，一切灵感皆从冥思遐想中获得，令人敬佩。与此同时，X女士也从事这方面的探索，但她的态度完全相反，一味地投机取巧，叫叫嚷嚷，甚至在毫无建树的情况下当众发表演说，扰乱视听，动机不良。一经对比，我们可以打这样一个比喻：一个是真金，一个是破铜。寡妇的比喻更是一针见血，她干脆说X女士是一个"冒牌货"。至于是一个怎样的冒牌货，她又不肯说穿了，只是"嘻嘻"地笑个不停，羞于开口。我们猜测，她大概是将材料掌握在手了吧，这个比喻一定是和"性"有关的。我们五香街的群众过去一直深信不疑：X是一位女性，现在看来连这个观点也要打折扣了。关于X女士，我们无论在哪方面都要持审慎态度，决不能深信不疑。请听听寡妇那些暗示性的言论吧：

"有哪一个男人尝到过她的甜头了吗？没有。关于她，有哪一个男人从她身上获得了那种感官上的快乐了吗？没有。一个实实在在的女人，总不可能是一团云雾之类的东西吧？从她本人来说，如此的淫荡、邪恶，总不至于是像我一样彻底超脱，而对此类事丧失了兴趣的，一定是有某种障碍使她不能自由行事。只要我们将她的一贯行为细细一分析，不也就清楚了吗？"

情况好像并不如此单纯。如果X女士不是一个"女性"，仅仅靠妖术来吸引着众多的男人，那么经过寡妇这种艰苦卓绝的斗争，把戏一定面临败露的边缘，而男人们，也一定有所警惕，不会轻易上当了。但到目前为止，X女士的事业看不出有丝毫就要失败的迹象，那些与之交往的男人（包括大群的少男少女），不仅不警惕她，反而日甚一日地依赖她，不知所以然地往她家里跑，对于寡妇的好心提醒，他们就仿佛聋了似的不闻不问，也不拿正眼瞧她一下，就好像性别成问题的，不是X女士，而是她寡妇本人了。当然对于X女士，他们中的绝大多数也从不加以肯定，有些人还不遗余力地加以诋毁，要杀杀她刮起的歪风邪气。寡妇分明知道，只有拿出"真本事"来才能达到目的，那真本事又是万万使不得的，它会毁了寡妇多年修炼出来的"人格"。看来她与X女士之间这场致命的斗争，会要永远相持不下，分不出胜负了，这是她决不甘心的，这也等于是变相地承认：她的研究是不彻底的，没有真正价值的，只是一堆空话而已。我们的寡妇面临着险恶莫测的前途，她仍然毫不动摇地选择了那条满是荆棘和陷阱的小路，毅然向前了。因为从本质上讲，她毕竟是一个狂热的理想主义者，也是一个看不起市侩哲学，向往高尚纯洁的生活，坚韧、顽强，执着地追求着自己既定目标的人。

人人都知道，我们的X女士谈起性问题来，真是口若悬河，滔滔不绝，充满了那种可疑的激情，而又不厌其烦的。性的问题是她终身最最关注的问题。从以至关注得会在某个意料不到的瞬间昏了头，当街发表怪诞演说这件事来看，我们也就可以看出"性"这东西在她本人的生活中占了何等重要的比例了。我们简直可以说她的一切活动：干炒房工作，照镜子，观察眼睛，与男人来往等等，全是为了这个目的。为了达到这个目的，她必须具有超人的精力和体力来应付,所以她的生活总是过得有条不紊,十分严谨。在局外人看来,她除了有夜间职业与照镜癖这两项活动外,日常生活与大家并无什么两样。殊不知她的日常生活都是一种假象,是为了积蓄体力与精力的一种操练。她的真正的生活,是体现在夜间职业与照镜这两项上头的。而这两项,又与性直接相关,是她日日要做的,她在这两项上头花费了她的全部精力与体力,好像永远处在一种高度的紧张状况中,并且总是那样消瘦,似乎永远也胖不起来。

X女士对于性问题的见解是骇人听闻的,对她那种见解,不仅五香街的群众摸不着头脑,就连她丈夫、妹妹,甚至奸夫Q都不能全盘理解,而只能悟到其中某些枝节。她是否认为自己就是彻底性感的呢?她是否具有寡妇那种天生的自信心呢?回答是肯定的,不但如此,她的自信心还远远地超过了寡妇,变成了一种狂妄的自傲。但在她,产生这种狂妄的根据又和寡妇恰好相反:她完全视"生理功能"于不顾,荒唐地认为自己的"性感"来源于她那双丧失了视力的眼中的波光。

"这就是性感,"她红着脸沉浸在自我陶醉之中,"对于眼珠的关注使我青春永存,使我对新奇的东西保持高度的敏锐。"

她还说她这种性感并不是早就有了的,它是从她从事迷信活动以来逐渐"焕发"出来的。在以前,她的性感一直处在潜伏状态,所以她和别的女人并无两样。自从她从事了迷信活动,她本性中的某种东西便升华出来,大放异彩,一下就使她远远地高出于其他的女人啦。于是她的一举一动都变得异常优雅,女性的风姿在她的周身洋溢,并且她还坚信自己"比二十岁的时候有魅力得多","再也不会衰老了。"

在她与Q男士厮混的那段时期里，我们不得不承认，她眼中的那种光是起了决定的作用的。而关于这是否就是性感，Q男士在开始是没有把握的，这毕竟和他脑子里往常的那种观念大相径庭。尽管没有把握，但一到相互面对的时候，由于X女士的魔术，Q男士在生理上很快就会出现一种感应，他神思恍惚，泪眼模糊地盯着X女士的眼球，脑子里不断出现X女士身体的某些部位，一下子就产生了性的冲动，而且只想和X"立即上床"，恨不得要对她"百般体贴温存"，"让她也和他一道达到那种最大的快感"。这些想法在一开始当然并未实施，它们只是存留在Q男士的脑海中。因为Q男士，我们前面仿佛说过，并不是像X女士这样的爽快人，他总在彷徨，而且心软，不忍伤害任何人。所以他在X女士面前虽然冲动，却又拼命压抑、掩盖，还时时忘不了找理由来解释自己的种种行为。X女士并不在乎Q男士在观念上对她如何评价，她是用身体来接受他的某种"感应"的，虽然一开始她与他并未"胡来"，但她从最初就简单而肯定地认为：Q男士与她在性的方面是天造地设的一对，如果发生性的关系，双方都会获得那种最大的满足，Q是她迄今为止所遇到的唯一"性感"的男人，她梦寐以求的，正是这样的男人。她虽然水性杨花，在感情上毫不专一，但她本能地知道，像这样的机会，她一生中很难遇到第二次了，她决不轻易放走这个机会。

她对于男人到底是如何看的呢？在她眼中，什么样的男人才是性感的呢？在这个问题上，她不是像寡妇那样持全盘否定的态度，而是在心目中将标准提得很高很高，高到了不可思议的程度。而那个标准，又是极简单、极可笑的。她判断一个男人是否性感只有两条，这两条我们已在前面透露过了，一是眼睛的颜色，一是说话的声音。这种标准在正常人看来简直是发了疯，谁也弄不清它们与"性"这种丰富而又实在的东西有什么联系，何况X女士在作出判断时又并不是运用五官，据她自己说却是运用身体的感应来做出那种判断的，而经她这么一"感应"，便将绝大多数对她发生兴趣的男人抛到了落选的位置上。有个别的，她虽然不无兴趣，但她对他们并无性的欲望，这一点也是由她身体的感应决定了的，毫无办法，也不能通融，即使对她非常喜爱的男性也如此，而她非常喜爱的男性，似乎并不止Q男士一人。因为她这种对待异性的随便态度，有人说她是"泛爱主义者"，还有人说她是"性冷淡"。Q男士本人也时常为此苦恼、嫉妒，唯恐突然就失去了她，每时每刻都惦记着与她"胡来"这回事，不能摆脱，又不敢不顾一切地追求，后阶段日日消沉，"简直不想活了"。

一天中午，同行女士在X女士那间阴暗的小屋里对她刨根问底，问她那种性的观念到底是个什么玩意，是否属于"意念淫"的范围，是否与"上床"毫无关系。如果是她造出来骗骗世人的，那么对于她（说到这里，她将嘴巴凑到了X女士的耳朵上），这个多年的忠实的老朋友，大可不必保守秘密，朋友的秘密放在她的心底比放在保险箱里更为可靠。

问题一经提出，X女士立刻轻信了她，敞开心扉与她密谈起来。首先她肯定，她的性观念绝不是与上床毫无关系，而是密切相关的，上床是这件事的目的和高峰，是无比美妙的瞬间，简直可以说是她的理想的实现。正因为如此，她在这件事上才严肃得有些过分，绝不马虎，哪怕一点芝麻大的小事也可能破坏她的整个情绪，于是马上丧失了冲动和快感，变得索然无味，麻木不仁。X女士说这种性情是她的一个最大的缺陷，正是因为这个缺陷，她才是如此的不能安分守己，对任何男人都不满足，标准高而又高（简直不是尘世的人所能达到的），感情忽起忽落，令人望而生畏，望而生厌。而在从前，她倒并不是这个样子的，那个时候，她并没有"这山望着那山高"的毛病。是迷信活动改变了她的整个性情，这活动虽然激发了她的性感，却也将她体内的恶魔唤了出来，从此便要像饿狼一样四处寻觅，惹出数不清的麻烦来了。同行女士注意到X女士只顾自己说个不停，脸上透出小女孩的那种天真纯洁的表情，就在心里对她更加鄙视了，恨不得要偷偷地踢她一脚，踢得她嗷嗷叫起来才痛快。

她继续说，她对一个男人感兴趣的永远是眼睛的颜色和说话的嗓音，在这上头，她具有"极细的辨别力和丰富的经验"。这并不是说她喜欢田园牧歌式，不，她是十分讨厌田园牧歌的，她认为那是在伪造爱情。而一个男人，如果能在这两项上头符合她的情趣，她便断言，他和她会有那种销魂的床笫之乐。到了那时，什么约束都会对她不起作用了。她肯定会不惜一切，对方也肯定能从她身上获得从未有过的巨大满足。从这里也可以看出，她对自身的估计也是很高很高的，高得简直不是估计，而是瞎吹了。她又说虽然她的标准并不是一成不变的，但只要有，她总能迅速地凭感觉找到适合自己的类型，一旦碰见这种类型，她便要一追到底，搞它个水落石出，决不半途而废，也不因困难重重而低头，除非理想破灭，铁证如山，她才"回头"。

同行女士听了她的夸夸其谈之后，便拐弯抹角、百般引诱她讲出自己的"桃色事件"，以丰富同行女士自己的生活内容。她向X女士提出诸如此类引蛇出洞的问题："你对男人的体形有些什么样的看法"啦，"大个子与小个子哪样更佳"啦，"已婚男人与童男的不同韵味"啦，"温柔型和粗暴型哪样更富于刺激性"啦等等。但这X女士，此时竟严肃得有些可怕，仿佛在进行一种纯学术的探讨，决不将片言只语涉及他人，而对于同行女士的提醒，她只是沉默，脸上的表情沉痛而又怜悯，仿佛在替她难过，又仿佛想要帮她一把。这种高高在上的态度气坏了同行女士，她跳起来（并趁机踢了她一脚），高声嚷嚷，说她只不过是"又当婊子又立牌坊"。一个人，既然如此水性杨花，哪里还谈得上什么高尚和严肃，只要她与男人交往，从第一分钟起，每时每刻她心里巴望的都只能是"上床"。只有上床是唯一真实的，哪怕讲得天花乱坠，把自己吹成一个圣人，也绝无半点理由要相信她，除非她是器官有毛病，只有傻瓜才相信她会放过上床这桩乐事呢。岁月如流，鬼才知道她已经和多少男人干过这事儿了呢。不然她怎么会有那种"极细的辨别力和丰富的经验"？那不纯粹是一种空想吗？

X女士耸了耸肩，耐心地向她解释：她内在的感觉是无法用言语来传达的，她这人就是有那么一点怪，在别人看来是不可能的事，偏偏就在她身上发生。请别以为她是封闭的，其实她的心扉是向世人敞开的，她盼望与人交往（包括与男性的"胡来"），但她做不到，长期的经验早已使她"冷静"下来了。

同行女士从X女士家里出来后一拐就拐进了金老婆子家。此时金老婆子刚好与煤厂小伙子胡来完毕，两人都光着屁股。因为同行女士一阵风似的钻进来（金老婆子从来不闩门），这两人就干脆坐在被子里不起来了，还一边与同行女士谈话，一边相互抚摸着，很感动似的。同行女士给他们带来一个爆炸性的消息，说是X女士要嫁人了。金老婆子大吃一惊，连忙四处找裤子。找来找去找不着，她就用一件衬衣缠在腰上遮住前面，一下子跳下了地，然后一串连珠炮似的问题甩向同行女士：X女士是有丈夫的，她怎么能随便就"嫁人"？我们的法律能容许这种事吗？她既要嫁人，为什么早不嫁迟不嫁，偏偏选择了这种时候，眼看她金老婆子就要大获全胜，在声誉上彻底压倒她，在爱情上春风得意的时候？她这一嫁人，不是使得她前功尽弃，进退两难了吗？她肚里到底打的是什么鬼主意？或者根本没有这事，只不过是她造出谣言来扰乱人心的？同行女士意味深长地笑着，示意金老婆子安静下来，自己则悠悠地往她床上一屁股坐下去，刚好坐在煤厂小伙子的脚上。煤厂小伙子一咧嘴，抽回了双脚。"X女士，"她慢吞吞地说，"X女士真是一个神通广大的家伙呢！"

一句话说得金老婆子全身打抖。她告诉他们，X女士虽则是她的知心朋友，但她的确是她有生以来遇见过的最最厉害的女人，只要她的眉毛动一动，什么样的人都得在她面前服服帖帖，假如有谁妄图钻她的空子，与她较量高低，那是决无什么好下场的，她虽不动声色，却能置那人于死地，永世不得翻身。讲到她自己，她今生能交上这么一个朋友，真是她的运气，她要竭尽她的全力来维护X女士的荣誉，绝不含糊。至于X女士对于男人的那种支配权，这当然不是金老婆子这种女人能与之抗衡的，她根本就不在X女士眼里，即算她与煤厂小伙子如此胡来，从精神上自以为打败了她而洋洋得意，但X女士本人根本就没注意到她的这些小动作，简直毫无感觉，因为她是一个具有雄才大略的女性，怎么会把煤厂小伙子这种不足挂齿的小人物记在心上呢？就算煤厂小伙子执意认为，他在X女士心目中占着一个何等重要的地位，那只是他本人的单相思罢了，所以金老婆子的战略战术也只是一场错觉，是小孩的游戏，不沾边的玩意，倒不如不搞。如果要说X女士有什么真正的对手的话，那人只能是她——X女士的知心好友，只有她才是她所害怕的呢。是谁掌握了X女士的一切私人秘密？是谁对于X女士的古怪个性了解得最透彻？又是谁在对男人的魅力上比之X女士毫不逊色，甚至有压倒之势？只有一个人。所以她虽是X女士的知心好友，也是她的心头之患，势不两立的竞争对手。关于X女士对于男人的魅力，通过多年的观察，她倒是搞清了她的几件法宝，其中最常用的一件法宝便是那种暗示性欲的黑话。X女士在这上头是粗俗不堪的，她总是赤裸裸地向对方讲出自己的"欲望"，然后等待那人发生冲动，以达到控制人的目的，当然她自己决不冲动，还要恶狠狠地来嘲笑对方的冲动。这个法宝她已经屡试不爽，百战百胜，只由于男人们大多都是这样一些废物，他们生到地球上来纯粹就是一个错误。在她通过观察看清了X女士那种内在的冷酷之后，X女士便害怕得要死，多次来找她解释，说她本人并非对男性无动于衷，而是时时盼望与一个理想的男人发生肉体关系的，只是这世界"太空旷，太荒凉"，她

"寻不到自己的理想"，才落得今天这模样。她听着 X 女士的诉说，从心里看穿了她。X 女士所诉说的，正是她自己致命的弱点。她一定担心这个弱点一旦公之于世，她就会失去所有的崇拜者，彻底地孤立起来。当然同行女士，作为她的长年知交，绝不会去戳她的痛处，把这事向世人乱说。同行女士倒是很体贴 X 女士的，只是希望杀一杀她那股骄横之气，使她变得稍微不那么狂傲，平易近人一点。她毕竟不是世上独一无二的女人，有人就在各方面一直在她之上，还能藏而不露，保持一种平和的心境，谦虚待人，为什么她就不能做到这一点呢？再说她并非生性热情奔放之流，为什么要弄虚作假呢？这么一搞她虽满足了自己的虚荣心，但给世上的男子（即使是废物之类吧）造成了何等重大的心灵上的打击啊！

同行女士说到这里停住话头，走到门边向外瞧了一瞧，然后闩紧了门，回转身来，压低了喉咙向他俩谈起一件机密的事："不久前还有这么一个，我决不吹牛。那一个原来是她的崇拜者，发现了我之后才恍然大悟，知道了他先前的崇拜是盲目的，懂得了真正的女性魅力是怎么回事。我并无意要抢她的生意，那完全犯不着，每次我都静静地待在一边，但男人们发现了我，这并不是我的过错，而是他们体内男性意识的觉醒。真家伙原来在这里呢！闪光的珍珠原来在这里呢！像这种情况还有好多次，多得不计其数，如果我把数字揭露出来，会使得她无地自容的，她完全忽视了我的存在，这个狂妄的人。"她向他们俩说完这件机密事之后忽然感到内部空空的，于是大发脾气，大声挑剔："为什么你们房间里不烧炉子？"继而伸长腿去踢那炉子，踢得炉子翻倒，红煤撒地，这才一甩手离开房子。

金老婆子与煤厂小伙子面面相觑。煤厂小伙迟迟疑疑地问："要不要穿裤子？"这一问激怒了金老婆子，她声嘶力竭地发作了："滚你妈的蛋！"小伙却误解了她的意思，以为不让他穿裤子，以为责备他不够热烈，于是扑上去，与金老婆子滚成一堆，又"胡来"了一场，直到滚在红煤上面，烫得发出杀猪般的号叫。

X女士的观念是否生来就是如此呢？她有没有过什么实实在在的成功与失败的经验呢？如果没有，那么我们就只能说她的观念是她的一种怪癖了。然而据X女士的妹子说，X女士的性观念是"经过了一个漫长的历史过程，由模糊而清晰，逐渐变成了今天这个样子的"。要从她妹子的话里分析出什么来，那可能性真是微乎其微，这是我们早就领教过了的，我们倒不如自己来一番推理痛快得多，既可以擦亮我们的眼睛，又可以运用我们的逻辑思维。这个女人，从她当今的表现来看，我们可以肯定她从前是不顾一切地风流放荡的，在那当中，曾有过无数次非法的"上床"活动（这从她只要一提"上床"便两眼炯炯发光上得到了证实），凭她这股吓死人的劲头，不出几个人命案子，毁坏几个人的前途，她哪里会罢休？我们见过好些女人，她们稍微风流风流，轻松一下，并不会受到人们的苛责，但像X女士这种要搞人命案子的女人，我们从来没见过。自从她在某机关弄得声名狼藉，被赶了出来，飘流到五香街，她才迫不得已稍有检点。这检点延续了几个月，她便重整旗鼓，要大干一番了。她认为自己吃了大亏，被人抢劫了，她要捞回她失去的好日子，所以不久她就原形毕露了。她还说她是"彻底自觉的，十分审慎的",她现在进入了一个"对自己有清醒估计的阶段",消愁解闷活动使她"排除了一切世俗的干扰",她"直接就可以看见自己的欲望"。如果要我们为 X 女士的幸福着想,她倒不如一生出来就糊里糊涂,永远也不要有什么清醒的好。这种古怪的清醒一方面将她弄得咄咄逼人,男人见了望风而逃,不逃的则被她搞得出人命案子,另一方面又将她弄得孤芳自赏,与世人格格不入。(她声称有了以往的经验,便所有的男性都不在她眼里了。)谁又知道她肚子里有几根肠子在动呢?那和男人们有什么好大的关系呢?她大可不必把自己看得那么高,因为那都是一些错觉,根本不能算一回事。请问既然男人们不在她眼里,她干吗还要寻觅?像寡妇那样守身如玉不是高超得多,真诚得多吗?X 女士不能回答这些问题,X 女士跳开这些问题,强调说,从事迷信活动以来,她的身体是日甚一日地变得"鲜活、有力"起来了,每当城里的大钟敲响,曙光升起在窗前,她便轻盈地从丈夫的臂弯里跳出来,久久地伫立在窗前,那种时候——她对妹子说——她觉得自己的"前胸是如此的饱胀,臀部丰腴,大腿颀长、柔韧,全身如柳枝似的摇摆"。我们的寡妇曾在一个早上目睹了这整出戏,她说她的感觉"无法形容",还说 X 女士的丈夫竟然"怂恿这种行为",说不定 X 女士所有的桃色事件全是与这个宝贝丈夫"合谋的"。

  X 女士体内的恶魔一旦被唤醒过来,便要不停地兴风作浪了。本来她是可以自由自在地去显她的神通的,不幸的是她选择的场地很成问题,这个场地,正好是我们五香街的老百姓世世代代居住的地方,一个秩序井然的所在,谁也没有料到会钻出一个她来，就连药房里八十三岁的算命先生老慵都没有料到，但她就如天外来客似的落在了五香街，并与丈夫两人干起了炒房工作，摆出一副要永久居住下去的架势了。很长时间之后，我们大家才忽然感到了这两个人的存在。五香街的老百姓都是一些现实主义者，他们首先疑惑、诧异，眯缝着眼打量这两个人，接下去他们马上迫使自己接受了这一既定事实，很快地定出种种对策，将X女士一家作为"异己分子"而容纳下来。五香街的群众团体一贯就是一个善于容纳多种思想观念和个体的组织，这种"容纳"倒并不等于和稀泥，而是通过漫长的岁月使其逐渐同化，彻底与自己融为一体。自古以来，这种做法往往取得预定的可喜效果。但是这一次，轮到X女士的这一次，一切的规律都失灵了。

X女士从降落在五香街的第一天起，一直到今日（约莫两三年过去了），她不仅未被同化，而且如癌症般的顽固，并将毒素四处扩散，危害他人。就似乎被同化的不应是她，反倒是她周围的群众呢，她暗中咬着牙，孜孜不倦地努力着，所求的不就是这个吗？当然就整个团体的悠久历史来说，她的这点破坏性并算不了什么，对这个庞大的健康机体毫无损害，甚至还有好处，因为可以产生抗体等等。但蚊子毕竟是讨厌的，它吸人血，还嗡嗡叫。X女士就是这样一只讨厌的花蚊。我们希望它不要叫得过火，促使我们心地善良的老百姓动了杀机才好。我们可以举出种种的例子来说明她的观念与五香街的传统观念是如何的相悖。

首先说一说乘凉的事吧，这是他们一家所做的一件最可恶的事情。我们南方，每年到了夏天一定要乘凉的，而这乘凉的地点，一定是在大街边上，三个一堆，五个一堆，畅谈讨论人世间所发生的大事情，预测美好的未来，抨击不良的社会风气等等，直至深夜。这种聚会必定是人人要参加的，许多重大的决策就由此而产生。X女士一家，从搬来的第一年夏天便显出他们十足的没有教养。他们在众人乘凉的当儿盛气凌人地在大街上散步，目不斜视，逍遥自在，散完步就回到他们的小屋里，关上门，再也不出来了。然后女的摆弄显微镜，男的"不知干些什么"。煤厂小伙子曾去X女士那里"委婉开导"，邀她"参加一点社会活动"，但她"一声冷笑"，照旧低下头看她的显微镜，似乎生怕因和煤厂小伙子谈话而耽误了一分钟，又仿佛不认得他似的。煤厂小伙子默默地坐了一会，自卑感不断上升，回去时"连路也走不稳"了。

"毕竟，"他怪不好意思地说，"她有她个人的事情，那种事情一定是很高超的，当时我在旁边差不多要感动得哭起来了，那种事是空前绝后的，我们不便强求……"

他的话还未讲完，寡妇便一口啐在他脸上，大骂他："不要脸，得了那猴子精什么甜头。"

一年又一年过去，X女士一家仍旧不乘凉，仍旧房门紧闭，不但如此，还进行那种暗地里的破坏活动，妄图通过迷信活动来瓦解五香街的群众团体。经她这么一努力，乘凉的人数的确稍有下降，而相对来讲，和她一起搞迷信活动的人却增加了。这件事使得那傻瓜丈夫乐不可支，逢人便说起X女士这一手"绝招"是如何了不得，只要一实行，任何如乘凉之类的传统习惯都不能抵挡，简直所向披靡。这丈夫当然是出于一种儿童心肠想吹一吹牛，不过从这里也可以看出 X 女士的那种被人忽视了的"渗透力"。

除了乘凉，还有一件大事，就是照相。我们五香街人最喜欢照相，将这件事看得十分隆重，如过节一般。除了在家用照相机自己照以外，每年春暖花开，大伙儿还一齐拥到城中心的照相馆去照一些集体照，然后拿回来视作珍贵的纪念品，用最高级的相框嵌好挂在墙正中，不论你走进哪一家，墙上都挂满了这种五颜六色的照片，令人肃然起敬。在这一集体活动中，X 女士家又成了一个例外。他们不参加这活动也罢了，还放出一些偏激的言论，说照相这件事本身"没有半点好处"，完全是"做假"，"一个人，要看到真实的、生动的自我，最好的办法就是照镜子"，"连镜子都不敢照的人照什么相，自我欺骗罢了"等等。连他们的儿子小宝，亦常在游戏的时候不经意地说什么："照、照、照！照死人哟！"说起 X 女士一家的怪异之处来还有很多，说也说不完，总结起来反正就是一条：他们所做的一切，都是要存心破坏五香街的社会秩序，他们抱着这种仇视态度，横了心要将这种态度带到坟墓里去。

四、Q男士其人其家庭

在郊区的一座小山底下,有一排红砖平房,我们的Q男士与老婆和两个儿子就住在其中的一个小套间里。Q男士与他的老婆大约都是三十八九岁(他俩私下里却固执地认为自己是四十五岁,并以这个年龄而自豪,觉得自己已将世事看得很透很透,再也不会有什么秘密了),性情和蔼,谈吐直爽朴实,为人大方可爱。他们都在某机关任职员,一天劳累回家之后,看见两个活蹦乱跳的儿子(一个九岁,一个十一岁)扑上前来,倦怠之气便一扫而光。

局外人看起来,完全是一幅天伦之乐的令人感动的画面。他们在屋前屋后种了好些南瓜、苦瓜、豆角之类,还饲养着一些雪白的长毛兔,一只虎纹大猫,一条英武的狼狗。夫妻俩都酷爱乡间风味,讨厌城市的喧嚣。时常暖融融的太阳当空,空气中荡漾着甜美的花香,蜜蜂来来往往,Q男士就捧着他老婆那红彤彤的脸蛋在瓜棚架下接起吻来，并且吻个没完没了，就仿佛双方的嘴唇上都长着蜜糖似的。接吻完毕，两人就拥抱着坐在瓜棚下的长条石凳上，长时间地热泪盈眶，沉浸在那种古远的冥思遐想中，把生活中的一切烦恼都忘它个干干净净，直到一只什么鸟儿在头顶发出一声惊讶的叫唤，他们才一下清醒过来，于是复又感动，复又接吻。眼睛一眨，他们已经度过了十五年这种平静友爱的小日子。从一开始，他们就十分和谐、美满，这种生活一直延续到Q男士遇见X女士，其间不但没有裂缝，而且愈见情深意浓，他们俩似乎已成了一个不可分割的整体了。

当然他们俩在性情上也还是有差别的，Q男士的老婆是一个温柔、胆小、纯情的女子，从遇到Q男士的第一天起她就崇拜他，并由崇拜而发展为爱情。她的爱情一直是专心致志的，她从来不曾认真向Q男士以外的男人看过一眼，因为在她的心目中，除了Q男士，其他的男人都是可怕的，不可理解的，她遇见了Q男士，这真是她一生中的运气和福气。当她尽心尽意地侍候着Q男士，支撑着小家庭的重担时，从她的心底，时常会滋生出一种小妇人的骄傲来。于是她便在短时期内不再胆小，双颊透出少妇的红晕，一下子就显得风韵动人起来。讲到Q男士的性格，那却是一个搞不清的问题，Q男士的性格有很多层次，并且我们可以说，他从来也没有充分显露过自己的性格，所以我们也无从准确地作出判断。但他性格中的两个最大特点却是无时无刻不溢于表面的，这就是他的多情，他的宽厚、善于体贴。他性格中的其他因素，虽然在与X女士接触的半年中显露了一部分，但远远谈不上完全暴露，据他自己表白，这是因为他从生下来便带有那种"原罪感",所以他的一举一动都是压抑的,谁也搞不清他有多大潜力,会干出什么反常的事来。

Q男士作为一个多情的侠义男子,对于他的老婆,一直是十分疼爱的,从一开始他就打定主意,绝不干任何伤害她的事情,永远要做她的兄长、保护人和亲爱的丈夫。他们之间的性生活,在开始并不是很和谐,但通过两人齐心合力的努力,又由相互间的情意作为促进,逐渐地变得和谐而丰满起来了。他的老婆,也由起初的那种处女的被动而慢慢地发展为主动的挑逗、爱抚,使Q在情感上和肉体上都得到了很大满足。所以Q,对于他的老婆是充满了感激和报恩之心的。这样一些话语经常充满着他们的小家庭生活,而增加着他们的生活情趣:"假如你爱上了别的女子,我马上去死掉,成全你们。""你落到我手里,这纯粹是个意外,是老天爷对我长期孤单生活的补偿。"(老婆语。)"假如有来世,让我重新选择老婆,我仍然要毫不迟疑地选择你。""你是我理想的寄托,你使我脱胎换骨,变成一个纯洁的好男人,其他的女人只会使我堕落。""还有什么我没体验过的快乐呢?和这丰厚的东西比较起来,还有什么能再打动我?"(Q男士语。)等等,虽然不免令人肉麻,但也清楚地显出了双方的情爱之深。

要说他们的生活中从来没有过第三者的涉足,一直这样风平浪静,头顶是蓝天白云,脚下伏着猫儿兔儿,耳边飞舞着蜂子,小鸟和虫儿都来分享他们的爱情,这又未免过于理想化了一点儿。和Q男士的观点相矛盾,Q男士不幸是一个非常性感的男人。敏感的女人能从他的脸上和动作中看出那种被禁锢着的肉欲,也能看出床笫之乐对于他是有着何等的兴趣和迷恋。一种在他体内奔腾着的活泼泼的力量时常跳出来与他的理智抗衡，这给他惹过不少的麻烦，使得他为之头痛，为之迷惑。当然每一次，他都战胜了魔鬼的捣乱，回到他的安乐园，神清气爽，重新成为一个纯洁的男人、多情的好丈夫。

在他三十五岁那年（男人的最好年华），曾经有一个美艳的女子在观察了他多时以后，等候在昏暗的楼梯下面，"一把捉住"正走下楼来的他的臂膀，赤裸裸、急煎煎地向他讲出自己的欲望，并向他提出那种要求。

"你盼望这个。"她不由分说地紧盯他的眼睛，半张开红唇等候他的亲吻。

他没有动。过了很久（女子觉得有一万年），双方才从这种僵持不下中找到了出路。Q男士首先嘘出一口长气说："凭什么？我们还一点都不了解呢！"

女子却觉得这话是对她的最大的侮辱，她气咻咻地走开了。事后他向妻子承认，他在短时间有头晕目眩的感觉，不过他很快就镇定下来，将那女子"看到了骨髓"。"很俗气、很风骚的一个女人。"他淡淡地对妻子说（这过于淡淡的神气似乎在掩饰着什么），"哪能和你相比！"

他逃避着，那女子失望了，很快地转向了他人。于是他觉得庆幸和自豪：幸亏自己没有上当，不然后果将不可设想。世上的女人，在第一眼看起来总似乎有些什么，其实什么也没有，这不证实了吗？一个男人，为了这种女人去冒险，除了毁灭了自己，还能得到什么呢？一般来说，女人总是可厌的，另一种女人也许有，但他并没有看见过，怎么能证实其存在？至目前为止,他还并没有见过比之他与他妻子的关系更完美、更高尚的关系,他也相信永远不会有超越这种关系之上的东西。他的眼力是这样的厉害,什么都瞒不过他,他已经四十五岁了嘛,还有什么事物是看不透的呢?

他的妻子和他一起庆祝着他们的胜利(她从来不说他的,永远只说他们的),像节日一般充满了骄傲的欢乐,感动着。一感动,又忍不住要加倍地抚爱他、宠他,称他为"可怜的、无依无靠的小男孩"。而他,也更加倍地回报她,为自己一刹那间有过的卑鄙念头惭愧万分,发誓永远不告诉她,永远要保持他们爱情的完美,洁白无瑕。谁能和他的妻子相比呢?这优雅纯洁的、童贞般的动态!满载情爱的、沉甸甸的灵魂!每一次都使得他为之惊叹,为之崇拜。那种"麻烦"在他们十五年里大概有过四五次,每一次 Q 都独自做出了恰当的处理,他决不让这种世俗的事情去骚扰妻子那天使般的心境(那无异于有意地伤害),如果要告诉她,那也只能在事后,当作玩笑似的和她谈起,决不能使她有丝毫的猜疑不安,那会使他痛悔一辈子的。

Q 的妻子,从心底里明白 Q 是一个有魅力的男人,明白他在女人眼中是什么模样,她一点也不妒忌,妒忌这种感情与她那美好的心灵挂不上钩,她只是担忧。她觉得她的男人是一个娇嫩的孩子,赤身裸体在这世上行走,他的周围布满了荆棘和暗藏的猛兽,一不小心就会受到伤害。他是她的男人、兄长,在感情上又是她的孩子,一个那么轻信的、热情的孩子。她必定要在暗中指引着他,将他带到那安全的处所的。为自己的这种使命感,她总是秘密地兴奋着,不由自主地笑起来。

"你有什么高兴事？"

"女人的事，我不告诉你。"

乱云过去，天空重又蓝而纯净，豆角花儿发出醉人的清香，紫云英的小朵儿在眼前怒放，Q男士一个膝头上坐一个男孩儿，用结实的臂膀搂着娇小的妻子，饱尝着为父为夫的人间乐趣。如果不出现X这个巫女，如果出现的是另外一个女人而不是X，那么Q和他的老婆，在我们当今的社会里真要堪称爱情的典范，所有人效法的榜样了。

不幸的事情发生在美丽的五月的一天下午。那一天是Q男士和老婆的休息日。从清早起来（他们夫妻从不睡懒觉），Q男士的体内就隐隐地有种不安的骚动，这种莫名的骚动一直延续到下午，他小心翼翼地瞒过了妻子。吃过饭，他站起来对妻子说，他要去找人算一算命，就心神不定地出去了。（这里补充一点，我们的Q男士是一个真正的迷信者，这和X女士大不相同，X女士只不过是大搞神秘主义，其实自己并不真正迷信，骨子里反倒是非同寻常的自信，就是说她从来只信自己，不信神，也不信命，她对命运抱一种挑战的、嘲弄的态度，只要有可能就与之作对，胡作非为，从不肯认输。Q男士和她正好相反，永远在某种畏惧中度日，信神，也信命，同时很少有什么非分之想。他经常找人算命，并为算出的结果情绪大受影响，或异常亢奋，或萎靡不振。他时常一连好多天像小孩一样举动轻狂，口里念念有词，情绪好得不得了，又时常好多天像老头一样默默端坐，脑海空空，目光迟钝。每当这种情形发生，他老婆就明白又有什么人替他算了命。他可以不惜牺牲休息时间，走几十里路去寻访那些算命先生，也可以节衣缩食，省下钱来交给那些掌握了他的命运的家伙。除了算命，他生平再无其他嗜好。）前一天，他的同事告诉他，城里的五香街上有一名真正的巫女，听说还有特异功能，但从不和人算命，如果他去了，凭着他的魅力，或许改变态度也未可知。Q男士心头一怔，立刻将这件事铭记心头。关于那次算命的详情，我们这里没有记载，因无人提供可靠的情况，Q男士自己也未向任何人说过。信上也仅披露了眼珠的事，只字未提算命，X女士的妹子（她当时在场）也不过说了一些风马牛不相及的感慨，含糊地涉及了Q男士的相貌，这我们前面已经提到过了。总之那便是Q男士与X女士的第一次见面。这次见面是致命的，它改变了许多人的生命进程，并使得一个无辜者丧了命，这以后要讲到。

　　我们这里要讲一讲那天的天气，因为天气，也是整个事件中决定的一环，不可忽视的。那真是捉摸不透的、异样的一天！当然，要是不特意细细地观察，那一天也许与春天里常有的那些日子并无两样。多年以后，五香街的那位跛足女性回忆道：那一天的天气非常晴朗，从早上起，天空里就游来许多花朵般的白云，到后来，"连树梢上都挂满了这些花朵"。她从窗口探出头去，外面"就如仙境一般"，"除了云朵，还有一件反常的事，就是青草的味儿"。要知道五香街上从来没见过什么草，只有一些发育不良的树立在街边，但这一次，的确是浓重的、沁人心脾的青草味，使空气都有点泛起绿色来，让人微醉，让人伤感。我们的Q男士，在这种醉人的飘飘欲仙的氛围中走向X女士的小屋，下面将发生些什么，他的生命会有什么样的转折，也是可以理解的了。那一天也不知是哪里出了毛病，就连老天爷都在撮合这对贼男女呢。

下午发生的事情，Q男士的老婆是一无所知的。她从来不打听丈夫交结一些什么人，也从不去询问他的个人活动，她对丈夫不主动告诉她的事毫无兴趣。Q在傍晚回来后，情绪特别高涨，他老婆就在心里认为他"算了一个好命"，为他感到由衷的高兴。星星出来的时候，他俩偎依着站在门口，低声唱了一首"山坡下的小溪"，长久地陶醉着。在Q男士，那歌声里是不自觉地有一些另外的含义的，那含义致使他在结尾的颤音上戛然而止。他的老婆，因为巨大的幸福感在周身奔流，竟然根本没有注意到这件事。他们偎得更紧了。

"青草味，"Q男士忽然流泪了，"春天真是来了啊，果然吗？"

"果然。"老婆哽咽地应和着。

一颗绿色的流星在天际放出一股烟雾，山坡震惊地颤动了几下，四周又恢复了神奇的静谧。那天夜间Q男士在梦中老是想着同一个问题："人的眼睛里有没有可能装进一个蓄电池？"整整一夜，他都在似梦非梦中挣扎，一盏白炽的电灯直射着他的瞳孔，弄得他双眼变瞎，急躁不堪。他转过头去，看见一条无色的、空空荡荡的玻璃大道，一直延伸到某个拐角。

Q男士与X女士见面的第二天，跛足女士从那窗口与Q男士"邂逅"之后，奇迹忽然发生了。她先是觉得有几只蚂蚁在腿子上咬，后来"也不知哪来的劲"，居然一下子就挂起双拐，摇摇晃晃地走出门去了。她是否听人说起过Q男士的住处，我们不知道，就连Q这个人，也不知她听没听人说过，但她凭着某种有根据的印象，一下就"认出了他"，现在她又凭着脑子里模模糊糊的记忆，一拐一拐地朝Q的家里走去了。她很快就到达了瓜棚下的小屋门口。Q的老婆正坐在那里听蜜蜂唱歌，头上戴着一朵小红花，脑袋一摆一摆的，如痴如醉。她并没有注意跛足女士停在了她的面前，她一向不大注意外人，她以为她只不过是一个不相干的路人，站在她家门口等什么人。她微微睁开眼皮看了来人一眼，重又闭上眼，沉浸在蜜蜂的歌声里。

"喂——"跛足女士拉长了嗓音不高兴地说。

女人竟以为是风在野地里叫唤，那些风儿总是这样不安，动不动就叫唤。

"是聋子吗？"跛足女士伸出一只瘦骨嶙峋的手儿搭在她的肩上，她这才吃惊地转过头来，用愠怒的、责怪的表情看着跛足女士。

"那前面飞跑的影子，是只野狗。"她阴险地紧盯着女人，"我有过这种经验，那是十年前，豌豆花儿开花的黄昏。"

女人现在正视她了，小木偶一般的脸蛋上掠过一丝不祥的阴云，但很快又明朗了起来。

"你的内心不安宁，可对？"她推心置腹地看着跛足女士，示意她在自己面前的椅子上坐下来，"像我这种心境并不是人人都有的，这我太清楚了。到处听说人们心里不安宁，他们真可怜，真悲惨。你是谁呢？"

"我？你怎么能料得到我。我一直听说你和野地里那条狗的故事呢。它只有三条腿，对不对？我，你知道，十年前下肢就坏了，我躺在那里，听说的事可多啦，一直装得脑袋几乎要炸开。

我是卧床不起的，我认得你，也认得那条狗，今天我一下子就走来了，真是怪事。医生说心情急躁对我来说很危险，我胸口痛。"

"真可怜，今天上午，我总想用柳枝来编一个环戴在头上，在后面那口塘边，是长着一些老垂柳。"

"见你的鬼！"跛足女士轻蔑地站起来，用一根手杖点着那些瓜棚，厉声责问："这是什么玩意儿？请问，这些个破烂，张挂在门前，不是一种伪装吗？整个全是行尸走肉，我能想得出来那种东西，简直就是发昏！"她气冲冲地离开了。

女人不能理解那人的愤怒，她觉得那人是奇异的，也是可怕的。每当她面前出现一个陌生人，她都本能地畏怯，她不能与任何人交朋友，人们总是那样怒气冲冲，使她不敢接近。她生到这个世界上来的确是不合适的，有这样多的威胁存在。幸亏有Q、她的男人、她的大朋友使她在这世上免去了危险。于是生平第一次，她隐隐地焦急起来：Q在哪儿呀！她的热情的男孩在哪儿呀？她换上一双布鞋，走到小路上去张望，听见风在耳边呜咽着。她望了又望，忽又惭愧，觉得自己做了对不起他的事了，这是可羞的。她平静下来，重又回到瓜棚架下去听蜜蜂唱歌。蜜蜂却不唱了，忽上忽下地飞旋，划出奇怪的圈子。女人觉得自己的头有点沉重，眼前有点迷糊。那个人究竟是谁呢？她似乎经常见到那双有火焰的黑眼睛。当她去井边打水的时候，有一只山猫蹲在那里。小路上总是布满了野兽的脚爪印。那会是一种预兆吗？不，她怎么能愁眉苦脸起来了呢？她想起了自己的百宝箱，那里面什么没有啊，就连那个跛足女人都是想不到的。那么提起嗓子来唱歌吧。她的嗓子哑了。

跛足女士走得很远了,拐杖声仍在响:"笃笃,笃笃,笃笃……"

那真是恐怖的一天。

那一天蜜蜂没有再唱。

"来过一个算命的。"她强打起精神对丈夫开玩笑说。

"最近一段时间,我对算命不是瘾头很大。"Q 红光满面地瞧着妻子,吻了吻她小小的耳朵,若有所思地笑了起来。

"你真了不得!"她赞叹着,投入他的怀抱,"你多多注意一下咱们的蜜蜂好吗?让它们一直唱。"

五、一次改造的失败

那是 X 女士从事"消愁解闷"活动第二年的一天中午，在跛足女士的家里有一个小型的聚会，到会的有十几位风姿绰约的女性。这个聚会并没有人召集，出于一种什么共同的心理，大家"不约而同"地来到了跛足女士家里。女士们都很爽直，一个个心怀坦荡，一来便坐下，坐下便骂人，各人骂各人的，但彼此隐约地感到心照不宣：她们骂的大概是同一个家伙。又因为有了共同语言而加倍振奋，同仇敌忾，斗志昂扬，个个摩拳擦掌，决心大干一场。

在这种热烈气氛中，寡妇提议大家凑钱叫金老婆子去买炸油条来吃，以"提提精神"，好"大干一场"。此提议当然得到众人的一致拥护，于是满屋子"嘎吱嘎吱"吃油条的响声，有人还偷偷地将油腻腻的手指往跛足女士的被单上擦。吃完油条又吃麻花，吃完麻花就打纸牌，不亦乐乎，差不多忘了此次聚会的宗旨了，直到同行女士一声提醒，才又开始骂人。这一次骂的又不是开始进来骂的那个人了，开始进来骂的是一个人人皆知的女性，这次骂的却是一个八旬"老不死"了。骂了半小时，才发觉"转移了斗争目标"，于是又回转去骂女性。

"她还在诸位的后代身上打主意呢！"寡妇提起这个最最敏感、最富刺激性的问题，然后开始了她的冗长的自我剖析，情感如滔滔奔流的洪水："虽然我没有后代，我也要与大家一道和她斗到底的。当初我是完全有能力生育后代的，这件事毫无疑义。我和我死去的丈夫对后代的事看得很轻很轻，可以说根本不把这事放在心上——那是必然的结果。你们一定还记得在那些年头，老人们都肯定地说过，我起码会有一打孩子，他们都形容我是'一只会下蛋的母鸡'，说过这话的人有五十八个，有的人还重复地说了又说，边说边感动。众所周知，我在性的能力上是非常强的，没有人能匹敌，我就如一块丰沃的土壤，只要播撒了没有毛病的种子，简直可以不停地结出果实来，不像有的人，即使有强壮的种子，也不结果或至多结一个怪果，这是因为她的土壤太贫瘠的缘故，你都搞不清她究竟是不是女性。后来我对自己有没有后代这件事抱着一种淡漠的态度了，一个人有没有后代，这并不能说明什么，重要的是个人的品德，这才是人活在世上的真实价值。有后代虽好，但教养不良，也会给社会带来损失，尤其那些有破坏性的孩子，一生下来就与社会作对，要他们干什么呢？现在在我们中间，出现了这样多的有破坏性的孩子，他们都是与某人的阴谋直接相关的，我们应当如何来对待这个现实问题呢？难道就想不出对策来了吗？"

寡妇说到这里，记起来还应该补充一点，她补充道："我之所以没有后代，和我多年来一直守身如玉也是有关的，我把这一点看得十分重要。自从我那有病的丈夫死去之后，有谁看到过我与任何一个男人建立了超乎友谊之上的关系了吗？他们一个个年轻力壮，气血旺盛，简直急不可耐，我却早已超凡脱俗，再也提不起对此事的兴趣了。一个人有没有亲生的后代，这实在算不得一件大事，我关心的只是我的崇高的理想的实现。"

寡妇语重心长的话语打开了同行女士的感情闸门，她一想到她的"孽子"，就禁不住号啕大哭起来，弄得满脸的鼻涕眼泪，先用袖子揩，后又用跛足女士油渍斑斑的被单揩，揩得脸上黑一块白一块。她哽哽咽咽地对大家说：她要与X女士"拼了"（她指名道姓，远不如寡妇来得含蓄，这也显出她的教养之低下）。如果拼不成，她就自己去撞死，让公平的法律去惩罚她。她说着果然就用头盖骨撞起床沿来。众人都不去拦她，满怀兴致地观望，似乎要试验一下她的头盖骨的牢度。同行女士大约撞了二十多下，才抬起头来，"目光狂乱"地往外冲去。

"这就是后代给人造成的灾难。"寡妇平静地总结说，"有一个这等模样的后代有什么值得炫耀的呢？只不过是将自身的劣根性通过后代更加暴露在外罢了。人家一看到她的儿子，就会不由自主地联想起她本人来，倒不如没有这儿子，还可以装得很高尚似的。"

寡妇的话音一落，房间里一片沉默。过了好久，忽然在两个角落里响起了断断续续的啜泣声，是金老婆子和四十八岁的寡妇好友在哭。她们哭是因为与寡妇同病相怜——她们俩都没有后代，也不会再有，一想到 X 女士竟然在五香街人的后代身上打主意，她们就对她恨之入骨，也不知怎么搞的，她们就恍惚地产生了错觉，认为她们之所以没有后代，其原因全在于这个可恶的 X 女士，如果没有这个 X 女士，她们现在一定是儿孙绕膝，脸庞富态的老奶奶了。

金老婆子回想起她与煤厂小伙子那种毫无快感的"爱情生活"，凄凉之情油然而生。不错，她是有过短暂的胜利感和喜悦，但那只是昙花一现，很快就消失得无影无踪，是 X 这个女人妨碍了她享受自己的爱情，现在她对于煤厂小伙子已经"厌恶得要死"，她与他的关系只不过是一种"义务"（她不忍用抛弃来毁掉他）了。如果不是为了与 X 女士较量，她决不会挑上煤厂小伙这个半大的娃娃（这种娃娃她要多少就能找到多少）。要知道在先前，她也是一个"楚楚动人"的女子，只是因为运气不好，她才在心底滋生了对男人的憎恨，远离了一切男人的。要是运气好一点的话，几乎可以说是个个男人都要拜倒在她的脚下，任她挑选。到如今，她竟会落得成了煤厂小伙（可怜的家伙）的姘妇的下场，而这一举动并未提高她在五香街的地位，也许还在人们心目中降低了，造成这一切的祸根都在 X 女士身上。X 这个女人的确是一个会搞巫术的女人，不管谁见了她，都会不由自主地生出一些幻觉，不由自主地犯起错误来。那错误，通常要使人痛悔终生，无法补救。回想当初，她曾有过多少激动不已的设想！曾经有多少日子是沉浸在飘飘欲仙的意境里！她本来是已经战胜了周三几的，她认为这胜利是无可置疑的。可是从前天早上起，那该死的背影又出现在门口了，一边提裤头还一边哼哼，生怕她没注意到。现在明显的是一切都颠倒过来了。怎么发生的，她实在是想不透其中的缘由，她只知道她的一切努力全成了徒劳，成了众人的笑柄。她再也抬不起头来做人了。那周三几，还在中午走进房来对她和煤厂小伙申明：他站在她的门口提裤头的动作并不是做给她看的，他根本就不关心她怎么样，他只是于昨天偶尔听到她对他大叫大嚷，他站在门口是为了便于"思考问题"。

四十八岁的好友哭的是什么呢？让我们细细地听一听她对寡妇的倾诉吧。（寡妇在倾听时从头至尾全神贯注、表情严峻。）她说她在二十多年以前，当她还是一个妖媚的少妇的时候，有一位少年曾对她一见钟情。那时她虽然不无感动，但因为年龄的悬殊，也因为自己是个寡妇，她"一直克制着自己的感情"，不让它有半点流露。二十年过去了，少年长成了成年男子，成了家立了业，她仍然是孑然一身，对少年的纯真感情是她的精神寄托。他们彼此都明白，内心的渴望并没有消失，反而一天比一天更加强烈。（当然她决不进一步去发展与他的关系，破坏他的家庭。）正在这个期间，晴天一声霹雳，她的美男子忽然三心二意，看上了另外的人。他一反常态，终日干那跟踪的勾当，还"调查起她的户籍来"。他的嗅觉变得异常灵敏，只要有人在谈论他单相思的那个人，他便挤进谈话的圈子，大声地、毫无顾忌地为那女人辩护，自命为她的骑士。"简直不要脸"了。一个正常人，怎么会有这种不顾死活的热情的呢？这是无法理解的。比如她，对于当初的少年和今天的青年男子的这种热情，其强烈程度，绝不是一般人所能想象的，但她并没有"不顾死活"，也没有"不要脸",这并不见得她就是做作的。谁都会说她的这种感情方式是自然的、合理的,只有那种"不顾死活"的做法才是虚假的,空洞无物的呢!她不想责怪她的意中人,她痛恨的是那将他引上邪路的坏女人和坏男人。那坏男人便是坏女人的丈夫。她的意中人一向单纯、轻信,不知怎么的就与那丈夫交上了朋友,好得难舍难分的。当时她对他提出忠告,他只是一笑置之,这也可以看出他是何等的心地善良,对人充满了好意,处处为他人着想,赴汤蹈火在所不惜。对于他的品性,她在二十多年里是深有体会的,正因如此他们双方的情意才能维持得如此长久。现在是一切都完了,这么突然!这么意外!

她们约定要保密。几天后的一个傍晚,选在少男少女们到来之前,她们突然出现在X女士家里。X女士的丈夫正在前面那间房里与儿子下跳棋。他盯着棋盘,沉浸在他们的游戏里。出于那种变态的心理,他觉得自己应该表现得一点儿也不重视这些人的到来,甚至一点儿也不将她们看成女性——哪怕她们都是风姿动人的女性。他连瞟也没瞟她们一眼,只在嘴角挂着一丝轻蔑的微笑。X女士穿一件白毛线衣坐在窗口,向着空中打出一些复杂的手势,一面小镜子挂在她胸前的纽扣上,始终背对众人,根本没有打算转过身来的迹象。女人们递着会意的眼神,低声地耳语着,猜测那些手势的含义。

最后寡妇代表大家走向前去,一把将X女士扳转身来面对大家,痛心地说,她代表"母亲们"向她提出忠告,不要再加害于她们的孩子啦。她本人一贯认为,以她的这份聪明和刻苦的劲儿(主要是刻苦,人一刻苦,哪怕不怎么有天赋的脑瓜也会变得多少聪明起来的），倒不如去从事一些有益的社会活动，比如提倡议呀，写黑板报呀什么的，或者宣传宣传法律知识也行，既合法又有出人头地的希望（她承认她在某些方面的确有些过人的灵活），何苦要这样固执己见，孤孤单单地来搞什么迷信活动，即使搞它十年二十年，也不会取得众所公认的成绩，改善自身的地位。哪怕在某些时候，她自认为取得了巨大的、了不得的成绩，于是沾沾自喜，骄傲得目中无人，又能怎么样呢？谁也不懂她的活动，那种成功又有什么现实的意义呢？谁又会来关心她的成功呢？当然她们也都懂得她的心情，知道她是很清高的人物，目前对于改变自身的地位并没有一种迫切的希望，她最感兴趣的大概是寻求某种新鲜的刺激。但一个人，不是生活在真空里，他的行为不应当损人利己。当他的行为危害了他人时，是会带来可怕的后果的。

在寡妇说这番话的时候，众人发现 X 女士的脸根本不是她们平日见到的那张脸，而是一个不认得的什么人，在那张漠然的脸上是长着两只没有瞳仁的灰白的眼珠，那眼珠一动不动，像是死了一般。只有她的细长的指头，不停地玩弄着胸前的那面小镜子，那些指头的表情很丰富，像是在作一种奇妙的表演。她一声不响。

寡妇说完之后就是同行女士说，同行女士说完之后金老婆子说，金老婆子说完之后四十八岁的女友说，四十八岁的女友说完之后 B 女士说，B 女士说完之后 A 女士说……最后大家一齐嚷嚷："放弃你的破坏活动！孩子是我们的命根子！"一些人还粗暴地用手抬起她的下巴，想让这张陌生的脸恢复原来的面目。

X女士这才抽搐了一下，瞪着没有瞳仁的眼珠问道："什么孩子？"

"就是你每天召集到这儿来的呀，"跛足女士用拐杖点着她的膝头说，"你还想装样吗？"

"没有什么孩子。"她简单而肯定地说，"我并不知道有这么回事，也许，这屋里是有那么些影子钻进来的。"

这出人意料的回答使大家目瞪口呆。

"我完全不在乎有些什么东西钻进屋里来——在我做试验的时候，这是无关紧要的小事情，完全无关紧要。你们刚才提到什么孩子，我想或许就是那一些吧？"她继续说完她的话，态度诚恳得无可非议。

只是有一点，人们怎么也找不到她眼珠里的瞳仁。X女士的丈夫在隔壁听到了这些人在嚷嚷，认为她们是在为难他的妻子了，连忙大踏步地拨开众人走过去，用宽阔的背部挡住妻子那娇小的身体，恶意地对这些女人低声怒吼："你们有什么事，请问？"

女人们开始后退，面面相觑，只有勇敢的寡妇在人群中叫嚣，但她也并无勇气出来迎战——男人的拳头太结实了。终于她们退到了门外，那丈夫"砰"的一声关上了门，又从窗口伸出头来声称：谁要再来为难他的妻子，他就要"砸掉她的牙"，还说，"任何社会活动"都与他们"无关"。她们在回家的路上遇到了那一大群少男少女，她们企图阻拦他们，却没有成功，这些小家伙身上都像鱼一样滑溜，抓也抓不住。他们嘻嘻哈哈地纷纷从女人们的胯下、腋下钻过去了。

"我们吃亏了。"她们颓丧地坐在路边,一下子心情沉重起来。

"我们要等到夏天,"B女士说,"讨论国事活动开始的时候,那时群情激奋,也许会产生那次讲演的局面,我们不要丧失了自己的信心。"

六、X女士泛泛而谈对于男人的感受

有很多次，X女士在她那间阴暗的房间里，向人谈到了对于男性的感受。其中主要的听众有两个：一个是她的妹子，一个是同行女士。这个话题是她最喜爱的一个话题。她在谈论此种问题时，脸上显出犹疑不决的幼稚表情，嗓音虚浮，手势轻飘飘的，还老是不放心地看来看去，担心屋里是否有什么影子。然而根据两位听众透露的情况来看，她对于男人的描绘又是赤裸裸的，直截了当的。她可以长时间地谈论她理想中的男人的身体的各个部位（当然那个人并不存在，对X来说，连听众也不存在），谈论种种动态、动作的含义，其中当然总离不开眼睛的颜色和嗓音这两项，她说她是将这两项融会贯通到身体里面去的。

我们可以列举两句令人瞠目结舌的议论在此："手和嘴唇的本能动作凝聚着一个人一生的情感经历，我们根本用不着花时间去了解一个男人，只要看他怎么动作就行了，甚至看也不用看，只要等待、感受。""力量与时间持续的长短最能说明个性,不过又必须通过女性来达到真正地实现,否则是自欺欺人的、非男性的。"还有一些更可怕的,绝对不便在此列举。总之X女士谈起这等事来,就仿佛是一个精于此道的老淫妇,毫无任何羞耻之心。如有人向她提及这一点,她往往高傲地一撇嘴,认为该感到羞耻的不是她,而是那个提出来的人,还倒打一耙地斥之为"性变态"者。使人不能理解的是她谈话时那种超然的表情,还有口角那一丝入迷的微笑,如果我们不把她这种表情称之为表演的话,又要涉及那个使我们头痛的关于她的性别的问题了。所有的人都记得,在我们五香街,竟用这种污秽不堪的语言毫无忌讳地谈论男人的,X女士是第一个,也是最后一个。她的这种谈论的形式,就连熟悉她的同行女士都时常感到忍无可忍,想要与她吵起来才好。

我们的同行女士,对于男人也是非常有兴趣、有经验的。她不仅与她的丈夫有频繁的房事(儿子出走以后更是如此),她还十分乐于谈论,尤其在谈论时设想出种种有意味的细节,反复体验、温习,正是她的拿手好戏。不过像X女士这样,用一种空泛的方式来谈论男女间的隐私,她怎么也不习惯。这种根本不涉及个人的直截了当的夸夸其谈,既激起了她的秘密情绪,让她急煎煎地盼望下文,盼望她的审美情趣所习惯了的暗示性的东西,又决不让她感到有一丝儿真实的刺激,总之到头来叫她一无所获,就像被人戏弄了一场,还要逼她自惭形秽,掩盖自己的窘态。这种谈话真是太岂有此理了!太霸道了!既然是谈论男人,就得有名有姓,有具体的身份、关系,才能给人以踏实感，像这种飘浮的议论，明明是痴人说梦的把戏，可她又在小孩的语气中杂以故作老练的分析，大杂烩一盘，谈来谈去，根本没有自己的感受和可靠的根据，听起来全是瞎编的，是闲得没事儿在搞恶作剧。不错，她还不惜弄了大量刺激性的词儿，但那些词儿一到了她口里，配以她那种迷惘的表情，立刻就失去了通常的、公认的意义，变得干巴巴的，就连前面提到的那两句话中的词汇也是如此，她说出那些话的口气也是像念什么公文之类的。听她谈话真是累得要死、别扭得要死。

同行女士走出门去，遇见自己那个胖乎乎的丈夫，就跺一跺脚，破口大骂起来。她的丈夫将她揽在怀里，拍着她的屁股想让她冷静下来。

"我让强盗抢了呢！我让人剥了皮呢！"她跳起来，给了丈夫一个耳光，还不解恨，全身直抖。

"谁？"

"强盗！"

"哪里？"

"杀人啦！"

X女士虽不大感觉得到周围的人，但她从种种渠道得知了别人对于她的愤怒，也从理性上知道整个世界对她的敌意。多年来她已得出了一条特殊的经验，这就是只要对人说出你的真实感觉，就要遭人笑话的。因为所有的人，他们看事物的方法正好与她相反，哪怕是一个极普通、极细微的感觉，他们也和她截然不同、格格不入。她又早已养成了自己的一套习惯，无法改变，也不能适应。到底是谁出了毛病呢？X女士顽固不化地认定是所有的人，不是她。为了一意孤行下去，她不仅不再用眼看周围，也不再和人说话。有时你似乎觉得她在和你认真交谈、神情专注的样子，到后来，你往往发现她并不是说给你听，而是说给你头上的那块地方听，或更糟，是说给她自己听的，如提醒她你在场，她便大发脾气。她已经习惯了这种谈话，这也是她用以对付世人的一种武器，这武器是看不见的，却十分厉害，总是使五香街的群众感到困惑，好像失落了什么似的，竟拿不定主意要不要和她再讲下去了。他们还担心：她是不是在暗地嘲笑他们呢？她这种空空洞洞的泛泛而谈，是不是一种他们没意识到的揶揄呢？要是他们体会不出来，岂不成了大傻瓜了？他们多次暗下决心，一定要弄清 X 女士的本意，但这努力每每落空，和 X 女士交谈总是那样累人，把你搞得连自信心也丧失尽。

有人询问过 X 女士，X 女士"很朴素"地告诉那人：她的确没有什么阴谋，也懒得嘲弄人，她只能如此与人们交谈。她与大家一贯"观点不同"，生来就这样，只好用这种方式来敷衍，否则双方"痛苦不堪"。举个例子说吧，她将男女之间的肉体关系称为性交，人们就认为这太"直露"，太无诗意，应该叫作"业余文化生活"之类，而她一听这种叫法就"直恶心"。所以众人尽管坚持他们的观点好了，她本人也不打算改变。互不干涉，倒也相安无事。

X 女士对于众人是这样的态度，对于她的那位妹子，可就完全不同了。她们姐妹俩可真是臭味相投、狼狈为奸，一旦交谈起来就要"尽兴"，有时关起门来谈它大半天，你一言我一语，气氛热烈中有活泼，严肃中见诙谐。至于所谈的内容，大抵离不开眼睛的构造呀，男女之间的区别呀，星象呀这些范围。对于这些问题，X女士总是胸有成竹，信口开河似的说出自己极独到的见解，使她妹子大为佩服，以为她每时每刻都在考虑这些严肃的人生问题。X女士告诉她妹子：她的诀窍并不是"考虑得很多"，而是"从不考虑"，就是因为"从不考虑"，她才能自始至终"保持清醒的头脑"。人一旦走上了"考虑"的邪路，脑筋就会变得稀里糊涂，失去自己的本来面貌，"鹦鹉学舌"起来。如果所有的人都"不考虑"，都像她这样简单纯朴，那么事情就会完全是另外的样子，大家在一起也会自由自在得多。就是因为大家一生下来就学会了"考虑"这种伎俩，才把事情搞得异常复杂，致使她反倒成了"怪人"，只能像气球一样浮在半空。这些话，妹子当然不全懂，她从来只是无端地佩服她姐姐，绝不会去想个透彻。对于她姐姐的所有奇谈怪论，她只用一句话来解释："她是能飞的人嘛！"不知道是天生的，还是受其姐姐的影响，她的逻辑同样古怪透顶。她们关起门来谈话的当儿，偶尔还可以听到从房间的窗口飘出沙哑的女声二重唱（孤单的小船）。她们每次都唱这同一首歌，还似乎每次都有不同的感情含义。如有外人到来，美男子就极郑重地将他挡在外面，悄悄地告诉他："里面正在唱歌，嘘！"

在那些日子里——X女士的妹子说——她们详尽地谈到过对于男性的感受。关于自己理想中的男人，X反复地作了描绘，当然那种种的描绘仍然不失其风格：既粗俗直率，又空洞浮夸。她动不动就做出那种津津有味、实有其事的样子，说道："到了那种时候，双方就会不停地爱抚，不停地说话。语言也是一种暗示情感的方式，因为你拼命想要把激情和想象传达给对方，而这传达单靠动作的表示还不够，于是你借助语言。这时的语言已不具有日常的意义了，它也许是一些简单的音节，一些长了翅膀的细小的声音，我想得出那种特殊的语言。"

X女士还时常感叹："找不到一双好手。男人的手应该是活生生的，注满了那种温柔的力量，手即代表整个的人，情感的激流在上面奔腾。"几乎所有的男子的手都"十分干枯、苍白、没有生命"，不过是"达到自我泄欲目的的工具"，她"一眼就能辨出这些瘦小的、中性的、可怜的东西"。这些东西"一辈子也没尝到过爱抚的乐趣，没有达到过女性的世界，没有长成为实实在在的男性，就好像是一些伪造的赝品。"妹子听了乐得要命，巴不得她说得越详细越好，还傻乎乎地告诉她姐姐，说自己有时真是"春心荡漾，几乎要按捺不住了"呢。X女士当然绝不像她妹子这般简单、冲动，她是一个老谋深算的家伙，只在粗鄙这一点上，两姊妹可算得志同道合了。

X女士举了一个例子，说是多年前有一天，她偶然看见了一双眼睛，那眼睛从她面前闪过，一下就变幻出三种颜色。她心中暗喜，立刻迎上前去拉住那人。在此同时，她感到了一双年轻的手，那手"似乎有些内容"。刚一接触，她便明白自己原来犯了一个愚蠢的错误："那双手原来是干瘪的、营养不良的，还有些病态。""抚摸起来就像抽风。"她摇摇头，似乎为自己从前的幼稚感到不好意思，她说她现在决不会再犯这样的错误了，还说同时也就颓废得多了，因为这个世界上充斥着这类发育不全的手，"闭上眼也能感觉得清清楚楚"，"这是一个衰老的、无性繁殖的地方，长着这种手的男人绝对不会创造什么。"

有的时候，X女士发完了她的奇谈怪论之后，两人就默默相对，沉溺在那种莫名的伤感之中，看那夕阳的光圈从纱窗上慢慢移过，听那时钟在玻璃罩子里"滴滴答答"走动。那妹子，常会在沉默的当儿发出一声惊叹："我们先前都活泼得像野鹿一样啊！"X女士便以那淡淡的、迷惘的一笑来作为回答。在那种充满了伤感情绪的漫谈中，X女士曾向她的妹子透露了自己的一个秘密。

有一天中午，X女士独自一个在河边的沙滩上躺着，周围静悄悄的，一个人也没有。"天空是那种伤感透了的颜色，看不到一丝云，太阳的边缘长满了尖锐的三角形"，阳光"热烈地、奔放地"照在她的身上，使她脑子里一下就产生了许多五颜六色的幻觉。她说："那就像是他的吻。"她"逼真地感到了那种肉体的紧贴"。也不知怎么搞的，她忽然产生了一种冲动，认为自己"一定要脱掉所有的衣服"。她果然就这样干了，裸着身体躺在那里，躺了很久，然后又站起来，在"热辣辣的气体中飘飞，追逐着那些白炽的云朵，放肆得忘乎所以"。（幸亏当时没有一个人从河边路过，不然真不知要发生什么丑剧呢！）后来她又去过河边好多次，但都没有脱衣服，只是在沙滩上散步，用她自己的话来说是"等待奇迹降临"。假如那天天气好，她就说："也许他会从阳光里向我走来。"如下雨，她又说："他从雨地里向我走来，地上有一排排白蘑菇。"奇迹并没有降临，这都是一厢情愿的游戏，X女士心里也很清楚。后来她就有了经验，不再搞这类游戏了。"只能不期而遇。"她心平气和地说。X女士的妹子将姐姐的这个秘密告诉了自己的一个好友，那个好友又告诉她丈夫，她丈夫又告诉了他的一个好友，而他的好友，是一个饶舌的家伙。于是X女士的这个秘密在五香街流传，尽人皆知。这下X女士要完蛋了吧？她的脸往哪儿放啊？可她一点儿也不在乎，还脸上"似有喜色"。

X女士丈夫的第一位好友得知了这个令人震惊的消息之后，将那位丈夫拉到他家，两人密谈了两个小时，他指责X女士的丈夫"如此娇纵自己的妻子"，总有一天"要出大问题的"，到时会"后悔莫及"。他一边说，一边用力拍自己的膝头，一副痛心疾首的模样。搞得那位重感情的丈夫好一阵茫茫然，茫茫然之后顿生同情，反而安慰起他来，叫他别"肝火太旺"，以免"伤身"，还不知趣地举了一个例子，说他从前就有个同事因为一点小事，"伤着了心脏"，落了个心肌梗死的毛病，至今常发，苦不堪言，还教导他："凡事总要心境放宽。"

好友从位子上跳起来大叫："到底是我当了王八还是你当了王八？你不会性欲倒错了吧？"丈夫息事宁人地拍拍他的肩头，将他按到座位上，说："没有的事。"又说："一个人，脱一脱衣服，根本用不着那样大做文章，其实人人心里都有这想法，只是人人都克制着不去做，并以这克制为荣耀：瞧我多么能忍，多么清心寡欲。一旦有人做了，就视为大逆不道。"就说他自己吧，有时也想在大庭广众之间脱光了跳它几跳，觉得那样好快活，但他不敢，"没有那号勇气"。他的妻子当然远比他有勇气，但也只能在无人之处实施她的想法，对于这个，他只有赞赏和佩服，他才不去干涉她个人的爱好呢！他可不是傻瓜！任何人都不能逼他做一个傻瓜!

"那么我倒是傻瓜了？"好友气得发疯。那丈夫用那样一种充满了同情的眼光瞧他，他实在是受不了了。后来两人多年来第一次不欢而散。

他一走，好友就对妻子大吼："将他坐过的那张凳子扔到垃圾堆里去！我真他妈的见了鬼了！"一连好多天他都闷闷不乐。

五香街的男性们流传着 X 女士的秘密，一个个都变得多愁善感、情意绵绵，还有不少人，动不动就跑到河边去"观风"，想等着看那"裸体的好场面"（寡妇语），然后见机行事。他们各人都是单独行动，惴惴不安，生怕别人识破自己心中的意图。如熟人相遇，便红着脸敷衍："太阳大不大？不大？有点晒人吧？嘿嘿……"然后背转身走开去，但也走不多远，只是在原地兜圈子罢了。这种种的心机自然都是白费了，他们连 X 女士的影子都没见着。他们恼羞成怒，心里嘀咕着：原来是骗人的啊，哪里会有这等事！有这贼胆来脱衣服，倒不如在家多搞几个汉子。脱衣这事虽有传奇色彩，有刺激性，到底与搞汉子不是一回事，连边也沾不上，何况跑到这没人的荒地里来这一套，就更令人费解了，这是一种什么象征性的举动啊？可能只是个幌子，真实的东西还在背后？一个女人，脱光了在这种鬼地方跳来跳去，那会是一种什么样的情景啊？即算是按捺不住，也应该躲在家里悄悄行事，这种"脱衣表演"算个什么名堂？我们五香街的群众，凡事都要想得很深很远，从不轻易下什么结论的。对于他们一时猜不透的谜语，他们决不放过，一定要苦苦琢磨，琢磨不出答案来，他们便耿耿于怀，时时留心，专注而敏感。

有时一件小事可以激起他们那漫漫的思绪，另一件小事又可以使他们豁然开朗。

我们的X女士，可算是世界上最最变化多端又最最没有定性的人了，她的一举一动、一言一语全是些不可解的谜语，一切的经验和常识在她面前全不起作用，我们对待她，就得像对待外星人一样，重新摸索出一套反逻辑反规律的办法，行事的时候绝对要审慎，切忌浮躁轻率，也不能为情绪左右，哪怕一直不动声色、无所作为，也远比大喊大叫、胡乱行事要好得多。直到目前，虽然出现过小小的失误，虽然个别人在很短的时期内干扰了一下大方向，但整个的来说，我们的群众仍然处在观察的过程中，没有轻举妄动，随风倒，这是非常明智的，充分体现了他们的教养程度。X女士脱衣这一事件，很使五香街活跃了一阵，大家私下里走门串户，议论纷纷，从议论中又不断地发挥出高深的分析与丰富的联想，大家的过剩精力都得到了很好的发泄，这本是一件极高尚的事，一个净化灵魂，达到超脱的机会。但五香街的群众团体中，不幸有个别没有教养的败类，这些人不干正事，总是上蹿下跳，横冲直撞，把个好好的社会秩序搅乱，使好事变成坏事，局面无法收拾。要说他们这样干有什么目的吧，他们自己也迷里迷糊的，只是总喜欢来那么一下子，搞得你措手不及，他们自己倒留下残局，优哉游哉，走掉了事。

这一次跳出来的，是一个名叫B的女子，就是在那次失败的改造中要大家"等到夏天"再找X女士算账的女人。该女子细细地分析了形势，又去和同行女士磋商了一整天，在磋商中"一盏明灯照亮了两人的心田",两人迅速地做出了决定:在大街上来它一次即兴表演,用这种"生动活泼"的形式重现X女士脱衣事件的实质。这两人直商量得脸红心跳,激动又紧张。她们将每一个细节和可能发生的情况都做好了安排和规定,拟出了一套可行的方案,最后睡眼蒙眬,口中咕咕哝哝地发出一些长长短短的音节,歪倒在床上,进入了雄心勃勃的梦乡,在梦中养精蓄锐,准备着第二天的紧张战斗。

天一亮,这两人就一丝不挂地出现在大街的两头。一个从东往西走,一个从西往东走。除了瘫在床上不能动的,所有的人都拥到街上来了。开始大家尖声锐叫着,胆怯不前地远远观望着这"新潮"游戏,一下子还没悟到其中的含义。那两人激情上升,扭着臀和胯,旋转着肚皮,花样百出,绝技无穷。一边表演还一边将双手做成喇叭状向众人吆喝:"哈!哈!哈哈!"这一喊,众人的脑瓜开了窍似的,一个个身不由己,跟随她们扭动起来。一扭,就想脱衣,忍也忍不住,干脆脱吧,虽没脱光,裸出上半身也挺过瘾的。

于是这十里长街上,男女老少全冲动起来,见到谁就抱住谁接吻,浑身乱摸,个别的还就地"胡来",一片喧闹嘈杂,所有的人都大汗淋漓,气喘如牛。那两位女士的丈夫,起先还想发脾气,现在看到一个个鲜活肥硕的女人往自己怀里钻来,连忙调整了感觉,及时行乐。两人边喘气边说:"生活中原来还另有一番天地!我们从前真是太狭隘古板了,太不会享受生活了,好比白活了大半辈子。我们什么也没得到,只会妒忌,妒忌是最最要不得的感情,是无能的表现。我们的道德观念看来要补充一些新东西进去了，不然会过时的。"

狂欢的活动延续了一整天，在五香街造成了无法挽回的恶劣影响。第二天早上睁开眼来，绝大部分人都忘记了自己昨天的表演，见了面也不谈那回事，却人人正色谈起"道德修养"问题来了。脸上表情忧虑，语气悲观，情绪低落，还隐隐透出上当受骗的愤怒，然后又环顾左右，心中都明白这环顾的意义，对象是谁。两位女士从搞完活动之后就失踪了，两三天之后才溜回五香街。她们那灵敏的鼻子嗅出来，整个形势发生了针对性的转折，她们必须避开风头。听说在逃跑的路上两人又争执不休，为推卸责任，相互凶猛地攻击，将"牙齿也打碎了"。

X女士坐在窗口，从镜中看到了街上的这一幕，她假装做出一副镇定自若的样子，使劲地梳头，梳完头又擦皮鞋，擦完皮鞋又教儿子小宝如何使用显微镜，然后故作惊奇地对丈夫说："怎么搞的，我还向这些家伙发表过演说？什么时候？"丈夫连忙顺应她的情绪否认那回事，回答说她根本就没有向"这些家伙"发表过什么演说，是"这些家伙"自以为是，硬要将她的自言自语说成是对他们的演讲，以此来作为攻击她的口实，"真是滑天下之大稽"。（从这里我们也可以看出这位丈夫在日常生活中是如何煞费苦心讨好X女士，谁也不明白他怎么竟能安于这样一种古怪的生活方式，真是魔鬼附体了。）X女士又问："那个时候，我是不是有一点儿将他们放在眼里了？"

"你是弄错了。"丈夫连忙又拍马屁，"你一贯喜欢与假设的对象谈话。那一次，你把他们假设成另外一些人了，你并没有发现他们。"

"好像是这样。"她安下心来,脸上浮起惯有的那种微笑。好多天以后,X女士轻描淡写地和人谈到自己的那次脱衣行为,讥讽地称为"发羊痫风","无法理喻的冲动罢了"。她是决心要"不期而遇"的了。她说她已经变得十分稳定和透彻,她的感觉甚至可以"穿透群山,到达极地",她的手指是一天比一天"光滑灵秀","焦灼的情绪不会再来"。从那以后,她果然就很少出门了,整天待在家里和炒房里,一举一动都透着"娴雅安适"(妹子语),时时刻刻都垂着眼皮不看他人(哪怕做生意的时候也如此,有时看一眼也是看那人头上的那块空间或脚下的那块地,你绝对捕捉不到她的眼光),跟你谈话也使用那种飘忽犹疑的语气,把你搞得发窘,她自己还毫无察觉。

春去夏来,秋去冬来,X女士静静地度着她的岁月。其间有不少男人对她发生过兴趣,她也对他们一一进行了审视,最后确定自己并没有从他们中间认出那个人来。他们呢,自然也受不了她那种苛刻、冷峻的目光,在第一次交锋中就败下阵来,收敛了非分之想。她说,她要找的那个人就是她能够认出的那个人,不管她在什么地方、什么场合看见他,她都能很有把握不搞错。他生着独一无二的眼睛和生动有力的双手,"热血在脉管里奔腾"。

但有时她又有一种完全相反的论调。"那个人的事是一种设想吧。"她在冬日的斜阳里感慨万分地对着妹子说,"我并不为这烦恼,要来的总是会来的。我总想试一试,看能达到一个什么高度。哪怕过后什么也没有,只要它一来,我总要去试一试,这是注定了的。"

她说完就把脸转向阳光，让妹子观察她的眼睛，问妹子从她眼睛里看出了什么没有，妹子懵懵懂懂的，说眼睛里好像有几条小鱼游来游去的。X女士告诉她，那绝不是什么鱼，那正是她的"生命射线"。只有那个人看得清这些射线，因为那个人和她生着同样的眼睛，她和他将由各自的眼睛认出对方来。现在，她感到自己的眼光是一天比一天变得热烈了，"只要凝视，就能照亮宇宙间的一切"。

故 事

一、关于故事开端的几种意见

若外人追问五香街的老百姓关于这个故事的种种情节,他会奇怪地发现,他们根本就不承认他们所提及的是一个"故事"。他们中的任何人,都不会心甘情愿地花上半个小时至一个小时来和你讲这种故事。他们都很忙,很心不在焉,如果外人硬要用这种莫须有的"故事"去纠缠他们,他们会大发雷霆,深感受了侮辱。

"我们都有正事要干,对这种不涉及本质问题的小事情是毫不关心的。如果是谈论——比如说彩色胶卷的冲洗问题,或宪法与人民的关系问题,那可是另一码事,那些问题我们必定要从理论上确定种种根据。有些别有用心的人一定要把什么X或Q的偶然问题拉扯到本质的东西上去,我们对这种做法是极为愤慨的。谁也没有把什么X或Q放在眼里过,我们平时很少注意到他们。这样一扯起来,就仿佛我们对他们很重视,很当回事,就仿佛他们倒成了两个人物似的。提这样问题的人，一定是想着要把我们这些思想纯洁的人们引导到一条邪路上去。他们怀着一种阴险的意图，张开了罗网，等待猎物的投入。实在，我们没有什么故事。"他们这样说过之后就你推我，我推你，挤着眼，一哄而散，将来人孤零零地撇下——这是一些稳重老成的百姓，这样的百姓是非常可靠的。

对于这样博大而慈爱的百姓，我们实在是没有什么可挑剔的了。他们将自己心灵上的创伤，看得如此淡然，对于今后的前途，又是如此充满信心，永远的谦虚，永远的脚踏实地。他们相互间谈论起过去，就好像全都是光明，全部是美好的记忆。谁都清楚，他们的这种掩饰恰好是由于他们遭受过重大的、灾难性的打击。当时的情况历历在目，人人都有一把辛酸泪。现在事情过去了，他们坚强的禀性不容他们斤斤计较、儿女情长。前面的道路十分漫长，布满了不测的风云，只有振作起精神，英勇地走下去，此外别无选择。无可否认，从前那桩轰轰烈烈的怪事至今在他们心目中抹着一道阴影，每当独处沉思，往日的疑虑屈辱与受愚弄的感觉，还有悔恨、自责的情绪，便如滔滔洪水，奔流而来，这是任何好处也没有的。他们每人都压抑着，压抑着，决计要把往事抛开，让情绪升华，轻装前进了。为了彻底遗忘，他们制定了一套刻板的作息时间表，以示态度之坚决。作息时间表将一天中每分每秒所干的事情都做了详细的规定，人人都得实行，并有专人加以监督，目的是以此来控制伤感情绪的自由泛滥，保证思想的健康发展。

关于那件倒霉的事件的开端，我们群众团体的档案里，如实地记录了五个人物的口述。这五个人的叙述生动活泼，各具特色，视角各不相同，每一个人的独到见解，都反对、驳斥着其他的人，让你看起来眼花缭乱、扑朔迷离。这也正好反映了我们民众心理的丰富性、独立性，他们可不是那种随风倒的人物，他们对某些人的随风倒异常反感，恨不得人人口诛笔伐，任何人都休想将自己的看法强加于他们。若要抱着和稀泥的态度去统一意见，必定一无所得，还要遭人讥笑。

头戴黑色小绒帽的孤寡老妪的口述

"只要一提起我亲爱的表哥，我就想到我那天夜里蹬掉毛毯的事。我的床上，你们知道，唯一有价值的便是这床粗毛毯。我的棉被盖了三十年，早就朽烂了。床单下垫的不过是一堆稻草。而毛毯，确实是货真价实的东西，那些金灿灿的短毛，阳光掉在上面就像要烧起来。四十年前，我的父亲将毛毯送给我的时候（当时英武的表哥也在场），说：'这是一床纯毛毛毯。'我现在还想得出来他的声音，更想得出来表哥那种有魅力的微笑。（咽口水达十分钟，闭着眼一动不动，几乎忘了说下去，直到对方猛烈摇撼其肩头，才逐渐醒悟。）我怎么会蹬掉毛毯的呢？说来话长，当时已经是春天了，潮得很，也热得很，本来夜里盖了被子就不应该再盖毛毯的，所有的问题都出在我那该死的侄儿身上。

"实际上，他根本不是我的什么侄儿。他从十二年前开始冒充我的侄儿，直到今天，所有的人都相信他的捏造，这真是一件怪事,那家伙是一个无根无底的流浪汉,没有父母的小瘪三,又是一个丧失了人性的伪君子,既偷又抢,喝人鲜血,腮帮子上常年吊着一个大肉瘤。不知出于一种什么误会(我诅咒放出这个流言的混蛋),很多人都认为应该让他来为我送烤火煤。我本人对这种不怀好意的说法是深恶痛绝的。如那小子果真有此一举,我会与他拼个你死我活。我虽年老体弱,对付这种人还是绰绰有余的。总之我绝不让他踏进我的家门,他想要乘虚而入,也还远远不到时候。我把住门守候了整整一冬,也就是说整整一冬,我没有生火(哪里顾得上),屋里潮得厉害,心情可是舒畅的。春天来了,屋里就像下着毛毛细雨,我将毛毯盖在被子上,半夜热起来,就一脚蹬掉了。早上起来一看,毛毯掉在地上。这个时候,那件事发生了。当然进来的是我表哥,他帮我送煤来了。

"请注意,四十年后,他悄然而至,在我最需要他的时候来到了我的身旁。我脑子里一直有一种预兆:表哥要来了。在我与所谓侄儿展开斗争的时候,在那些寒冷彻骨的冬夜,就是这种信念支持着我没有垮下去。那个该死的喝人血的家伙,一直觊觎着我这床毛毯,他满以为我会在那个冬天丧命,真是情急难熬了呢。表哥真的来了,不但帮我送煤,还在屋当中站了七八分钟,两眼脉脉含情,和四十年前同样含蓄,同样深沉。他轻轻地说:'真没想到。'他说这句话时只动了动嘴唇,没有发出声来。我却听得清清楚楚。我一听到这句话就老泪纵横,再也看不清他了。怎样的热血男子!何等的有情有义!他走了之后,我的腿一下子就变得有劲了,我'咚咚咚'一口气走了十里路,甚至还跳了几跳,也不感到有一点儿疲劳,我觉得我还可以干那种风流艳事呢，是不是出现了返老还童的奇迹呢？（垂下头去，好像睡着了，五分钟后忽又抬起头来。）

"很久以来，我就一直隐隐地感到有种看不见的危险在威胁着表哥，这种感觉四十年前就开始了，一直延续到今天，预料中的事情终于发生了！表哥是一个货真价实的童男子，我强调这一点就是想告诉大家，他是纯洁无瑕的，蒙在鼓里的，对于男女间的风情，他真是一窍不通，四十年的考验已足以证明他的品格。镜子女郎（她对X的蔑称）正是看中了他这一点，才死死咬住不放，将他拖下水，落得今天的下场。我敢说他根本就没产生任何快感，他甚至根本不知道镜子女郎在他身上搞了什么把戏。在整个事件中，我是消极的观望者吗？或者竟像某些人估计的那样，我抱着幸灾乐祸的心理吗？有谁知道我度过了一些什么样的可怕的岁月呢？自从镜子女郎停止了她的巫术，收起她的显微镜等行头，与我那可怜的表哥私奔之后，等待我的只是夜复一夜的孤独、死寂、空泛、恐怖。我一下就老迈得提不动自己的双腿了，只得用可怜的眼光追随这两个人的背影，直到他们消失在茫茫黑夜里。

"事情是怎样开端的呢？弄出这样一个悲惨结局的原因在哪里呢？任何人都不知道这个秘密，只是由于一件极小的事，由于那车煤！我不该在那天叫煤厂工人送煤的，这件事我到死都不能原谅自己，我要不停地诅咒自己。刚好门口有这样一个斜坡，刚好那小子舍不得下苦力拖上坡来，又刚好表哥出于可敬的侠义心肠来帮忙。他一定是由于和我见面过于激动而昏了头，反正他就忘了自己要去的地方，身不由己地跟随送煤工走进了镜子女郎的小院子。他在门口跌了一跤，完全不省人事了。一直到傍晚他才出来，那时他的脸色可怕极了。等一下，我现在要回过头去讲讲关于那条毛毯的事，我丢了一个重大情节了。

"四十年前，毛毯是表哥亲手替我搂回去的，一街的妇女全都羡慕地伸长了脖子，看毛毯，也看我和表哥（因为某些事耽搁了没看到的人都遗憾得要命）。她们私下里认为我和表哥是天生的一对儿，所以那毛毯，几乎就和定情物差不多，它把我和表哥的心拴在一起了。别以为我会把什么 X 之流放在眼里，呸！我根本就忘了她。我今天到这里来，绝不是来讲她的事的，我只是来讲一讲关于表哥和那床毛毯的关系。请问她是个什么东西？这地下钻出来的妖怪，我们干吗要去关心她的什么事？我自己的事还忙不过来呢！现在有种风气，就是总把眼睛盯着一些莫名其妙的人。只要谁剥光了衣服在大街上乱喊一通，或多找得几个汉子，她就可以成名啦！我们的人越来越没有定性，胡乱攀附，这真是一件出丑的事！表哥的陷入泥坑，都是由于在门口摔的那一跤，他是在一种人事不知的情形中堕落的，至今仍处在癫狂妄想的症状中，无法挣脱。难道我们反倒要落井下石，在这关键时刻给他一下致命的打击，或对正事不闻不问，跟着赶时髦的人瞎起哄，去研究毫不相干的人做下的与我们毫不相干的事，将奄奄待毙的他一脚踢开？

"我在这里说了这些话，已经都快累死了。毛毯与表哥的关系，这就是我今天讲话的主题。我没有将我要表达的中心思想很好地表达出来，老是受到这样那样的干扰，那个不相干的题外的问题不断地来打扰我的思路，把我弄糊涂。我只有奋起最后一点精力执着于自己，才能稍稍排除外来的干扰，接近本质的东西。这种情形一闪即过，干扰复又重来，不断使我分心走神，一次比一次厉害，直到耗尽了我的精力，要表达的思想还是云雾一团。我的话完了，你们这些败类！"（她忽然倒地，四肢抽搐，约莫二十分钟后苏醒，气愤地出了门。）

跛足女郎的口述

"不要相信什么镜子的事，那种事根本就是虚构的，诸位，全是装样的，是转移注意力的花招。你们在某一天走进一个人的家里，看见桌上摆满了大小镜子，那人在煞有介事地打手势，你们就如一锅开水哗哗地嚷起来，说天下出奇事啦！某人的特异功能大显威力啦！假如我将真相揭示给你们，你们又要嚷嚷啦。你们最大的弱点就是轻信，爱冲动。所有的议论都与事情本身毫无关系，那真相，永远是埋在深而又深的地里。我们议论起来，就好像我们心明眼亮似的，而这一点是极其可疑的，你们看到的，远远不是本质的东西，只是一种假象，一种人为的游戏。

"我就来说一说所谓的那天下午的开端吧。那是一个风云诡变的下午，空气里隐隐地潜伏着某种杀机，草木皆兵，每一点细微的响动都可以使人惊跳起来，你坐在窗口，窗帘会冷不防地被什么东西掀起来，一副羊头骷髅出现在你眼前。我沿着一条没有尽头的灰色围墙走了两个来小时，终于到达那个操纵者的家里。她背对我坐着，正在嘻嘻地傻笑。我凑近一看，她正在用一把生锈的匕首戳一个蚂蚁窝。她戳了又戳，还用脚去用力摇,惊慌失措的蚂蚁四处逃窜。

"'你的丈夫,有一点问题,人人都在传说。'我拍拍她的背脊,尽量做出随便的样子。

"'嘘!瞎说!'她眯着眼打量了我一眼,'所有的事,都在按预定的计划执行。'

"说完之后她就强迫地拽紧我,将我带到她那间黑洞洞的小屋子里,叫我坐在一张破旧的铁床上,然后她搬来个巨大的木箱,打开来叫我瞧里面的东西。那里面是许多大大小小的男人的袜套,约莫有一百来双,一层一层整整齐齐地排列着。

"'从他生出来到现在,每一双都保存在这里面,这是我的一个秘密,他本人并不知道。'她热心地指点给我看,'瞧这一双,破了一个洞的,是他八岁时穿的,脚趾甲留得太长戳破了,一想起就觉得好笑。他能走到哪里去呢?你要不要我开灯?不,还是不开,一开灯那些地蚕全活动起来了,我们的蔬菜将遭殃。这个箱子一年到头锁得紧紧的,我一点也不在乎。他能走到哪里去呢?'她又重复了一句,耸了耸肩头。

"借着从小窗口透进的一道光,我看清了这个女人的面貌。她原来是一个十三岁左右的小女孩,赤着脚,头发上扎两个蝴蝶结,像蚂蚱一样在屋里跳来跳去。使我感到愤慨的是她一点也不尊重我,只是一味地将她那些玩具(一条没织完的彩色披巾,一副玻璃珠项链,一张动画片,一只泥塑小狗等)放到我面前来展览,她想用这些乱七八糟的小玩意儿来肯定自己,建立某种信心,她甚至狂妄得很呢!想想看,就连这么一个可怜虫,也在拼命地要出人头地,而终于爬到了她男人头上,掌握了他,导演了这一出戏，这可是你们这些僵化的脑瓜子没有料到的!

"Q这个人物有几个疑点：

"一、这个Q，在我们五香街的女性中间，就熟悉得如同自家人一般。据我观察，你和人谈话，只要涉及他（哪怕不涉及他，只要在谈话中可以联想到他），便无人不神情专注、有滋有味、穷根问底，人人都似乎对他怀着一腔暧昧的柔情蜜意，无处直截了当地倾诉，只好忸怩作态，过分地装出一副漠不关心的冷淡面孔来，私下里却每分每秒将那妇人的情思寄托在他的身上，悲悲戚戚，绵绵不断。他是怎么会获得这种与他本人不相称的身价的呢？有谁细细地打量了他的身体各部位，或得过了他的甜头，才确定了他的魅力所在吗？（当然没有!）

"推测起来，恐怕原因还在他与X的关系这件事上，或者正确地说，在关于这种关系的遐想上。打个比方，柑橘本来无人问津，现在研究出柑橘可以防癌，于是人人去抢购，搞得市价飞涨，这种防癌心理与我们的遐想是一回事。假如有一天，我们终于搞清了我们的遐想是一种主观上的错误，我们终于发现，在长长的围墙尽头的小黑屋里，是坐着一个阴森森的怪物，手握一把生锈的匕首，正在弯下腰咬牙切齿地清数箱子里的袜套，屋子外面，爬满了胖胖的、丑陋的地蚕，她才是一切，Q只不过是个牵了线的木偶，那么Q的身价将发生何等的变化，必定可想而知了。我们总要在遐想里生存，那时人人面带娇羞，目光流连顾盼，一举一动透着幼稚劲，若有象征性的男人身影从窗前闪过，各人就在心里暗喜，兴奋地小声低语：'Q是何等的英俊，魁梧，而又多情啊!'之所以执意要将那影子看成Q，只不过是因为遐想出他与X的某种迷人的'关系'。越是无诗意，不值一提的古怪行径，我们越要赋予它丰富美丽的诗意，魔幻的色彩，将其装饰起来，作为我们赖以存活的精神食粮，这便是我们大家的劣根性所在。

"我们设想出Q与X的迷人关系之后，又将自己摆到X的位置上加以衡量，昏昏然地想着自己的种种长处，惊叹着自己是何等的高出于X，假若自己与Q进入那种境界是何等的销魂，Q竟没有看上自己而被X勾了去是多么大的错误。我们就这样左想右想，搞得自己萎靡不振，完全丧失了对自身价值的最后一点自信，像一条狗一样嗅来嗅去，追踪于某人身后，全不知我们追踪的那位大英雄，只是一个被坐在黑屋子里的怪女人操纵的木偶。

"二、这个Q，各人都在私下里将他设想为一个年轻、勇猛、强壮的汉子，一个举世无双的美男子，不但英勇，而且多情，说起情话来就如下毛毛雨，软绵绵，暖人心。我们认定世上除了他，再无更理想的进攻目标了。大家都在家中自言自语，焦急踱步，夜不能寐，辗转不安，天蒙蒙亮就爬起来，一个个都跑进公共厕所里蹲下，睡意蒙眬地相互倾诉那种莫名的情思。叽叽喳喳，好不热闹。又妄加对比，认为家里的丈夫确实要不得了，轻狂地自高自大起来，好像自己一下就成了贵妇人，丈夫碰都不能碰了，若要与她亲热，则迫使其苦苦哀求，直到下跪，即算发慈悲应允，也是冷若冰霜，面带鄙夷。如果我道出事实来，大家都会惘然若失。不是某人看见他那天下午在X女士门口的空地上摔了一大跤（还摔得不省人事）吗？你们认真思索过了吗？

一个好端端的汉子，走在一块平地上，是不可能摔得人事不知的。

"我当然清楚这是怎么一回事。不管你们是认为我出于妒忌也好，胡编乱造、打击别人、抬高自己也好，我还是要坚持真理，决不屈服。我要告诉你们在那个风云诡变的下午，他正是以你们意想不到的面目出现在我的窗前：他拄着双拐。我们彼此对视了足有二十三分钟之久，直到他的拐杖支持不住沉重的身躯，才不无遗憾地转身离开，一步一回头，恋恋不舍，他认出了同类。

"三、这个Q，我们都断定他感兴趣的只是X一个人，都对这一点深信不疑。我从Q那天下午的行为看起来，他并不是直奔X家中去的，首先，他在我的窗前停留了意味深长的二十三分钟，这就很能说明问题了。只要我对你们这伙人还抱有一丁点希望，我都不至于采取那种消极的态度，放鸟出笼，任凭事态自由发展的。你们太使我绝望了，我早就心如死灰，对采取行动感到一种厌恶了。我认为他的目标绝不限于X一个人（所谓吊死在一棵树上），只要我们大家变得不那么乖张一点，敢于敞开心扉一点，他是完全有可能对你们各位发生兴趣的，说到底他绝不是什么完美无缺的大英雄，他和你们家里的丈夫并无两样，一点也高不到哪里去。你们听凭自己的鲁莽和草率，一吆喝就将他推倒在X身上，现在又来后悔，无端地生出种种浪漫情调来，还给自己造偶像，天天顶礼膜拜，把所有的可能性全丧失尽了。这正是我预料中的情形，我就是因为这个才灰心丧气，认定任何积极的努力全是白费。本来，Q第一个发生兴趣的女性是我，我不费吹灰之力就可以掌握他于手心，作一个'引进'工作的，这样，你们也就不至于如此的孤独寂寞，一天到晚毫无指望地想入非非，感情脆弱,对人生悲观失望了。总之机会全跑掉了,因为什么?因为愚蠢!因为懒惰!你们睡在床上哼哼叽叽地白日做梦,即使天要塌下来了,你们还在惦记着某种不存在的、不可思议的东西。为了永世不醒,还跑过去将窗帘放下来遮得严严实实的,房门却又故意敞开,眼珠死死盯紧门口,心里召唤着,召唤着,很衷情似的,如果这当儿丈夫回来,就撒起泼来,将他轰了出去,怒斥:'搅坏了我的好心情!'

"现在我可以讲一个故事给你们听,你们听了之后,也许会明白一些道理。我的故事很长很长,错综复杂。听这个故事,需要很大的毅力和耐心,全神贯注,才能搞清里面的种种关系,就是这样,失败的可能性也还是很大的,而成功的希望最多只有千分之一,你们若不改变这种心神涣散的状况,是永世也无法进入我的故事里面去的。我讲的是一个女人或一个男人(也许是一个和我同样的跛足者)如何在社会秩序不正常的情况下发迹的故事。这个故事本来与灰色围墙尽头的小黑屋里的人是毫无关系的,而与我们在座的各位直接相关,你们甚至可以直接进入故事充当主角,在当时这种可能性已充分显露,只待你们发挥主观能动性了。你们不去当主角倒也罢了,还要胡搅蛮缠,运用那种散漫而没有边际的想象力,将一些孤立的事连缀起来,牵丝挂缕,忙忙碌碌,后又扔在一边不求甚解,大家各自走散,无端地哭泣伤心去了,直到今天你们再也搞不明白发生了什么事。发生了什么事?发生了地震!发生了山洪!魔鬼降临了!或者什么也没发生,只不过早晨多吃了一个包子,撑得你们泪流满面。

"不,我不讲给你们听,我讲给你们听是白讲了,我要把我心中的故事珍藏起来，这些小宝贝是我一生的安慰，也是一种武器，我在墨黑的半夜爬起身来，窗外是钢铁一般坚硬的天空，灰白的围墙在山坡上起伏抖动，我磕着牙，钻进被窝，用那些个故事把自己包围。我的故事温暖、清晰，带一点刺激，它只属于我自己。我要再一次告诉你们，你们虚构的那些事是不存在的，连一个开端都没有，你们各人设想的种种开端全属主观捏造，是伤感浪漫情调泛滥的结果。真的开端现在是失去了，永远也不会再有。

"在从前有一天，一个云朵低垂，青草味儿在空中荡漾的下午，它是完全有可能在我们中间开始的，我几乎都做好了准备，若不是铁的事实的阻碍，若不是颓废情绪的战胜，一切一切的可能性都会实现。现在是完结了。你们尽管三五成群议论纷纷，做出种种可笑的估计好了，尽管像小孩一样去好奇地设身处地，去伤感，去浪漫好了，我比谁都清楚一切，我站在你们背后绝望地冷笑。只要你们一天不改变自身的习性，不猛醒回头，谁也别想从我口里掏出一个实实在在的故事来。我情愿洁身自好，在这乱纷纷的世道里保持自个儿清醒的头脑，朴朴素素、默默无闻地度完自己平凡的一生，也不愿为了一鸣惊人与你们同流合污，将自己纯真的本质丢得干干净净，跟随某些人乱叫乱嚷。"

X丈夫好友（看过户口簿的那位）的口述

"开端？好家伙！只要一提起开端的事，我就重又陷入那种复杂纷纭的烦恼之中。X女士的每一次开端，亦就是我的开端。

我的整个生活，已经随着她那些数不清的事儿，相应地构成了无数解不开的连环套，一提起什么新的开端，我就紧张得要命，全身皆作竞技状态。自从 X 搬到我们街上来，我成了她丈夫的亲密朋友，她本人的第一保护人之后，真是一波未平，一波又起。每当你长叹一声，以为事情终于过去，坐下来想休息你那疲惫不堪的大脑，她却又在背地里生出新花样来了，你只好又像触了电一样跳起来。这个女人的精力，没人能够想得出旺盛到了何种程度。她几乎每时每刻都在策划一个新的开端。鉴于我与她丈夫结下的深情厚谊，和他所处的惨不忍睹的境地，我简直是拼着性命在与她周旋，每日里昏天黑地，不思饮食，说不出过的何种阴暗的生活。几年来，我不但没吃过肉，连和老婆亲热这种头等大事都停止了，人也瘦得如一个影。我这种种的苦心，X 是否就领情了呢？结果是谁也意料不到的！

"有一天，她把我叫到她的房间里，用她那双没有瞳仁的眼珠紧盯我有十分钟之久，然后猛地推开我，全身一抖，歇斯底里地用双手拽紧自己的头发，在房间里走来走去。走了个把小时。（我的耐心何等惊人！）最后我终于忍不住了，轻轻一咳，小心翼翼地问她感觉好些了没有。你们听听她的回答吧：'是我把你叫来的吗？我倒记得有一个什么人常常不招自来，他总在我的附近。我会把你叫来，这是怎么一回事？是不是你弄错了，是不是我没有叫你来？你没有自己的事要干吗？你这样关心他人，实在于你不大好。'十足的无赖态度！从那天以后，每次她在街上遇见我，总把眼珠翻上去不看我，假如我拦她的路，她就对直闯过去，好像我是一个稻草人，一推即倒。待我找上门去与她论理，她又说，她根本没看见我，我去拦她的路真是一大失策，她不可能看见我的。我倒不如坐在家里做一做小泥人，那是于身心都有益得多的工作，说不定还由此产生艺术的联想呢！说不定还由此发现自己生存的意义呢！何必煞费苦心挂记着一些古怪的玩意儿。

"她又说她的一个朋友，原来有一种恶习，就是总跑到公共厕所里去和人交谈，一谈就忘记了时间，一天到晚守在厕所里搞得一身臭气熏熏。丈夫对她嫌恶得要死，不准她上床，她只好睡在走廊里。就是这样丈夫还不能容忍，还要用扫帚将她赶到大街上去，扬言只要她胆敢进屋，就将她剁死！一天她在街上遇见这女人，正蹲在一堆垃圾里找东西吃，她上去与这女人攀谈，教她用棕叶编蚂蚱。她很争气，学得很快，一眨眼就上了瘾，再也不上厕所去搞鬼了。丈夫将女人接了回去，一家子团圆，欢喜得不得了。她说这种天方夜谭给我听，我当然懂得她的用意。可悲可气的是我的好友居然笑眯眯地站在一旁，老婆说一句他点一下头，还走过来，关切地拍拍我的背，蠢不可耐地告诉我：X女士所讲的实有其事，实有其人。一个糊涂虫，甚至一个眼珠子也转不动的白痴，只要经她一点拨，就会逐渐地聪明起来，正常起来。他俩一唱一和，越说越高兴，越说越亲热，朋友的手始终紧紧搂着X女士的腰，一点也不放松。后来X女士荒唐地提议：'咱俩跳上书桌罢。'两人就一齐跳上书桌，手挽着手，晃荡着四条腿子，还嘲弄地对我吹口哨！

"这件事对我的打击太大了，有很长一段时间，我搞不清发生了什么事，只觉得难受恶心，根本不想活了。我用苍老黯淡的眼光打量这茫茫世界，思忖着：既然人们根本不需要你，连你的知心好友都不把你当回事，招之即来，驱之即去，还在背后取笑你的种种努力，将你的一片好心践踏在脚下，一味偏袒自己的老婆，你活在这个世界上，是充当一种什么角色呢？你所有的那些努力，除了给人造成笑柄，还有什么作用？我翻来覆去地想，真是痛苦极了，伤心极了。我决心用一把小刀，在一个月色很好的夜晚结束我这壮年的生命。我已经把刀准备好了，地点也选择好了，就在我屋后的天井里。

"正在这个时候，X与我的朋友来到了我的家中，他们带来无比关怀的问候，两人笨拙地、忸怩不安地坐在我的床边，紧紧地偎依着。一会儿我的朋友就开始赌咒发誓，说他永远是我最最知心的朋友，决无背叛之意。对于我的每一点好意，他都是铭记心头，永世不忘的，假如他和我之间有什么小误会，那都是坏人从中挑拨，唯恐天下不乱，我万万不可以此为凭改变对他的看法。他边说边挥手，他的妻子靠在他肩头，随着他的剧烈动作一晃一晃，受了催眠一般紧紧地闭着眼睛。他又提起上次那个故事。他说他们绝不是含沙射影，我要是因为多心而丧了命，他们将多么悲痛，他们从来不曾怀疑我的聪明才智。他的妻子就在不久前还说，我是世上最聪明的男人之一，她的确说过这个话，他可以拍胸口担保。假如我以为他们怀疑我的聪明才智，那真是天大的冤枉。他自己也经常想：失去我这个精明强干的朋友的话，他们将怎么活下去呢？还有谁是可靠的呢？到他的话讲完时，妻子已经沉入了很深的梦乡，怎么摇也摇她不醒，他只好将她抱回家去。

"友谊再一次使我悬崖勒马了。没有体验过友谊的欢乐与痛苦的人是多么可怜！多么空虚！我从来是把感情看得高于一切的，我为它而生。为了朋友的一件小事，我就可以上刀山，入火海，粉身碎骨在所不惜。他们离开之后，我立刻就从床上爬起来洗了脸，抖擞起精神，决心用加倍的忠诚和全部的智慧来回报朋友了。我要赶跑睡魔（用在太阳穴上搽清凉油的办法），睁大眼睛，日日夜夜为朋友守候戒备，我还动员了我的老婆来参加这项工作（虽然她天性软弱，能力有限，精力也远不如我）。事情就坏在我老婆身上。我对女人的狂妄、任性、缺乏自制力是远远估计不足的，那一次给了我严重的教训。

"有一天，X女士走进了树林，我和我老婆尾随而至，看见她在一块岩石上坐下来，我断定又有一个新的开端了。我对老婆做了一个手势，我们躲进一棵空心大树的树干里面，从一个小洞里监视着她的一举一动。只见她伸了伸腿，就躺下去一动也不动了。我和老婆都兴奋得要命，脸上喝了酒似的红通通，你捶我一下，我踢你一脚，在树洞里闹得欢。老婆还不住口地小声嚷嚷：'马上要看到有生以来最最精彩的好戏啦！我沉不住气啦！要晕倒过去啦！'越嚷声音越大。后来我怕坏事，就示意老婆安静下来。但她根本听不进我的劝告，变得更加兴奋，更加闹腾，一蹦一蹦地，搞出'哗哗'的响声，可怕极了，末了她还从洞眼里往外扔出一个个石子，扔到X女士的脚边。我开始阻止老婆的胡闹，扭住她的手，不许她乱动。不料她发狂了，像狗一样咬人，还唾骂我'与X女士狼狈为奸'，说'早就看出了苗头'，'这一招真太妙了！'等等，又说她早就在等待一个机会，要来揭穿我的老底，她跟我来树林里并不是为了监视 X 女士，她才不管人家的闲事呢，虽然天天见面，她实在从来不屑于和她说一句话，她来树林的目的就是监视我，干涉我的丑恶行径，我竟这么愚钝，始终没察觉她内心的秘密，真把她笑死！我真会以为她是一个白痴吗？难道夫妻间无缘无故就停止了房事达半年之久，她会毫不在乎地视为正常吗？我这样想，对她的估计是大错特错了！总有一天，她会露出牙齿，让我知道她还有厉害的几手，只要她愿意，她随时可以要了我的命。她的报复倒并不是与房事有什么关系，她一直是非常讨厌这种事的。在以往的性关系中，她总是处于无可奈何的顺从地位，这决定了她对这种事的态度，所以我的停止房事对她来讲就无异于一种解放。如果我今后改变主意，重又向她求欢，那才是一场灾难。她来跟踪我，就是为了抓我的把柄，打消对她的痴心妄想。到我们打得鼻青脸肿钻出树洞时，X 女士已经不见了。

"老婆忽然就明白了自己的过错，抱着头呜呜地痛哭起来。我从那一刻就发誓今后一定单枪匹马活动。这世上的事都是坏在女人身上，尤其那些热心又没有意志的女人，就更糟糕。她们发作起来什么事都干得出，必定要把你的计划搅得稀乱才罢休，一限制她们，她们就会发疯，在关键时刻给予你毁灭性的打击，待她们闹下了乱子，她们又来装糊涂了，做出无依无靠的可怜状，博得你的同情心，为下一次撒泼留下机会。女人大致都是如此，大同小异。我单枪匹马的决心是下定了，而且这样也更能说明我对朋友的赤诚。

"人生的道路上有时会出现走错一步即不可挽回的局面。到我开始单独行动的时候,我才绝望地发现,我身后不知从什么时候开始是长了一个尾巴了。不论我如何机警,如何变化战术,她总有对付的办法。她的对付又不是消极的对付,简直大有进攻之势。我甩不脱她。这样一搞,我就晕了头了:我每天到底是去监护X女士,履行朋友的职责,还是在与老婆玩捉迷藏的游戏呢?在大清早我出门的时候,目的似乎是很明确的,脑子也很清醒,时常一到中途就发生了戏剧性的转折,我昏昏然然,不但丢掉了追踪的目标,而且自己成了别人的目标。我想挣脱出来,就躲来躲去,一下子钻进灌木丛,一下子藏到垃圾堆后面,一下子又从某个阁楼爬上屋顶,差不多变成一个猴子了。

"我的女人津津有味于这种把戏,真把我烦透了,而前途又是那样的渺茫,X女士变化无穷的伎俩本身就让我难于招架,现在可好,又来了这一个!我越急于摆脱她的纠缠,她兴致越高,人也容光焕发,就像一下子变成了青春少女似的。我每想出一个新招,她立刻就会兴奋地调动起自己的全部机灵劲儿来与我周旋,较量高低。我真是苦死了啊。我就向她直说了,我说像她这么搞下去,除了两败俱伤,绝不会有另外的结果,她对自己的行为是否有自知之明呢?一个人活在这世界上,应该有自己明确的生活宗旨,应该有始终如一的追求,依附于他人,或妨碍他人的行为都是不道德的,可耻的。再说浑浑噩噩虚度了年华,到了老年什么回忆也没有,只有一些似乎生活过的影子,那是会要后悔的。我这一生,从来都在追求一种最高的精神境界,放弃了一切物质的享受,踏上了这条充满艰难险阻的道路,可惜她并不能成为我的知音、我的伴侣,这也罢了,还要想方设法来破坏我，真是难堪啊。

"她似听非听，睁大了双眼做出吃惊的表情，然后回答我说：她的追求目标？要知道她的追求目标正是我呀。她活了这么久，一直屈服于我的管制之下，直到最近，在药房的算命先生老憎的启发之下，她才恍然大悟：自己的一生全是虚度了，多少年来，对于这样一件有意义的、很值得为之献身的事业竟然视而不见，真是麻木到顶了！蠢到头了！我是这世界上一个最大的谜中之谜，只要弄清了我，她这一生也就找到了自己的价值。一旦确立了这个目标，她就立刻变得精神饱满、青春焕发了，她的才能也第一次充分地显示出来，连我都不得不承认她的咄咄逼人，只能退避三舍，请想一想，情形有了多么大的改变！在从前，她个人的生活是那么的屈辱、枯燥、毫无生趣，那简直就像蛆虫的生活。她绝不能再回到那种生活里去，情愿死也不能！她目前这种积极上进的生活，全是靠她个人的努力争得的，谁也破坏不了，想用诱骗的手段使她改变初衷，走回头路，也是办不到的。我的一切鬼名堂，她都搞得清清楚楚。现在今非昔比了，她的眼睛亮着呢！她的鼻子尖着呢！不管我躲到哪里去，就是化为了'隐形人'，她也有办法掌握我，她现在所从事的这种趣味无穷的工作，使她感到充实极了，快乐极了，时刻都有使不完的劲头，她可以肯定她已经达到了那种最高的幸福。有的女人，将自己的整个心思都放在房事上面，结果所得甚微，很快就衰老了，个别的还被丈夫虐待、抛弃，想一想真划不来，没志气。女人并不比男人差到哪里去，为什么她们就不能自作主张选定自己的事业，与男子抗衡呢？为什么非要把青春和精力浪费到男人身上去呢？当然像她这样闹独立的妇女，是会遇到重重阻挠的，压力来自社会与男人方面。想穿了也并没有什么可怕的，只要自己有恒心，意志坚定，没有什么不可克服的困难。她的决心已下，我就死了心好了。难道她还不明白我那些话是安的什么心吗？她才不害怕我用大帽子压人呢！目前正是她的工作最有起色的时候，她可不想在这个关口松懈自己，搞得前功尽弃，招人笑话，什么诱惑都不能打动她，我就不要再对她唠唠叨叨，心存侥幸了。现在她已有了这样的起色，怎么可能洗手不干？将来总有一天，她的工作会取得令人吃惊的成绩。她的成功就是我的末日。

"她说了这一大通，我现在总算明白她与我的关系是怎么回事了吧？我尽管由着性子干我的事好了，她也要将她的事业干到底，别以为我对她还有什么权力，也别以为她对房事还有丝毫兴趣。女人只要一觉醒，就会变成可怕的老虎，我连这都不知道？白活几十年了。她这只老虎倒不喜欢张牙舞爪，也不爱吼叫，吃人可是真要吃的，我就提防着好了，尤其是在夜里睡着了的那些时候，那是什么怪事都有可能发生的。我与其虚张声势吓唬她，倒不如把心思放在为自己的安全着想上面。这就是她的心里话。我的女人就是这样毅然决然地站到了我的对立面，谁能体会到我的苦楚呢。我没法怨天尤人，一切苦果都是我自找的，只能悄悄地吞进肚里去。我的老婆，我能体谅她。她这一奇怪的变化皆出于一种微妙的报复心理，对于她这种心理我是无可奈何的，即使想帮她一把也办不到，因为人的精力是有限的。

"我们设想一下：有一对夫妻在一处生活了二十年，恩爱异常，妻子是一个感情忠贞不贰的人，将整个身心都寄托在性爱上，对于房事，有无穷无尽的欲望和兴致。而丈夫，除了性爱还有别的事要干，他有社交，有朋友，有义务。他的最好的一个朋友的妻子使他的朋友陷入了一种可怕的境地。他和她皆不能自拔。谁都知道他的品格，他作为朋友，向来是见义勇为，有自我牺牲精神的。于是他很快插手干涉整个事情，一管到底。（朋友当然对他感恩不尽）这件事，不幸是一件异常棘手的事情，必得要他投入全部的体力与精力才能抓住它，还有一点最重要的是，必须对它产生兴趣、进入一种陌生的情绪。有了情绪才能理解那位女士的整个世界，懂得她行动的规律，搞清她的种种欲望。然后还得时时刻刻不放松，时时刻刻随机应变，不这样就毫无收获。他是一个工作起来兢兢业业，抛开一切杂念的人，一段时间之后，他便对那位女士的世界产生了浓厚的兴趣，他研究她的一举一动，还反复体验，加以剖析，很快就着了迷。平时在家里他也惦念着女士的事，吃饭也好，干活也好，睡觉也好，脑子里总在不断浮现女士的那些个表情、动作，心里盘算着她行动的种种可能性，拟定侦查的方案。不知不觉的，他还染上了与那位女士相同的怪癖，动不动就跑到水池边去观察自己的尊容（他家从不买镜子那种邪玩意儿）。更难为情的是，时间一久，他居然看见那位女士就羞答答，就脸红，就心跳，完全乱了套了，自己生自己的气也不能改变这种状况。这当然并不表明他就对她有什么意思，他在男女关系上从来是抱着一种圣洁的态度的。这一次，他完全是出于一种无私的感情在为朋友效力。这是有目共睹的，无可非议的。他的慌张，大半是由于他很少接触老婆以外的女性所致。小半则是如人所说，那位女士有些邪道，动不动就耍一种魔术，使人乱套，以此取乐。

"现在你们可以了解到，朋友交给他的任务是多么的艰巨，对于他本人是多么大的考验。卷在这样一种事情里面，他的身体还没垮掉，神经还没错乱，还能活到今天，这真是一大奇迹了！他算了一算，迄今为止，已经有三十六个人劝他撒手不管，与老婆和好，回家享受天伦之乐，都说他这样干前途茫茫，什么作用也没有，'得不到甜头'，只能'终日傻瓜似的眼巴巴地盼着一个什么'，(什么呢？天上掉下的钱包？地上长出的金瓜？)长此下去必会丧失性功能，要知道'业余文化生活'这玩意，人是一刻也离不了它的。顶着种种舆论的压力，他仍然坚持下来了。他敢说，到今天为止，绝对找不出另外一个人像他那样了解那位女士的内心生活，像他那样对她的一举一动心中有数，并能准确地猜出她心中的意图的。(这防止了多少可怕事件的发生！)就在他沉浸在高尚的对朋友的情感中，进行这万分艰难的工作的时候，他的家庭内部发生危机了。他的妻子，是一个钟情的女子，但十分狭隘，喜欢妒忌，凡事固执，钻牛角尖，她不能、也不愿理解丈夫的高尚情操，她认为自己被毫无道理地剥夺了应有的权利。这种频繁的'业余文化生活'，她不是已经享受了二十年了吗？一切不都是很美满的吗？她就是以这个来维系她的丈夫、她的整个家庭的呀。现在突然就钻出来一个什么妖精，霸占了她的丈夫，弄得她只能独守空房，夜不能眠，这种事她怎么能甘心？她用她那狭窄的脑袋去理解世间的一切事物，将她丈夫苦心经营的崇高事业指斥为'下流的勾当'。丈夫回家晚了一点，她就说是'搞见不得人的活动去了'，丈夫没有精力同她进行房事，她就说是她的家庭'已经不存在'了！'一个妖怪占去了我的位置'。她整日在家写标语，将谩骂丈夫的话四处张贴，搞得四邻都出来看笑话。丈夫害怕起来，勉强同她行房，她又躲开去，骂他'不要脸'，只想'多吃多占'，'把世上的女人都玩遍'。反正是口出恶言，毫不讲理，越来越下贱、凶暴、疯狂。到了最近，他们的夫妻关系已经恶化得不能挽回了，也不知听了哪个坏蛋的谗言，她无端地就断定自己'找到了自身生存的价值'。这个生存的价值，就是没完没了地与丈夫为难，设障碍，设陷阱，在适当的时候还要下毒手加以谋害。她津津有味地干着这种令人毛骨悚然的把戏，一上瘾而一发不可收拾，原先已逐渐枯竭的性欲竟又变得十分旺盛，以一种变态的方式表现出来，像狼一般贪婪，无休无止。从前那个温柔的妇人，在她身上连影子也找不到了。

"我的老婆与我对抗了一段时间之后，突然锋头一转，对我不感兴趣了。一连好多天，我暗自庆幸着，以为那个捣乱的魔鬼消失了，一切都要恢复正常。早上出门，她亲切地在我肩头拍几下，叫我'安心去奔自己的前途'。好景不长，更大的打击又降临我的头上。我的邻居和我说（他边说边踩我的脚，大概认为我是白痴患者），我老婆钓上了算命先生老憎，他们公然在药房楼上胡搞，全街人都晓得了这件事。我的老婆还扬言：她的行为是得到了丈夫的批准的，她和我两人都'各自找到了自己的知音'。这个消息对我来说如晴天霹雳，我一下子失去了知觉。后来我冲到药房楼上，一脚踢开门，看见那两人还在床上打滚呢。老憎用铁钩一样的指头哆哆嗦嗦地抓到眼镜戴在鼻梁上，东张西望，不明白发生了什么——他那近视得几乎瞎了的眼睛根本看不见我。

"'什么东西一闯就闯进来了？是不是狗什么的？'他问我老婆，害怕地钻到她身后去。

"女人慢腾腾地穿起裤子，用两把刀似的目光扫了我一下，悠悠地说：'猴子罢了。还能有什么呢。'

"然后她就用指头笔直地指着门，眼光盯得我半边脸麻木。我忽然觉得我应该及时引退，我一想到这一点就松了一口气。转身的时候，听见老憎在背后吩咐女人：'下一次要把门闩好，这种事让猴子看了去也很不道德。'

"我下楼的时候，女人追下来拦在楼梯上，异常天真无邪地吊在我胸前，喊喊喳喳地说：'你对他怎样个看法？喂？他不是稀有的吗？我的新生活全仰仗于他的指点！你当然记得从前我是什么样子，真是心有余悸啊。我想把他带到家里去，我们一点都不会妨碍你的，他很高尚，你早就没有精力搞'业余文化生活'了，对不对？他教给了我做人的道理，我只能用这种方式来报答他，他太可怜了，你照样忙乎你的事吧，我们两全其美。'

"我开始来说服她，我举出十个例子，说明她这并不是爱情，只不过是一种感恩的想法，而感恩的方式多种多样，根本用不着献身，这真太蠢了，让人摸不着头脑。她偏着头听我说话，不屑地撇撇嘴，反驳我说，她偏要'献身'，觉得这才够味儿，而且也很时髦。

"他们把我从家里赶出来了，我搬到垃圾站边上的一个工棚里，形单影只，除了事业，再无任何感兴趣的东西。夜晚是凄凉的，我透过工棚屋顶那些稀稀拉拉的杉木皮的缝隙仰望星空，一分钟一分钟地熬过那些空虚的瞬间。有时我也会蓦地起身走出门外，在朋友的家门外徘徊一通宵。现在除了小屋里安睡的这两个人，我是再也没有别的亲人了。我比任何时候都更深切地体会到了事业对我来说就是一切，我已经把我整个的生命都孤注一掷在它上面了，只要小屋里的朋友还在，我的追求就不会落空，总有一天我会要证实我想证实的一切。我将耳朵贴到窗子上，倾听他们的呼吸，确定了他们还活着，还在我身边，我就放了心。很多孤独的夜晚我就是如此度过的。我这些暗中的努力和牺牲，我的家破人亡的状况，我都小心翼翼地瞒着我的朋友。我个人的生活越潦倒，吃的苦头越大，我就越觉得自己生活得充实。我怀着自我牺牲的秘密，假装做出很快乐、很不在乎的样子与他们交谈，内心深处感到莫大的满足。

"一段时间之后，我对自己的新生活适应了，开始迷恋起这种生活来，因为这种生活使我的精神获得了彻底解放。我有意识地从肉体上折磨自己，我把工棚里的床搬掉，被子也扔掉，找来几块大方板，搂来一捆稻草在石板上做一个窝。每天夜里就钻进那个窝蜷缩而眠，即算冻得皮肤发青也咬紧牙关熬下去。当我患上了重伤风，躺在稻草上发抖的时候，精神上可是健康的，丰富的。我的朋友来探望我，我就告诉他说：我正在修炼，早上还吃了一顿丰富的早餐（其实我已两天没吃饭了），就请他放心好啦，我的老婆无微不至地关心着我呢，我的身体比任何时候都强壮呢。看着我的朋友脸上显出半信半疑的神情离我而去，我的眼泪差点夺眶而出！太崇高了！太伟大了！我感动得不知所以，我这种生活其乐无穷！一个人，假使他真正地获得过自我牺牲的快乐，那是会对人间的一切享乐都嗤之以鼻。像我老婆这种行尸走肉，在人还活着时，灵魂早就死了，像一个木乃伊一样在这世上游来游去，到处妨碍别人，寄生于别人身上，这才是最可悲的呢。她哪里感受到过我的精神生活的微妙之处呢？她根本就看不到这一切！直到这时，我才看出我们的婚姻真是一个大错误，我和她是多么的不合适，我能从那锁链里挣脱出来，真是一大幸运，但愿她一辈子也不要回心转意，再来纠缠我。

"X女士这一次的开端是怎么回事呢？在开端之前，有很长的一段空白。她一直闭门不出，也拒绝别人登门，每日里木木地独立窗前，不论谁与她交谈，她一律面带笑容，视而不见，使人下不了台。那段时间什么事端的迹象也不存在，她似乎下了决心要无声无息地度过一辈子。这种情形把我急坏了。我加倍绝食也好，挨冻也好，这些招数都不起作用了。他们明白地表示这些苦难都与他们无关，只是我个人的一种爱好。霎时间，我的头上笼罩着巨大的空虚。我茫然不知所措，怀疑的魔鬼咬啮着我的心。一夜接一夜，我冒险跑去敲他们小屋的门，我要X女士显出她的真面目，哪怕她兴风作浪，胡作非为，也比这种伪装的姿态要好，因为这关系到三个人的存亡。陷阱就在脚下，我必须使大家醒悟，告诉他们表面的平静后面正是藏着猛兽的利爪，多少人就是因为这种麻木不仁而毁掉了自己。我敲得关节发肿、头发晕，他们睡得沉沉的，一次也没来开门。

"第二天，我试探地询问X女士：夜间可听到过什么？她瞪我一眼回答说：她才不去听什么呢，尤其是夜间。她现在不但不用眼看什么，也不用耳去听什么了。不管外面闹得如何天翻地覆，她都是听不到的。她的世界静寂得很，一片广阔的平原，泥土上长着浅浅的小草，一颗骄阳挂在高空，连虫子的叫声都听不到。想用什么响声来骚扰她，那可是打错了主意……反正一派胡言，令人头痛。看来她是决计要甩掉我这个保护人的了。这个轻佻的女人，想想我为她的事吃过多少苦，受过多少罪！如今可好，看着我一天天瘦下去的面容，她不仅无动于衷，还对人说我'有怪癖'，她'一点也不稀罕我的保护'，毋宁说她对我的保护是'厌恶'的，她根本没遇到什么危险，干吗要人来保护？假如我有保护癖，去保护自己的老婆好了。

"这些话当然一点也不出乎我的意料，忠言逆耳，谁又不这样呢？要耍态度就去耍吧，我可不是那种小心眼儿的人，会跟女人去计较她们一时的撒娇什么的，她们不管什么时候都是任性的，不自觉的，非得要人加以正确的引导，她们才不会走到邪路上去。我也不会因为X女士的一两句话，就放弃我的保护人的身份，辜负朋友的期望，从此变为一个冷冰冰的、丧失了同情心的世故者，庸庸碌碌地活下去，成为我老婆一类的行尸走肉。我看得出来，我的可怜的朋友，现在是比以往任何时候都更需要我的扶助，他就像一个盲童步入了一条死胡同，完全不可能凭自己的能力找到出路。全部的希望皆在我身上，只有我能解救他。在陷入绝境的情况之下，一个英勇的、自力更生似的行动付诸实现了。它闪烁着这样灿烂的、理性和智慧的火星，照亮那漫长黑暗的通道。它是什么？造成了什么样的后果？它是否与 X 女士的这个开端直接相关？这一切的秘密恕我作为私有财产长期地保留于我的心底。因为我忍受了无法形容的痛苦之后，应拥有一种自得其乐的特权，我不想与外人分享，即使是很亲密的人也不行，我一定要好好享受'独得'的快乐，这种快乐将延续到我离开这个世界的那一天。只要你们具备了我这种超人的毅力，长期忍受熬煎，或许有一天你们也会获得它的。

"有一点我能够透露给你们的就是：X 女士这次行动的开端，实际是受我的引导与操纵的。这件事一点也没有什么了不起，它完全随我的意图而自由发展。我老婆之流的人物，将这件事任意夸大，妄加渲染，好似乎这就显出了我的无能，他们哪里知道这中间的秘密呢？他们那种卑陋的低级的见识，使他们永远只能做出如此的判断。成功者是我，我没有被环境吓退，被重重困难压倒，我像巨人一般站立来了！"

煤厂小伙的口述

"我对于这位可敬的女士所怀有的特殊的感情，已经是众所周知的了。既然谁都能看出来这一点，我也就不再细细地述说，我想要对诸位谈到的，是我个人的精神生活。明白地说，就是可敬的女士直接引发的、我个人那一连串绚烂多彩的幻想活动，它将永远是我尽情生活过了的象征。在早先，在可敬的女士搬来五香街之前，我并没有个人的精神生活，我浑浑噩噩，每天跟着大伙儿瞎起哄，食欲如牛，睡下去如同死人。连个梦也不做，毫无自我意识地长到了二十二岁。直到一个雾蒙蒙的早晨，我在那口井边遇见了举世无双的可敬的女士(我绝不说她的名字,因为我深知自己不配称呼她),她对我无比动人地嫣然一笑,我在那之后牙痛了两周,不得不用手术拔掉三颗板牙之后,我的胡须才开始猛长,于是我变成一个真正的男人。

"从那天以后,我个人的生活发生了翻天覆地的变化,为了庆贺自己的新生活,也为了提醒自己时时注意,我故意叫牙医拔掉了所有的板牙,连假牙也不装,这样吃起东西来就必须采取一种很特殊的姿势,并要费出几倍的气力,我也由此更深切地体会到了自己的与众不同之处。在遇到可敬的女士之前,我可说是一点也不严肃,我吃起东西来猛吞猛嚼,不加控制,我对所有的女性钟情,在厕所里泛泛而谈,油腔滑调,满嘴淫秽,在马路上看见姑娘大嫂就去吊膀子,嘻嘻哈哈,打情骂俏,自以为得计,没事了就拼命往自己身上洒香水,香得自己都神志不清了才罢休。我和我的同伴们只要一谈到'爱'这玩意儿,立刻遵循自己的习惯将它与洒香水、吊膀子、上厕所之举动等同,两眼放光,津津乐道。我们就这样一年到头寻欢作乐,脑子里装满了荒唐的诡计。

"可敬的女士究竟是怎么回事呢?我绝对说不清,我记得我在那口井边与她邂逅以后回到家中,当天夜里有生以来第一次做了一个梦。我梦见一只豪猪,没命地扎进了一口深潭,水杉一棵接一棵地在塘边倒下,那梦充满了凶兆。早上醒来,母亲问我说:'儿呀,你的半边脸到哪儿去了?'我伸手摸了一摸脸,就大声号叫起来了。后来我两眼昏花地走下地,看见所有的家具上都爬满了蜜蜂,我就大声对母亲说:'现实多么荒唐啊!'母亲双手一颤,跌碎了一个盘子。你们不要把眼光放在金老婆子身上，她什么也不能代表，她只是我的一件小道具罢了。在苦苦地单相思中，我免不了要为我汹涌的情欲找个替身，那是无论谁都可以的。我选择了她，也许就因为她是我到手的第一个女人，也许就因为她懂得风情，又肯与我配合，而在我那紧张的幻想活动中，她从来不出现。我每天都在某个处所看见可敬的女士，但她绝对看不见我，我总是藏得很好。一离开她，我体内的多种液体就沸腾起来，我像被激怒的狮子一般跳起来，冲到金老婆子家里，与她如醉如狂地胡搞一次，直到熄灭了体内的欲火。

"从可敬的女士征服了我以来，我再也没有勇气面对她了。我只能在她毫无察觉的情况下隔得远远地欣赏她，然后独自一人将爱慕之情加以无边无际的想象，淋漓尽致的发挥。而只要一面对她，哪怕只看到她的一个背影，听到她一点声音，我也会腿子发软，说不出一句完整的话来。这种情形真可怕，好在女士并没把我放在心上，她被一个疯狂的显微镜主宰了，声音缥缥缈缈的，双眼失明，而且她很不耐烦别人对她的打扰，总希望打扰她的人快快消失。她的这种气质使我对她更加敬重，更加崇拜，对她的感情也更加坚定不移。我躺在黑暗中的时候，总是感叹不已：假如不是与可敬的女士邂逅，假如没有蒙蒙的雾啦，发白的井沿啦，微笑啦什么的，我至今仍然过的什么生活呢？那种种男不男、女不女的幼稚行为（洒香水、上厕所谈论女人等），会要持续到什么时候去呢？命运在我二十二岁时把我带到了一个光辉的转折点，在这转折点上，一位女士指引着我前进的道路。不论生活中出现什么偏差，也不论人们对女士的品格加以何种非议，我的无私的爱始终如一。

"我与金老婆子的关系,正是这份情感的派生物。我一天不对可敬的女士失去热情,就一天离不开金老婆子,我无比喜爱这种表达形式。(虽然有人指责为荒唐的臆想,我也决不动摇。)每天身不由己,反复演习操练,获得了那种娴熟的技巧。我知道有人将我这种热情与通俗的'业余文化生活'相提并论,借以贬低我的存在价值。作为我那些昔日伙伴之流,你还能期望他们有些什么样的更高的见解呢?他们身上洒满香水,一大群人挤在厕所里,指手画脚地谈起男女私情,吹着牛,心满意足似的,一旦有人超出他们那狭窄的观念,就群起而攻之,做出那种鄙夷的神态,说道:'也不过如此,还有些什么新鲜玩意儿呢?'我知道这有多么令人寒心。真的,我昔日的同伴已不可能进化成有高度文明的人类了,来不及了。我这个结论是彻底悲观的,发生在我身上的一切使我做出了这种结论。我可以把经过对诸位说一说。

"第一次冲突发生在'邂逅'的当天中午。昔日的伙伴在厕所里围住我,一个个挤眉弄眼,喜不自禁,撮起嘴巴'嘘'个没完。他们将我紧紧地逼到墙壁上,要我坦白事情的'内幕','说出来大伙儿乐一乐','拣那些精彩的要点说'。他们还开导我:既然我在讲话中提到了'性感'这个非同小可的字眼,就有理由断定我与那位女士有了肉体关系。这个字眼是随便用得的吗?用在老婆以外的人身上意味着什么还不清楚吗?在我们五香街,'性感'即是'业余文化生活'的代名词,这两个词自古以来就是通用的,而'业余文化生活'这个词的含义,人人都能意会。这两个词都十分透明,十分形象,简直使人产生生理上的快感。他们提出这个词来分析并不是要咬文嚼字,他们只是想搞清一下,证实一下,从这里面得点有益的经验。他们并不想找那位女士去进行亲身体验，我用不着戒备他们，况且也不是人人见到那位女士都要萌发冲动的。这位女士已在他们鼻尖下生活了多年，遗憾的是他们中间谁也没注意过她，也弄不清她的模样。而今经我一描述，才知道她还有某种一鸣惊人的'性感'，这怎不叫人刮目相看呢？

"我神情阴郁地对他们解释：这世上有些个事，并不是一律就按常规能理解得了的，有时候，我们必得要扭转我们惯常的思维方向，用一种崭新的眼光来观察才能进入事物的本质，这表面看似困难、麻烦，但只要一咬牙就可做到的，当然要革新就有牺牲，比如我就牺牲掉了满口的板牙，这种局部的损失反而使我获得了通体的自由。若斤斤计较，一味因循守旧，便永远理解不了某些新奇的、有生命力的东西。我与那位可敬的女士的关系，正是一种超出了他们观念范围的关系，这是一种高级的人际关系，它属于未来，跨越现在。我与那位可敬的女士之间的确没有肉体上的接触，我也的确通过幻想体验到了她那生动的性感，这种感受是实在的，一点也不空灵，但也绝不等于'业余文化生活'。它是什么，我一时还找不到恰当的名词来说明，总之它是我生存发展的动力。他们必须承认，在他们的观念之外，还有一个偌大的、充满了新鲜玩意儿的空间。我希望他们都能突破，努力地扩大自己，而不要窒息在狭隘的观念上。

"我一说完这些话，他们就更加兴奋，叫嚷着，一哄而上来扒我的裤子，说要检验我是否真正属于阳痿。我隔壁的那小子还火上添油，提醒众人道：'凡是得这种病的人都是些能说会道的，他们都有一套一套让人头晕的道理，能把死的讲成活的，目的只在分散别人的注意力，掩盖自己那见不得人的真情。我就认得一个人，得了这种病之后忽然变得口才极好，每天都顶着烈日到街头去讲演，头头是道地分析什么老观念新观念，提出无数不着边际的新方案，又提倡人人都在头发上面擦猪油，"业余文化生活"越多越好等等，大家一听来了劲，就叫他当众表演一下，他一受惊吓，就倒在地上没气儿了。'这些人正要对我动手时，又有一老翁（像是药店的老㦣）颤颤巍巍分开众人，呵斥他们住手，然后提出'放长线钓大鱼'的办法，说这将使他们一举获取更带刺激性的桃色新闻，岂不更好？

"第二次冲突发生在乘凉的时候，那几天，是我的命运发生大起大落的几天。当时，我和伙伴们正在讨论要不要张贴照相器材广告的事。大家各抒己见，出现了生动活泼的局面，很多条建设性的意见出来了，初步的方案也订出来了，每个人的心情都很舒畅。正当我们全体沉浸在对美好生活的憧憬之中时，忽然抬头看见可敬的女士一家人悠悠闲闲地走过来，边走边与那儿子大声地谈论什么关于益鸟害虫之类的问题，放肆极了，完全不把伙伴们看作一些人，倒好像穿过一堆一堆的木柱子，那男的还傻呵呵地笑着，对自己的高嗓门颇为得意，女的则鼓励他：'说得好！再说！再大声点！'大家面面相觑，脸上紫一块白一块，心惊肉跳的，一时竟沉默了。直到他们一家走出好远，一个老妪才拍打着胸口叫了起来：'这不是把群众当阿斗了吗？'这才群情激怒，一寻思，一分析，左右一环顾，就把矛头对准了我，说他们的嚣张气焰全是我助长的，X女士原不过是一个没人看一眼的、面带病容的老妇人，走路都要丈夫搀扶，头发也是稀稀拉拉的，没有几根，自从我大放厥词，信口雌黄地说过关于女士'性感'的话，又得了她的好处之后，她是显见得与往日不同了，到底哪里不同，大伙儿倒没有看出来。在大伙的眼里她依然是那个苍老的妇人，而她自己的态度里分明有一种东西，告诉人们她是今非昔比了，如果还够不上天姿国色，那至少也是一个大美人了。她这种观点是有根据的，绝非凭空产生，那根据，就在人群里头藏着，那个人是她所能操纵的，她能轻轻易易地依靠那个人来征服大家。正是他，将她的地位从一个老乞丐提升到现在这种样子，以至人人都要来注意她，谈论她，仰望她。相形之下，这条街上许许多多有魅力、有气派的女人倒显得黯然失色、无人光顾了。就好像她的实体已经消失，所有的人都戴着玫瑰色的眼镜，发现了一个仙女。

"我真是有口难辩，受尽了冤枉。我越赌咒发誓，保证我与那位可敬的女士只有'神交'，保证她根本不知我为何等人，对她怀有怎样的敬意，众人越是咬住不放，拿出我过去的言论来加以他们那种偏激的曲解，逼我'招认'。那位起高腔的老妪还提议让我与可敬的女士再'表演一次'，这一提议得到众人一致拥护。我就被他们推着，昏昏地进了女士的家门。（窗外有两个伙伴藏在那里盯梢。）女士正在看显微镜，因为我挡住了她的光线，她就勃然大怒起来，她没发现屋子当中的我，却一步冲到另一间房，对她的丈夫说有两条野牛停在窗外，破坏了她的研究，'真是岂有此理'，她要找猎枪来，让那野物'尝尝她的枪法的厉害'，吓得那两位伙伴逃之夭夭。她眯缝着眼讽刺地看了看窗外的活宝，然后回转头来发现了我，并且就因这发现大不高兴了。

'总有些什么钻进来，见鬼！'那丈夫立刻跑过来讨好她说，我并不是一个人，只不过是绳子上晾着的一块抹布，边说边用身子挡着我，一巴掌将我推出门去。

"从第二次冲突发生过之后，我胸中那股绝望的激情高涨起来。我头脑发热，眼珠充血，像笼子里的一匹狼一样在家里踱来踱去，发出凄厉的嗥叫声。叫累了，我就坐下来想心事，一想到邻居家那个浑小子的言论，就不由得怒火攻心。这些人，和我是绝对不可能有共同语言了，我心中的一汪柔情，我的无私的爱，全遭到他们恶狠狠的践踏。人在世上是多么的孤独，理想之光要想穿透黑暗是多么艰难。我比任何时候都更加悲哀，也更加深沉，一根看不见的线将我与可敬的女士生死攸关地联系在一起了。我愿为她赴汤蹈火，一种献身的狂热，一种宗教的虔诚主宰了我。我预感自己会做出一番辉煌的壮举来，那壮举是什么，到时自会显现。

"我每天都待在家中不再出门，细细聆听。我有一种理由认为可敬的女士一定将出现在我家里。万一她冷不防就来了，我倒刚好不在，那可是要终生痛悔的，我必得要以百倍的耐心和千倍的信心等待，预备着衣冠楚楚地、精神饱满地与她会面。在她来到后，让她坐进我唯一的那张有狗皮垫子的椅子里，我自己倒要一直站立，以显出英姿焕发，给她留下一个磨灭不掉的印象。我绝不能掉以轻心去睡觉，因为她也有可能半夜到来，这是一个关键的关键。我就想起了一个绝妙的主意，从窗子上吊下来一根绳子，挽一个结，将自己的脖子套进去，万一打瞌睡，绳子将使我清醒。我还在地板上钉了许多竹签，夜间踱步时必须高度集中注意力，小心翼翼地绕过那些竹签，稍一疏忽就要在身上扎出窟窿来，这些主意行之都有奇效，我的情绪一直保持着极度的高昂。我的每一天都是在风声鹤唳中度过，有种高度的充实感。门外的脚步一响，我立刻正襟危坐，心里怦怦直跳，眼睛不去望门窗，却望着天花板，直至那脚步声渐渐远去，仍保持此种姿势，久久不能自拔。又因母亲不断拿吃饭睡觉之类的俗事亵渎我的情绪，我往往跳起来正颜厉色地警告她：如此下去，我将以一死来表明心迹。以我现在所处的这种崇高意境，她只有对我刮目相看，才能稍加理解，难道她没看见我扔掉了所有的香水瓶吗？我新近购置了一只马桶，打算从此不上公共厕所，为什么她对此不闻不问呢？

"你们问到开端吗？瞧，这就是，一个多么冗长的开端，它几乎造就了一段历史，我不认为这种事会有什么结果，所有的欢乐与痛苦都于期待中静静消失，只有那道永恒不息的光芒在前头照耀，一个新型人物脱颖而出。决定这一切的便是那个豪猪的梦，它扎进了一口深潭，水杉一棵棵在潭边倒下。从那天起，我与可敬的女士共同创造了历史。但那公共厕所里的喧闹是多么刺耳哟！小伙子们又在洒香水了吗？"

笔者的口述

"笔者心里通明透亮，知道我们要搞清的，是关于X女士与Q男士的奸情是如何开端的这回事。各人心里都急巴巴的，怀着固执的主观偏见，互不相让，但心底又急切盼望着有一个所谓公正的、统一的标准答案,以便我们心安理得地来休息我们那运转过多的、疲乏不堪的大脑,这当然都是一些天真无邪的幻想。这种问题看似极其简单,实则远非如此。在我们五香街,凡出现这一类问题,那答案总是层出不穷,繁杂得要命的。在我们这些极具个性的百姓的眼中,一个人看见的是野猪,另一个人看见的也许是一只鸽子,第三个人看见的则可能是一把扫帚,我们只有抱着尊重个性、尊重事实的态度,对每一个答案都加以全盘的肯定,才能闯过激流险滩,到达那光辉的彼岸。若要钻牛角尖,纠缠于其中的个别关系,脑筋僵化,便会不知不觉地越搞越糊涂,最后沉沦到那黑暗的底里。胸襟的坦荡是人类的最高贵的品质,在我们这个繁杂纷纭的世界里,多少无法解开的死结,多少令人眩惑的疑团都在这种博大的、兼容并蓄的胸怀中得到化除。

"提起开端,也许这种事就没有一种固定的开端,它是这样的特殊,有刺激,有色彩,令人深思遐想不已。所以我们说它在各位眼中迅速地演化成一些特定的、与各位切身利益直接相关的镜头,并穿针引线,编成一些错综复杂的关系网,这也是完全可以理解的。我们百姓在这条十里长街上本来就是相互依存、息息相关的。我们外表冷漠,表情僵化,一举一动似乎透出自发的散漫,内心却极其热烈,极其多情而又博爱。一个人的事即是每一个他人的事,我们每天思考着、感受着的,都是他人所发生的大事情。我们制定的行动目标,就是以这些事为依据的。我们每个人看似狭隘,目光短浅,成天沉醉于个人的小世界,实际上我们都是有远大理想的志同道合者。我们的小世界就是外面大世界的缩影，个人的追求也即集体的共同追求，不但不相悖，反而相辅相成，所谓'条条大路通天堂'，'在彩虹中升华'。我们这地方，只要发生一件大事，立刻就会产生一系列的连锁反应，千把个决然不同的极具个人色彩的镜头出现了，独立不倚，互相反对地共存着。也有的时候阵容大乱，达成某种可笑的暂时统一，但很快又自行瓦解，各人一条径，继续走极端，执着于自己的看法，各人的个性都在那种看法里得到充分的表演和发挥，每个人在表演时皆是一位上帝。我们诚恳而又高尚，充满激情和一片真诚，开垦出一片片陌生又美丽的新天地，欣喜若狂于自身的功绩。现实在我们的世界里得以生动的再现，变化无常的规律也循着我们思维的规律驯服了，这一片片新天地真是使人流连忘返。这里有四季疯长的藤萝和大树，叫声古怪的百鸟，有波澜壮阔的大海，也有咆哮不息的瀑布……在这一切的后面，永恒的生命的灵光照耀着。一切诗歌的灵感皆源于此，这艺术的永恒题材。当夏日炎炎，我们睁开蒙眬的醉眼仰望高空时，那无处不在的呼唤，那窃窃的低语便出现了，雁群的队形便紊乱，日头便发紫，我们的肉体庄严地躁动，灵动的大脑感受着诗的极致。这一次出现在我们眼前的，只不过是千百年来就有的古老把戏的重复。理智地看待，它或许是平凡得很，甚至有点儿乏味的事情，因而它也可能是不存在的。重要的不是事情本身怎么样，而是它在百姓头脑中的巧妙再现，那种勃发的、瑰丽的创造，那种无羁无绊、天马行空式的想象，那种对于博大精深的底蕴的开掘，那种细致入微、咬住不放的感知风度，便是这一切，构成了我们这个大千世界的丰富宝藏。

也许有一天我们将衰老,但这生命之树上所结出的奇异果实将永远标志着我们那狂放奔突的情怀。

"说起来,X女士与Q男士,在我们这十里长街上,确实算得两个不协调、怪味的人物。我们不想承认这一点。这一承认,就好像我们的生活是以他们为中心,好像我们的历史是他们创造的一般。这当然是瞎扯,何况是什么样的两个人?一个像天外来客般降落下来,便扎根于泥土,再也不打算移动,另一个则是蒙面的隐形人,连相貌都只存在于猜测之中,要说他是无头人或蛇面人身都是完全可以的。本来对于与我们关系不大的这两个人物,我们是没有多余的精力去注视,关切的,一开头我们的想法是:让他们去自生自灭好了,他们活不了多久的。药店老懵也算定他俩将在五年之后变为两只穿山甲,从五香街'穿墙而出',那时霞光四射,天下和平。于是我们照旧按部就班地过日子,每天整理我们那些尘封的影集,更换、悬挂大幅彩色照片,组织各种大型与中型的合影,制定有关马路维护、乘凉地域的规定。我们紧张而忙碌,似乎就要将这两个家伙忘却,我们陶醉于我们的英雄主义,只管把眼光看着那连绵起伏的远方山峦。

"曾经有很长一段时间,我们在讲话中避免提到这两个人,有意地用'H'和'L'来代替这两个人的姓氏,还差一点就习惯起来,好像他俩已从这街上消失了,我们所提到的,是两个新人物,远比X和Q更值得注意的人物。X与Q?谁也想不起来他们是谁,我们这里只有'H'和'L',这两个人才是活生生的,使我们兴致盎然的一对男女呀,他俩有特点!但是不管你假装不去注意也好,调换称呼也好,这两个卑微的家伙,自始至终在暗地里制造着一种蛊惑人心的骚响，还终于发展到了在光天化日之下'开端'的地步，使得每一个五香街人魂不守舍，一天到晚东走走，西探探，什么事业全干不成了。每个人患着这严重的心病，又不能暴露自己已病得多么严重（那是要损伤斗志的），只能含蓄地相互诉说，哀哀地抱怨。例如：

"这'H'和'L'，应该受到一种新法律的制裁，我们现有的法律不幸很不健全，对那些虽没抓到真凭实据，但在理论上可以肯定的犯罪没有一个规定。有人明明钻了空子去了，想一想吧，居然开端了，这一开端，就把我本人的业余文化生活全毁了，我可没有患过什么阳痿，这只是一种心理反应。

"我动不动就幻想这'H'和'L'已经化成了两只'蚊子'，嗡嗡地在高空消失得无影无踪，桃花李花，歌舞升平，人间生活多么美好之类，我是不是过于醉生梦死了呢？昨天我无意中伸出手掌，发现大拇指已经麻痹了好久了。

"性的问题现在是有必要作为一种科学的问题摆到桌面上来谈了。那两个人，不就正是利用了我们过分严肃的态度，我们那种贞洁的羞耻心，乘虚而入，开始他们的挑战的吗？我们必须医治好我们的自主神经紊乱症，大胆地亮出我们的观点，在适当的时候，我们还可以用当众表演来击溃他们的猖狂进攻，表现我们是彻底开放的。

"这种事，也许早就开始了，也许至今并没有一个真的开端，我们自以为的那种清晰其实是被包罗在一片模糊之中，之所以不迟不早偏在这个时候叫嚷出来，是针对着我们各位的弱点的罢？我的腿，何以会这般软弱无力呢？那声音无时无刻不在我耳

边诉说：'两只耳朵，三条腿，两只耳朵，三条腿……'

"发出这一系列的议论，各人的意愿，本只在对方将这一层薄纸的隔膜捅破，露出那活泼泼的原型来，那对方，也明白他的意图，却老谋深算地甘愿一直含蓄下去。一切的高深奥妙，全是在这含蓄中存在的。谁要不知深浅地喊出个人的偏见来，只会惹得众人侧目。

"笔者一直愿意站在公正的立场上，对这件事的开端作一个客观的描述。这倒不是说，其他人的生动描述都是非客观的、不正确的信口胡说。笔者只是想作这样一种努力：将各式各样的观点像穿珠子一样串起来，化庞杂纷纭为清晰明了，获得一种静态的观照，就像黄昏日落前对于宇宙的整体把握，或者说是'车到山前必有路'，'水落石出'也行。笔者坐在家中闭上眼作这种全方位的思考时，每每被一些不招自来的群众无理地打断，这些人都很感情冲动。他们挥舞着棍棒，抽去笔者所坐的椅子，威逼笔者在写故事的时候一定要'实事求是''真诚坦白'，然后七嘴八舌，每人将自己的观点作一番滔滔不绝的阐述，各人说各人的，观点中包含着高度的历史感和责任感，从出生年月一直论到未来的前途和打算，不断地分析自身的优势和劣势，已有的成绩与不足，而关于 X 与 Q 那件事的开端这个本题，各人都是飘飘忽忽，一笔带过，或一笔也不带过，根本就忘了，那本是极微小，极不重要的事嘛。他们到这里来，是要将个人的情怀抒发一番，他们只是为了有一个共同的借口，才提到什么 X 和 Q 的，换句话说，是 X 与 Q 的事件，引发了他们各自酝酿已久的热情。大家阐述完毕之后，就开始相互攻击。

"受人宠爱的寡妇说B女士是'癞蛤蟆想吃天鹅肉','像一个没有自知之明的丑女,抱着一种让人肉麻的想入非非。他(Q男士)会用眼瞪你吗?'她气势汹汹地用胳膊肘捣她的肚子,'你连他的眼睛是什么样的都不知道,说什么大如牛眼的鬼话,我坦白告诉你,他是一个三角小眼的家伙!你连开端的时间都是捏造的。他来的时候是半夜,满街跑着灰色的小猪,一个小流氓在吹口哨,我出门想上公共厕所去,亲眼看见的,当时没有人看见我,我还是忍不住地红脸,我现在一回忆还忍不住红脸。你大白天张口说梦话,告诉我们他是中午来的,好好的一个开端被你搅得乱昏昏的,这世上的好事,都是被你们这帮利己主义的恶魔弄得乱了规矩,面目全非了。就是有了你们的存在,那两个家伙才能从从容容,成其好事,你们东拉西扯,左一个主意右一个主意,完全丧失了最后一点清醒的理智,把所有的人都拖入那种黑暗的深渊,自己还完全蒙在鼓里,以为机智,以为高级。那两个家伙早钻了空子,得了好处去了。我们这代人的优良素质,从今算是断送在你们这帮家伙的手上了。'

"B女士也不示弱,不断地从脚下使绊子,高叫:'打倒独裁者!'强调自己'出生在春季,富于逻辑推理和进取精神',说那是一个'有作为的季节',而寡妇'并不见得就有什么了不得的性感','她只是妒忌罢了'。她说着说着终于一个脚绊使得丰满的寡妇仰翻在地。笔者不得不跳下桌子加以干涉。

"这时X女士丈夫的好友和老儳打起架来了。老儳用铁丝般的枯手摸索到一张凳子,哆哆嗦嗦地高举过头,猛力往下一砸,刚好砸在自己脚上,那位好友一听见骨头的碎裂声眼珠就发了绿。他扔下老懵,匆匆地走过来凑在笔者的耳边说:'开端的日子便是我新生的日子,谁也别想抹杀,我是在地狱中悟出这个真理的,多少苦难!我是怎么过的?现实不是残酷得令人发指吗?一切都在证实我的预见,理想正在实现。'

"后来这两人忽又讨价还价起来,老懵说自己'并没有占到什么便宜',那妇人是个吸血鬼,是他们夫妇合谋陷害他,他正打算'远离',只不过这之前他应该'让给他一间房子',这才算是'公平合理',要是得不到房子,他决不远离,反而要在他们家'待一辈子'。好友说,对于他来说,'金钱如粪土',他早成了游方僧一类的人啦,没有什么诱惑能把他再一次拉下水啦,假如他觊觎那房子,尽管和他老婆去争好了,这事与他沾不上边,现在他心里只装着一件大事,其他的什么都装不下了,一丁点多余的地方都没有。难道他没看见他一直露宿街头,靠乞讨为生?他说着又一把抓住笔者的手,非要他将他心中那件顶顶重要的大事,那个'良好而辉煌的开端'就地记录下来,为他本人'作一个历史的见证'。'我吃了多少苦头呀!'他又强调这一点,'这一头秀发就如风吹落叶一样掉光了。'他急躁起来就打了一个不太恰当的比喻。笔者安慰他说,他一定要记的,所有的这些,他都要把它们像一串珠子一样串起来,绝不遗漏半点,因为这正是他的才能,不过他不能'就地记录',这项高级而复杂的工作,必得要在没人打扰的环境里,长时间地独自闭目冥想,酝酿,然后灵感勃发,下笔如滔滔流水,不可遏止。

"'我成了你线上的普通珠子吗?'好友大不满意了,'你怎么敢用这种低劣的比喻来形容我?你这阴险的速记员(原来他一直把我看作一个速记员),我不是什么珠子!你和你的同谋才是珠子呢!珠子都不是,只不过是一串臭豆腐。良好的开端,这是属于我一个人的。'这时老懵也抓住笔者的另一只手嚷嚷起来,要笔者一定'凭良心',将房子问题作一个历史性的记载,不要因为某种压力而'丧失立场',要知道他的腿骨已经断了,这可是为捍卫真理做出的牺牲。笔者被这两个横蛮的人一左一右扯着推着,几乎要撕裂成两半。他们还在笔者肋下挠痒痒,使得笔者不住口地傻笑。在这不可开交的时候寡妇又冲上来当胸一拳,笔者随即倒下不省人事,那一伙人也不知什么时候就走散了。

"笔者从昏晕之中苏醒过来,揉着涨痛的太阳穴,撑着满是伤痛的病体来继续工作,一看椅子没有了。他仔细一回忆,记起老懵砸过他的椅子,也许他是假装砸了自己的脚,随即将椅子扔出门外,然后来个顺手牵羊的?反正椅子是没有了,那么就只好席地而坐了。笔者将笔记本放在床上,人坐在地板上,开始奋笔疾书,夜以继日地劳作。大部分正直的群众对于笔者的工作是赞赏肯定的,他们每天晚上拿走笔者写好的手稿,然后在大礼堂开会讨论,对文章加以详细的诠释,联系自身,反复对照,用开阔乐观的胸襟衡量文章中的所有观点,还提出一些建议,如在每一页附上精致的照片出版等等。然而也有个别的人,笔者的这种辛勤劳动不但没有得到他们的好评,反而遭到破坏。他们日日来打扰,提出蛮不讲理的要求,甚至耀武扬威,拿走房间里的摆设,将墨水泼在已写好的文字上面等等,流氓伎俩,防不胜防。

"笔者有一段文章的原文是:'……在芳香弥漫,云朵如花的清晨,一股让人心旌摇曳的青草味儿从遥遥上空流入古老的十里长街,每个正直善良的居民皆从梦中接受了这醉人的春之气息,人人面如桃花,热力喷发。一个黑影出现了,直奔本街居民X女士家的小门,那急促的叩门声一下一下敲在每个人的心上,正如贝多芬的命运交响曲……'后来这一段精彩的文字(充分表现了笔者的文字功力)不得不删去,不然笔者性命难保。

"笔者正在书写此段文字的当儿,冲进来几名母夜叉,当即死皮赖脸地凑近来观看,大呼小叫,又用粗糙油腻的鬓发不断地往笔者脸上擦来擦去,搞得笔者无法进行工作,而后又更加放肆,干脆抢了笔者的笔记本去大声朗读。读完之后怒目圆睁,大发雷霆,说笔者是在歪曲事实,玩弄辞藻,此种华而不实的文风若不改变,被篡改的历史若不能恢复本来的面貌,她们活在这世上就没脸再见人,所以只能横下一条心,与笔者拼个你死我活!这段文章中最致命的一句就是'直奔本街居民X女士家的小门'。请问谁看见他'直奔'了?有何证据?倒是关于那Q男士的到来这一神秘之举,目前在她们中间至少已有几百种说法,个个有凭有据,并加以历史根源的论证。而笔者,竟完全不顾民众的意愿,一意孤行,一提笔就为所欲为,用一个'直奔'断然消灭了所有民众的个性,是可忍,孰不可忍?如果他坚持用这种玩世不恭的态度来撰写历史资料的话,他最好是就此收场,免得闹出流血的事件来。要是他保持沉默,不来出这个风头,那么事实终究是事实,人人都信心百倍,谁也不会产生悲观失望情绪,以至怀疑自身存在的价值。而他这样一搞,简直使得她们空无所傍地站到了高空的一根钢丝索上,只要稍一移动，必定坠身毁灭无疑，这种手段真太歹毒了！这样的歪曲现实之作要它做什么？为抢救宝贵的笔记本，笔者只得忍辱负重，当众认罪并删去那段精妙的文字，还向她们保证不再有类似事件发生，永远的胸怀坦白，永远的尊重他人。

"笔者在文章的撰写的过程中，还遇到了一个很难回避的问题，一个无法逾越的障碍，这就是要追溯故事的历史根源。笔者面临这一巨大困难，孤立无援，唯一的武器便是自己的才能，然而终于通过日日夜夜的苦思冥想，在灵感的启发之下，于梦中得出了一段极其空灵的文字：'……我们这条欣欣向荣，五彩斑斓的街上，每个居民都尽情地享受着自身充分的自由，如鱼得水，轻松欢乐。车辆载着丰盛的食品从马路上驶过，技术高超的照相馆为我们日夜开放，街边绿色大树的华盖被晶莹的蓝天陪衬，赏心悦目，成群的鸽子在我们庙宇的屋顶上停留……每一个人，在早晨睁开眼的一刹那间，做着深呼吸，便从头顶到脚尖都感受着这欢愉的战栗，这美的旋律，甚至热泪盈眶或泣不成声的情形也是有的。在这个人间天堂，世外桃源里，人人和平友爱，亲如一家人，任何防范戒备之心皆与我们无缘，人们既大度又热情，每一个来到此地的人都受到密切的关注，肝胆相照，豪爽侠义。打一个形象的比喻：这块土地是如此的丰沃，能源充足，在这块自由的土地上，任何种子撒下去，都有可能按照它自身的特殊形式生长、发育，走完它的生命历程。横加阻挠和粗暴践踏的事情从来也不会在这里发生，这里就像一个百花齐放的大花园，终日芬芳缭绕，莺歌燕舞，仙人在花丛中闭目而坐，柔美的琴音在高空回荡……能否保证所有的种子全是健壮的、纯良的，都会长出精美的花朵来呢？也许就有那么两颗有病的、残缺的种子，被毒液浸泡过，经过松软肥沃的大地的孕育，经过暖融融的春风的吹拂，以其怪诞的形式发育壮大，在百花丛中占去了一席之地，招摇而又碍眼，拼命地将自身的毒素向四周播散，这看来已成了当今的事实了。这样说是否有某些夸大的成分呢？那么，说这是一点小小的污染，犹如人身上的一个小疖子，用不着手术，可以待它自然溃烂然后痊愈，也许更切合实际。X女士与Q男士，我们并不要把他们看作两个可恶的敌人，或头上长角的牛魔王，我们决不用那种幼稚无知的女人心肠来想问题，假如他们是两个这样的东西，我们这地方还称得上是世外桃源吗？还能领受那种永恒宁静的天堂风光吗？我们不这样看待他们（那不符合我们宽大为怀的禀性），但我们可以做出一些合乎情理的大胆假定，这些假定往往在日后得以证实，而目前它可以擦亮我们的眼睛，提高我们探索的信心。笔者有充分的理由假定在这两个人的家族里，不断地出现过一些精神上不健全的祖先，甚至血友病或淋病患者，他们的家族，当然与五香街毫不沾亲的，那也许在一个偏僻的小山村里繁衍，光秃秃的山上草木不生，村子里充满了愚昧和野蛮，保留着许多骇人听闻的恶习。一场大火烧毁了村庄，仅存的这两个男女离乡背井来到了我们的城市，他们混在照相的队伍中，伪装成我市的居民，就在此地定居下来。经过这样一假定，将他们看成两粒残缺有病的、在毒汁里浸泡过的种子的观点就得以成立，发生在我们这条街上的大事的历史根源也就一清二楚。笔者顿悟了，心情豁然开朗。

"写完这段文字之后,笔者真是头脑清爽,通体舒展,惬意得哼起歌子来,笔者哼的是'东方升起金色的朝霞'。当天夜里,笔者的文章被拿去大礼堂阅读讨论,笔者充满信心地坐在台下听那人朗读,听到精彩之处,笔者就呜呜地哭起来了。笔者对于自己的才能是如此的惊奇。那人朗读完毕之后,底下立即响起了窃窃私语,而后又化为一片肃静,静得可怕,不对头,像憋着一口气似的,不知从什么时候起,这些人一个个地都从会场溜走了。笔者哭完之后,就揉着红肿的双眼走上台去,用略微沙哑的喉咙向众人谈起作品诞生的过程。他在说话间往底下一瞟,只看见一排排的空椅子,于是颓然坐倒在地板上。群众的情绪真是不好掌握呀,这真是当头一棒!一个艺术家,一旦失去了亲爱的读者,那还算个什么东西呢?不是一钱不值了吗?不是堕落成流浪汉了吗?没有根茎的花开得再好,也不过是一朵怪诞的鬼花,只有在读者那温馨宽大的怀抱里,艺术家的感情才得以升华,灵感才源源不断,而被读者抛弃,就成了孤儿,才能也就枯竭,艺术也与他绝缘了,这是人人皆知的常识。笔者究竟是什么地方出了故障,犯下如此不可挽回的错误呢?为什么这一次在自己与读者之间树起了一堵墙呢?难道笔者的才华与能力,正处在一个成熟壮大的阶段,忽然就被一个什么妖怪拦腰一斩,全都完蛋了吗?难道灿烂的艺术生涯就这样莫名其妙地结束了?该死的X与Q,他们与五香街的广大群众到底是一种什么样的微妙关系呢?笔者的那些自由的想象,那些得意的形容词和意境,很明显的是激怒了这些敏感的百姓,所以文章本身必定是毫无意义的了,为什么笔者就不能将心比心地体验出这种关系来呢？难道思想体系已经开始僵化了吗？笔者心怀痛感地反复检查自己，又泪眼模糊地将那段断送了读者的文字检查了三遍，最后打定了主意：上门赔罪。笔者认为上门赔罪并不说明自己的低贱，反而表明了自己光明磊落的个性，总有一天群众会谅解天才，站到天才一边来的，说不定他们在窗口引颈而盼呢！又说不定他们已经于心不忍，正张开了宽大的怀抱等待笔者扑进去呢！他们也许已经意识到他们刚才的举动是过于简单化、激烈化了吧？

"笔者上门赔罪的第一位读者就是那位头戴小绒帽的孤寡老妪。笔者经过反复的权衡，决定从她这里打开一个突破口，因为妇女，尤其是老年女人，都是一些软心肠的善良人，她们必定不忍看见一个年轻人的大好前途被毁掉，而会在求助者找上门来的时候，热情相帮，出谋划策，就是赤膊上阵的事也是有的。她们出于一种母性的本能，又是女性的本能（因为青年男性和她们的接触往往使她们恍若重返青年时代，一下子就变得热情奔放），将给求助者一切可能从她身上得到的，慷慨万分，不求回报。笔者抱着这样的希望走过那个致命的斜坡，进了老妪的家。时间已是半夜，老妪家里没点灯，门是虚掩的，进门的右边是一张床，老妪没睡着，因为笔者听见了深重的叹息声和辗转的声音，笔者摸索到床沿，侧着屁股打算去坐，不料被老妪狠狠地踢了一脚，几乎跌倒。'你可以坐在地上。'老妪斩钉截铁地说，'我的心里就像燃着一把火，我是一个直来直去的人。'笔者小心翼翼地坐在一堆煤灰之类的东西上，一声不响，打算谦卑地聆听教训。老女人沉默了好久，终于痛苦地长叹一声，开始讲话了：'我今晚听了你的文章，心里就像燃着一把火。那么多的文字，竟被写在一个脏兮兮的本子上，在封面，还有几个墨黑的指印，你真是过于的不检点，过于的轻浮放纵了，我听人说，你是像这样坐在地上，而且从不洗手，就直接地写那些文字的，可以想得出，你还用你的黑指头从口里蘸了口水，一页一页翻过去。你写了一些什么，本来与我无关，因为我当时正在打瞌睡，但那念文章的人忽然就大吼了一声，使得我一下从椅子上跌了下来。回家以后我一直睡不着，我总怀疑你是不是含沙射影，不然那人何以叫得那样吓人？我今天夜里心情不好，说不定心一灰，就不打算帮你什么忙了。那种叫声太可怕了，你竟会在文章里搞出那种叫声来。本来我是要与大家一道参加诠释工作的，我认为你有才华，但是那种叫声，是怎么回事？不不，这与我的审美情趣太相悖了，说不定你有一种暗示的企图，一种自命不凡，你把我搞得颓废极了，我情愿避开那种诠释工作，我的心里这么乱。'她发出那种'咕咕'的叫声，将头埋进稻草里面去。

"笔者低声下气地请求她握一下他的手，表示仍然愿意做他的读者，因为不然，'他会发疯的'，以她这种美好的品格和大家风度，此举对她来说是再合适不过了，一下就恰如其分地体现了她的心灵之美。笔者的手就在这床边，感到了没有？她只要稍一挪就碰到了。

"'此事对我来说不过是举手之劳，但也不能白干的。'她在黑暗里发出那种暧昧的笑声和连连吐痰的声音，'我是关键人物，对不对？只要我改变了态度，你就会得到你要得到的一切，这一点我们两个都心中有数。我这个人，貌不惊人，蕴藏的能量可是大得吓人的，只有我的表哥对这一点最清楚，不夸张地说，他简直崇拜得五体投地，你想一想，事隔四十年，成了一个老头子，仍然对那件事记忆犹新，这是一般的人做得到的事吗？我经常在沉思默想的状态中涉及了这个问题，对自己的能力大吃一惊。我分明看到，只要自己愿意，什么目的都能达到，我生来具有那种左右一切的本领和风度，只不过是我总是抱着一种清高的思想，不愿争名逐利罢了。今晚离开会场后，我知道你一定会来找我，你找别人将毫无所得，找我却能得到一切。我是什么人？有人能和我比吗？你现在明白我的意思了吧？你是一个有所作为的速记员，能随时记下生活中发生的大事变，以及种种个性突出的、有魅力的人物。在你来说，第一重要的是要有穿透一切的眼光，你要用一种有远见的眼光看待周围的人，分析分析哪些人值得记下来，哪些人只是昙花一现，成不了气候，而不能以貌、以年龄来取人。年龄往往是与魅力成正比的，生活会使你明白这个。我们这地方有些风云人物，实际上并不具有那种深邃的本质，表面吵吵闹闹，活跃得很，骨子里是十足的空虚，这样的伪装者往往能蒙蔽你这种年轻人的眼睛，一时兴起就把他们当作英雄人物写进了历史，这一来，这些人就开始煞有介事、瞎乱指挥了，整个历史的进程也随着你这一漫不经心的错误滑向了黑暗的轨道，不可扭转了。从这里可以看出，你们这些速记员，该担负着何等重要的责任重担，多么迫切需要一位富有经验，头脑精明的人来指导你们，使你们少犯些错误，免得留下千古遗恨。难道他们，这些默默工作的无名英雄，这些表面异常谦虚谨慎、不多言语、足不出户、实际上具有惊天动地的能耐的人，不是更比那些徒有其表的家伙值得写进历史吗？你既然是做的这项工作，为什么竟没有注意到你周围的这种杰出人物，为什么没有对他们发生莫大的兴趣，追踪于身后呢？这就是你们这些青年速记员的最大弊病。一个人，若在年轻时没注意到自身这个缺陷，又没有一位有修养的前辈（往往这前辈本身就是一位杰出人物）对他加以细心的指导，他的某些天赋就在不知不觉中流失了，到头来老大徒伤悲，不知自己一生中干了些什么事，连一点值得回忆的东西都没有。杰出的人物不是时时都能遇到的，有时甚至几百年才出一个，问题是你能否具有那种敏锐的眼光，在第一眼就加以识别。除了眼光之外，还得看你是不是有那种运气，就是他刚好就来到了你的身旁，并毫无架子地对你加以循循诱导。如果你是一个没有才华的人，你当然一点也不为所动，也许还以为他在吹牛什么的，如果你有灵气，则会发生那种一见钟情似的感应。'

"孤寡老妪说完这一席话，忽又恢复了一贯保持的那种沉默，翻转身去背对笔者，开始一口接一口地咽口水，她始终也没有碰一下笔者放在床边的手，她一定是不能饶恕笔者从前对于她的忽视，她一定要摆一摆架子，使笔者深切地认识到自己是何等的鲁莽和荒唐。受到这样的对待，笔者心中真是百感交集。笔者和大家一向认为，孤寡老妪是一个不中用的老婆子，头戴一顶千疮百孔的旧绒帽，全身干缩成一只蚂蚱的形状，一生中一半的时间全花在鸡啄米般点头与咽口水上面，她那干枯身体里的全部体液全化为了唾液，老远便能听到她弄出那种'咕咚咕咚'的响声，笔者向来将这种声音当作她活在人间的标志。现在看来，这种形而上学的眼光是很成问题了，笔者需要从头到脚地清洗自己，然后拿一把刀来解剖自己，才能找到病根。为什么笔者整日里仰面对着茫茫太空而看不见人？有这样一些人，在一个粗陋的外表下，藏着的是一颗内秀的、热烈的心，笔者虽每日与他们照面，却有眼无珠，视而不见，这是因为笔者已经习惯于在一片赞扬之声中度日，自以为是，不将那些行为乖张、性情特殊的人放在眼里，不假思索地断定他们一律不值得关注。笔者每日弯腰曲背坐在床边笔耕，腾云驾雾，塑造出一些只存在于幻觉中的轻飘飘的人物，倍加青睐，尊为创造历史的英雄，这些人物全是一式一样的不食人间烟火，一式一样的高洁优雅，是与孤寡老妪之流毫不相干的仙人，也是没有血肉的纸人。笔者多年以来，是不是在发展一种没有根基的才华，一种看似华丽，实则空洞的形式呢？这会不会导致笔者建造的大厦彻底崩溃，而将笔者本人也压得粉身碎骨呢？回想起来真让人惊出一身冷汗来呀。将前因后果一分析，孤寡老妪的谅解就显见得是头等重要的大事了，赢得她也就是赢得每一个读者，不然笔者的艺术生涯只好宣告结束，那些付出了辛勤劳动的笔记本也只好付之一炬。

"'或许就有那么一天，你一觉睡醒，看见漫天红霞，你若有所思，不由自主地就原谅了我，'笔者带着哭腔凄怆地说，'请你肯定地对我说：这种可能性是有的。然后我抱着一线希望离开你，这线希望就是我今后的精神支柱。我不敢奢望你现在就答应作我的读者，我只是请求你给我那线希望。我向你发誓，我已经决心按你说的去行动了，如果你同意给我这线救命的希望，请让我握握你的手，你的手对一个人掌握着生杀大权。'

"老妪沉思良久,烦躁地用脚踢着被子,似乎想说什么又犹豫不决,最后她慢悠悠地回话了:'我让你握一下手?这实在是太容易不过的事,不过我另有考虑,几十年的经验教会了我一些东西。人这种怪物,都是一些虚荣心极强的家伙,只要你对他们略加赏识,甚至根本不是赏识,只是宽恕他们的错误,他们立刻就会骄傲起来,四处吹牛,成天晕晕乎乎的,搞不清自己身处何地,属于哪种层次了,大部分的男女老少都生来具有这种下流倾向。总结起来,这个世界的事,其实就是败在那些乐善好施之辈身上,这些个人,毫不吝啬自己那些廉价同情心,逢人便安抚,乱加鼓励,使得那些狂妄之徒在受到惩罚之后迅速地站了起来,恢复原形,继续走自己原来的老路,还自恃找到了同类,更加信心百倍,变本加厉。不,我现在还不能让你握我的手,我一点也不同情你,我那亲爱的表哥也不同情你,我们生平最最痛恨的就是那些乐善好施之辈。假如你在这个惨痛的教训之后要爬起来重新开始,记住我的话,并拿出行动来,我可以给你一线希望,但绝不让你握我的手,那样的话,你的虚荣心又会恶性膨胀起来,忘了你所面临的困难,一味地沉醉,一味地轻浮起来,人这种东西,就是这么回事。你抱着那一线希望去行动好了,我密切地注视着你,祝愿你成功。请注意一点:即使你成功了,也不要妄想你就可以来握我的手了,我会挑出你的另外的毛病来,也许还把你说得一无是处,这样你才会不断突破自己,我这个人,最讨厌平庸。我还有一点要对你声明的,就是关于咽口水的事。我听说街上有人对我这个特点大肆攻击,就好像这是一种见不得人的下流事,还断言我每说一句话就要咽三次口水等等。事实究竟如何，你刚才已经听到了，我说了那么一大篇，并不曾被咽口水的事打断一下，我的自我控制力是惊人的，我早说过，没有我做不到的事。有人对我怀着小人之心暗加中伤，他们以为只要提出某人的某个小小毛病，就能将这人摒除出杰出人物的队伍，永世不能沾边。谁没有毛病呢，请问？那些创造历史的人物，往往是毛病又多又突出的人，那并不影响他们的伟大，关键是一个人的素质，内在的能量，也许一些特殊的毛病就正是杰出人物的标志呢。我最最讨厌平庸，一个没有毛病的平庸的人完全没有理由活在这世上。'"

二、一些暗示性的要点

我们就要进入故事的核心了，若要将整个过程按一特定的模式加以客观的叙述，恐怕谁也没有这个能力，传统的模式已经过时了，必须创新，不然就会出乱子。说不准就有那么一伙人打进来乱闯一场，各人为维护自己的权利勇敢地厮杀，把墙壁捅坏，最后把房屋都弄垮，他们什么都干得出的。最好的情况也不过是众人如一大群湖鸭子一样叫嚷起来，"呷呷呷……"的谁也听不见谁，从早叫到晚，从晚叫到早，搞得你成了精神病，看你罢休不罢休。这一段暗地里发生的男女私情曾在很长一段时间里成为我们五香街百姓的精神食粮，我们表面不承认，而且鄙薄，其实谁都是一夜夜魂牵梦萦的，还在设想中自己也充一主角，参加进去，白天一有动静即赶赴现场，细细考察，搜集素材加以大胆发挥。这种行动都是单独进行的。小规模的集体讨论也常常有，那总是在某人的房间里，开着一盏昏灯或完全熄了灯来进行的，据说在昏黑中讨论这种问题是"更带戏剧性"。这种场所正是笔者获取资料的地方。

笔者自从犯下那个大错误，为广大读者所抛弃，又幸而得到孤寡老妪的启发，重新赢得读者之后，性情是深沉得多，稳重得多了，笔者再也不用"闭门造车"的方式来从事艺术，而是不失时机地深入群众，"伏在他们的胸口上听呼吸"，整个的精神面貌都得到很大改观，对于自己，对于整个社会的看法，是远比从前达观得多，有信心得多了。

我们群众团体的同志们在讨论的时候你挤着我、我挤着你，尽力将脑袋凑到一块儿，彼此能闻见口中的气味，然后我们将声音压得小而又小，比蚊子叫更隐约、更含糊，简直就等于不说出声来，只是不停地动嘴唇。而听的人，就根据说话人嘴型的变化来猜测他所说的意思。某些意思的表达是极其微妙的。例如"业余文化生活"的意义并不完全等于性交，但也不完全等于"纯精神交往"，这两者都是走极端的提法，脱离了实际，我们都要反对，绝不是反对一个就等于提倡另一个，一定要掌握尺寸，严加区分，而区别是依赖于嘴角的细微牵动来进行的。除了我们团体内部的人，谁也无法心领神会这些动作的深层含义。要是在没开灯的情况下，我们就根据那些嗡叫声做出自己的判断，想象。

这种聚会真太有意思了，它给每一个参加者都留下了永恒的记忆。在多年之后的今天，我们中间仍旧有许多人感叹地说，他们多么愿意时光能发生倒转，只要能在那充满了秘密欢乐的一瞬间停留，只要能重新领略那种身心的伟大颤动，他们宁愿少活十年或二十年。如今欢乐是一去不复返了，只给人留下淡淡的惆怅，那些个黑洞洞的房间里的聚会，那些个墙上晃动的鬼影，那些个无声的窃窃私语，还有不眠的长夜，充当主角的兴奋，它们都上哪儿去了？真是甜蜜可爱的回忆啊！一个人到了老年，若有幸能重返那种意境一两次，那真是死而无憾了。笔者不失时机地频繁参加大伙的聚会，当然并不是去听他们"说些什么"。如果机械地抱着这个目的前往，那是要碰壁的，任何旧的办法都过时了，只有创造性的实践才能奏效，因为你根本不可能"听清"那些人的讲话，那是一种情趣极高的、暗示性的思维活动，全要通过有修养的主体加以"意会"才能把握。笔者通过一段时期的苦练，加上天资较高，秉性灵通，逐渐地掌握了某些要领，终于能进入那种意境，也终于得到了很大的收获。笔者将这些不完整的感受一段段加以润色，加以合乎情理的想象，一改华丽轻浮的文风，变得凝重浑厚，突出个性，突出感觉，去矫饰，去浮夸，将真实、自然还其本来面貌，作为一些关键性的要点记在了笔记本上。

要点一：X与Q的奸情是在什么情形下得以实现的？

让我们首先从Q男士这方面入手分析吧。这位男士，如我们前面所述，是一个好丈夫和好父亲，家有对他一往情深的妻子和两个好男孩，喜爱田园风光，屋前屋后种着瓜菜，喂着猫儿、狗儿、兔儿，除了迷信命运这一点以外，可说是没有什么缺点的人。然而正是那个最大的弱点害了他，使得他家破人亡的。自从那个美丽的下午他找上门去，在那间密不透风的房间里X女士为他秘密地算过命（我们无法了解详情）之后，他就变成了一个丧失了理智与常识的人了，有时竟干起歹徒的行径来，与从前那个性格憨厚的人判若两人。

他对一个相好的机关同事扬言道：从此他将放弃自己的主观克制，听凭命运的摆布了，这全是天意使然，那种力量实在是太强大了，他无法与之抗衡，连挣扎也是不可能的，他只能乖乖就范。若有朝一日他完蛋了，也是天意。他说这些话的时候两眼发直，牙齿磕得"嗒嗒"直响。同事追问他是怎么回事，他也听不见，只含糊地说到什么十字路口，星期三之类，激动得声音发抖。完了忽然学起鸡叫来，声音洪亮，叫了又叫，脸红脖子粗，吓得同事大喊救命，他却又镇静下来，强调说："我就是这样的，你们现在看出来了吧。我一直有点疯，只不过是伪装得十分好而已。我坐在办公桌边时常有这种想法，就是跳上桌子，大声学鸡叫，如你们刚才看到的情形，多年来我都忍耐着没有实行。"

奸情发生之后，消息隐约地传到他所服役的机关，那位好心的同事劝他就此"罢手"，免得惹出麻烦来，他不但不领情，反而一味责怪那人不帮他的忙，怒斥他"趋炎附势""虚伪""冷酷"等等，并且喊叫起来，拿了一把锤子走过去砸玻璃窗，反正是一反常态，尽做些不可思议的举动。同事只得收起自己的好心，显出幸灾乐祸的本来面貌。从后来的行为看起来，他绝没有要"罢休"的迹象，而是干柴烈火，越烧越旺，任何事都不管不顾了。他变得疑心极重，脾气暴躁，不管谁说一句影射的话，或他自认为那人影射了他，他都要冲上去抓住那人的臂膀，"请他再重复一遍"，必得要那人百般狡辩，反复开脱之后，他才半信半疑地放手。有一天，上级交给他一项任务，他不知根据什么就认定上级在刁难他，于是由争吵发展为动手，竟然"抓住上级的头在壁上碰出了血"，还气哼哼地对劝架的人说要"辞职"，去"当叫花子"，肝火之旺，令人咋舌。X女士的妹子说，Q曾多次告诉她：他是命中注定在劫难逃的人了，这倒使他横下了一条心。他说这话时两眼炯炯发光，满脸洋溢着幸福的光彩。"世上还有这样的眼珠。你的姐姐，我至今不知道她是怎么回事。"他的眼光又明明告诉人，他是很知道她是怎么回事的，太知道了，他只是不知道自己是怎么回事，要是知道的话，真不知当时还要发生什么。一个好端端的男人家，竟会在一天之间变成了一个歹徒、恶棍，看来这里面是很有一点问题的，追下去，我们只能归结于那次算命。

Q男士，曾经抱着那种虚无的人生观，稀里糊涂地混了三四十年，忽然就大谈起什么眼睛里的波啦，神秘的力量啦什么的来了。当然全是瞎扯，症结只在于他那致命的迷信思想和对生活的消极态度。据说他从十一岁那年起就担心着灾变，担心还未来得及向朋友永诀，死亡就突然降临，以致走路也躲躲闪闪，还患起失眠症来，这种该死的症状，一直在变本加厉地折磨他，"就像脑子里跑出了许多兔子"，他这样对人形容过。那次算命是怎么回事呢？我们的Q男士，高一脚低一脚地走进五香街，其间又曾帮助头戴小绒帽的孤寡老妪推了煤车，在她家"站了七八分钟"，出来后又与跛足女士"邂逅"，最后终于"不省人事"地跌倒在 X 女士家的门口,谁也没看见他是怎么进的门。后来所发生的事,难道就仅仅只是"眼球的颤动"吗?(这个提法又使我们贴近了"制幻剂"的联想。会不会在那不省人事的一刹那,屋里一阵忙乱,趁机施行了某种野蛮的注射呢?当时上映的电影《公寓幽灵》不就是一个很好的提示吗?)那几下什么波的发射就决定了一个男人的一生! Q 男士从不对任何人透露这一细节,因为"这种事无法叙述","任何语言都是一种亵渎","词句一吐出来头就发昏","绝对不能转化为语言"等等,对于 X 的妹子,这个目击者,也只是简单地谈到"多么明亮"之类。那呆头呆脑的妹子虽则在场,又"看不出一点迹象来",还天真地告诉人:"这就是一见钟情,我可以断定。他俩一句话也没说,相互间也没碰一下,只是沉默,这就是情操的力量。""哪里算了什么命,没有的事。"从表面看,那次算命好像的确"没有什么"。正是这个"没有什么"酝酿了今后的一切。一切全在假设中萌生,在那一道炫目的光芒里,Q 男士完成了从蛹到成虫的变化,他咬破外壳,决定性的蜕变就完成了。(这正是 X 女士的拿手好戏——用看不见的意念控制人。)

  从那天之后,这个男人根据一种十分荒谬的观点认为自己是与众不同了,岂止不同,简直就是高人一等了。他将责任义务全都抛之脑后,双手插在大衣口袋里,像花花公子一样在十字路口盯女人,扯住一个女人的袖子进行长达十分钟(同行女士计算)的内心表白,表白中提到火鸡啦,鸭子啦什么的,很明显是对"上床"的暗示,焦急得"站立不稳",就要"向那女人扑过去"。他还爱好起照镜子来了,每天关起门在家里照(Q

是死爱面子的人），在街上则通过橱窗玻璃来打量自己，每到一个橱窗就呆立良久，弄得店主神经紧张。对于那么钟爱他的妻子，仙女似的人儿，现在他竟用一声"哦"来回答她那些深情的唠叨，"哦"过之后马上又去照他的镜子。有一天，他忽然与妻子说到自己的外衣不能穿了，有虫子在上面爬过了。"这件事我早有预感，不知你半夜里注意听没有，簌簌地爬过去，那么多。"他撇撇嘴作了一个鬼脸，使得妻子惊慌地看他一眼，害怕极了。事后他似乎过意不去，马上又和她解释说，他说到虫子的事，是故意的，"某种邪念作怪"，有时候，他脑子里常常有这种怪念头，就像长在人身上的脓疮，不过他现在已经好了。然而他的口气是那样的忧郁，那样的不可靠，完全不像"已经好了"的样子。隔了几天他又旧病重犯，提起虫子的事，说他那件外衣已经是"丝挂丝、缕挂缕"，完全要不得了。

"一穿到身上，它们就来咬啮我的肌肤。"他异常苦恼地诉说，用一根棍子挑起那件外衣，向妻子指点着，"它们全是从那个窗口飞进来的，半夜里。"

"什么？"

"虫子罢，这还不明显。"他坚持要烧那件外衣。

老婆一愣，就哭起来了。

"哭什么呢，我不过说了一件无关紧要的小事。"他慈祥地抚摸着她的肩头，让她平静下来，"近来我常常产生幻觉，恐怕是因为一天一天地老起来了吧。还有什么我们看不透的事呢？"他说最后一句话的语气一点也不稳定，几乎等于是在反问自己。

天气晴朗的休息之日，他再不侍弄那些瓜菜（它们因此很快枯萎了),也不逗弄猫狗,只是搬出一把藤椅,独自坐在太阳底下打盹,于昏沉中微微地笑着,将五个指头张开,攥紧,张开,攥紧,不知搞些什么名堂。如被人唤醒,就很不情愿地答应一声,然后将手掌举起,对着刺目的阳光细细端详老半天,才转脸面向来人,那迷惘的神气正如刚从另一世界回来。

"每一个人的背后,至少有两个以上的重影,有的还要多,"他对老婆说,"影子竖立在地上,就像一把把张开的折扇,看起来那么令人头昏。(不知从哪一天开始,他就用这种语言跟任何人说话了。他的声音,像从一个很深的岩洞里发出来的。)我必须用很大的力气眯缝着眼,才能把这些松散的重影收拢来,当然,这件事一点也不愉快。(他换了一种愤怒的语气,慷慨激昂了。)你们,全是这样的确信,确信而又目光清晰,可笑透了!假如我对你们说实话,告诉你们关于扇子的事——那可是实有其事,你们又要气愤了,一气愤就把我说成一只蜉蝣,大伙用心领神会的眼光加以肯定,好心安理得。"

"蜜蜂可仍旧在外面来来往往的呀,你听得见的。"

"不错,我听得见的。"他沮丧地承认,像影子一样一点一点往屋里缩进去。

Q男士完成了他的蜕变之后,便潜入五香街,与X女士在某一天于一个秘密的场所神不知鬼不觉地发生了奸情,在以后的日子里这样的情况约有四五次,都是神不知鬼不觉,若不是那只倒霉的猫儿,他们的奸情也许会要永久地维持下去了。这并不是说,我们五香街人全是一些糊涂蛋,木脑壳,对于鼻子底下的劣行一无所知,我们只是沉默罢了,这沉默是含义深远的。

关于场地之所在，关于奸情之实况，我们五香街人采取了彻底抽象的表达形式。这一次，大家是板着脸，尽力消除面部的表情，连嘴角的牵动也被控制了。不论开灯或关灯，不论人多人少，也不论在房间里或大街上，只要笔者或外人提起这个问题，所有的人都一律以严肃的板脸形式来表明自己的态度。一个人，必须具有高级的抽象思维能力和极其丰富的、受过训练的感觉，才能从这种表面的不动声色中找到真实之所在，才会为群众那种深邃的洞察力所倾倒，否则便只好赌气抱怨，认为群众感情粗糙，不近情理，对于历史的进程漠不关心，目光短浅，麻木不仁等等。很多学者满脑子幼稚的、不切实际的理想主义，欣欣然来到我们这里，以为单凭一腔热情就能研究出什么来，最后全是失望而归。他们不检查自己观念上的缺陷，一味认定我们不合作，无可救药，甚至捣乱，真是没有丝毫反省意识。对于这类学者和艺术家我们是很不满意的，我们希望他们待在原来的位置上，不要来搅扰我们的生活，没有他们，我们是能更好地安排我们的生活日程表的。除了妨碍他人，这班人还能干出什么来呢？有诚意的艺术家，只要静下心来细细琢磨，就会悟出，五香街群众的板脸态度，绝不是自身贫乏，头脑空虚的表现。这种态度是意味无穷的，我们可以用天边的彩虹或沙漠里的海市蜃楼来比喻，随随便便就可以举出五六条含义。

其一，这可是我们内部的隐私，这种隐私就如一种财富，充满了诱惑力，我们可不想同什么外人分享，除了我们这个独一无二的地方，无论何处都不能生产这种高等的精神食粮。至于我们内部的人，人人都清楚这个问题该怎么看待，人人都有自己独特的深切感受，也用不着相互来谈论，所以我们板脸。

其二，难道我们都是些流浪汉，是些闲散无聊的二流子吗？我们会终日除了去刺探某人的毫无意义的举动，就无所事事了吗？或许竟要因此怀疑我们在性方面的能力吗？有人在热衷于制造这样的形象：一些成天闲逛，探头探脑，听壁脚，贴门缝的阉人。我们才不上这个当呢！所以我们板脸。

其三，提出这种问题的，本人是个什么样的货色？他是否具备了理解这类事的必要教养，是否有一种严肃的处世态度？若以猥亵下流的态度来看待整个世事，我们正派的五香街人才不打算与他为伍呢。他自己去自力更生地钻研好了，去碰得头破血流好啦，做出让人笑掉牙的结论好了，我们没有义务与他纠缠，所以我们板脸。

其四，只要一涉及问题的核心，具有高度教养的五香街群众便全体一致地产生了本能的感应：这类问题不能言传，也不能用面部表情来传达的，只能靠感应来意会，这种感应是非常复杂，多层次的，如果外人不具备它，这正在意料情理之中，对于我们优越性的自信，我们一直是坚定不移的。要是一个外界闯进来的野小子，竟能在三五天内产生悟性，进入我们的境界，脑瓜子变得如我们一般灵透，那才是一件极悲哀的事呢。就让他将我们看成无礼的野蛮人吧，让他们气得直跺脚吧，我们照旧我行我素，不改我们的表达形式，我们不是那种迎合庸俗潮流之辈。所以我们板脸。

其五，或许还有那些别有用心之徒，在试探出我们的真实意图之后，以他们那种小人心肠加以各种猜度，为我所用，从中渔利的，他们本来对于这件与他们不相干的事是完全可以不过问的，现在却悲天悯人起来，仿佛他们，倒充当了救世主的角色，我们必须要依靠他们——这些阴沟里钻出来的家伙来解决问题，治理家园了，没有他们的参与，我们简直寸步难行！所以我们板脸。这板脸的理由还可以举出无数条来，几乎每个人都拥有两条以上，这两条也不是一成不变的，有时一天之内就可以有几次大起大落的变化。

从Q这方面入手，要了解奸情，我们可以提出以下几种可能性：一、在那个下午，Q不幸跌倒在X的门口，于不省人事中被人快手快脚地注射了制幻剂。二、Q的体内从幼年起就一直潜伏着一种病毒，其性质与狂犬病毒相似，一旦发作，患者精神崩溃，日夜不安，时刻处在献身的狂热中。笔者刚刚写下这几个要点，就被一直藏在身后窥看的同行女士的一声呵斥吓了一大跳。

这一次，笔者立即反应过来，从地板上站起来非常文雅谦逊地一鞠躬，拉住同行女士那软绵绵的小手，举到鼻子跟前嗅来嗅去，用轻柔的声音问她对于笔者本人有何意见，她喜不喜欢笔者所撰写的文章。一边说还一边用另外一只手来回摩挲着女士的面颊，使得女士大为感动，逐渐安静下来，告诉笔者，她并不是不喜欢笔者的文章。她只是想要补充一个重要的情况进去，这个情况是至关重要的，若缺了它，历史就会成为一片黑暗。如果不是她内心怀着高度的社会责任感赶来这里，损失将是不可想象的。她非常相信笔者的艺术才华，自从笔者端正了态度，成为一个可爱的男人之后，她一直在暗地里注视着他的一举一动，她从心里认为有了这样的艺术家来为老百姓作速记员，人人都会非常放心，非常舒畅的，"就像生活变成了玫瑰色似的"，她鼓励笔者写下去，让才能"发出灿烂的光辉"，她本人将为他的成功永生永世感到欣慰。男女之间的这种纯洁的友情真是无比高尚，还有什么比精神上的共同追求更为美好的事情呢？她的好友X女士，从来未体验过这种崇高的激情，只对"上床"这一件事兴致勃勃，现在一回想，她那样的人真是太没趣了！太可怜了！同行女士一边说一边兴奋地流起眼泪来。笔者后来掏出手巾，细心地为女士擦干了所有的泪珠，搀扶着她弱不胜衣的身体，让她坐在床上休息了好久好久，两人都沉浸在一种哀伤的氛围里，不能解脱。最后笔者怀着无限惆怅的心情送走了女士。

补充情况之二：Q男士与X女士在马路上的另一段对话：

X：今天天很亮，你感觉到没有？每次我和你站在这么亮的光线里讲话，就对你生出不满的情绪来。我有时会对你产生恶劣的想法，认为你正在一天天缩小，这件事是不知不觉中发生的，谁也无能为力。我怀念那些阳光下的鹅卵石，用手在眼前抓来抓去的。和我挨得近一点，我这就要大哭了。（做出抹眼泪的假象，趁机往Q身上靠去。）

Q（柔声地）：啊，不要哭，我在这里。有两个家伙，一个在这马路上游荡，还有一个在黑洞洞的房间里，马路上的那个家伙是黑色的，柔软的，一不小心就融化在白昼的光线里无影无踪。房间里的那个却是白色的，一个白光闪耀的固体，即使装进了棺材也是那么有模有样。听，他来了，他每次都站在那个角上。他盯着我的时候，我一动也不能动，这样的情形有过三次了。

X（做出入迷的神态）：我今天没带镜子，你这种样子真使我对你产生冲动，请你再把最后一句话重复一下，太妙了。

Q：我一动也不能动，啊！（表情惘然，一会儿又甜蜜地微笑起来，对着路边橱窗的玻璃露出牙齿。）

X（自言自语地）：奇迹降临吧，奇迹降临吧。

同行女士是躲在电杆后面，一字不漏地用小本记下这段对话的，时间为第二次"奸情"发生后，她将这段对话提供给笔者之后，嘱咐笔者一定要为她保密，在撰写文章时不要将她的名字带进去，最好是故意来一点迷魂阵，让人不知所云。因为她（这件事没有任何人了解内情，她只对笔者一个人透露，经过刚才那一场，她认为她和笔者已经是生死之交了）与可爱的、有魅力的 X 女士，一直情同手足，X 女士在处理男女关系方面经常得到她的指点。又因两人形影不离，X 女士往往依靠她的魅力，来吸引众多的男子，而别人看来就仿佛是她自己本事很大似的。这种依存的状态使得 X 女士用一种理想化的眼光来看待她，什么心腹话儿都对她吐露，什么隐私都不瞒她，非但如此，还拉她参与她所有的活动。这个对话，X 女士是并不介意她听了去的，她，明知同行女士站在电杆后面，仍旧提高嗓门，大声大气，让话语顺风吹到朋友的耳朵里，搞得同行女士想要不听也不成。

有理由认为，X女士是有意让女友记下他们的对话的，说不定她当时就估计到了载入史册这一招呢！她深知女友的忠诚，为人可靠，注重交情，她决不会怀疑她的女友有任何歪曲事实的意念。既然这样，又为什么还要笔者替她保密呢？难道她有什么见不得人的地方吗？她在这桩事情上为自身的利益做了手脚吗？全不是。她自始至终是光明磊落的，她之所以提供这段对话，毋宁说是X女士本人的暗示，这个暗示是用那种高级的方式来传达的，即既不使眼色也不牵动面部肌肉的高级方式。如果没有她的暗示，不是出于对X女士的姐妹般的友情，她才不会在尘土飞扬的马路上，窝窝囊囊地躲在一根电杆后面，满头大汗地赶记下这段对话呢！何况她又没有一点当速记员的天分，字写得慢，耳朵也不太好使，又对那些疯话从心里感到厌恶，她干起这项工作来真是累得要死，完全是拼着性命在搞，要是到头来反遭一些同类的污蔑诽谤，落得一个搬弄是非的长舌妇的名声，那叫她还怎么活下去呢？即使她本人能硬挺下去，作为她的亲爱的女友的X，又该伤心到何种程度呢？

有好多次，X女士在她那间阴暗的房子里向她表示：若她遭不测，被坏人算计，毁了名誉或丧了命，她也不想活了！X女士和她一样，也是一个极其感情用事的女人。她与X的友谊，就连铁石心肠的人也要被打动，这种友谊是经历了严酷的岁月的考验的，所以她不能随心所欲，一举一动都要照顾X的心绪，她愿意X女士永远快乐，任何时候都不愿X女士为她伤心。如果她因为笔者披露了她的姓名，而不幸被某个小人骂为长舌妇，这种谩骂又传到X女士的耳朵里，她会伤心致死的！她太了解

X女士的性情了。X女士对于她，一向是充满了感恩之情，报答还来不及呢，怎么能受得起这种折腾！如果不是她的原因，小小的X女士有可能在今天成为一个新闻人物吗？那些个男人，最初不正是冲着她而来，然后经过她的周旋转让，逐渐对X女士产生兴趣的吗？要是她稍微任性一点，略施自身的魅力，那些男人就会盯住她不放，而X女士今天的好运也就不存在了，对于这事X女士是感受至深的。

同行女士说完这些之后，就用她那痴情的目光瞪着笔者，问笔者是否明白了她的意思？这些倾诉是否激起了笔者新的灵感？要不要用另一种方式将她与笔者这种理想的男女关系记载于速记本上？笔者想了一想，决计答应她的要求，打算在灵感到来之时，真实地再现这一生动感人的情景，将他们之间这种超脱的情致载入史册。笔者对于同行女士一见钟情，现在已是陷入情网不能自拔了，这是一种从未体验过的、奇异的感情，在这种感情里绝对摒除肉体的因素。笔者对于美丽的（请原谅用了这个俗气的词语）同行女士，只有高度的钦佩和衷心的敬仰，除此而外，任何的痴心妄想都是要不得的。一定要彻底排除私心杂念，一下子排除不了也要与它作不屈不挠的斗争，保持一种纯净透明的心境与她交往，笔者才会由此得到启迪，生出灵感，不然只会滑入世俗的泥坑，靠一点小聪明写些花里胡哨的文章，到头来一事无成。

将同行女士送走之后，笔者的心思又转到了X女士身上。这个冗长的故事里的主角，五香街最带传奇色彩的女巫，在奸情发生时的真实情况究竟是怎样的？她在实实在在的床笫行为中，总不至于是一个符号，一缕蒸汽什么的吧？我们能否靠那些蛛丝马迹的线索做出合情合理的推测来？这里面当然是有无穷无尽的名堂的。假如笔者不是拿出锲而不舍的精神，从令人眼花缭乱的麻团中仔细地理出头绪，没日没夜地推敲，这谜底仍然是在铜墙铁壁之中。

最可靠最切近的消息，是来自 X 女士妹子丈夫好友的老婆的口中，那是一个黑皮肤的瘦女人，膝头不停地哆嗦，她一边摇着大蒲扇愤愤地赶蚊子，一边假装漫不经心地告诉笔者："这事没法说出口。"然而一讲了这句话就忸怩起来，被臭虫咬了似的一跳一跳，左右环顾周围乘凉的人群。（那些人正满怀兴致地紧盯她，竖起两耳在偷听，一些坐得较远的也"哗啦哗啦"将椅子往这边移。）

"我们找个地方谈吧！"她故作镇定地站起来，一把抓紧笔者的手臂，带着笔者飞跑起来。这一跑，就引得那些人在后面紧追，"哇啦哇啦"不知叫些什么，一会儿笔者就汗流浃背了，那女人却是异乎寻常的强有力，到后来，她干脆将跑不动的笔者驮在她那宽阔的瘦肩上往前奔。不知过了多久，女人将笔者放在一个黑乎乎的小屋的一张床上，然后回身去闩门。那些乘凉的人似乎包围了小屋，很多人在踢门，敲窗子，石子像暴雨般从什么地方射进来。

"不要声张，他们会自然离去的，不过是一种庸俗的好奇心罢了，这些人就像贪嘴的小孩，总没个满足的时候。"女人弯下腰对笔者耳语道。

门外闹了一阵，听见有一个人的高嗓门说道："也许她并无什么有趣的秘密，只不过是以这个为借口两人在里面成全好事罢了，那个速记员，的确是不错的呢！"

人群猛然一静，然后嘟嘟囔囔，许多声音在抱怨白跑了一趟，缓缓地散开，走远去了。黑暗中，女人用拳头在笔者肋下捅来捅去，凑近笔者的脖子呵痒，"咯咯"地笑个不停，喜不自禁。待笔者真要向她表示亲热，她又猛地跳开，坐到一端去，仿佛对笔者感到厌恶似的，两个膝头碰出打鼓一样的响声。

"了不起呢！"她冷不防说了这么一句。

"谁？"

"还有谁？她说他了不起，是个了不起的男人！总之是个不平凡的男人！懂了吗？你这蠢货！你有什么资格当速记员？谁选举你来着？你怎么竟敢自封为速记员？坐在这黑地里，我看着你就是一摊稀泥！糊不上壁的稀泥！我的天哪！我怎么会想到背着这个木桩子奔到这儿来的？事情怎么会这样了？我算完了！"她唏嘘着，坚硬的拳头冰雹般落在笔者的背脊上，她说为了此举在群众印象中造成的污点，她要向笔者"讨还损失"。又说她从未把什么速记员放在眼里过，从前她和一个当官的交过朋友呢！艺术家之类的人物，在群众中的地位是极其不可靠的，谁也不会认真把他们当回事，至于他们自己硬要把自己当回事，那只不过是耍一耍小性子，好从中捞点什么罢了。谁要爱上了一个艺术家什么的，那就别指望有出头之日了，她可不想感情用事，给自己找麻烦。笔者耐心耐烦地任其捶打，始终一声不吭，直到女人的啜泣平息下来。

"X 与 Q，还提到船上的洞。"最后她抽抽搭搭地补充道，随即在笔者脸上捏了一把,以示和好。

笔者睡眼蒙眬地跟随黑女人从小屋里走出来,刚一出门,就不见了那女人。笔者不得不在茫茫的夜色中高一脚低一脚地朝前迈步,四周见不到一个人影,静悄悄的,路边许许多多的房屋显着怕人的幽青色。前面是什么样一个所在呢?笔者心里惴惴地,汗珠慢慢地从前额渗了出来。

"我可以向你提供第一手资料。"不知从什么地方冒出来的金老婆子挡住笔者的路,一巴掌狠狠地拍在笔者的肩膀上,"嘿嘿"地大笑起来。

"这里是什么地方?"笔者懵懂地发问。

"我们街上嘛!哈!你中邪了吧?怎么会认不出来的?来,我们坐在街沿上来谈,你听,所有的人都睡着了,不会有人来搅扰的,我保证我向你提供的是第一手资料。不要相信其他的人,任何人都不要相信,他们全是在胡编,这是肯定的,他们要玩弄你。就比如说刚才那个黑婆子吧,你以为她还年轻吗?她足足有六十岁了,比我还大十岁呢!她一定对你说她四十岁来着,她逢人便说自己是四十岁,用一件鲜艳的花衫伪装起来,以为就可以骗过男人的眼睛了,简直在开玩笑哟!我想不通一个人怎么会如此的把握不住自身,想着要去扮演一个不相称的角色,这不是乱套了吗?人生在世,最可怕、最悲惨的就莫过于自个儿乱套了。一个好好的人,一乱套,就一点儿价值也不存在了,而自己还全然不知,只顾将那滑稽角色扮演下去,这是多么恐怖的事!那个乱套的女人将你锁在屋里的时候,我嗅出了这里面的诡计,一直守候在这个地方。(从前我对你是怀有一种温情的。)

万一她目的未达到，狗急跳墙，起了谋杀之心呢？在没有见证人的情况之下，她是完全可以悄悄地来这一手的，我熟悉这种人，我不得不在暗中保护你的生命安全。你知道，一个乱套的女人简直就比一个普通的歹徒破坏性更大，什么残忍的事都干得出的，刚才看到你平安出了门，我真是心里的石头落了地，你总算没有遭到她的残害！我刚才说到提供资料的事。我告诉你，对于一个速记员来说，最最要紧的是什么呢？那便是艺术的素材，素材的问题是一个致命的问题，它从根本上决定你的成功与失败，多少人就跌倒在这上头。我想找到一个好的素材，首先就要找到提供这种素材的人。比如刚才，你就险些犯了一个无法挽回的错误，你昏了头了，竟然向一个六十岁的神经错乱的荡妇去作调查，还为她所骗，在她的房间里待了一小时二十五分，真是太可怕了。乘凉的时候，我本来是要奔过去狠狠地警告你一顿的，恰好当时我正在与一个同志争论要不要在黑板报上宣传彩色扩印的问题，我们辩论得太激烈，无法脱身。那个疯子，她能向你提供什么样的素材呢？如果不是我在暗中保护你，什么样的悲剧都可能发生的。向艺术家提供素材的人，必须是强健、智慧、富有生活经验的人，他们也许饱经沧桑，但并未被残酷的现实所击倒，他们天生的素质能使他们将一切苦难变为生存的营养……"

金老婆子举目向着茫茫的夜空、对自己的情绪如痴如醉，以致忘了说下去，只顾深情地哼起一支进行曲来，边哼边用鞋后跟在柏油路上打出响亮的拍子声。

大约过了十分钟，笔者小心翼翼地扯了扯她的袖子，轻轻地提醒她："素材？"

"对了，这是第一要紧的。你必须要目光清澈，意志坚定，一下子就识别真假，才能使自己的工作有所进展的。有的人，原来很有天才，不幸被某个伪装者弄迷糊了，误入歧途，劳碌了一辈子，仍然是个二三流的货色，这类教训是非常普遍的。我们不能阻止那些阴谋家在这个世界上生存，也不能将他们通通消灭，只能提高我们自身的鉴别能力，尽量地防止悲剧过多地发生。可惜这个世界上有丰富生活经验而又充满智慧的人太少了，不然他们将培养出多少个惊人的天才来呀！"她说着又走了神，再次哼起进行曲，"哒、哒、哒……"地打着拍子，下巴一扬一扬的。

"可是你并没有把你的素材提供给我呀！"

"呸！男人就是这样的，你听听他，总不知足，总要来缠你，好像你欠了他什么似的。一个有魅力的女人在这世上只有完蛋。假如你心一软，满足了他们的要求吧，又不够了，不到五分钟，他们又来纠缠了，就像些吃不饱的饿鬼，提出种种要求，还说是你曾经许诺过他们的。我许诺了什么了？一个女人又有什么办法呢？她绝不能从男人那里得到什么，她只能把自己所有的全给了他们，但是还不够，他们还要更多更多。"

"我并不向你要求什么，我只是提到素材……"

"只是！好像还嫌少似的！我的一生中有多少男人对我说过：只是再来一次，再来一次之后又要再来，从来也没个完。他们哪里具有一点自我克制与牺牲精神呢？这是绝对不可能的，他们只是要找快活！"

"那么我就回家吧?"

"回家!达不到目的就回家!他们全都是这样,一个模子里倒出来的。什么温情啦,同情友爱啦,绵绵的思恋啦,全都与他们无缘,他们只要一件事,那件事做不到,立刻就显出冷酷的本性来,大声告诉你:我要回家啦!还故意伸个懒腰给你看,让你从头凉到脚心,世上的事真无法忍受呀!"

"我们刚才是在谈 X 的问题的。"笔者怯怯地提出来。

"关我什么事?呸呸!我自己的问题还弄不清,烦死人,为什么要去关心什么 X!她是谁!与我何干?你别把事情扯开去,耍什么花招!她重要还是我重要?你竟想小看我吗?我会要给你一点厉害尝尝的,哼!"

笔者被抢白了一顿,终于没能从金老婆子那里得到任何消息,她真是一个守口如瓶的人。还不止如此,她还跑到一个讨论会上去呼吁:要"妇女同志们团结起来,击退男人们的种种侵犯,这种侵犯已是明明白白地诉诸行动了,不可小看。"她演讲完毕之后摸出一把匕首,令人心悸地向大厅后排的一个木柱子投出一个"飞刀",弄得群众大哗,尖声锐叫,混乱长达十三分钟。

"我还有舞蹈的才能,"她转身面向笔者说,"我一直没有机会对你表演,我不是那种出风头的女人。现在你也许想好好琢磨我了吧?可惜迟了!我可是多层次的,没人能看透,谁想从我这里得到什么是不可能的,那就像癞蛤蟆想吃天鹅肉。我并不对你们这些号称搞艺术的人抱有幻想,你们能干些什么呢?"

综合上述种种情况,笔者最后将 X 女士在奸情前后的表现主观地用了八个字来表达:"事先策划,行为冷静。"笔者写完这八个字的时候,窗外已是黎明,对直望去,酒店屋顶上的天空红彤彤的,真是充满了希望的一天!一个穿蓝衣服的女人从窗前闪过,那正是 X 女士,给笔者带来无边的苦恼与欢乐的人物。笔者连忙从窗口伸出头去细细观望,却又发现什么人也没有,只不过是空气中飘浮着一个似蓝非蓝的影子,再一凝视,连影子也没有了,只有似曾熟悉又很可疑的脚步声在马路上一路响过去。笔者颓然倒在床头,后来一下子脸放红光,什么都明白了!核心找到了!多少时间的纠缠、徘徊终于告一段落了!致敬!亲爱的同行女士!致敬!亲爱的金老婆子!还有温柔的黑皮肤的女士!笔者果断地用一支红笔划掉那八个大字,写下了这段充满灵感的文字:

X 女士这个若有似无的人物,将给我们的历史留下数不清的谜语,她的某个似曾实施之行为,是绝对不能运用逻辑、理智去判断的,因为这个人物本身,即属一种不可靠的假定,就如一棵华盖巨大,根子浅薄的大树,轻轻地摇撼即会使其倒地不起,确定的只有那种虚幻感,那永恒的迷雾和烟云,激起我们无比浓厚的兴趣。

要点二:X 女士在奸情发生后的几大变化

奸情是的确发生过了,虽然谁也说不清发生的地点和时间,但人人都在心中认准了这个事实。笔者于一天深夜参加了一次不开灯的小屋会议，在一个高层次的人群中情绪振奋地度过了两小时二十五分之后，对于这个问题的看法是稳定下来了。肯定下这个事实之后，X女士是无形中失去自由了。为什么又要说"无形中"呢？因为我们五香街的群众，并不曾在表面上阻止她的行动自由，这不符合我们的教养。一个人干了伤风败俗的事儿，我们绝不会手持木棒去教训她的，我们是文雅的民众。我们的百姓，只是当面低头不看她，乘她转过身的时机，一齐朝她那单薄的背部，投过许多含义模糊的目光，久久地滞留于其上（最长达一小时）。等待她自身来感受，来觉悟，以此来变相地制约她的一举一动。我们是极有耐心的群众。不料这一招在很长时间内并未发生作用，这位女性，始终不改其一贯麻木不仁的秉性，一任人们三五成群从背后对她叮梢，行动依然如三岁小孩般坦荡无羁，言谈又较从前更为放肆。时常好好地走在路上，不顾众目睽睽忽然就来它一个跨越式跳高动作。

现在X女士在事情发生后的几大变化，是人人看在眼里，再明显不过的了，笔者也用不着费事去调查了。

X女士的一大变化便是在短期内突然恢复了视力。对于这一点，几乎每一个五香街人都可以作证。这里面当然还存在少许问题，比如走路的姿势为什么仍然保留了那种在气体中漂浮的特色？为什么仍然目不斜视地上街？但视力的确是恢复了，尤其是与人交谈之时，差不多可以说是双目"炯炯有神"呢！或者还可以说是"流星似的顾盼"呢！

大约在奸情发生后的两到三天，X女士在炒房卖熟花生，一边称花生一边与头戴小绒帽的孤寡老妪搭讪，她的眼睛也不是望着老妪头顶的空间或脚下的地面,而是直愣愣地望定老妪的脸。不知出于什么理由,她一定要称老妪为"陈姑娘",就好像是故意讨好,又好像她眼中的老妪的确是一个姑娘,或二者兼而有之。老妪异常兴奋,脸上发红,皮肤的皱褶里微微地渗出酸汗来,她还不停地在暗中耸动肩胛,想做出某种意想中的动作。

后来老妪逢人便说:"人的眼睛真是一种奇怪的东西,瞎过一次之后反而更明亮了,我敢打赌,那就像一架显微镜,真是厉害!"

接下去证实X女士恢复了视力的又有煤厂小伙和寡妇四十八岁的好友等人。煤厂小伙断言X女士对他的态度已经从友好发展为"亲昵"了,还在分手的时候(他们在炒房见面),用力在他的背上拍了三大巴掌,称他为"玩杂技的哥儿"。因为这三大巴掌,煤厂小伙背上好几天痒酥酥的。四十八岁的好友则说:"在从前,她高傲得那么不可思议,原来是眼病造成的,她一定暗暗地为之痛苦,为之绝望过。现在她干下了这样丢人的事,我可不能因为她感到过痛苦和绝望就不计较,这件事毕竟已经成了值得遗憾的客观存在,这件事与眼睛的变故也挂不上钩的,我没法同情她。假如她的眼不曾坏,假如她一开始就能看见人,在我过去走进她屋里去的时候不怠慢我,今天这件事也不能另作别论,原则问题上不能让步。她的眼为什么早不好,迟不好,偏偏在这个当口上好了?这又有什么作用呢?X女士失算喽!"

X女士本人对于恢复了视力这件事是无所谓的,她是否真的感到了这一变化也是十分可疑的。五香街的群众则不然,他们议论纷纷，眉飞色舞，认为这种事顶顶刺激，与桃色事件差不离。他们吃过饭就站在炒房对面的马路边，等待X女士从炒房出来，然后疯疯癫癫地从X女士面前一冲而过，撞得她几乎跌倒，以此种特殊的方法来试验X女士的视力恢复到了什么程度，从而进一步搞清这一变化与"奸情"之间的微妙联系。这种工作是很有意思的，开展起来没完没了，人人都表现出惊人的韧性和迫切心情，一整天一整天地将时间花在这上头。X女士受苦啦，她连门也不大敢出了，说不定走得好好的，就子弹似的冲来一个家伙呢！哪怕看得见也是躲不及的。

有一天，她在吃饭间恶意地对丈夫说道："有很多东西，从来就看得见，只不过是不看而已，即使看见了，也装作惊讶的神气，这可是他们始料不及的，他们便慌张起来，那种样子真好笑。我是故意搞的，要搞得别人慌张起来，我总想跟大伙儿开开玩笑，你觉得这一手怎么样？我有时严肃地板起脸来，就好像受苦受难似的。你注意到了他们走路的姿势吗？臀部故作镇定地撅得很高，是不是？其实何必撅那么高，什么也不能说明。"

丈夫入迷地听她说这些疯话，末了不合时宜地回答一句："他们就像一些鸭子！""比如今天，我就和那个炸麻花的王姑娘（她指的大约是寡妇）说起话来了，我对她讲到防老鼠的措施，她的脸一阵一阵地发白，还哆嗦。他们这些人，心里是怎么一回事？本来我可以不对她说话，这个王姑娘，但我一时兴起，就搬出防老鼠的事来吓她了，我知道那是她最怕的。她总在嚷嚷，半夜里也如此，你不觉得吗？我就爱冷不防给她一下子。"她越说得离奇，那丈夫便越用迷醉的神情倾听，轻轻地点头。

现在五香街人只要与X女士交谈，必然谈到她的视力，有的当面夸赞她"目光锐利"，也有的人并不夸赞，直接讲出自己的感受。他们全都避免说到"奸情"，他们认为那是很野蛮的做法。一个女士，即使是怎样一个古怪的人，也不能将这种字眼对她说出口的！他们不说并不等于赞同她了，他们采用的是迂回的、缓和的方法，他们要用这种方法达到教育她的目的。让我们摘录几个人的言论：

寡妇："我已经听说了你的视力失而复得的事了，这事根本用不着来强调，可以说这事并不能算一回事，一个人瞎了，又好了，这算什么，要是自己不说别人可能根本就不知道。其实有一双好眼，哪怕是千里眼，也没什么好骄傲的。要是以为因此就可以为所欲为了，那才是发疯呢。有人就这样认为呢，你知道吗？对于那些丧失了自我意识的人来说，实在倒不如生活在黑暗里更为自在，那样的话别人不去注意他，对于他的某些荒唐举动还觉得情有可原，而现在可就是针锋相对了。恢复了视力一丁点好处也没有！"（咄咄逼人地龇出两颗突出的门牙）

老怄："既然恢复了视力，那些镜子也就可以不要了。我看你第一步的工作就是扔掉那些镜子，不要舍不得。人一照起镜子来，马上产生一种幻觉，破坏性的欲望油然而生。你看看周围的人，谁照镜子来着？谁也不照！所以谁都好好的，不曾出那种怪事，情况不是很明白吗？"

同行女士："虽然我身为你的朋友，我也不认为你这样目光炯炯对自己有任何好处，这不过是弄得自己更为滑稽罢了。谁又会相信这一招将更增加你的魅力呢？你的魅力早经证实过了，还在我同你合作的那会儿就有了定论的,你现在还要这样煞费苦心来搞新名堂,实在于你不相称,这会要出大乱子的。"

丈夫好友:"你现在看得清我了,我反而浑身不自在起来,我不习惯别人把我看得太清,那就像照 X 光,说老实话,你的形象在我的眼中一下子远不如从前那样闪光了。在从前,虽然你有这样那样的缺陷,我毕竟为你的纯真幼稚所打动,不自觉地一直充当了你的保护人。而现在,在你有了某种变化之后(暗指奸情),你竟然若无其事地用这种逼人的目光来看我,我真是羞愧难当,恨不得找个地缝钻了进去。"

X 女士将怎样对待这种种的规劝呢?让我们听听她的几种言论:

1. "我想看什么,就能看清什么,一切全无所谓得很。视力本身,实在很不重要的,只是运用的方式不同罢了。以前我运用得十分节约,现在却又有意挥霍一通,反正看自己的情况而定。这么多年来我从未改变自己的某个初衷,往后几十年仍如此,目前是我一生中最为得意的时期,我尝到了随心所欲的好处,但愿你也像我这样交个好运。"(对同胞妹子语)

2. "那件事又怎么样?真是奇怪,怎么会人人都没有'那件事'。我听说各人都在暗地里嘀咕,一夜一夜失眠,白天守在马路边,就是为了我一个人的'那件事'!我可是快活得要命,我甚至想拍一拍你们中某个人的肩膀,对他讲讲心头的感觉,让他和我一起来分享分享呢!我一张嘴,就发现那人的眼光暧昧地躲闪,像做了贼一样难堪,我只得收起这一套。哦,那件事!你们把我搞得像个猴子了,难道我从来只是个猴子?"(对丈夫

好友语)

3."我对一个人说'风筝',他回答我说:'注意你的鞋'。像这种语言我已经说了几十年了,怎么谁也没发觉?人竟能麻木到如此地步吗?他们坚持说问题是在我这方面,说我患了某种病。我很乐于有意地夸张一下我的病,他们一吃惊,反而把我忘了,这些人是很古怪的,我慢慢地摸出规律来了。最近我对自己的眼力过于挥霍了,其结果是发现了层出不穷的怪事。比如今天F走进我房里,我抬眼看了他一下,他立刻害起羞来,脸涨得通红,在椅子上坐下去又站起,站起又坐下去,还扭屁股。我用劲咳了几声,犹疑地对他说:'这桌子上的木纹是否跳跃得过于频繁了一点?这屋里所有的东西今天都跳跃得过于激烈了,看这窗帘就知道。有什么道理没有?我对这种事总拿不定一个实在的主意。'他惊讶地听着,眼里射出狂乱的光,我真想看到他摔一大跤。这些脏兮兮的东西如此监视我真是毫无道理,我要想出些办法来对付他们这种横蛮霸道。"(对丈夫语)

我们将这三条言论分析一下,就可以看出X的态度是:一、较往常任何时候更为得意;二、随心所欲(此种态度在未发生奸情之前亦如此);三、奸情本身使她"快活得要命",以至要"同人分享"(虽然她未点明,但谁不知她的言下之意呢?);四、故意夸张自己的某种病,为的是布下迷魂阵。

X女士的第二大变化也是耸人听闻的。第一个领教这种变化的是那位决心等到夏天来复仇的B女士。那天中午,B女士"浑身洋溢着乐观的情绪",嘴里哼着进行曲,脚步轻快地走到街上去贴标语。(她手中的一叠红绿标语上一律写着:"彩色摄影为国计民生的大事情。")她路过 X 女士家门口时，被一道雪白的电光击倒在地，双目失明达半小时之久。这件事立刻传遍了全街，到晚饭之后，人人都在议论此事了。经过黑灯会议的紧张讨论，又经 B 女士亲口证实，最高层次的有识之士一致认为：X 女士的特异功能已经发展到无法估量的高峰了，并已造成对他人直接的人身危害，B 女士在那终生难忘的半小时内不仅仅双目失明，而且"全身麻痹"，"动弹不得"。苏醒之后，看见"数百架银光闪闪的直升机在天空盘旋"，X 女士的窗口"赫然挂着那面最大的魔镜"，而 X 女士本人"与奸夫和丈夫三人并立镜下，心神恍惚，用黑话进行交谈"。

笔者参加了高层次的黑灯会议之后，曾经做出过一种错误的预见，这次预见使笔者充分意识到了自身才学的浅薄。在散会的时候，笔者曾在夜色中与可爱的寡妇同行。笔者沉浸在会议情绪的兴奋之中，思绪万千，竟然有点飘飘然起来。于是开口说出心中酝酿已久的想法："这一下，大家都要对 X 女士采取某种行动措施了。"可爱的寡妇态度之冷静沉着，令笔者大吃一惊，满面羞涩。

"为什么？"她用低沉的胸音反问，"采取什么行动？难道我们是些神经过敏的人吗？你这种言论真是令我奇怪，充当了这么久的速记员，你还是如此的浮躁，我真想不通。"

笔者默默地与她同行了很长一段路。她始终一声不响，表情严峻，直到分手的当儿她才突然面对笔者正色说道："一个人，最不明智的便是用想入非非来代替事物本身的客观规律。"

寡妇的意见代表了整个五香街精英集团的态度。黑灯会议之后很久，整个五香街毫无动静，任凭X女士每天将魔镜高悬窗前，他们照旧很有规律地过日子。相类似的会议还召开过好几次，却并不意味着要"有所行动"，因为参加会议的诸君皆是"久经风浪的老麻雀"，任何毛头小子的行径都与他们无缘。开会，就去开会罢，他们喜爱参加这类高级的会议。这种精英汇集的形式令他们如醉如痴。而黑了灯的那种神秘氛围也是颇有吸引力的。所以他们全都很积极地按时来到会上，身穿黑色外衣，十分庄严地端坐在黑屋子里。他们这种踏实稳重的作风教育了笔者，使笔者由崇拜而模仿起他们的仪表来，经过一阵练习，竟能在他们中间如鱼得水。为挤进社会精英的小圈子，使自身的艺术天才得到社会的公认，笔者首先购置了一套黑色的外衣，从头到脚认真地装扮起来，在傍晚时分跟随众人混入会场，然后一声不响地坐在一个角落里，直至会议结束。就是从这时起，笔者学会了聪明人的沉默，懂得了任何语言全是可笑之至的。在黑暗之中，谁又能分得清是谁在讲话呢？即算分清了，又有什么意义呢？我们沉默而冷静，哪怕是讨论关系全街人人身安全的大问题，我们也不会神经过敏的。要是那样的话，我们岂不成了一些鲁莽的毛头小子了吗？岂不显得我们对这类问题是束手无策了吗？人家岂不会说，某个微不足道的人的特异功能，就使得五香街的全体精英摩拳擦掌，处于紧急战备中了吗？不管别人如何估计，从我们自身的本性出发，我们决不采取任何行动。我们将用我们的特殊方式来取得胜利。这就是日常生活按部就班，不要有丝毫改变，谁也不去注意某人的特异功能，但定时召开会议。这就是我们的强大攻势，不论何等坚强的堡垒都将被攻破。

当我们身穿黑衣，阴沉沉地步入会场时，任何狡猾的敌人都将魂飞魄散。

精英们采取的这种对策，对于X女士发生了什么样的影响呢？也许他们这种过于高级的意识活动，并不是人人能够领悟的，而X女士竟丝毫未察觉这暗地里的对策？为此B女士作了一番细致的调查。据B女士报道，自对策实施后，取得了显著的效果，X女士的特异功能迅速下降，形容"日渐黄瘦"，出门次数"大减"，言谈间"似有轻生的表现"，B女士说到这里忍不住跳起来，作了一个抹脖子的手势，以形容她所说的"轻生"。"此外她能有什么出路？没有。全体群众都团结起来了，面对如此强大的阵容，她那点雕虫小技就等于是'螳臂当车'！本来有了奸情，问题就够复杂的了，谁叫她又搞出个特异功能来，她这是自找苦吃！"她还告诉大家一个惊人的最新消息：X女士的窗口悬挂了一幅黑色窗帘，并且已有二十七小时闭门不出了。

笔者为强烈的好奇心驱使闯入X女士的内室。那里面黑得如一个地下室，阵阵浓烈的花香袭来，令人窒息。

"你坐下好了，那把椅子没有问题的。"屋角的一个声音说，"原来这屋里有些东西有点问题，都被我逐一解决好了，我不喜欢拖泥带水。你现在看得清了吗？"她从躺椅上支起身来问笔者。

厚厚的窗帘，桌子，椅子，床，一一在笔者眼前显现出来了，大大小小的镜子射出闪烁不定的白光，使屋里的一切显得十分虚假，矫揉造作。X女士所在的屋角上摆了许多盆花，香味就是从那里出来的，同样带着某种夸张的意味。在这种臆想出来的环境里，X女士本人变得莫名其妙地多话了。

"我这里的东西都是没有问题的,所有的椅子腿全很可靠,出去就不然了。我试过一次,看见人们坐在有问题的椅子上,吓得连忙闭上眼逃了回来,看来我今后少出门为妙。你放心,这屋里的一切都很踏实,我不喜欢悬空。"她又说,并且笑起来,伸出一只戴着毛茸茸的手套的手给笔者。笔者鼓起勇气握了一握,觉得手套里面的东西十分可疑。

"我已经决定不脱手套了,这样倒也好,你看是吗?窗帘是新近装上去的,这不是很独特吗?这是我新近的主意。"

"如果你对自己制造的这个天地,只是抱着一种不切实际的期望呢?"笔者忧心忡忡地说。

"那么你便是说到自我形象的事了?我从不关心那个,我只从镜子里看自己,而不照相,你们都熟悉我的癖好的。我偶然陷入一种连环套里面去过,是你们的那个,唔,陈姑娘罢,布下的机关。摆脱出来是很不容易的。我坐在这里,对外面的世界有了一种越来越明确的印象。比如你,你是一个补网的人,你想捕捉小老鼠,总之,我已经铁了心肠了,我把所有的问题全解决好了。"她又轻轻地笑起来,"你来干吗?没有谁来,他们不习惯待在没有问题的地方,陈姑娘说我这里'就像一段空白透明的地带','把人浮起来'。"

笔者心里闷闷的,从某个镜子里射出的一道白光直照笔者的双眼。"你对于眼珠的研究还将继续下去吗?"

"毫无疑问,我的研究已经进入了一个高级阶段,我正在努力摆脱显微镜。我时常想:为什么我不去制造奇迹呢?制造比之研究是更有趣得多的事呀!这个窗帘,就是我的第一次尝试。不过这算不了什么，我将凭空制造奇迹。"她说完这几句话之后，忽然变得趾高气扬，她昂起头走到桌边举起一面镜子，用力朝地面一摔，镜子立刻破碎了。"我将在这中间制造奇迹，你可以走了。你出去的时候注意别把光线放进来，那是使我头痛的事。"

真的，笔者怎么也无法从 X 女士在黑房间里的所作所为与外面群众的强大攻势之间找出哪怕是头发丝般微弱的联系。她坐在那里，用厚厚的窗帘挡住外来的光线，窸窸窣窣地制造"奇迹"，即使有人按捺不住心中的激情，而只身闯入向她发动攻势，她有无反应也是还很难说的。何况五香街人都不约而同地确定了自身的文雅态度，根本不打算诉诸行动，只是一味地运用一种看不见的精神武器。那种武器在局外人眼里简直相当于某种"气功"，又并没有谁肯定 X 女士将受到它的伤害，从她本人的形态来看也好像对这种"气功"毫无感觉。所以从 X 女士家里出来后，笔者一路上都怀着深深的忧虑：社会精英们是不是会产生判断上的失误呢？这种失误会不会留下难以治愈的后遗症呢？

X 女士的第三大变化，是在不知不觉中发生的。不知从哪一天起，她就放弃了夜间的"消愁解闷"，躲在黑屋子里"专心制造奇迹"了。于是同行女士看出她好友身上的"女性气质全部消失殆尽"了，她已经"引不起任何一个哪怕最丑的男人的兴趣了"，这真使得作为她的密友的她"深感遗憾"，而怀念起"从前的好日子"来，因为"那真是令人销魂的时光"，"活在那种时光里，人便觉得自己永远是年轻的姑娘，永远地高傲，信心十足"。

她怀了一番旧之后，愤愤地话头一转："这种关门捣鬼的行为你们怎样看？她想制造一种忠贞的假象，这是一目了然的，这不是开玩笑吗？就通奸这一行为本身来说，一个与二十个并无质的区别，她难道不明白这一点？如果说她从前的行为还体现了某种童心，属于某种自由放任的话，现在的行为就无法开脱了。她居然是这样一个虚伪得要命，行为可厌的家伙。忽然就关起门来改邪归正了！严肃得不得了了！她想证明什么呢？想以此来牢牢抓住她那位奸夫的心吗？对啦。我记起来她正是这样一个人，只要盯上了谁，自己马上开始忸怩作态，想装出一种什么模式来，就仿佛一夜之间洗心革面了似的。她的这位奸夫，据说是一个妒忌心十分厉害的怪物，就为了他，她如今对男人目不斜视，成天躲起来搞鬼把戏，虽是迫不得已，我还要说，她这种行为是我结识她以来顶顶可恶的行径。她竟称这种行径为'创造'，经她这一'创造'，反而把自己创造成了一个阴阳怪物，所有从前那些垂青者都要捂着鼻子逃跑了！她从屋里走出来，浑身冒出硫黄的味儿呢！她一开窗，路人们全看见浓烟从她屋里滚滚而出呢！谁还记得从前那个与我合作的可爱女性呢？她把自己的形象彻底毁坏了，真是令人沮丧呀。"同行女士伤感得掉起眼泪来，听的人也为她们的友谊所打动，一个个神情黯然了。

X女士果真在屋里"制造奇迹"吗？她会不会故意放出此种空气，而实际上干着与奸夫幽会的勾当呢？答曰：否。要知道她才不会如此头脑简单、心血冲动，在光天化日之下把个奸夫拉到家中去幽会呢，我们不会低估了我们的对手的。关于她那幽会的地点，至今无人说得出一个确切所在，一说在郊外荒山上，一说在垃圾站后面，一说在老懵阁楼上（持此见的为X丈夫好友），一说在会议室等等等等，一千多人里头，少说也有五百种说法。所以这个问题，只能看作群众为内心热情所驱使，作了一些不负责任的估计。但奸情又的确发生在最近。这是人人都在内心肯定下来了的，是在黑灯会议上根据那种高级的感应做出这种肯定的。每个人都的确"看见了"奸情，至今历历在目。如果你去询问，他们的回答是众口一词的，至于地点，时间，那是次要的问题，重要的是"见到"了，这个"见到"便是永恒，它充分地体现了五香街人的艺术气质，诗人风度。既然X女士能够在与Q男士发生奸情时"隐形"，使人抓不到把柄，那么五香街的精英们也能通过特殊方式再现她的奸情，所谓"道高一尺，魔高一丈"。

不管X女士是假正经也罢，什么也罢，她如今真是远离了男人了，她身上不再散发出使人头晕的女性气息，也不再具有那种"性感"了。当她的那位妹子问及这件事的时候，X女士哈哈大笑，说自己对这类事"连想都没想过"，她怎么知道人家对她感不感兴趣，她从来不去搞清自己"究竟是贞节的还是淫荡的"，她就是她，她喜欢男人，可惜睁开眼来全是赝品，现在她遇见了心上人，便"所有的赝品全不在她眼里"了，她快活还快活不过来呢，哪里有心思去关心别人的看法！那一天姐妹俩在黑屋子里坐了好久，借着镜子射出的白光，妹子看见X女士的眼中有泪，而其实她并不如自己所说的那般快活，妹子立刻就设身处地地怜悯起这位"亲爱的姐姐"来了。她很武断地认为她姐姐一定感到很冷，就从柜子里取出一件呢大衣给她披上。而当时已是温暖的五月天，人人都穿单衣的，看着她披上了大衣，她才似乎放了一点心。

"我在这里,我就感到这世上仅有我一个人在这个房间里。外面有很多人,不过我早就认不出他们了。我装作是他们的老朋友,而实在,我从来不去分辨他们的,我随便乱喊名字,说些编造的故事。有时候,这里是异常的寂静,我不知道这是不是好,这是没法预料的,你只能等着。还记得我们从前唱歌的事吗?那已经很久了,对不对?你的姐夫,我会要离开他,我预感到了。"

"我们唱歌吧。"妹子哽咽着说。(她听到姐姐这些伤感的话语,早已是感动得涕泪俱下了,总之她的脑子完全乱了,只认定了大祸临头。)

"别唱!"X女士将身子缩成细小的一团,"你仔细听听,他在那边山坡上走来走去的,我听见了。当他不在的时候,我就坐在这个角落里听,我听见了一切。你知道,他怀疑自己的真实性,这真使我苦恼透顶,这里面有某种宿命的东西。它快来了,我能不能承受得起呢?"

妹子开始了情绪的总爆发,不顾一切地放声痛哭,大约哭了一刻钟。

"你弄错了。"X女士最后说,"所有的都是我想要的,比想要的还好许多倍,你都想不出来它是怎样好。那时我对眼睛作了多少规定呀!"

"你实现了?"妹子眼泪巴巴地问。

"岂止!我什么都有了,一切一切……啊,我想要留住,我要尽力留下他!"她跺了一下脚,苍白的脸上透着决绝的神气。

X女士的第三大变化为众人所注视之后不久的一天,一个胆大妄为之徒硬冲进她家里,英勇地站在那些闪烁不定的魔镜当中，面对 X 女士提了一连串富于挑逗性的问题，如"夜里是否感到寂寞"呀，"对于男性的魅力究竟如何体会"呀，"红色的金丝绒是否富于性感"呀等等。他提完问题之后，发现 X 女士已经爬到了窗台上，只有他本人的声音在黑屋子里发了疯地回旋，像是在放留声机。"帮我把这窗帘弄一下，"她从那上面向他说，"刚才我一直在观察，这里有一个新的问题。"男人听了拔腿就跑。

"她完全不是从前那回事了，"（从前我和 F 君在厕所里讨论那回事的时候，简直要为她发狂了呢。）那男人宣布，"我同她待在一起时，她像猴子一样爬到窗台上，那就如一盆冷水，将我发热的身体浇了个通透。"

大家听了全都异口同声地"啧啧啧啧"起来了。

"变成这样有什么意思呢，"他们不解地说，"未免过于小题大做，对自己的重要性估计过高了。她根本没有必要改变自己，还是原来那样好。"

X 女士的第三大变化发生后，有人在路上拦截她的丈夫，强行与他对话。现将对话公布于下：（因拦截者当时蒙着面，事后又不愿披露姓名，害怕卷入某种纠缠中去，故此处以 X 君相称。）

X 君：停下！问你一个问题：你对于你妻子的第三大变化有什么感觉？

X 丈夫：什么叫"第三大变化"？对不起，我很久没参加你们的社会活动了，我怕你们拉我去照相什么的。我想一个人活在这世上，大约都要有些什么变化的，每天都不会一个样，甚至一天四五个样也是可能的。最好各人都注意自己的眼珠是否患病，发炎，别去管人家，说不定竟因为一心钻了进去而疏忽了自己变成瞎子呢。你们这样关心我们，我们从心里感动的，不过不要因此疏忽了自己，落下致命的病根。

X 君：为什么她停止了迷信活动？

X 丈夫（正色地）：她是在观察星象。（反问）你注意过自己的眼珠没有？不要大意啊，病毒性角膜炎是在不知不觉中给人造成威胁的。有一个人，早上还挺好，中午就全瞎了。我的妻子现在发明了更好的办法（忍不住炫耀起来），她能够凭空制造星群了呢。（马上又警惕）我跟你说这个干吗？你走开！

这个调查对话公布之后，所有的人都明白了是怎么回事。他们隐忍着内心的兴奋，在屋檐下踱来踱去，你捅我一下，我捅你一下，飞快地交换着会意的眼色，整天笑眯眯的。B 女士在屋檐下来回穿梭，吩咐大家"肃静"，"将足尖并拢，靠墙端坐"。

他们明白了什么啦？

在这期间，X 女士仍然有条不紊地与丈夫一起干炒房工作，每天傍晚，仍然三人一起散步，只是散步的时间大大地延长了，大约占去了"消愁解闷"活动时间的一半。他们一声不响地走呀走呀，那儿子小宝，就伏在父亲的肩上睡着了。虽然多次的尾随，五香街人并未获取一点情报，那两人就只是一味地游荡，如两个沉默的鬼魂，使得尾随者暴跳如雷。

散步的那种时候，我们经常可以听到那女人大声地发出感叹。她故意做出怕冷的样子，紧紧地靠着丈夫，大声大气地说道：

"我觉得有一股阴风,难道你没感觉到吗?它吹得我的骨头酸痛,我们要不要回去?"丈夫可正得意着呢,因为满街的人都伸长了脖子看他们呀。他往往哄着她说,没有什么风,她可以抬头看到,连树叶也不动一动呢,如果有什么风的话,也已经过去了。傍晚散步真是神清气爽,要是可能,他巴不得一辈子挽着她走下去,这太好了!太说明问题了!(天晓得说明什么问题,反正这丈夫就有点这种傻劲儿)笔者为X女士亲切地看了丈夫一眼,说:"那么我们就再散一小会儿吧,这地方一个人也没有,荒凉得很呢。"说这种话正是X女士的拿手好戏,她总是趁着大家对她倍加注意,凝神细听的当儿,装模作样出其不意地宣布:她没有看见一个人。以此来显示自己是多么清高,对于众人是何等的重要。而要是别人根本就不注意她,各人只顾忙各人的,她一定会难受得要死,耐不住寂寞,四处找人搭讪,唯恐别人不理睬她的。我们大家不幸沾染了一种坏习气,就是总有时沉不住气,东张西望,把眼光盯着一些毫无意义的人和事,巴望着从中找点什么刺激,好像自己就无事可干了,倒要将精神寄托在那些人与事上面去了,还红着脸,心中痒痒的,像发生了一次恋爱似的,这真是我们某些人身上的最大弱点,当然也有很多人不在此例。

例如寡妇和她四十八岁的好友,她俩的表现就截然不同,她们威严地坐得笔直,两眼自始至终凝望着天边的云彩,神态忧郁,两耳失聪。就是说,她俩一点儿也没听到X女士的鬼话,她们是能够把握得住自己的成熟女性。假如所有的人都具有她们这种优秀品质,X女士费尽心机所玩的那套把戏当然没有市场了,在郁闷之中,她必定也要心灰意懒,考虑收起这套把戏了。偏偏事实并不如此，偏偏我们中的很多人都在不知不觉地迎合她的变态欲望，对她那种莫名其妙、故作高深的言论表现出莫大的兴趣，使得她能够利用这种情绪，向众人发起挑衅。别人越注意她，她越急于表示别人不在她的眼中，久而久之，这已经成了一种条件反射，她本人则从中获得那种无法想象的快感。我们的寡妇是第一个看出个中奥妙的人，她曾经竭尽全力对那些执迷不悟的家伙开展思想教育启发工作，不断地现身说法，甚至于急躁中还捆了某人几个耳光。但这些惰性重重的天生懒汉，仍旧朝着绝路上走下去，好像是无可救药了。每当X女士一家出现在路边，他们就不由自主地引颈凝望，侧耳细听，身子骨就软酥酥的。

寡妇等人既然无力改变现状，只好不与这一流人为伍，板脸端坐，以示区别。明眼人当能看出这种队伍的分化，这种策略上的不一致。虽然所有的人的大方向只有一个，即反对X一家，但由于理论上的分歧，思想的涣散，打胜仗的可能性就越来越小，大部分的精力倒花在内部的争端上面去了，统一的前景又渺茫得很，使得对方倒钻了空子，自由自在地走来走去，恶言恶语，大有进攻之势呢。寡妇对这一天天持续下去的阴谋看在眼里，急在心里。每日乘凉活动一开始就着急得如热锅上的蚂蚁，召集了同党，围成密不透风的小圈子，交头接耳。激进派提议扔石头，将那三人"打回家里去"，稳健派则提议"暂停乘凉活动"，那时各自都在自己家中，街上空荡荡的，X女士一家尽管去散步好了，大声说什么"没有一个人"之类的话好了，反正谁也听不见她的，两三次以后，自觉没趣，会自动收起他们的表演活动的。

三、追随者的自白

追随者之一：我也是属于有修养的高层次，我是非常懂得忍耐的，我不是那号脾气暴躁的毛头小子，一般不管什么情况下，我都不会失去自己的主张。但是这一回，很不正常的情况出现了（我说不正常，因为后面隐藏着什么）。我受到了致命的打击和愚弄，我的信心彻底动摇了。我是什么人？难道是一个吃得太饱的好事之徒，每天夜里跟在一对正经人的屁股后头转悠，为的是造谣生事，而到头来竟一无所得？他们就真的是那样正经吗？那夜复一夜的尾随活动，难道只是为了更确切地证明这一点吗？既然我丝毫也不能证实我想证实的，那么反过来，我本人反而成了一个无赖了？一开始我把这看作一场毅力方面的较量，我对胜利是有信心的，现在我越来越搞不清到底是哪一方面的问题了，不管我如何努力都摆不脱魔圈，山不再是山，水也不再是水了，我气急败坏，连鞋也跑脱了。我现在从根本上怀疑像我这样的人是否被某种假象迷惑，滥用了才能，搞起炼金术之类的玩意来了呢？这种尾随的工作是否与我的身份相称？

追随者之二：我本来是根本没时间来关怀这两个人的行踪的，想想看，像我这样一个人，一直是全街人的中流砥柱，什么工作全堆在我的头上，一天到晚累得要死，连午睡的时间都没有，你刚要闭眼，人家又来喊你贴标语、出墙报、组织群众集会等等。有时我想坐下来抽一口烟，就有人眼红嫉妒了，对我占据的领导位置觊觎起来了。我又是一个好强的人，干什么都要干出成绩来，让人心服口服，所以我哪里有时间和精力来关心旁的事，我工作起来就像泥牛入海。

现在我要控诉这两个坏蛋的恶行，不，我不能忍受了！这太岂有此理了！就好像一场掠夺，一场浩劫，而且使你哑口无言。想一想，我现在还未在事业上出人头地，我还是一个青年，前程远大，没有成家立业，充满了美好的幻想，忽然就——啊，这两个坏蛋！是谁派他们来五香街扰乱我们的日常生活的呀？这种招摇过市的做法背后隐藏着什么样的企图呀？而竟发生了大群人的尾随！这种尾随取得了一丁点成效没有？谁又胆敢去细细思考这个问题？我们一直在装聋作哑呢！这是因为人人都明白自己的境况。在我们中间，还有人被这烦死人的尾随活动累得生了大病，危及性命了呢！说起来，这些都还是小事，要命的是他们那种永恒不变的我行我素的态度，面对他们那种态度，你不得不神经错乱，当你如夜猫一样东躲西窜，而他们毫无感觉地缓缓而行时，种种的羞辱和自卑感都会从你心底油然而生。你步履蹒跚，两眼昏花，浑身酸乏，而且永远也不要期望会有什么转机——你就一直地跟踪下去吧，不但不能急功近利，还得认定自己必定徒劳无功，认定是他们俩在掌握你的命运，你休想挣脱出来。

为了尾随的事，我已经与X女士谈过话了，当我大声嚷嚷，问及她对于这种大规模的活动做何感想时，她"呼"地站起来踱步，发了一大通不着边际的议论。"今天清早，"她说，"我打开灯，发现满屋子全是人。那些人靠墙而坐，被电灯光刺得眯起眼来。有个人告诉我，他们全体在这屋里住了好多年了，每天都在观察我，他们看出我是个如此骄横的家伙，说起话来狂妄、无耻、装腔作势。那个人说着就跳上桌子破口大骂，还冲到我面前逼我回答他的问题，末了他劝我去会议室走一走，说那会导致一次'新的开端'。"

X女士说人民大众的目光"明察秋毫"。她还故意尽情地夸张。她的意思难道还不明显吗？我们是从什么时候开始变成傻瓜的呀？我们不仅仅变成傻瓜，而且摆脱这种境地也是毫无希望的。事情明摆着，假如我们停止尾随，对于他们的行为听之任之，说不定哪一天就正好在散步的当儿他们之间发生了惊天动地的变化了呢？或者我们也许可以不用这么多人来搞这种活动，只留下一两个人就行了。但假如人人都这么想，人人都不来，又假如来的那两个人也这么想，而竟就敷衍了事起来，并且就在敷衍了事的瞬间，大问题出现了，这该有多么可惜啊。

所以不管我们愿不愿意，事情就只能是这样：我们必得要尾随到底，像一大群忠实的狗一样，跟在主人的屁股后头暗中保护他们。哪怕是精疲力竭，也不能有丝毫松懈，这是命中注定了的。我们虽然满肚子不高兴,虽然时常抱怨路不好走啦,耽误了瞌睡啦,一无所获啦,枯燥无味啦等等,却不能解脱自己。只要他们一出发,我们这些人的魂魄就系在了他们的屁股后头。有时候,我也忍不住要问自己:这是怎么回事?这两个家伙怎倒成了我们的主人了呢?说起来他们什么也不是,我们也从不曾看得起他们,但老天爷偏偏喜欢跟人开玩笑:你越是藐视什么东西,他偏要抬高那个东西的身价,搞得你懵了头,就一味地瞎忙起来,自己也无法控制了。

追随者之三:有一次,我想好了一个方案,我打算在X女士散步的时候采取一种行动,当然这件事不能由我一人来做,而要全体一致,不然我就会被别人认为是心怀鬼胎。我想过了,统一意见存在着重重困难,各人都有自己一套打算,如果我过分坚持急于求成,必定会引起大家的反感,他们会放下一切,一齐跑来问:我这是怎么啦,出毛病啦?想自己一人捞甜头,把众人甩在一边吧?从什么时候开始我变成一个先知先觉啦?他们一旦怀疑上我,就会情愿放弃一切,也不与我合作,还要想方设法来破坏我的计划。我本来是打算把我那个十全十美的方案公之于众的,一想到可能带来的这一系列后果,我就垂头丧气了。我还不如把方案藏在肚子里,一声不响,等待整个事情自行结束。以我的秉性来看,我是必定要这样做的,谁也别想钻我的空子。

每天夜间我回到家中,躺在帆布躺椅上,想到命运的难以捉摸,想到自己非凡的自制能力,以及日益深沉起来的性情,总不由得眼泪汪汪的。群众的情绪是一个最难揣测的东西,稍一大意,就会与它相悖,我在年轻时犯过许多次这类错误,现在的情形当然是截然相反了。我在整个过程中，竭力使自己的形象平凡、灰色，没有特点，我小心谨慎，不越雷池，跟随大流，谁也不知道我的真实主意——我却在心中怀着高妙的主意！这就是为什么我从不怀疑自己的工作是有益的，为什么我会如此自信、自强。一个人活在这世上，要没有一根精神支柱来支撑，就等于是行尸走肉。当我看到周围的人是那么惶惶不安、那么犹疑不定时，我就体验到自身的充实和幸福。也清楚地看见他们是犯着何等的错误，有时真想对着他们大吼一声。

这世上的人，不幸总是这么目光短浅、不懂生活，如果要他们的脑筋开窍，就等于是要公鸡下蛋。我痛感这世上缺乏有理想有抱负的人，到处都充斥着庸人，所有的事业，全都在觊觎中半途而废，所有的天才，未曾诞生就已夭折，眼望前途，一片茫茫，这是多么可悲的现状啊！我并不是一个悲观主义者，我只是一个在今天这种现实中，仍然自强不息的奋斗者，看看我的所作所为就能明白一切。

追随者之四：昨天夜里，当我走到河堤那儿的时候，X女士的声音顺着南风传了过来，她说——我不想在这里公布我的收获，但我可以向大家透露一点点内情，这就是我已经将使得大家陷入绝境的事情的核心搞清楚了。从此以后，我们每个人都不必再为这件事的发展前途焦虑不安了。

我这样说，也许没人相信我的话，因为没有具体事实作证，谁也不敢保证我是不是在撒谎，拿大伙儿开心什么的。但是我又怎能将X女士的原话在这里公布呢？那只能是属于我个人的秘密，这是多少个不眠之夜换来的，或许还是神灵的旨意呢！

我怎能随随便便就告诉人。这不是太不严肃了吗？这样的事，谁也不是轻易就碰得到的，一辈子也难逢一次呢。我又不忍心看着大家风里来雨里去，辛辛苦苦地将这种尾随盯梢（这几个字可能用得太粗俗）一直进行下去，且一直在绝境中沉沦。所以我只有一个办法，就是对天发誓：我掌握了这件事的全盘经过了，我的情报来自 X 女士本人，绝对真实。

你们不要以为我现在就会骄傲自大起来，不，我不认为取得了这个成绩自己就有什么了不得，我仍然是和大家心连心的，我要做得没这回事一样。昨天我的表妹问我为什么顿顿饭只吃酸菜汤和萝卜干，我回答她说我要把这种生活方式保持到死，我决不吹牛。今天夜里，我还会跟大家一起外出奔波，任何人都不会看出来我有什么异样。我不喜欢别人把注意力放在我身上，那就像是自命不凡似的，我觉得那些人都很可笑，他们热衷于自我标榜，抱住一些虚幻的东西就陶醉起来，忘了迈开双腿继续向前了。说起来，他们还等于是些幼稚的小孩，什么也没经历，就沉湎于享受的乐趣中，总恨不得生活赐予他们越多越好，一有点什么新发现（有时甚至是错觉），立刻嚷嚷起来，说成自己的功劳，生怕别人不知道，还要别人对他们的发现给予奖赏，这种不劳而获的日子他们过惯了，惰性把他们完全毁了。我和这些人恰恰相反，我从小过着一种勤俭朴素的生活，这种生活并不缺乏理想的色彩，但我一生都在有意识地训练自己，这样我才养成了遇事冷静不爱出风头的良好习惯。

在这种大规模的尾随活动中，有个人自始至终没有加入，而且保持着冷静的头脑，这就是受人宠爱的寡妇。让我们听听她的意见吧：

"同志们，你们大家这种缺乏理智的、愚昧的行为，已经使得我忍无可忍了！我们各自怀着自身的利害打算，凭着盲目的冲动加入了这个群氓运动的行列，为此事日夜奔忙，但对于事情本身的性质，你们到底有些什么把握呢？出现在你们面前的是个迷魂阵，你们根本无法进入，你们只是弄虚作假，各人竭力装出心中有数的样子，以为这样就能掩盖自身的愚蠢。

"让我来给你们一个单刀直入的分析吧：X女士，作为某种暧昧不明的精神寄托，在我们这条十里长街上，曾经引起过多么频繁的风波，使得多少人神魂颠倒，从此就改变了个人的命运，这是众所周知的。我们大家遵循自身的惰性，已经习惯于这个固定不变的看法了，我们只要有个风吹草动，马上全力以赴地介入进去。但只要细细深入一想，就会发现这里面有个很大的问题。（我们总没时间思考，一天到晚急急忙忙地参加社会活动，兴致总是那么高昂。）举个简单的例子吧：目前这种尾随活动，正是基于X女士已有某种固定特殊的奸情的信念。

"本来，你们根据黑屋会议的启示，认定了爆炸性的事件即将发生，而现实又恰好与你们的估计相悖，它的前景表现为风平浪静，毫无变故的迹象，于是你们觉得受了戏弄，固执起来，想用这种坚韧不拔的对抗行为来解决你们的困难，让历史按照你们指定的轨道朝前发展。如果有人指出（不幸这种聪明人太少了），这种信念本身就是含糊而不可靠的呢？那么大家依此而来的推理不是站不住脚了吗？我们一兴奋起来，就要将种种富有魅力的色彩赋予对象身上，把自己也搞得眼花缭乱。什么非同寻常的奸情啦，神秘莫测的情夫啦，全是从我们的期待心情中产生的。我们为什么要期待这类东西呢，因为空虚苦闷，也因为害怕，于是我们转嫁危机，搞出这种种活动来。

"而我，现在我要告诉你们，X女士，如果依照你们的幻想模式来塑造，是根本不可能存在的一种笑话。在我们这个十分完备的社会里，各式各样的行为都受到铁的纪律的制约，人人都有一种贯穿始终的本能，这是我们安居乐业的保证。如果说现在突然钻出来一个家伙，不但与社会无关，而且从背后操纵了我们全体的意志，使我们成为她掌心的玩偶，而这个人，谁也拿不准她是从天外来的还是从地里长出来的。这又怎么能叫人信服呢？这不等于是说，我们的社会只不过是个玩具国，可以随意被人操纵、改变？这叫我们这些社会精英们的脸往何处放呢？想到此处，我真是义愤填膺。我们中间的一些人，受过高等的教育和严格的社会秩序训练，并在黑屋会议中担任重要的领导职位，以遇事冷静、长于分析著称。多少年来，我几乎是无条件地信任他们，支持他们开展工作，现在看起来，我是大错特错了！我的单纯和诚意如今将我带到了一种尴尬的境地，事与愿违，势如破竹，我被甩到一边无人理睬。压倒一切的时髦风气席卷了整条街道，人人争先恐后，将传统的审美观念抛到脚下，乱跑乱跳，庆贺自己的所谓'新生'，还说发现了新大陆，这个大陆就是X女士。她是那样一个绝妙的人儿，有着无穷无尽的花招，所有的人，全都应该将注意力放在她身上！我们大家以前的冷静态度到哪里去了？

"回顾从前，我仍然清楚地记得，当某个速记员抱着同样的幻想模式来我们这里调查时，大伙儿是如何正确地对待他的。实在是，今非昔比了啊。这种情况是如何发生的呢？怎么会到了如此地步的呢？深究起来，我不得不谴责自己，懊悔不及。在上个月的一次黑屋会议中，种种的迹象就已经表明了今天的危机。而当时我，坐在主席台的后面，用一种过于乐观的小孩子的轻信眼光来看待大家的决策，我没有嗅出众人情绪中的险恶成分，安之若素地看着大家滑进泥坑。在会议之后，当群众蠢蠢欲动，策划着行动时，我又被一些事务缠身，没有及时告诫大家、制止大家，以致到了今天这步田地。为什么我会出现这种种的疏忽呢？就只是客观条件使然吗？是一件偶然的差错吗？一般的人定要如此来开脱自己的责任，甚至将自己打扮成一个受难的英雄的。但这种事情与我无缘，我不但要承担全部的过错，还要检查自己灵魂中的肮脏之处，找出我本人的病根所在。

"我清楚地记得，从童年时代起，我就有一种轻信别人的毛病，我喜欢把每一个周围的人加以美化，尽往好的方面去想。如果别人偷了我的东西，我不但不去索回，反而还要另外送他一些，弄得那人感动起来，成为我的终生至交。后来我进入青年时代，缔结了美满的姻缘，我把我的丈夫看成保护神，对他无比信赖，百依百顺，向一切外来的诱惑嗤之以鼻。这个丈夫，也许并不如我所认为的那样十全十美，也许还早就身患隐疾，在结婚时加以隐瞒，但这一切都不能阻挡我那潮水般的热情，直至今日我仍然保留着这份热情，决不向外人挥霍一丝一毫，我今天提出这件事来，也不是要推翻过去的一切，只是想说明我性格弱点的起因。丈夫在世时，曾有人向我告密，提到他的某次不忠实的行为，当时我是何等愤怒地将那人骂了个狗血淋头！在外人看起来，我，一个如花似玉，充满性感的少妇，守着一个半残的男人，居然还被他所骗，这是何等的可悲可笑！为什么我不能稍微满足一下自己，另寻新欢呢？只要我的眉毛一抖，难道不能招之即来吗？人的禀性气质注定了他一生的命运，我注定了是一个传统的维护者，今天我还是为这件事感到骄傲。

"我不否认我有弱点，也不否认由于我个人的弱点影响了历史的进程，如果我再坚强一些，警觉一些，不那么单纯，轻信，好多事情一定是另外一种面貌。这就是'老好人'的致命点，我愿意承担由于这个缺陷造成的损失，也愿意从灵魂深处找原因，因为我是使得大家犯错误的关键人物，本来一切全是可以避免发生的，面对这种令人沮丧的局面我心中有愧。"

四、Q男士的性格

就在我们的群众对于X女士一家进行大规模的尾随活动期间，被人遗忘的Q男士的神经，是出现了明显的分裂状态了，而且这种状态在他后来的日子里日益加剧，使得他成了废人。我们的群众里面有位坚强的女性并没有随大流去参加平庸的尾随活动，而是自作主张，独树一帜地开始了另辟蹊径的活动，她经过连日连夜的观察和总结，带给我们的信息是：Q男士的体内，有两条蛇在争夺地盘，导致他本人形成了昼夜截然不同的二重人格。

有一天，这位坚强的女性潜伏在路边的刺丛里，看见Q男士从家中走出，手里拿着一个皮球，像小男孩一样边跑边拍，快活得要死。看着这等彪形大汉矫揉造作地来搞小孩儿的名堂，女性（顺便告诉读者她是跛足的）真是愤怒极了！厌恶极了！她当时就靠拐杖的支撑一个箭步冲上去拦住Q男士的去路，大喝一声:"呔!"而且就在路当中打起滚来,边滚边从灰雾中死死地紧盯男士。令人大吃一惊的是,Q男士竟然"夺路而走",将她一人丢弃在路上打滚,在一眨眼的工夫里他便"不知去向"了。过了几小时,她曾在一个仓库附近两次发现他的踪迹。两次都看见他在拍皮球,一蹦一蹦的。他一见到她便消失得无影无踪。

同一天,她曾去Q男士就职的机关打探过,一些从头到脚裹在厚毯子里的人告诉她,Q男士甚至把皮球带到办公室里来,动不动就拿出来大拍一顿,过瘾似的,大家看出了他的反常,也听出皮球的响声有些异样,于是紧张、出汗,不敢与他讲话,同办公室的人一看见他进来就溜之大吉,让他一个人留在办公室里拍个天翻地覆。

"我们面临可怕的威胁,"他们愁眉苦脸地说,"这关系我们的性生活,灰尘的污染会使我们患上肺结核的,现在我们总怕冷。"于是就唉声叹气,流下泪来。

Q男士的这种行径又刺激了这位女性的想象力。她更加积极而勇猛地开展她的工作了。一个傍晚,她挂着双拐钻进Q男士的内室,用青筋裸露的手揪紧Q男士的衣领,直视着他的眼睛,命令他"朝她靠近"。据人估计她渴望的事并没发生。她到底渴望什么呢?什么事在折磨她。使她采取了这种破釜沉舟的行动呢?事后她告诉人:"我渴望与他一道拍皮球,这是使我魂牵梦萦的一桩心事,现在我的目的已经达到了。我们在黑屋里拍了个通宵,把他老婆关在门外。"这便是某个女性(她坚决要求不说出她的身份、姓名)对于Q男士白天活动的切近观察,这种描述有多大真实性还待验证。

也许X女士的妹子散布的言论更能说明问题。她说Q男士曾对她说：现在他的眼睛又增加了五种颜色，一共有十种颜色了，这都是拍皮球"这项使人入迷的运动"所起的作用，这项运动使他"返老还童"，沉浸于种种的儿时游戏之中，而且达到了"爱不释手"的地步。他还闪烁其词地告诉妹子，X女士"妙不可言"，而他自己，现在一天要照"四五十次镜子"。他已"神不知鬼不觉地在上衣口袋中藏了一面镜子"。说到此处，他反复地问X的妹子："你不觉得我现在像一个魁伟的美男子吗？"直到妹子反复地做出肯定的回答，他才兴高采烈地跑开去拍皮球。

不仅如此，关于他自己的身世，他还开始编造起神话来，信口开河，说自己无父无母，是从一个挂在树上的皮囊里跳出来的，他在出生的那天看见许许多多的蚕在树上结出金黄的茧子。"绕来绕去，绕来绕去，"他满脸挂着痴笑，"所有的人，全是从树上跳下来的，只要看一下脚就明白了。前面是墨黑的树林，将有各式各样的迷失，就像失去嗅觉的蚂蚁。那边是什么响声？"妹子告诉他是本街人的脚步声，这些人全是去尾随她姐姐一家人的。"密密的丛林会分散他们，这些个甲壳虫。"他肯定地一点头，两只耳朵像猫一样竖了起来。

退居群众运动潮流之外的另一女性，我们的寡妇，对于Q男士在大白天的性格表现又另有一种看法。这种看法来自她本人的切身体验，这种体验使得她本人付出过很大的代价。在很长一段时间里，寡妇本人由于潜心于自我研究，早已将Q男士这个人置之脑后，几乎都不太记得Q男士的面目等的了。忽然有一天，寡妇与Q男士在一堵围墙底下相逢，Q男士向着寡妇"咧开他那肉感的嘴猥亵地一笑",用"色眯眯的眼睛"紧盯她,其形状似要"图谋不轨"。当时寡妇就大叫一声,拔腿便跑,一直跑出两里外,仍然恐惧得"脸色发青"。"他明明是想夺去我的贞操。"她气昏昏地说。要知道这个Q男士,从前在寡妇的眼里不过是个阴阳人,或者说"废人",只要说起Q男士,她便昂着头"噗"地一笑,然后问:"那个捡鸡骨头吃的角色吗?"谁也不曾料到她怎么会想出这么个形容词来的,她可以说他是伪善者、假道学、盗马贼等,却偏说是捡鸡骨头吃的角色!寡妇真是妙极了!而现在,在大伙儿都将他遗忘,以为渺小,以为不足道的当儿,他忽然就豺狼一般出现了,而且忽然不可思议地变得性欲旺盛、咄咄逼人起来。

"把我吓了个半死,"寡妇捂着胸口说,"一个没有性功能的、捡鸡骨头吃的男人,在什么情况之下,会变成一个性暴力狂,这不是很有意味的事儿吗?要知道他在围墙下的表现,没有任何夸张的成分,完全是体内原始力量的体现。我们不难断定,在Q男士与X女士相处的这些日子里,X女士并未在Q男士身上激发出任何性的意识,他们间的那种幼稚的友谊,是远远未达到肉体的接触的,我们更不难断定,为什么Q男士在遇见一个货真价实的女人之后,会有那种暴力狂的表现,并于一刹那间变成一个男子汉。"

自那次围墙下的邂逅之后,寡妇一直振作不起精神,成天觉得胸闷,头昏脑涨,每天入睡前看见老鼠,看见赤裸的脚板。她开始用黑屋会议的语言向众人暗示自己内心深处的某种东西,那种东西是不能说出声来的,一说出声来就不是那么回事了。她打了很多的比喻，做了多种的设想。假如Q男士在那面围墙下遇见的并不是她，而是比如头戴小绒帽的孤寡老妪，那么她可以肯定，Q男士必定会有另一样的表现，这个用不着试验，她内心的直觉已明确无误地告诉了她答案。再假设Q男士一直在与小木偶厮混，从未遇见她这个货真价实的女人，那么Q男士的嘴唇与眼，会具有何等样的"性感"，她也能想得出。

外面的看法一般倾向于，自从Q男士与X女士发生所谓的奸情之后，Q男士的容貌便大为改观，变得"充满肉欲"了。这其实只是一种无聊的推测，一种以某个既定结论为前提的证实，这种证实既不严密又缺乏独立分析，围墙下面发生的事情已经将这种幼稚的想象全盘推翻了。还有一种假设，就是在那一刹那间Q男士果然朝她扑过来，而她又未及防范，被他玷污，情形当然可悲，但她同样可以断定，Q男士在通过与真正的女人的肉体接触，释放了体内的欲望之后，其脸上的性感即会消失殆尽。寡妇就这样整天被这些假设和证实缠得眼发直，渐渐失去了鲜活的脸色。据说不久之后，Q男士又变本加厉地重复了他的性暴力行为，我们五香街好几个标致动人的女子都在大白天遭受了他的袭击，地点都在仓库附近。她们说他首先用手中的皮球来攻击，然后冲上来想要"怎么样"，由于女士们的逃跑又"没有怎么样"，如果不拼命逃跑的话，是很可能"怎么样"的。

得知可爱的寡妇为Q男士所伤害，以致卧床不起的消息之后，笔者满怀同情地前往探望了她。她的境况很无望。笔者进去的时候，她裹在一床很厚的棉被里，汗如雨下，那一声可怕的惊叫使得她丧失了听力，因而不能与笔者对话。但笔者坐在床边时，她似乎很兴奋，一直说个不停。她从自己的身世谈起，说到早年理想的形成，以及由之而来的追求、彷徨、苦恼、破灭。

"我在群众眼中是怎样一个形象，"她用被子捂着嘴很费力地说话，"这已是一件很肯定的事。几十年来，我一直保持着这个形象的完整性。我的话是否属实，请你表态。"

笔者连忙用劲点头，直点得下巴磕在胸脯上，笔者表完态之后，寡妇就开始"呜呜"地痛哭，眼泪浸湿了棉被。笔者摇晃着她的肩头竭力想要安慰她，口里像哄婴儿一样发出"哦哦哦哦"的声音。没想到寡妇哭得更凶了，还不时用满含热泪和幽怨的眼睛狠狠地瞪着笔者，噘着嘴，她的整个脸此刻是那样的憔悴、消瘦，那样的遭人怜爱，如孩童般纯洁、天真，充满了信赖之情，于是笔者也禁不住热泪盈眶了。也不知是谁先采取主动，反正笔者后来就钻进了寡妇那热烘烘的棉被里，两人紧紧地搂在一起。

笔者有幸体验了寡妇那丰满动人的身体，当然并没有发生进一步的行为，因为那是违反原则的，而且寡妇本人对那种行为一贯深恶痛绝，笔者认为她只是寻找安慰和怜悯，仅此而已，再说她是多么的柔弱啊！疾病把她压垮了呢。这一次，她的整个精神彻底崩溃之后，她觉得自己正一步步走近死亡的深渊，她迫切地需要帮助，需要一个真正的男子汉来助她一臂之力，而笔者，荣幸地充当了这个骑士的角色，笔者生平第一次觉得自己充满了光荣感和使命感。虽然笔者只是一个艺术家，但此举无疑地将笔者拔高了，简直就类似一个英雄了。

从笔者接触寡妇的身体那一刻起，她就奇迹般地恢复了听力，于是相互间开始了交谈。笔者与寡妇在棉被中信誓旦旦，相约在今后的生涯中要永远相互支持，永远向对方提供援助。发完誓后寡妇就用自己的两腿紧紧夹住笔者的腿子，问道："在此刻，请你聚精会神地体验一下，你不感到存在某种危险的诱惑吗？"

笔者茫然。她又进一步暗示："比如与性有关的一些事？"

笔者自以为一下子就领悟了她的用意，于是坐起身来发表了一大通宏论。笔者引经据典，用了很多这样的成语和形容词：例如"精忠报国""杀身成仁"啦，例如"精神的伴侣""永恒的象征"啦等等，在旁人看来也许不无夸张，但在笔者本人看来恰如其分。这种演讲使得笔者十分振奋，热血沸腾，又像是进入了仙境般的心旷神怡，两袖清风。

奇怪的是寡妇本人好像并不欣赏笔者的演讲，笔者越振奋，她的脸色就越阴沉发灰，到后来几乎是毫不关心笔者在讲些什么的了。她还粗鲁地打断笔者，问笔者是否感到被子里有种虫子在咬人。笔者演讲完毕时，寡妇沉着脸对笔者说："两人挤在一床被子里不是太热了吗？我刚才正在诧异你是怎么会钻进我的被子里来的呢。"

随后又侧转身去背对笔者，咕噜道："早知如此，倒不如……什么地方钻出来这么一只乌鸦，吵死人啦。"

笔者正在情绪高昂的时刻被泼了一瓢冷水，从头凉到脚心，只好哀哀地恳求寡妇加以指点。不料寡妇骤然变脸，称笔者为"老鼠"，命令笔者"马上离开"，一边就用力朝笔者腰上踹了一脚，将笔者踹下了地，笔者只好无可奈何地暂且离开。这真是一个悲惨的、无可挽回的结局。

Q男士在夜间所表现的截然不同的个性是怎么回事呢？让我们重新回到前面那位坚强的女性的实地观察中去吧。那位女性在某一天夜里，听见Q男士的家里传出号啕痛哭的声音。为了弄个水落石出，该女性用一种极高超的方法钻入屋内，凝神细听达几个小时，发觉那对夫妻及两个儿子皆在梦乡之中，然而男人的哭声一直不断。这样看来，Q男士的悲痛是自发地产生于梦境之中，不能自制，从他本人的睡相看来，大有"挣扎之状"。女性潜伏至天明，等待Q男士从家中走出。她看见Q男士在太阳底下变成了一个瘦小干瘪的老头，目光呆滞，两眼肿得如两个蒜球，而且还生出了一种妄想狂，就是总唯恐妻子跌倒在地上而变得过分殷勤，一看见路上哪怕有一块小石子，他也跌跌撞撞地冲到妻子前面去，踢开石头，然后如对待婴儿一般扶着妻子朝前迈步，自己仍旧诚惶诚恐的。

另有一夜，女性在附近的树林中发现Q男士，她想上前搭话，却听见有两个人的声音。女性机灵地在一棵大树背后藏身，耐心耐烦地倾听良久，才知道此两人的对话是由Q男士一人完成。他看来掌握了一种特技，就是装出一种完全与自己不同的声音，或者说"假设一个对方"。在进行这种对话时，Q男士竟能达到如醉如痴的忘我地步，比如忽然用头部向一棵大树的树干撞过来，直撞得鲜血淌到脚上，流露出那种自暴自弃的决心。再比如用一块石头打击太阳穴，直击得冒出火星，然后将头部钻进一个狭小的树洞，在里面待至清晨。另外还有种种的表现，如吞吃树叶、泥土埋身等等，这些活动的自始至终都伴随着那种临终人的呜咽，令人毛发竖起。

Q男士的肉体后来终于一分为二，形成了"白天是鬼，夜晚是人"的恐怖局面。就是这种局面将他本人拖得肉身耗尽，形如骷髅。对于他体内这种隐疾早有所预感的X女士，后来也心肠冷酷地与他分道扬镳了，这是后话。我们暂且听听X女士本人的某些议论，以对Q男士的疾病进一步深入了解。

当被妹子问及"前景"一事时，X女士一反常态，脸色阴沉，缄默良久，居然从两只久经考验的眼中徐徐滚出两颗液体来。"他将完蛋，"她抽抽噎噎地说，"结局已经渐渐显露出来了。要知道这一段时间，在那些失眠的夜里，我从来找不到他，我在屋顶上狂跑，搜遍了每一个墙角，总是一无所获。太阳升起的时候，我往往意外地发现他在枯草丛中呻吟，瘦小，孱弱，骨头像细嫩的草茎，双眼全瞎了，眼珠呈现出无生命的淡白色。我知道在下午，我又会在十字路口遇见他，声音奇特的美男子。但是夜间的事是越来越蹊跷、暧昧，越来越无法忍受了，它使得我周身轻飘，站立不稳，而且已经出现过一次失踪的事了。"

在谈及"病因"时，她是这样说的："杀人的手术是在夜间完成的。阴间的风吹断筋骨，当我在屋顶上奔跑的时候……噢！为什么会是这样？为什么不是另一样？"

她还于绝望之中说道："只有一次他来到我的梦中。那是个面目全非的人，我权且将他认作他。他立在我的床头，'滴答、滴答、滴答……'哦！！我大声向他叫喊：'在下午，在十字路口，太阳晒着，你又出现在那个橱窗前面！'我这样喊着，替自己壮胆。"

虽有这种种颓废的想法，X女士与Q男士的奸情仍然继续着。

在那无人知晓的处所,他们是如何成其好事,如何"尽兴",又是如何验证她对于男人的看法的,这只有老天知道,而关于详情,她就是对同胞妹子也并未透露一丝半点,她在这上头似乎是过分的谨慎了。我们可以设想这两人之间发生的情况是绝不如寡妇所揣测的那般乏味、枯燥、似是而非的,事实上那种极其主观的揣测,是连她本人也不曾认真相信过的。

寡妇的这种揣测,又在五香街人中间造成了一种逆反心理。不知从哪一天开始,有许多人对于绘画这门艺术产生了狂热的爱好,突然一下子沿街的墙壁上就贴满了各种各样的画幅,这些画一律采用线描,而且画的全是性交的各种姿势,明眼人一下就能看出这是对于正在发生的"奸情"的写实。那种种大胆赤裸的表现手法毫无疑问正是针对寡妇的谬论而来的。在埋头于这项工作的时候,大家表现出如此强烈的创作欲望。他们不吃饭,不休息,没日没夜地画,有个别人于狂热之中竟将一大桶油漆从头顶扣下,变成一个油漆人。还有人狂呼乱叫,将画好的裸体撕成碎片,又将碎片贴到墙上,称之为"抽象派"。他们众口一词,无限感叹地说:"艺术能给人以多么崇高的享受!除了寡妇那样的理性主义者,谁又不为它的力量所打动呢?离开了丰富的想象,生活就会变得干瘪。"

外面发生的这一切X女士并没有感觉到,她沉沦在奸情之中,抱定了及时行乐的态度死不回头。如今她清楚地估计了自己的处境,知道梦想正在濒于破灭,灾难已经高悬头顶,但在别人眼中,她仍旧和没事人一样,每天念念不忘的只有两件事:一是十字路口的约会。她总是急不可耐,像小姑娘一样跑得气喘吁吁，什么人也看不见，什么声音也听不到，一冲到橱窗前，就一把捉住那美目的男子，仿佛在激浪中抓住了一块礁石，又仿佛欲火难熬、火焰攻心。二是那不知处所的奸情。虽然谁也无法侦破这个案件，虽然这种青天白日里的放肆已成为大伙儿的耻辱，五香街人可是眼睁睁地看着X女士与Q男士在白天里相携招摇过街，一天比一天年轻、光鲜、性感，而又目无旁人的。还有什么比这更能体现我们的教养程度呢？再进一步地设想一下，X女士与Q男士这两个人，皆是有性经验的成年人（X女士甚至可说是"富有"），正当盛年，而当下又全神贯注、津津有味于此道，他俩到了那处神不知鬼不觉的地方，不立即脱光了衣服，搞出许多的花样来，反而会如寡妇所描述的那样，呆若木鸡，枯坐，或吟诗作词，对歌，一人坐一边隔开很远地眉目传情，唤着什么"哥哥妹妹"的，这是从逻辑上讲不过去的事。何况Q男士在性功能上并无毛病（有两个儿子为证，从他们的模样上头一眼就能看出为他的骨血），更何况X女士又是这么一个直到今天提起仍然要让五香街的群众脸红气急的、无视规范的女人，她居然从来也没承认过任何社会的约束。

经过这样一分析，再经过绘画艺术的启迪，我们对于谷仓里面（暂且将奸情的地点假设在那里）的详情就想出一个大概的眉目了。总之不管Q男士是有"隐疾"也好，他的肉体已经"一分为二"也好，X女士预感到了将来有一天要"分道扬镳"也好，他们现在反正是干柴烈火，烧得发疯了。用X女士的话来说是"性的理想得到了实现"，"不枉此生"，"融化在具有十种颜色的眼波中了"等等。这当然全是一些美化的词汇，也许是想用来遮掩什么的,(难道她就不为自身那异常的欲望感到难为情?)我们细细地体会她的这些话,终于悟出了她的语言背后隐藏了对于性交的渴望,性交的次数,一次又一次的满足与不满足等等。X女士本人完全懂得她要表达的是什么,Q男士也会懂得。不论如何伪装掩饰,如何巧立名目(十字路口的对话呀,镜子呀,眼里的波光呀等等),他们俩正是因为这一件事凑到一处来的,这件事是他们多年里朝思暮想、梦寐以求的。(这点上Q男士远较X女士为迟钝,是经她撩拨之后才焕发出贪婪的本性的。)

俗话说:"饱汉不知饿汉饥。"X女士与Q男士这两人,由于他们体内那种特异的、超出常人的性欲,是一直处于一种饥饿状态之中的,也是世人无法理解的。我们全都喜欢过一种有规律的性生活(比如一星期两到三次,多者达十次),厌恶那种伤身的,无节制的淫乱。健康的性交使我们头脑清醒、积极上进,对人生充满了感激之情。现在忽然在我们队伍中出现两个丧心病狂的家伙,不仅自己性交无度,荒淫无耻,还大有将传染病播散开去的趋势,搞得许多人坐立不安,总把思绪往那上面引。一些中青年,在近期内脸上迅速地长出许多粉刺之类的小疙瘩来,他们的老婆则面色泛红地抱怨:"简直受不了了呀。"另一些人则将身体的欲望转化为精神的欲望,干起了绘画艺术这个行当,并决心"一辈子献身于崇高的艺术事业"。

Q男士仍旧拍皮球,在白天里仍然是一个健壮的、美目的男子。就连寡妇都经常对人说道:"这小子在性欲勃发的一刹那间真是光彩照人。"关于什么人引得他"性欲勃发"她是另有解释的。X女士的容貌在这段时间里也发生了很大的变化。变化最显著的部位是眼睛,眼珠的颜色较从前为深,眼眶再也不像从前那般干涩,而是泪光闪闪,将瞳仁都淹没了。大概是传染了Q男士的毛病,如今她的泪腺也变得过分发达,无法自控,稍稍眨一眨眼,就纷纷掉下许多的分泌液来,成天只能透过这些分泌液模模糊糊地辨认外界的东西。为此她只好随身带着三四条手绢,不时诈作"感冒状"。由于频繁的、"自行设计"而又极其刺激的性的活动,X女士的内分泌发生了这样大的改变,这不仅表现在泪腺上,就连一向平平的胸脯竟也"日渐丰满","富于弹性"起来。对于这个变化,就连"就近观察良久"的寡妇,也"没有说一句话"。这是因为她现在已经"不屑于谈论这类问题"了。

寡妇现在渐渐地形成了一种新的观点,这种观点代表了一种潜在的历史潮流。她在自身的变革中渐渐地感到了先驱者的孤独,所以她现在是更为高傲和冷峻,有时还与众人格格不入,不参加他们的活动。有一天笔者敬畏地立在一旁聆听了她的新思想:"说实在的,什么屁股呀,胸脯呀,这都不是关键的关键。一个女人最要紧的是内在的精神气质,没有气质的女性就等于是一个空壳,一个绣花枕头,一个烟灰缸,一双拖鞋什么的。人的外表的魅力随年龄消失,精神的魅力却青春永驻。说到我生平见过的女性,不敢恭维,有魅力的实在寥寥无几。我现在的眼光是大大改变了,我几乎看不见别人的外貌,只要打量一个人,我那犀利的目光就刺穿了他(她)的躯壳,达到他的灵魂的所在。"

笔者听完她最后一句话不禁浑身颤抖,自惭形秽。而她,在审视了笔者两秒钟后立即失去了兴趣,咽了一口唾沫即闭上眼皮。

"你以为我的话完了吗?"她忽又睁开眼来说道,"哼。"

笔者本想离开,现在吓得连忙缩腿,一动不动地站定。然而等了好久她又没有下文了。

待笔者提起腿来开步,她又忽然说:"你以为我的话完了吗?别痴心妄想了。"

如此重复四五次,脸上挂着一丝冷笑。

"X女士现在是出落成一个丰满的少妇了,虽说泪腺较从前稍微发达了一点,虽然不时地诈作伤风状倒人胃口,但这只是一个小小的缺陷,对于她的外貌,外面又有了很新的评价,搜集起来有这样一些意见:

"哪怕她现在对我冷若冰霜,做出那种与性的事情无缘的、严厉的表情,我也要说,她现在是比从前性感得多了,有意味得多了,'一股成熟的妇人气息扑面而来'。丰满的女人比单瘦的女人毕竟更有吸引力,尤其在三十岁上下的年龄。她根本不应对我做出那种冷冰冰的样子,难道我不懂得生活吗?"

"我倒认为她原来的面貌要姣好得多,现在她这种样子有一种危险的倾向性,她是站不住脚的,每当我面对她的时候就觉得头昏。一个瘦瘦的女人给人的感觉要纯洁得多,比如我母亲就是这样一个人,我们总以她为楷模,她一年四季总系一条白围裙。"

"先前她虽然藐视人,我们还能看见她的眼珠,因此可以心中有数似的。现在这种形象真是太可怕了,你朝她对直望去,可并不能见到她的瞳仁,只有两湾浑浊的液体闪闪烁烁,搞得你五心不定,好像自己要生出什么邪念来,又好像自己已经犯了某种罪过,有一种可耻的感觉。她这一手是很毒辣的。"

"淫乱的性生活会在人的相貌上留下烙印。一向苍白的女人忽然这般妖艳起来,这不是一种畸形吗?这种昙花一现可并不是什么好事情,我估计她夜间一定备受了内分泌失调的折磨,这从她眼内的分泌陡增这一现象就能肯定。面对这个人的变化,我并没有为表面的现象所迷惑,我从心底怜悯她。"

"本来我已经对她失去了信心,决心撒手不管她的问题了,但她现在这种令人目眩的变化又触动了我往日的情结,我的内心又一次骚动起来,毕竟,这个女人是我生平所见过的最麻烦的女人,无形中揪住人不放。我总忍不住把自己的命运与她连在一起,她的每一变化都在我的生理上引起反响,我又要为失眠症受苦了,我性格中的悲剧因素多了一点。"

在这一切纷杂的议论中,X女士丈夫好友的意见又独具一格,发人深思,他从他那临街的窗口伸出狭长而憔悴的脑袋,给我们讲了一个故事:

"有一条街上住着一位透明纯洁的青年和一位透明纯洁的女士,他们俩彼此默默相爱已有多年,但出于某种外在的原因不能有进一步的关系,只能远远地相互欣赏。他们俩都是那种超凡脱俗的类型,在现在的风气下,这种类型的人是日渐稀少了。在他们两人的心底,有种不言自明的深层语感(表达的方式是多种多样的,例如谈天气,谈身体,谈他人的性问题等等),两个人都明白对方的渴望,于是暗中加以鼓励,加以助长。好多年过去了,是平静无事的好多年。青年一直将这种友谊(或爱情)当作精神的寄托,活得有滋有味的,那位女士也守着这种默契,为他们之间的一切所陶醉着。忽然晴天一声霹雳，打击降临到青年头上，一夜之间，美女变成了毒蛇，冰清玉洁的仙人变成了妖媚邪恶的狐狸精，理想成了烂抹布！这一切究竟是如何发生的？一开始，青年竟没反应过来，他消沉、颓废、糟蹋身体，他的一生是被毁掉了。多么可怕的命运啊，怎样残酷的嘲弄啊，难以想象他是怎样熬过来的。对于他来说，噩运早就开始了，所以在今天，在一颗彻底冷却了的石头般的心面前，人们叽叽喳喳、兴致勃勃地谈论起那位女士脸上或身上某个部位的变化，这对于他来说，并不是什么稀奇事，也不会再激起感情上的万丈波澜。他只感到厌恶，只想快快摆脱这些尘世间的纠缠与烦恼，以获得一种真正的、独立的人格。确实，那位女士身体某个部位的变化究竟关他什么事呢？难道他还被她捉弄得不够，还要陷入那个可耻的泥坑中去吗？这么些年，他一直浪费着生命，把自身的价值都丧失得一干二净，又并未守住理想，这个教训还不沉痛吗？青春是美好的，但一个人终归要成熟起来，老练起来，不能一辈子耽于空想和那种远离现实的理想主义，他要前进，要认识自己的过去，要蜕变为一个新人。这样，青年没有加入众人的议论，他独自审视着自己的内心世界，忘记了周围的一切，他在一种透明的境界里进入了成年人的阶段。"

有人问：Q男士既然一到夜里就成了一个废人，那么这种病症，难道对他的性功能没有丝毫的影响吗？有了这种奇怪的病，他白天不但不阳痿反而更生龙活虎、势不可挡吗？世上的事是何等的奇怪呵！世上的事就正是这样怪的，自从神秘的X女士来到五香街，与常理相悖的事真是一桩接一桩地发生，你不信也得信。从X女士身上的变化，你就能看出Q的性功能如今是强烈旺盛到了何等地步，因为她，据煤厂小伙的评论，如今"就像一朵盛开的鲜花"，不管走到哪里，除非是瞎子才看不见她的欲望就写在她的脸上，所有的男人都忍不住回眸一笑，笑得一身痒痒的。当然，谁也没有抓住她的把柄，不知道她成其好事的地点与时间，似乎整个白天，她全在炒房与丈夫一起忙碌，谷仓里的奸情也主要出自推测，不是第一手资料。的确有人见了十字路口的约会，甚至躲在电杆后面录下对话，但那也不能与奸情等同而论。

于是有一种新的看法产生了：Q男士的二重性格是X女士有意散播出去的言论，为了掩饰自己那不可告人的行为，她故意将Q男士说成是夜间的废人，一个有毛病的家伙，以转移人们夜间对他的注意，放松侦查，于是他俩好乘人不备躲进谷仓痛快淋漓。他们的奸情，从来也不是发生在白天的任何时候，而刚好就是在午夜时分，在X女士宣扬自己"找不到他"，她只好"在屋顶上狂跑"的时刻。那位所谓坚强的女性（什么坚强呢，装模作样罢了），原来是被这对男女用金钱买通了，变成了替他们做宣传的喉舌。她的所谓的观察，也全是一通捏造的鬼话，用来蛊惑人心的。在我们群众团体的内部，是出了叛徒，埋了定时炸弹了。多少日子以来，我们一直在白天里放哨、跟踪，讨论的重心也是放在白天，现在看起来，这些工作全是白做了，我们中了X女士的计。我们一听她说什么"骨头像细嫩的草茎"呀，"双眼全瞎了"呀，立刻就动了恻隐之心，连原则和常识都丢掉了。俗话说"三十如狼，四十如虎"嘛。在午夜时分，四处静悄悄，神不知鬼不觉的,墨黑的谷仓里会发生什么还不清楚吗?我们正是应该将时间定在午夜时分!我们走了多少弯路啊!

这种新看法一产生,就得到了大部分人的拥护,成了整个团体的指导思想。五香街的人们行动迅速,立即就改变了作息时间,将睡眠时间移到白天,夜间开始了紧张的工作。收效依然甚微。那两人在夜间并未走出自己的房门,这是有目共睹的,除非是化为了"隐形人",那又当别论。这一改作息时间,对大家的健康产生了很大的不利因素。白天里眼睁睁地睡不着,听着Q男士在某处地方舍死忘命地拍皮球。如排山倒海之势,把大家的睡意驱散得干干净净,办公室里那些裹在毯子里的同事们是否在打瞌睡呢?这种暧昧不明的形势要持续到哪一天去呀?

五、X 女士面临进退两难的局面

X 女士坐在她那间光线阴暗的房间里,仔细地分析了今后的发展方向和种种的可能性,结果发现自己是站在一块巨大的薄冰上头,脚下"吱吱"作响,一道裂缝正在加宽。她进退两难了。记得她的妹子曾说过她是会飞的人。那么,她就不能丢弃了这一切,腾空而去吗?

"啊,不能丢弃的,你怎么也想不出这一切对我的吸引力,我恐怕什么也顾不上了。"

她这样说,一边指了指脚,向人示意那双脚是被冰粘牢在原地了,"你没有办法的。"如此看来,她的处境完全是她自己自作自受,心甘情愿。现在她的双脚被脚下的冰块紧紧粘住,一动也不能动,如果有一天冰块裂开,她坠入海里或河里,那也是意料中的事。反正她现在的态度是:决不动挪。即决不违背自己的心愿,这就是说她要把这出戏演到底。

当她这样顽固地死守在那块薄冰上头时，有一天，她的妹子的信心忽然动摇了，她战战兢兢地走到海边或河边，在离那冰块较远的地方住了步，不敢再往前。那天虽然出着太阳，但那阳光是冷的。姐妹俩隔得远远地遥望着，将双手做成喇叭状大声喊话。X女士的脸是铁青的，看得出她很严厉，很不耐烦，还不时作跺脚状，让那冰块上的裂缝更宽。妹子的眼神则是热切的，哀求着，泪盈盈，几乎跪了下来。那一天，姐妹俩的对话长达一个半小时，两人都喊得声嘶力竭。到后来，那妹子竟要奋不顾身地冲到冰块上去营救遇难的姐姐，但姐姐不但不领情，还严厉地呵斥她，搞得她情绪沮丧，怏怏而归。

妹子：让我们来设计一个两全的方案。你把足尖轻轻提起，快步跑过冰块，我在这一头接应你。只要下定了决心，我们必将成功。

X女士：在提起足尖之前，首先心里要有那种意愿才行。我倒情愿留在原地，直到这裂缝炸开了，然后见机行事。你觉得我在这里待得太久了吗？我刚刚才开始呢！哈，这每时每刻的开始，这紫红色的、有点衰老的晚霞！还来得及吗？能让我理出个头绪来吗？我会选择的，总有一个唯一可行的方案，它将从一片混沌之中突然冒头，像那条潜伏的鲨鱼。

妹子：你没有选择了，看那条缝，看那条缝，已经从你脚下延伸到冰块的边缘了，鲨鱼张着大口在礁石那边等待，这海水黑得多么恐怖！多么冷啊，我快冻僵了。

X女士：听说时候不多了，好戏该收场了？我这个卖花生的老板娘,终于咬紧牙关坚持到底,带着满身弓箭射出的窟窿,一个筋斗翻进海里?等一等,我还要做出点异想天开的事来,我要在这冰块上跳舞。多么亮啊!多么亮啊!

妹子:走吧走吧,天昏下来了。谁在呼唤?我怕得要命。

X女士:谁在那里?你是谁?怎么会待在那地方?走开!我不喜欢有旁观者,哪怕是朋友和亲人也不行,你们妨碍我。从前在山涧里那一次,他们就领教过我的冷酷心肠了,走开!饶舌的女人!我从来没相信过什么两全的方案,我一贯异想天开,行为恶劣,反其道而行之,走!什么成功呀失败呀的,未免小题大做了,我不过是换了个地方观察星象罢了。苍穹多么亮啊,星星过去了,走!

妹子离开后,X女士就捡起一块薄薄的、闪光的冰片,对着头顶那幽暗的苍穹照来照去的,时而蹲下时而站起,后来她又用一块冰砖将脚下的冰凌敲开,将双脚解放出来。或许有人认为她这下子要逃离了,但她并不逃离,她坐在那块浮冰的边缘,将双脚伸进乌黑的海水或河水里,一下子就梦见了南方的丛林,还有那些沼泽。她就这样不断地梦下去,端庄地坐在那里,睁着眼,哼着什么歌子,而同时,裂缝不断分裂,不断加宽。第二天黎明,妹子来到原地方,看见X女士满脸红晕,比任何时候都更"水灵",浑身上下透着那种"要命的随和",使得妹子"心中悬着的石头落了地",终于下决心不管姐姐的事。

这里又有了一个问题:X女士置身于浮冰上头的事,五香街的群众就不闻不问吗?他们就这样忙,连这等攸关生死的大事都顾不及了？或者他们对这种事不感兴趣，就睁只眼闭只眼了？事实是，他们根本不知道X女士的处境，也从未听说过浮冰的事，这是X女士个人的秘密，可以说是一种幻境。因为X女士，我们早就知道她是一个巫女之类的人物，她能够凭空制造奇迹，就不能制造幻境吗？所以她决心避开众人，栖身于海里或河里的一小块浮冰上头，这也不过是她一时忽发奇想，就制造了这个幻境，一般人是走不进她的魔圈的，就连同胞妹子，也只能到达圈子的边缘，而遇上她本人"入定"，是连妹子也可以不认得的。如今她的本事是越来越大了，随时随地就可以"入定"。时常和某人说着话，忽然就发觉她眼发直，神情缥缈。那人哪里知道，也许她此刻已到了九霄云外了呢！说来也好笑，我们大伙儿起哄呀，跟踪呀，开讨论会呀的，搞得如此郑重，她倒好，正躺在浮冰上头睡大觉呢！我们并不知道她的秘密，我们自信而又顽强，认定了一条道就一直走到底。

直到多年以后，那妹子向人透露了X女士这一手巫术本事，一传十，十传百，搞得众人皆知，我们才惘然若失地回忆起一点什么来，于是有人大声说："我们曾经所做的一切，正是全盘考虑到了她的这种诡计的，我们真精明！"

妹子反驳那人说，他怎么知道她姐姐的本事呢？永远也不可能的，他这么说，只不过是想逗乐罢了，这种逗乐对于X女士是毫无影响的，她施起幻术来的时候，不会让任何人有所察觉，她不用任何道具。如今她的本事比起从前依靠镜子和显微镜来搞研究的本事，又更高级了，从前的研究只能称为低级阶段，现在才是真正的发明创造，高不可攀，就连她本人这个追随者，也只能达到低级阶段的水平，再也上不去。所以对于众人来说，X女士目前制造的意境是既不可望又不可即的，如果不死心要寻根问底，那么除从她脸上看出些所谓的异常外，绝对不会得到任何东西。她姐姐从事的是特种幻术，虽然灵魂出窍，外表上却和别人一模一样，并且她从不炫耀自己这种新近获得的本事，以为了不起，以为高人一等似的。相反，她倒有点羞怯，不愿有人发觉她的新本事，但她的确有一种本事！她，作为与X女士朝夕相处过的妹妹，得了姐姐的感应，曾在许多瞬间接近过姐姐那幻境的边缘，她自然不能完全看明白那幻境本身，感觉可是有的。

"那里面很有些惊心动魄的东西。"她傻里傻气地严肃着说，逗得众人发出一阵哄笑。

"谁要她来做广告呀，"大家纷纷说，"越说越玄了，卖狗皮膏药似的。难道我们不能作出判断吗？什么了不得的本事呢？一个人，不论有什么样的高明本事，总会表现出来吧，像这种看不见摸不着，凭某人的三寸不烂之舌将其说得神而又神的东西，会是什么样的货色呀？你有本事，你就拿出来，让大家看个明白吧，我们是些瞎子吗？我们一步不离地观察了她那么久，哪里看出过什么幻境呀，她一定是怯场了，才故意做出那种迷迷糊糊的表情来哄人，或者竟就是某个时候她要打瞌睡，我们中间有些没有主见的人就误认为她在施巫术什么的，将流言滥传起来。凡是巫术终能让人感觉到，不能感到就是没有，我们才不会相信某个傻姑娘的自吹自擂呢。"

群众的这种不闻不问的态度原来不是没来由的。浮冰或九霄云外的什么事，纯属个人的隐私，与外界没有任何直接的联系，更谈不到对他人造成什么影响之类的，我们干吗要费心思去管它，我们一天的事还少了吗？X女士要醉心于这玩意，要自得其乐，她搞她的好了，想吸引我们这些稳重的人的注意力，可是枉费心机。

六、谁先发起攻势

当X女士与Q男士这两个人在无人知晓的时分走进那个墨黑的谷仓里面后,接下去的动作我们已经设想过了,只有一个最大的问题没有解决:谁先发起攻势,即谁先动手?

在黑屋会议中,我们的精英们对这个敏感的问题产生了三种不同的看法。在这次激烈的大辩论中,精英们几经反复,最后才全体一致地站到了第一位发言者一边。他们是通过对历史做出纵向宏观的分析,又用比较学的方法系统研究,得出这个结论的。他们中有许多大学者和社会观察家,在五香街的意识形态领域里起着举足轻重的作用,那第三位发言者(C博士)正是深感他们的重要性,才迫不及待地露出牙齿的,没想这一招反而导致他的惨败:我们精英们可不是好惹的!

第一位发言者(A博士)的看法是:发起攻势的是Q男士。虽则从表面看,X女士是一个主动得多的因素(暂且将两人假定为两个因素),又似乎天生地具有攻击性,相形之下,Q男士是被动得多,就像落入她设下的陷阱里的一个草包。Q男士这个因素显得是那样的纯朴、无辜,完全可以设想是X女士这个因素冲上去剥光了他的衣服、像摆弄木偶一般摆弄了他,使得他满肚子委屈,跳到海里也洗不清。但以上只是一般的庸人之见,我们五香街的精英们是绝对不会为表面现象所迷惑的,我们博览群书,擅长思辨,我们可不会急于做出一个浅薄的结论,从此一劳永逸。经历了这次大辩论的考验之后,我们是更成熟了。这一次,我们是用严肃的科学态度探讨了古今历史,由此及彼,严格区分、论证,才确定了始终不渝地与A博士站在一边的。笔者在此摘录三个人的发言如下:

A:女人,由她本身的身体结构所决定,是绝不可能有什么主动性的,更谈不上什么首先发起攻势了。X女士这个因素尽管表面看去如此的咄咄逼人,有杀气,有能量,但她绝不可能违背自然的规律。我可以肯定,她的机体内部一定是被动的,除非她有生理异常,或并不是一个女性,但那一来就更谈不上什么攻势之类了。说什么女人的攻势,那是只有情窦未开的毛头小子才相信的神话,再有就是那些阳痿患者也喜欢制造这类神话,任何一位正常的成年男子都不会有这一类性的经验,连想一想都觉得极其不舒服,就像遇见了妖怪似的,假如有谁陷入了这种境地他一定会灵魂出窍。

不,我们不要兜圈子了,这种问题本来不存在。只因为我们面对着一个个性异常的女人,我们就动摇起来,连常识都不相信了。既然前提是将她当作一个女性，我们就只能用看待女性的眼光来看她，如果她是一个妖怪，前提也就不存在了。我见过很多女人，表面杀气腾腾，有冲击力，一旦到了床上，谁的表现又不是一模一样呢？难道还想翻天吗？并且她们自己也并不想翻天。她们明白得很，只有把自己更女性化，才能得到应有的享受。她们白天里的种种风头，只不过是想在众人眼中抬高自己的身价，创造一种良好的自我感觉，就仿佛自己在男人之上似的。男人们懂得她们的这种心理，宽厚地、谅解地微笑着，并不戳穿她们的小把戏，因为那都是些无关紧要的小事情。只有夜间的事才是实质性的，可以说他们甚至乐意让自己的心上人出一出风头，因为这就是女人的"个性"表现。每个男人，出于一种虚荣心，都希望自己的女人有个性。既然这种个性又于床上的事无妨，还可以增加乐趣，当然是一种好事情。所以心上人的风头越足，男人脸上越有光。

　　古往今来，女人就是这么一种东西。男人们懂得爱护她们，也懂得如何在一定范围内对她们稍加放纵。即算X女士风头过人，大有冲击男性之势，她又怎么能逃得脱女人的命运呢？我可以肯定，在那黑暗的谷仓里的最初一瞬，她必定是惊慌的，乱了阵脚的，她显出了原形，不得不就范，而主动者倒理所当然地是Q男士。这件事告诉我们，看问题绝不要看它的表面，而要用利剑一样的目光穿透问题的本质。遗憾的是一般人都做不到这一点，只知道盲目相信，追随，制造一些离奇古怪的新闻，我们的人真是惰性太重了，太缺乏主观能动性了！昨天还有一个傻瓜跑来告诉我，说X女士的特异功能具有一种蛊惑力，我们五香街的女人会要占上风了。这家伙的愚昧无知还不让人笑掉牙？可悲的是持这种意见的还大有人在。

我在这里要举一个例子来说明问题。就说鄙人的老婆吧，谁都知道她是一个很"怎么样"的，有个性的女人，她在白天有一回甚至把尿桶扣到我的头上。我这个人，在性欲方面并不怎么强盛，我的性生活是很有规律的。难道事情的实质就会颠倒过来吗？难道我就会因为自己找了一个有个性的女人无法对付，从此怨天怨地，患起阳痿来了？这只是某些人的异想天开罢了。我们能够对付女人，这是种天生的本能，我们用不着去和她们争高低，谁高谁低实在是由本身的机体所决定的，永远也改变不了的。在平时，只有从容、稳重、适当的谦让，才是我们男人的风度。女人往往是急躁的和逞能的，她们不安于自己被动的地位，总想那么小小的来一下反叛，这并没有什么不好，她们这种活泼的表现更加激发起我们男人的性欲，使我们的性生活更愉快、更有生气，对生活的态度也更明朗。我要说，与一个有个性的女人（只要不是像 X 女士那样走极端，搞起什么巫术来）结成伴侣，是男人终生的幸福，夫妻间的每次争吵和打闹，都只会增进彼此的感情，乌云过后便是明朗的蓝天，金色的太阳光芒四射。我就是这样一个幸福的男人，我已经过了十二年这种幸福生活，至今仍然身体很好，面色红润，兴致勃勃。我已经从实践中深刻地把握了女性的本质，任何时候都不会产生疑惑，不会蒙蔽自己的眼睛了，我在这方面的研究是十分透彻的。在这里我还要讲一讲性欲节制的问题，一般说来，我们男人的性欲都是有限度的，直接影响着体质的，与某些很"怎么样"

的女性比较起来，我们甚至是弱者。于是节制便成为当务之急，迫在眉睫了。凡属那种幸福美满的家庭，无一不是这种节制的产物。节制不仅仅对自己的身心大有益处，还能达到控制对方，以获得更大快感的目的。一个吃得过饱的人就会对食物产生厌恶心理，永远处在半饥饿的状态才能使性的和谐保持下去，使对方对你的恩赐感激不尽，永远保持新鲜敏锐的感觉。比如我的老婆，就经常痛哭流涕地哀求我，在那种时候，我往往充满了大男子气概，而女人只不过是一个柔弱的肉团。

也许可以说，从前在X女士那个阴暗的大房间里发生的初次见面，X女士首先主动地发起了攻势，用眼里的所谓波光射得Q男士魂不附体，她是占了上风了。认真一想，这又算得了什么呢？当时并没有床上的事，此种伎俩如同儿戏。充其量我们也只能说，X女士是一个有个性的、爱表现自己的女人。女人终究是女人，花样搞得再多也不能变成男人。有人就爱传播这种流言，说什么谷仓里跳出只母老虎呀，剥了男人的衣裳呀什么的，仿佛对自己的性生活太不满意，不这样编造些怪事来想象一通就不够刺激，还巴不得自己的老婆也变成那只母老虎，自己好获得些变态的感受，其实谁都明白老虎似的女人是大家捏造的，要真来了这样一只老虎，不吓得屁滚尿流才怪，谁又胆敢前去消受一番！越是没有的事，就越是引得人遐想联翩，人就是这样可厌的东西。这也是愚昧所造成的。我是一个为人师表的人，过的是清醒理智的业余文化生活，我一向把破除愚昧当作己任，我并不要和那些无知之徒去争辩那些子虚乌有的问题，只要洁身自好，用我们健康恩爱的夫妻生活这个事实来回答他们，也就是完成了我的任务了。

至于问题的另一面，Q男士是如何主动的，他有些什么动作等等，我不想在这些具体的问题上做出主观的设想，我是一个搞理论的，凡论证一件事都要有严格的科学根据。我已经通过以上的论证破除了迷信，使事实还原到它本来的面貌，细节的描绘，那是艺术家的事情了。艺术家必须得到我们的指点，明确了大方向，才能达到真实，创造出高级的作品来。前一向的线描艺术运动中是存在很多问题的，前途并不乐观，许多人都是不抬头看路，瞎碰瞎撞，一大批粗制滥造的东西出世了，影响是极其恶劣的，它迎合了某些人的庸俗变态心理，降低了严肃艺术在人们心目中的地位。把猎奇当作手段，博得一片廉价的喝彩声。这里面还牵涉到社会道德问题，有的人受其毒害，就把夫妇间的义务看得一钱不值，成天幻想那母老虎类型的怪物过瘾去了，有的还埋怨自己的老婆过于驯服，说这一来自己便得不到满足，这种种的怪事简直骇人听闻！

最近我有一个大胆的设想，这是在最近一次黑屋会议散会之后想到的：我建议我们五香街的男子汉来一个提倡阳刚之气的运动。运动的项目可以多种多样。比如同是照相，这里面就大有文章可做，我们可以照一些男子的群相，将眉宇间的表情好好地安排一下。现在这种照片太缺乏了，凡人家屋里墙上高悬着的，皆是那种带女气的东西，我们男性的本色全到哪里去了呢？曾几何时，我们变得婆婆妈妈，丧失了性的优越感，对一个设想出来的女人顶礼膜拜起来了？我们将自己糟蹋到什么地步了呀？我提议我们五香街的男子从明早起每天去山坡那里吊嗓子，我们要不停地大吼，显示我们的威猛，让那潜伏的雄性意识复苏。我们沉沦得真是太久了，我们睡在沼泽地里编造着女人的神话，想以此来抑制阳痿病的蔓延，其结果是适得其反，于是我们变成一些嗓音尖细的家伙，成天眼里闪着阴柔、淫邪的光芒，教训太严重了！复仇的事并不是不可能的，只要我们延续我们的惰性，我们将从根子上烂起，惩罚就会到来。到了那一天，有着女人皮面的妖怪全都出现在地面上，向着黑色的苍穹怒吼，男人们的躯干全都折倒在地，体内长满了软绵绵的纤维，这就是复仇！这骇人的景象无时无刻不显现在我的脑海里，警惕啊！像X那种女人的伎俩，对于我这种男子当然是不起作用的，假如人人都像我，X之类也就不存在。可恨的是我们这里偏偏就有她存在和发展的土壤，这种有毒的东西不仅得以生长、繁殖，还构成了威胁了。所有的人都在不知不觉中议论纷纷，一议论，幻想就成了事实，这事实就成了禁锢我们本来十分狭窄的头脑的桎梏。

今天早上，我的老婆就用那种奇怪的眼神瞪了我一眼，她还奇怪地扬了扬脖子。我是一个敏感的男人，我马上察觉了这非同小可的变化，这是从未有过的挑战的姿势，同这相比，从前的种种打闹甚至尿桶扣到头上，全是儿戏，社会的瘟疫是传染到我们的家庭生活中来了。夫妻间的性生活即将遭到破坏，或发生质的改变，男人将不再是男人，女人也不再是女人，而是一些设想不出来的鬼怪。我预感到了这个，我们全体男性为自身的生存奋战的日子到了，我们不是要用武器打仗，敌人也不是外部的，我们的敌人就是我们自己，这笨重懒惰的躯体，这生锈的头脑,这僵硬的四肢,这耽于幻想的、空洞的眼睛,我们振作吧!洁身自好吧!到山坡上去吊嗓子吧!走路的时候将脚步抬得高高的吧!让我们的四壁挂满阳刚之气的照片吧!

B:谁说女人没有主动性呢?这真是天大的误会,我可以断言,百分之九十以上的女人都是主动的,她们的性欲比男人们远为强盛,表现和行动也远为直露,只要睁开眼看一看周围,就可以发现几乎所有夫妻间的性生活,全是由我们女人主宰的。男人们是什么呢?一些石头罢了,你必须将这块石头揣在怀里,捂得暖暖的,使它活转来,这就是我们女人夜间的悲哀。我要说,男人是为他们的事业所毁了,再也看不见女人的千娇百媚了,这世界上到处充斥着生动的女性和衰老不堪的男性。女人,不仅在性生活上占着优势,还决定着整个社会历史的发展方向呢!

X女士算个什么呢,她在某个谷仓里向一名草包男人发起攻势,这并不是她的新发明,谁都会这么干,她只不过是遵循惯例罢了。一个活生生的女人,难道能设想她竟会蹲在一个黑角落里无休无止地等待,盼望那石头化为一只老虎,于某一瞬间朝她扑了过来?再说她钻进那么个墨黑的地方去,本来就是因为熬不住了。要成其好事,怎么会突然又羞羞答答起来,将希望寄托在草包男人的身上呢?黑乎乎的谁也看不见,她不扑上去咬那草包一口,骂一声"害我好等"才怪。一个女人,假若她要等男人来主动,那除非是太阳从西边出来。

不可否认,男人往往先动手,但这并不能说是他们主动,他们是心猿意马的,根本不关心自己在干的事情,他们会在半途中突然吹起口哨来，或突然起身去喝水，完全忘了这回事，假如那女人是个没有耐心的，或心存幻想的人，她就会神经错乱。不要指望男人，他们能有什么作为？就说我的男人吧，人人都知道他是仪表堂堂的，在我们的"业余文化生活"中，总是他先开张，他扑上来的时候往往给人一种生龙活虎的假象，就好像是他在主动似的。我向大家发誓，十次有九次是他还没来得及干那事就伏在我身上睡着了，即使有那么一次真干起来也是三心二意的，总嚷嚷门外有人偷看，搞得两人全败了兴致，半途而废，他倒像松了口气似的。谁先发动攻势？男人罢。他们的攻势是冲谁来的？根本不是冲女人来的。他们是冲某个幻影来的，他们在幻想中完成了神交之后就睡着了，而女人就只好空喜欢一场，唉声叹气，通夜失眠了。几十年的经验教训使我变得聪明起来了，我早就不再指望男人们，我利用他们，逗弄他们，把他们弄得晕头转向，整天围着我打主意，却又屁也不让他们捞到一个。因为男人，干真的固然不行，却都是些第一流的幻想家，他们才不把家里的老婆放在眼里呢，一提起老婆他们就有气，什么"绊脚石"啦，"灾星"啦，"夜叉"啦，这就是他们对我们全体的称呼。为了掩盖自己夜间的不行，他们就迁怒于我们，说是我们"性冷淡"，害得他们索然寡味，性功能一天天地退化，又说我们一点也不能激起他们的欲望，若情形不改变，他们就要成为阳痿患者了。这么乱说一通之后，他们似乎就有了理由在外面拈花惹草了。他们故意做出一副垂头丧气的样子，事业也不搞了，整天坐在屋檐下，用色眯眯的眼光盯住过往的女人，不断地做媚眼、送秋波，甚至还动手动脚的，那些女人，当然求之不得，起先还假作羞怯态，末了突然使个眼风，两人一齐躲入某个黑屋里成其好事。但是事情的性质难道就会有丝毫的改变吗？只要有那么一两次奸情，男人就会变得雄赳赳的，威风起来了吗？只要看看周围，就能找到答案。

就说那些黑屋里的事情本身吧，照理说男人获得了某种"意外的刺激"啦、"新鲜感"啦什么的，这下该变得孔武有力了吧？他们那种张牙舞爪的样子也确实像有那么回事，说不定一开始女人还误认为吃他们不消呢！只要一动起手来，他们的老毛病马上就犯了，心神不定呀，瞌睡昏昏呀，在你最起劲的时候他突然就抽身起来去关门呀，不停地唱歌呀，骂人呀等等等等，反正是原形毕露，丑态百出。如果把男人们的这些劣行记录下来，编一本书，那才有趣得很呢！也有那些严肃的男人，他们从头至尾紧绷着脸，做出受苦刑的样子，汗淋淋的，似乎马上就要昏倒过去，使你不由得对他满心生出深刻的同情，因而忘记了取乐，只愿他得到安宁。你这样做了，却得不到好报，临走前他很英武地站在那里（这种男人往往都有魁梧的身材），向你投来鄙视的一瞟，从鼻子里哼一声，从心里认定你是个性功能不全的家伙，而他是个失败的英雄。还有些男人，根本来不了两下子就像条死狗，偏还无休无止地纠缠你，他们不认输，想要你来证实他们那两下子确实是了不得的两下子。那种恶心的纠缠表现出他们惊人的耐力，要是他们干起真的来也有这种耐力，那可就了不得了。在被纠缠了几个小时之后，你精疲力竭地告诉那家伙，说他"力大无穷""魅力无边""男人味十足"等等，反正瞎说一通，于是他心满意足地站起来，高兴得蹦蹦跳跳地出去了，留下你一个人在黑屋里愤愤的。这类事，大同小异，反正结局全是女人倒霉，又要收拾残局，又为饥饿所折磨，日夜不安，落下很多终身的病症和遗恨。凡严肃的、纯情的女子没有一个不是早夭的，先天发育不全的男子倒是能活得很久很久。女人创造一切，艰难地支撑整个社会，男人坐享其成，还成天抱怨，说我们妨碍了他们的事业，又不让他们得到满足（倒好像他们有天大的欲望似的）。他们之所以变得这样衰弱，全是我们女人的过错，要是长期这样下去，他们就会被我们拖垮了。

再回到 X 女士的事情上来吧，想一想，Q 男士会是个什么样的货色？这两个人的交往持续了这么长的时候，居然一直没有发生上床这件事，直到 X 女士熬不住了，费尽心机策划了谷仓里的事，将这草包男人拖了进去，才得以如愿。那草包男人在进入谷仓之前，肯定也是优柔寡断、战战兢兢的，十有八九是 X 女士在他屁股上猛踢一脚，他才跌了进去的，他从泥地上爬起来，满身灰土、狼狈不堪，会有什么样的主动呢？他那么惊慌，根本就搞不清眼前发生的事，很可能就坐在地上哭哭啼啼起来，你还能要他来主动吗？要是 X 女士不尽力安慰他，不变着戏法撩拨他，他还想从谷仓里逃走了事呢！完全可以预测，他从一开始就有逃走的念头；他才不想实实在在地成其好事呢，想要成其好事的是 X 女士。有人要问：他去谷仓干什么呢？还是他根本不想去，是 X 女士逼着他去的？我可以回答说，他去谷仓的路上，是抱着这样一种幻想，他以为他是去那里面观察他心上人的眼睛呢！他不是一直对眼里的一种什么光大有兴趣吗？当 X 女士叫他去的时候，他是兴高采烈的，可以设想他边跑边拍皮球，心里思忖这下子机会来了，他要把他感兴趣的事搞个透彻。他做梦也没估计到X女士一进那张门就关闭了自己的眼睛，要和他来真的了。其实X女士眼里的所谓波光只是她的一种技巧，她首先运用这种技巧解除这个男人的武装，然后安排了一切，随心所欲。这并不是她的新发明，这是自古以来就有的事，X女士不过是非常实际地想问题罢了。就在Q男士昏头昏脑地跟在她屁股后头不停地幻想着波光啦，云朵啦，蝴蝶啦的时候，冷不防谷仓就到了，而他忽然就挨了一脚，跌进了一个黑乎乎的、潮湿的洞里。这一脚挨得好，挨得有教育意义，他不得不实际起来，履行他的男人的义务了，哭哭啼啼也罢、想逃避也罢，他是在X女士的掌握之中的，他敢不实际？于是他就实际了。管它效果怎么样，反正那件事发生过了，这是我们的黑屋会议公认了的。

想一想，在这个世界上，我们女人真是亏得厉害，哪一样事不是要我们来设计、来操劳、来主动，其结果我们得到过什么呢？一无所得！虽然在性的方面主动的是我们女人，但是获得快感的却是他们男人，这是多么大的一个讽刺啊！这就是说，不管我们是怎样卖力，这个世界到头来还是开了我们的玩笑，嘲笑了我们的欲望。如果单单只说男人在性生活方面充当了草包的角色，这也罢了，偏偏他们还掌握了社会舆论，他们才不承认自己是草包呢，他们每一个人都把自己说成一名英雄，到处吹牛，说自己搞了好多好多女人啦，一夜之间可以连续搞好多次啦。他们走在大街上挺着胸，昂着头，大声唱军歌，反倒把我们女人搞得灰溜溜的。真的，在床上以外的任何地方，他们都是独霸天下，骑在我们头上作威作福，还说是事业的需要，不容我们有任何反抗行为，说起话来个个皆是一种唯我独尊的样子。实在，这是很不正常的，与实际情况不相符合的。我们妇女居然自古以来就默认了这种地位，这真是个奇迹。

我们为什么会如此心安理得呢？仅仅只由于我们自身的懒惰。我们半闭眼睛，听任男人用舆论操纵这个世界，自己懒得作任何思考，欣欣然地鹦鹉学舌一番，只为讨男人喜欢，自己好得过且过，乐得轻松愉快似的。一旦男人牛皮吹得过火、丑化了我们，甚至兜出床笫间事来充好汉，一味歪曲捏造，我们又愤愤地，受了莫大委屈似的，只想大闹一场，无奈头脑荒芜，想不出任何尖刻的字眼来回击他们。这就是我们的可悲的现状。多少次，我躺在黑暗中，想起这种种的困境，恨不得大哭一场，解一解心头的郁闷之气。有时我从床上跳起来，想把我男人闹醒，质问他一番。我的企图每次都未得逞。男人通过我们的努力得到满足后立刻就睡得昏天黑地，绝对不可能醒转来。而等到天亮，你再去质问他，他早就忘了夜间的事，一口咬定自己在业余文化生活中的表现是一种英雄行为，说得唾沫四溅、两目生辉。X女士的主动（或者说胜利）又能怎么样呢？我倒不如不要这个胜利，而去争取一点实质性的东西，这个胜利完全不值得炫耀，它不是某人的独创，只不过是自古以来的习惯，这种习惯反而害了我们，使我们安于现状，从精神上错误地估计了自己，以为自己地位很高似的。所以我说我们以后不要提什么主动啦胜利啦的了，我讨厌这个主动，这个主动害了我们，恐怕永世也不得翻身了，我们陷在泥坑里不能自拔，还扬扬得意呢。男人们恰好相反，当女人傻乎乎地陶醉时，他们就设法加剧这种心理，他们深深懂得这是一种麻醉剂，对他们大有好处。他们在适当的时机假惺惺地大唱颂歌："母亲"啦，"女神"啦等等，心底里却暗暗笑死。于是我们的傻大姐，得了这种表扬，夜间加倍地曲意逢迎，更加主动地操劳，像照顾婴儿似的照顾这些草包，做出种种令人脸红的举动，自己也糊里糊涂，不知自己究竟满足了呢还是没满足。

同志们，我有一个提议，这个提议我已经闷在肚子里好久了，现在我决心让它出笼。我建议每家由我们妇女在沿街的门口办个黑板报，将男人们夜间的种种劣行用暗示和隐喻的形式登在上面，一星期出一期，向整个社会敲起警钟，显示我们女人的力量。思来想去，男人们获得成功的原因只在于他们掌握了舆论，任何社会，意识形态领域的事是最要紧的。多少年，在我们女人中居然没有一个人发现这一点，只知道盲目认命，盲目崇拜那些草包男人，将他们的舆论奉为圣旨，从来也不曾有过自己的舆论，看看现状吧，每当男人们的黑板报出来，大批的妇女即拥上街头，顶着烈日或倾盆大雨细细观看，还指指点点，喜笑颜开，说些蠢话，如：

"这下可说到我们心坎上了，我们需要这样的社会舆论！"

"要是没有这种高级的理论做指导，我们这些浑浑噩噩的人还怎么活下去啊！"

"男人始终充当了救世主的角色，他们的英雄气概令人感动，我们能做什么呢，什么也不能做，只会把事情搅乱，我们应该乐天知命，安分守己地侍奉他们。"

这些人看完黑板报之后，心中那种愚蠢的信仰更为坚定，她们还挖空心思从自身找出种种的差距来，加倍"弥补"，有的还通夜睁着眼，守着睡得死死的男人不停忏悔，说自己照顾不周啦，有抵抗情绪啦什么的。我坚信，奴才意识绝不是与生俱来的，它绝对是通过舆论来传播的，于不知不觉中，我们就被收拾了。如果我们现在以毒攻毒，自己掌握起这种武器来，定会发生翻天覆地的变化。每一个男人，全是这样趾高气扬沾沾自喜，这都是由于这该死的黑板报，他们正是从黑板报上树起了自己的光辉形象的。只要我们在舆论上将他们击败，事情就会颠倒过来了。到那时，漫漫长夜将变成良宵恨短，获得快感的将是我们女人，而男人反倒要通宵失眠，在痛苦中熬夜。我们女人将变成名副其实的英雄，不但操纵性生活，还操纵整个社会生活。到那种时候，我们决不要冷酷，我们要非常仁慈，尽量地让男人们也得到他们一份满足，让他们与我们共享快乐。

X女士举动的实质是什么呢？我刚才阐明的这番道理，是与她毫不沾边的，她永世也达不到这么高的境界，这是肯定的。在一个黑地方，她扑过去，或他扑过去，这都是一码事，毫无意义的。这中间缺少一点精神上的东西，所以独立意识也是谈不上的。他们仍旧在继续老一套的把戏。我赞成X女士为主动因素的意见，不过这意见没什么大不了，我们全体妇女都要把注意力转移到黑板报的事情上来，这可是划时代的大事。

C：我有一个崭新的、独树一帜的意见，我认为在墨黑的谷仓里发生了一场扭打，原因在于两人都想首先发起攻势，争夺主动权，结果是两人各得其所，欢天喜地。

作为一个男人或女人，谁又不想表现自己的活泼和勇敢呢？首先，他们都把对方看成一头狮子，自己是一名动作敏捷的猎手，他们设想了种种的技巧，预测到了重重的困难和危险，然后在一个乌云重重的早上，他们带着拼死的决心出发了，一整天的追逐和等待，把他们搞得精疲力竭，到了最后，耐心马上就要丧失，两人均开始头晕目眩的当儿，谷仓忽然就到了。

两人都想首先占领这个堡垒，这个获胜的关键之地，于是细腿的、动作灵活的X女士冲在前面，首先进入堡垒；块头很大，动作笨拙的Q却另有一手，他躲在谷仓门外，开始了持久战。在黑暗中，这两对绿色的眼睛一直在紧张地对视着，谁也不敢有一秒钟放松。这种对视，假定大约持续了三个小时吧。忽然，不约而同地，两人都向对方扑了上去，第一个回合扑了个空，两人各摔了一个嘴啃泥，或许Q还掉了一颗牙。休息了约莫半小时，又开始了第二个回合。

在这第二个回合里，X搞的是迂回战术，不停地在谷仓里兜圈子，想搞晕Q的脑筋。Q的对付手段是岿然不动，他自恃自己体格大，有力气，量X弄他不翻，他还在这当中好好地休息了一下，抽了一根纸烟呢！就在他抽完纸烟的当儿，X用她的细腿使出一个脚绊，这一绊，居然绊倒了Q，她自己也倒在了泥地上，而Q刚好压在她身上，本来X要张嘴咬人，咬他个血肉模糊，也不知怎么搞的，就没有咬，两人在同一瞬间站了起来，颤抖着嗓子说："咱们脱光了吧！"好，他们就飞快地脱光了，好，欢天喜地的时刻到了，这两个人搂到一起，你咬我一口，我揪你一把，X将Q脑门心的头发，揪下了至少有五百根以上，也不知他们俩干了那件事没有，反正那是极次要的，反正快感已经充分获得了。

后来两人就坐在一袋谷上面唱起歌来，唱的是小时候的歌：《放学的好时光》，每唱一句都给对方一个清脆的耳光，那分明是在打拍子，那拍子打得X娇嫩的脸颊上肿起老高。Q的脸没肿，因为他的脸粗糙极了，硬邦邦的像木头，一掌打去，X自己的手关节反而伤着了。他们兴致勃勃地说："只有这样才够劲儿，这才是真正的性的和谐，我们总算第一个体验到了。周围的这些芸芸众生是何等的可怜啊，他们从那种动物式的交媾中得到了什么呢？我们真勇敢！"说完就接起吻来，在接吻的当中又企图咬断对方的舌头，若不是两人都极敏捷，缩得快，真说不定就要发生惨不忍睹的事。

亲爱的同志们，在这里我要发一发议论，给大家讲一讲性生活中的快感是个什么东西。多年以来，这种东西已经沉没在滔滔不绝的谬论之中，几乎找不到它的本体了。即使经过百折不挠的努力，终于看出了一丁点儿眉目，再一追下去呢，又发现那根本不是什么眉目，却是生活给你开的一个大玩笑。性的快感是一种在云端里的、极为神奇的东西。不错，精英们在黑屋会议中已经用嘴唇的动作相互暗示过这种东西，不过那还差得老远老远呢！我要说，像快感这种东西，纯粹是种可望而不可即的东西，你绝对不能通过什么性交来获得它，它是一种游戏，等你似乎逮住了它的时候，它却早就从你身上溜走了，于是你垂头丧气，将一切责任归咎于对方，气得跳起来大声嚷叫："要这鬼事情干什么呀？这种事儿比捕风捉影更困难，因为还得掉入自己设下的陷阱，瞎子一样的转圈子。我还不如去当一个禁欲主义者，倒清静得多，干净得多，像这样渴望下去，苦死啦！苦死啦！用不了半年准完蛋！去它的什么快感吧，有人把这个谜语编出来骗人的呢！"话虽这么说，又说得如此冲动，到了下一次，心上人一出现，我们又像老狗一样东嗅西嗅，对这快感一事念念不忘了。

再回到X与Q，他俩把咬人和使脚绊、打耳光等事，从心里认作快感的实现，这里面确有一小部分的道理，但远远不是全部，要是这样两个不起眼的、粗俗的家伙，竟能掌握云端里的奥妙，那我们这些精英们，不都成了吃闲饭的人啦？我们多年的研究工作不是白干啦？我之所以说他们有一小部分道理，这是由于他们是极其善于投机取巧的货色。每次黑屋会议，他们虽说没资格参加，但他们钻山打洞，获取了我们的秘密情报，并马上拿来，据为己有，一有机会就加以实践。这样一干，的确是无意中取得了一点小小的成绩。不过我们的精英，连自己还未掌握性快感的秘诀，还在孜孜不倦的探索过程中，哪里就会将成果让他们这两个不足挂齿的小人物全部窃取了去呢？难道扭打一场，使一使脚绊，张嘴咬一咬人，揪下五百根头发，这就是快感的全部秘诀了？这不太小看我们了吗？我们没日没夜从事的科研工作就如此简单吗？这两个家伙别太自信了吧，总有那么一天，我们要将我们的全部科研成果公布于众的，那一天也许很遥远，但迟早将到来的，同志们就等着吧！科研成果在未出来之前当然是要保密的，这里我不便过分地张扬。我倒是可以向大家透露一点我的实践的成绩,我不是那种狂妄的人,也不敢吹嘘自己就已经掌握了性快感的全部秘诀,我同意X和Q那种咬人和使脚绊是它的组成部分,它们是必不可少的、快感的低级阶段。既是低级阶段,所以也没什么了不起,几乎可以断定人人都会,表现的方式不同而已。我有一个妹妹,在企图抓住快感的时候就咬她心上人的头皮,搞不好就啃出个窟窿来。一个人,应该襟怀坦白,什么都不隐瞒,我就跟大家表白一下我是怎样几乎达到性快感的边缘(那种高级阶段)的,又是怎样遭到惨败的吧。

有一天,我坐在窗前,眼睛盯着云端,久久地沉浸在那种诗意的想象之中。那时候,我觉得自己离快感的事很近很近,几乎一伸手就能触到,有个声音告诉我:去散步吧,去散步,奥妙就在其中。我跳起来寻找我的老婆——性的对手。她正在用一把剪子把我的裤子后面剪一个洞,想让我走在街上的时候露出屁股来。我对她大吼:"去散步!去散步!"后来我们就散步了,快活似神仙,两个人都冲动得不得了。躺在河边沙滩上的时候,眼看就要达到一生中从未达到过的高级阶段了,我们"嘿嘿嘿嘿"地笑个不停,各种各样的花哨的动作都于不经意中产生了。

如果不是因为那些该死的蚂蚁,我们如今已经走在所有精英们的前面,成为最著名、功底最扎实、理论基础最深厚的大学者了。蚂蚁首先进攻的部位就是我们的生殖器官,这真是未能料及的天灾。反正我们是完了,整整五个小时的准备工作,长达十五公里的散步行为,分明只差那么半小步就成功了,可是忽然就——蚂蚁!就因为这些该死的蚂蚁,我的老婆不愿再跟我配合下去了,她粗暴地指桑骂槐,说我散步的举动是从 X 女士那儿"剽窃"来的,还说我"只学到一点皮毛","真恶心","永世也得不到成功"。假如她不是从前在公园里看花了眼,跟上了我这没出息的家伙,她早就"独自一个达到那种最高层次了"。她还叉着腰对我说:"性的快感是我自个儿的事,要你这废物来凑什么热闹?嘿!散步!你这骗子。驴子!把我的腿都走断了,你一路上找到什么风景了?你以后干这勾当再拉上我,我可要不客气啦!到时别怪我翻脸不认人!"

照这样说来,所谓的高级阶段是否就仅仅包括散步,还有那些花哨的动作呢?是不是所有我们最关心的成果都将在这中间得到实现?而从此我们就其乐无穷了呢?喂,同志们,这可不对,我刚才谈到的那种种只是一个漫长的准备阶段,真正的、实质性的东西,也就是说快感本身,那可不是一件好玩的事儿,实行起来,没准哪一天就会要了我的命的,这个我可是太清楚了。像我这种聪明人可不会轻易地跨过那决定性的一步的,说到头来还是因为悲哀,为什么呢?找不到对手来干。我和我老婆虽然散步,在沙滩上打滚,追逐个不停,也产生过某种的情绪,就像是在朝着最高目标突飞猛进似的,两人都极为兴奋,极为自信似的;难道那蚂蚁就是不招自来的吗?外来的因素对于我们的前途会具有如此大的干预吗?哈,这只是一场恶作剧罢了,蚂蚁是可有可无的,它随你的意志而变,你想它有,它就有,你不注意它,它就不存在,所以问题的症结还在我那老婆身上。她从来认为快感只是她一个人的事,决不要和我同享,连边也不要我沾一点儿。而对于我体会到的这种高级的东西呢,她又无动于衷，说是"死也感觉不到"。当然，还说是捏造，"剽窃"，要和我来共享什么快感，她"倒不如死了的好"。她之所以耐着性子陪我走了十五公里，就是"倒想看看他捣出个什么鬼花样来"，以后她好抓住把柄来嘲笑一番。又说她一直没有估计到我是这么一个"狗屁东西"，那些花哨的、轻飘飘的动作分明是在表演杂技，她还不如花它两毛钱上剧院去看呢，像这种光着身子的杂技算个什么玩意儿呀？

现在，亲爱的同志们，你们懂得了蚂蚁的含义了吧？没有对手的事情，哪怕设想得十全十美，也是一场悲剧，我的心可是在流血呀。失望，孤独，寂寞，太多了！太多了！你想要追求一种高级的"业余文化生活"吧，你想要向快感的高峰攀登吧，失败等着你呢，噩运等着你呢，要么你站在空荡荡的旷野里，一轮夕阳把你的影子拉得长而又长，你的脚下没路可走，想动一动就摔个大跟斗；要么呢，你就落入一名夜叉的掌握之中，于是该死的蚂蚁马上出现了。

在出发的时候，你和你的伴侣手挽着手，走在漫长的河堤上，你的胸中洋溢着那种高尚的热情，你以为一切全在按计划执行，你觉得很有把握了，你觉得自己的形象也高大起来了，没想到自己忽视了一件事，一件最最关系整个前程的大事。这就是我那该死的老婆，（她是什么时候钻进我的生活中来的？这混蛋是怎样骗取了我的信任的？）她充分地利用了我的纯洁和理想主义的观念，此时正在暗中策划，要跟我搞个大恶作剧，她合着我的脚步往前走，居然脸蛋绯红，看起来就好像比我更激动似的，还不停地叹息："啊，我真是喜欢你！啊，我真是喜欢你！"弄得我还以为她马上要就地胡来了。像我这样严肃的人，一生一世都在追求中度过，哪里会料到她在装假呢？我已经在孤独和寂寞中独自一人过了这么多年，这一下我还以为遇见了大知音呢！这还不是求之不得的大好事吗？我忍耐着，打算走完那十五公里地，完成我的理想的追求。我的老婆做出冲动得无法忍耐的样子，拼命缠住我，末了还说我冷酷无情，不立刻满足她的要求。我耐心地劝她，告诉她这十五公里的路程还只是属于一个低级阶段，更高的享受还在后头，如果不走完这十五公里，不充分地酝酿好自己的情绪（这和气功的运气有某些相似之处），而就草草地干了起来，将来要后悔的。假如我们所做的一切烦琐的准备工作，只不过是为了那毫无感觉的一分钟的性交，那可不是故意跟自己为难吗？那种事在家里就可以做，根本用不着搞得这么神秘。

好吧，我越说，我的老婆可就越来劲了，就在我们快要到达目的地的时候，她居然跳起来把我掀倒在地啦，她说她要自己独自来体验，不要我来掌握什么主动权。这一下，我的所有的快感全给破坏了，我乱套了，我像死人一样做完了那一分钟的鬼事情，简直面无血色，全身直冒冷汗，不敢相信眼前发生的一切。女人，究竟是些什么东西呀？她们哪来的这么大的力气呀？为什么我就没有事先发觉这一切，加以防备，反而把她视作我的同志从心底里加以信赖呢？同志们，我要诅咒那些一分钟的性交，为了这个，我决心永远做一个禁欲主义者，这个决心我一定要加以实现，也只有如此，我这个人才会有希望，因为我已经闹了大笑话，已经给毁得差不多了。

十五公里事件发生之后，的确有人在背后窃喜，想看我出出洋相，我老婆和她的同谋们私下里断定我"是一个马屁精"，就连五香街全体百姓的公敌——X女士的马屁也要去拍一拍。如果我早上因为头昏起不来床，他们又一起拥进屋子，蹲在床底下，说要观察我，看我"在被子里搞些什么杂技动作"，逼得我一动也不敢动，偏偏臭虫也来凑热闹，我只好咬紧了牙关挺住。我真给打倒了吗？不，我要将噩运化为动力，挣扎着向世界显示自己的存在。就在我对整个世道人心彻底失望的第三天，我就自力更生地奋发起来了。我爬上了我们的茅屋顶，每天在那上头盘腿打坐，对我一生的经验教训进行总结，其中包括对性快感的高级阶段下一个崭新的定义。我稳坐在那上头，面向苍天，脚底下是这些忙忙碌碌的芸芸众生，我感觉自己真是超脱极了，我的耳朵已不大听得见尘世的声音，我的思维正稳步向着哲学高度发展，多少天过去了，日晒雨淋，我始终像长在茅屋顶上的一块化石，或者一个白发苍苍、洞察一切的老哲人，天地与我融为一体，万物在我胸中起舞，人类变得那么可爱可怜，他们性交的方式又是那么可笑。

有一天，我正沉浸在这种抽象思维中，面带微笑，心情平和，突然一阵钻心的疼痛刺向我的脚心，我几乎晕了过去，我的思维被打断了，我一下子听见了脚下那轰轰烈烈的大叫大嚷，以我老婆为首的一伙人正用一些顶端削得尖尖的长竹竿来扎我，说"要把这堆牛屎从屋顶上弄下来"，还说我"在屋顶上放出的臭屁掉进了煮菜的锅子里"，那屁里面甚至"有五香街百姓公敌的味儿"。他们一伙人的叫声越来越大，攻击防不胜防。我的脖子上、胸膛上、屁股上给狠狠地挨了几下,血流如注,连老婆一伙也吓住了,连忙扔了竹竿逃了开去,远远地,还听得见他们相互推卸责任呢。干扰过去了,哲学的思维重又占据了我的头脑,我感觉自己的体内出现了从未有过的坚定性,一种天才的自我意识于朦胧中诞生了。我是谁?我来到这个世界上负有什么样的使命?为什么只有我一人坐在茅屋顶上岿然不动,而人类在我的脚下表演?也许七七四十九天,也许八八六十四天吧(我早就失去时间观念了),我终于从茅屋顶上下来了,带着一个水晶般透明的脑袋下来啦。当我走进黑屋的时候,所有在座的精英们全都肃然起敬,我的每一个脚步都使得他们为之一震,心中惶惶然。

　　同志们也许以为我要发表长篇大论啦?我这些天来在茅屋顶上做出的总结,不是已在胸中积累了滔滔的宏论,我的无可比拟的辩才不是已经充分成熟了吗?我用严峻的目光将我们团体里所有的人扫视了一遍,然后缓缓地坐了下来。期待中的事情并没有出现。自从目睹我在茅屋顶上的壮举之后,精英们谁个还敢乱说乱动,将自己那未经检验的泛泛而谈向众人胡乱传播,以获得短时的虚荣心的满足?所以他们全都期待着,用小孩一样的目光紧盯我嘴唇的动作,一点都不敢有所疏忽。我只说了一句话:"这是一个悲剧的时代,获得高级快感的那一天还只能存在于我们的幻想之中。"我说完这句话之后,就皱起眉头,盘腿而坐,重又变成了茅屋顶上的化石。屋子里一片沉默,所有的人全低垂着他们的头。这时,黄昏的最后一点光线也黯淡下去了,深沉的夜就要降临,而冷风,从玻璃的破洞里灌了进来,会场整个的气氛就如被冰冻了似的。一直到散会，我再也没有说过第二句话，我那具有千钧重量的一句话已经概括了一切，如果不是一个在茅屋顶上盘腿打坐七七四十九天或八八六十四天的老哲人，谁又能说出这样的话来呢？

这种无懈可击的、严密的逻辑思维，已经取得了睥睨群雄的效果，还有这种透彻而又出世的悲观主义，这种对待世界的明智态度，知识阶层中稍有亲身体验的人，谁又不心服口服呢？那次会议在沉默中结束以后，我敢保证，在知识阶层中已经对于X女士和Q男士的问题不再关心了。打闹和咬人什么的，纯属低层次的东西，我们有教养的知识阶层所需要的，远远不止这一些。"那一天"终究要到来，历史的潮流不可阻挡。雾蒙蒙的早晨，我们手挽手肩并肩坐在街沿上唱起这首歌："那一天还很遥远，请大家静静地等待，于无声之处，将响起百灵鸟的叫声，生活是如此的沉重，我们在煎熬中呻吟，噢，呻吟……"这种哲理性的歌词也是我编的，现在已成为我们五香街的流行歌曲，连我老婆之类的人也受到了点化，有一天半夜里忽然冲到院子里大唱这首歌，唱完之后又打起自己的耳光来。

总的来说，从我发起流行歌曲的运动以来，X与Q的问题就无人问津了。从前我出于一种好奇和幻想，也去尾随和观察过他们，结果发现他们那两招实在太低了，绝对还够不上理论研究的范畴。从爬上茅屋顶的那天早上起，我就坚决果断地将这两人的课题从我的范畴里摒除出去了，我在那个时候就考虑到了提高和普及的关系问题。应该承认，X与Q的观念在民众中还有很大的影响（尽管人人撇嘴，但人人都于暗中窥伺他们的一举一动），要是我将问题直接提到桌面上来，或搞大字报大辩论什么的，我自己必定卷入混战之中，一切的研究都将停顿、荒废，这是属于最最失策的行为，与我的身份也绝不相称。同志们放心好了，我没有干那种傻事儿，我稳若泰山地蹲在茅屋顶上，早就想好了对策——发起流行歌曲的运动，将提高和普及结合起来，以我的真正的悲观意识来感化广大民众。我知道，这也不会有什么大的作用，我在茅屋顶上时也早已抛弃了一切幻想。我之所以执意要这样做，只不过是要打破 X 与 Q 的那种意识形态领域里的垄断。只要我的运动一发起，精英们心领神会，然后以点带面，整个五香街的意识形态就彻底扭转过来了。

当然这也不是说他们就有什么觉悟，而我就从此要乐观起来了，根本不是，我的悲观主义是早已深入骨髓了的。群众的意识形态，毋宁说是一团类似橡皮泥的玩意儿，你把它捏成个什么，它就是个什么，我从心底里从来不认为他们有什么真正的意识形态，所有这些形态全是由精英们造成的，而精英们的灵感又来自于我的启发。这一次，我首先于朦胧中意会到了那种未来的高级快感的存在，然后用通俗的流行歌曲的形式传达给精英们，精英们承认（绝不是领会，这里有质的区别，任何一个人都绝不可能领会我的那种抽象意识，因为那是神的意志）之后，就像填鸭一样灌输给我们亲爱的百姓，亲爱的百姓就一个个全像喝醉了酒似的在大街上溜达起来，直着嗓子号叫着我那些高级的歌词，局外人看来未免亵渎，未免像一幕丑剧，但是你又有什么办法呢？

这就是生活，我的目的已经完全达到了，管它什么形式不形式，反正客观事实已造成了，X与Q的影响已经给扫除了，他们在谷仓里的那种种行为纯属低级阶段，人们已经于不知不觉中承认了另有一种高级的形式存在，他们也不知道那形式究竟是什么，该是何种感觉，但总算是承认了。蒙头蒙脑地承认的也好，哭哭啼啼地承认的也好，于睡梦中承认的也好，满怀怨毒情绪承认的也好，怒气冲冲地承认的也好，反正我是胜利啦。

笔者在前面已经交代过了，持第一种看法的人在精英们中占了绝大多数，统治了五香街的舆论界。至于持第二种看法的妇女，只不过是假作疯癫，大闹一阵，很快就过去了。所谓的"雷声大，雨点小"，什么影响也未造成。似乎有那么一天，她们全体都在自己的门口用斧头砍起木板来，众口一词扬言要做黑板用的，但砍了一小阵子，又全扔了斧头，钻进公共厕所，谈起此种运动的远景规划来，说得欢欣鼓舞的。她们相信只要这黑板报一出，扬眉吐气的日子就到了，她们再也不想受气啦，有人还决定当天夜里就与丈夫分床，"馋死这条老狗"。然而从厕所里一出来，她们就把砍木板的事给忘了，斧头扔在地上，却家家户户去串门子，说得手舞足蹈的，仿佛从此就要开始过一种高级的新生活，与旧日子一刀两断了。"X女士虽然狗屁不如，倒是在客观上给了我们某种启发。"她们一致认为。而行动呢，那是绝对没有的，当天夜里，她们又同往常一模一样地侍候起她们的男人来，有的还更低声下气，分明是有一种忏悔的心理作怪，恨不能整夜圆睁大眼，将男人搂在怀里枯坐到天明。第二天早上，男人睡眼惺忪地发现那些木板和斧头，还没来得及开口询问，她们就大骂起来，说是夜里来了小偷，"想用斧头捣碎门窗行窃"，幸亏她们发现得早，这些家伙才扔了斧头仓皇逃窜的。"多卑鄙啊！"她们叫道，"想要破坏我们小家庭的幸福生活，就采取这种恶劣的手段来了，要不是我及时发现，流血的惨案不就出现了吗？"

笔者虽持公正态度，也只能将这令人难堪的事实记录下来。我们想不通，妇女们这种虎头蛇尾的陋习积弊是从哪个朝代流传下来的。亲爱的读者，我一点也不想贬低我们五香街可爱的妇女（何况中间还有那么多极风流标致的、勾魂的女郎），也许这只是一个小小的缺点吧，谁又是十全十美的呢？所以我们将对第二种看法的评论到此带住。

至于第三种看法，在人数上确属势单力薄（仅为C一人），不过他那种雄辩的力量，那种高度的哲理，还有他那众所周知的与神灵的直接对话，的确慑服了所有的精英们，差那么一丁点，舆论就要全部倒向他个人，中间发生了好几次反复，将第一种观点打倒下去。眼看C就要大功告成的时刻，历史又与我们开了一个大玩笑。在这个时候，X女士从那不知所在的墨黑的谷仓里跳了出来，向每一个过路的行人大声宣布：她要与她的意中人建立"正常化"的关系啦！这晴天霹雳震得精英们的眼里冒出了红红绿绿的火星。持第一种观点的人立刻聚了拢来叫嚣道："女人是什么东西呀？啊？看，这就是报复的开始！金环蛇已经从洞里爬出来了！我们还在这打什么内战呀！我们即将遭难啦！"

真的，就是这持第三种看法的该死的C男士，原来与神灵并没有什么直接的联系，就是这自以为是的老家伙助长了X女士的邪恶气焰。他在茅屋顶上坐了七七四十九天或八八六十四天，就一定与神灵或上苍对过话了吗？谁能证明？只有他老婆证明了他的行径，但也不是证明他搞了什么对话，达到了对高级性快感的领悟，而是证明他在茅屋顶上放了许多消化不良的臭屁，掉进了她煮菜的锅里。X女士扯住每一个路人宣布了她的主张之后，每一个精英都一下子昏了头，口出恶言，将C男士骂得狗血淋头，短时间地忘了自己的教养和风度。他们说，就是这玩弄权术的家伙（他们这样称呼C），提出了乌七八糟的什么高级快感主张，还发神经似的编什么流行歌曲，才使得X女士如此嚣张与霸道的。在从前，这默默无闻的两只蟑螂（他们决计暂时用这种方式来提到X和Q）哪有这种胆量啊。经C这一煽动，五香街的下层百姓全要不安分了，等着瞧吧，伤风败俗的事马上就会层出不穷的，我们这些精英们的脸该往何处放啊，我们还有什么资格煞有介事地来召开什么狗屁会议呢？想起这些令人痛心疾首的问题，精英们第一回产生了后悔的心理。当那个C像蜈蚣一样爬上屋顶的时候，就没有一个人预料到这一切的后果，大家全都从自己的小窗口向那上面瞭望，欣赏，好像把一切的责任与义务都托付给他了，从此便能坐享其成似的。当他仰望苍天（实际上是在暗中酝酿诡计）的时候，我们又一齐赞叹起来，希图他这家伙来拯救我们的世界，也拯救大伙的灵魂，还傻乎乎地齐声高唱他用来糊弄我们的流行歌曲呢！那是什么样的"流行歌曲"啊！现在谁还好意思哼哪怕一个字啊！真恨不得躲到衣柜里不出来才好呢！想想看，连精英们都莫名其妙地做出了这样丢人现眼的事，稍加回忆即恶心，那么下层的老百姓会怎么样？X与Q会怎样？

采取断然措施的时机的确是到了，同志们！再也不要犹疑不前了，我们全体端正自己的立场，将A男士的第一种意见作为一种座右铭，学深学透吧。会议还将继续召开，每个人都要从灵魂深处挖出自己的私心来，将那种脏东西摆在桌面上，用小刀好好地解剖。我们的A男士的讲话中有一个核心，这就是他所提到的男性的阳刚之气。他拿出的改革方案也是意味深长的，那绝不只是什么照相方式的简单变换，这里面确有一种质的飞跃，假如我们有幸能飞跃过去，便会到达那个陌生的所在，我们的身上将长出一块块坚实的肌肉，胡须也变得又粗又黑，说起话来嗓音浑厚，每一个手势都是那么的干脆有力。当我们将这种照片悬挂在墙上的时候，这个世界也就变成了男性的世界，充满了那种雄性的活力。

我们的精英们犯过错误，我们有决心正视自己的弱点，从头开始，来它一个回马枪，或者说反戈一击也行，这一击是对准C男士来的，我们现在已剥开了他的画皮，看见了他的原形。他哪里是一个什么大学者和哲学家呢？有人经过仔细地辨认和回忆，记起他原来是多年前五香街口一个卖假药的贩子，后来有一天，他摇身一变，钻进我们精英的队伍中来了。这样说起来我们不成了傻瓜了吗？这不是要把药贩子和哲学家社会精英画等号了吗？这里要强调一点，他这个"摇身一变"可不是在一两天完成的，而是经过他自己数年的刻苦钻研，用一股乡巴佬的牛劲在故纸堆里拱来拱去，有时甚至囫囵吞枣，才达到今天这种高水平的。所以一开始，他竟能以假乱真，搞得我们也佩服起他的博学来了。他这人又极善于随机应变，见什么人说什么话。他倒不一定恭维我们，因为他知道我们不爱听恭维。他只是琢磨我们的心思，一旦我们说出一个观点，他立刻接过话头，大大地加以发挥，阐述得有条有理，使得你欣喜异常，立刻将他引为同志，引为最亲爱的友人、知音。要知道经过这么些年的苦攻苦读，这该死的药贩子已经变得十分的博学又多才了。要不是出了这件倒霉的大事，谁又还记得他那低贱的血统呢？这些年他不一直就在跟我们平起平坐吗？我们中间有个别的不良分子还蓄意对他加以肉麻的吹捧，要将他捧上首长的宝座自己好跟着青云直上呢！那个不良分子，还企图与他一道爬上茅屋顶，搞那种与神灵对话的骗局呢，只是因为茅屋顶的椽子朽坏，承受不了两个人的重量，他才怏怏地放弃了自己的企图。在那七七四十九天或八八六十四天里他一直侍候在茅屋底下，上面稍有响动，哪怕是放了一个闷屁，他也要逢人即加以宣扬，自封为"头顶上的老哲人的得意弟子"，说自己"几乎就要与那老哲人合为一体了"。

全体精英们认为，他们的最大的弱点就是不善于总结历史的经验教训，他们老是犯遗忘症。这个C，只不过也许八年，也许十二年前还是一个药贩子，我们怎么就会忘得干干净净了呢。他叫卖假药的声调至今余音在耳，我们在盲目崇拜的时候怎么就一点也没想到这个呢？就仿佛我们是故意不去想这件事，或者我们把他那段肮脏的历史引为他的光荣奋斗史了似的。认识到这一点之后，精英们决定将黑屋会议由五天一次改为三天一次，在紧急情况下还可以一天一次，及时地总结、及时地交流，让我们的铁桶江山"连个蚊子也飞不进来"。

　　好吧，我们就看看 X 怎样实行她的"正常化"吧！正常化是否就等于合法化呢？我们首先把这个可能性排除，因为她或他，是绝不可能合法化的，永生永世！那么她将怎样来"正常"呢？难道从那黑暗的谷仓里跳到马路上，青天白日里表演性交吗？或强行占据药房老憎的阁楼，公开地与奸夫同居吗？显然两条道路都是走不通的，有我们在"坐等"呢！这个坐等可不是好玩的，这个坐等，X 与 Q 已经多次领教过它的厉害了。我们应该把 X 的宣言看作一种夸张的表现，根据 A 博士的观点，女人就是女人，她能变到哪里去呢？未必她征服了一个 Q（也许实际上是 Q 征服了她呢），就能征服我们全体精英啦？请她上云端里去"正常"好了，她完全可以试一试的，只是别乱嚷嚷。我们再也不会遵从 C 的意见，将她的这种母鸡般的啼叫也当作快感的一个阶段，割掉我们的舌头也不会承认的，见它的鬼！未必她钻了 C 的空子，在见不得人的黑地里大施她的种种快感，后来又闹到马路上来，我们精英们就要与她站在一边啦？见它的鬼！未必她与 C 这一联合，就组成了强大的阵势，就能打进老憎的阁楼，而我们精英们全要退避三舍，甚至望风而逃啦？见它的鬼！我们看，要么就是这个 X 脑子里出了毛病，误以为她与 Q 现在是胜利在望，所向披靡了，才自我感觉很好地窜到街上来，大肆张扬的，要不她从前干吗要躲躲闪闪呢？要不怎么会谁也找不出谷仓的所在，而始终只能存在于假设之中呢？根据以往的表现分析，X 就有这个毛病，她喜欢过早地树立信心，过早地陶醉，却没料到这里正在严阵以待呢！真的，她这事就败在自我感觉过于良好上头，哪怕她具有超人的精明，算计心，表演能力，这种与实际相距甚远的自我感觉仍旧破坏了她苦心经营的一切。

请问，一个人，只要不是疯子，有一定的常识，谁个又有狗胆去向每一个路人"宣布"他或她要与他们的奸夫或奸妇将关系"正常化"呢？这个问题的出发点该具有何等的荒谬性质啊！假如是夸夸其谈倒还好说，她却带着吓人的，异常严肃的神情向那些毫不相干的路人"宣布"自己的主张！气死人啦！恼死人啦！让她上冰河里去正常化吧！让她上那不知所在的狗窝里去正常化吧！只是别来我们五香街正常化，因为我们这里是没有她那种"正常"可言的。迟早就有那么一天，我们连这对狗男女的存在都要从速记员的历史记录本上抹掉的，看他们怎么个"正常"法！要按照C的糊涂观点，将她看作一个正常人的话，我们全体精英和全体百姓不反成了精神病人啦？这个C真是万恶之首，所有的事全是他给搅坏的，他用他那种过人的小聪明差一点就把历史的车轮拉得向后倒退起来，幸亏我们精英们功底好，有一定辨别能力，才及时否定了他那种观点。这种事真是险啊，只差那么一点点，这三个人就有可能在没有防备的情况之下打进老懵的阁楼，将那地方作为一个据点，作为五香街群众眼中的一枚钉子，一个铁的事实，而从此存在下去了！那么速记员的本子上也就不得不画上这该死的一笔啦！乐观主义者或者要认为，即使阴谋实现，也只是暂时的得逞，他们终究要给扫进历史的垃圾堆的。这种看法是要坏事的。什么东西最可怕？潜伏的病毒最可怕，比如C，潜伏了八年或十二年，就闹出了这样大的乱子，现在要让这三种病毒潜伏在老懵的楼上，再等八年或十二年，将要发生何等样的不堪设想的情景啊！同志们，朋友们，永远不要掉以轻心，永远不要放松了对理论问题的严肃探讨，让我们对现实保持敏锐的触觉，让我们对病毒的侵入严加防范吧！这一次，X 狂妄地宣布了她要"正常化"的主张，下一次，我们就等着那殊死的交战的到来吧！多半却是没有任何交战，她就要全盘崩溃的，她哪里配和我们交战呢？哈！

七、怎样交代一切下落的问题

笔者将故事叙述到这儿，已经留下了无数条没有头的线索，它们全都无法向读者做出交代。故事绝不会到这儿就打住，而笔者就能腾出手来，将这一团乱麻理它个清清楚楚。五香街的人谁都明白，这故事可是没完没了的呢，既没有开头（我们前面的那个开头不过是一种假定罢了），也没有结尾的，它就是历史长河本身，除非地球与太阳相撞，这世界毁灭，故事才会告一段落，但也许又在另外的星球上重新开始的。虽然笔者面临着这么大个难题，就像钻进了一个大蚂蚁窝似的迷宫，但作为一个久经考验的，有个性、有才华的现代艺术家，笔者还是要埋头苦干，绘出一幅又一幅的迷宫线路图，运用抽象的艺术手法，使得广大读者虽不能找到确切所在，却能做到"心中有数"。这就是艺术的魅力，它是不可捉摸的，又至高无上，感染力极强的，只有那些麻木不仁、感情粗糙的家伙才会不为所动，而他们本与艺术无缘。

迷宫线路图之一：X女士究竟是否实有其人？她有何理由存在于五香街？提出这种问题好像已经过时了，难道我们描述了这么一个冗长的历史事件，原来全是捏造的鬼话，用来愚弄广大的读者，以达到自己开心的丑恶目的吗？情况并不是这样简单，亲爱的读者同志们，要知道，我们大家是相互依存的，我得了上次的教训，再也不会用轻率浮躁的态度来对待你们啦，我把你们看得比我的父母还亲，还重要呢。我向大家提供这个线路图，目的只在于激起大家的怀疑和批判精神，使我们的意识形态领域更加净化。笔者经过了千辛万苦的调查，搜集了种种的意见之后，发觉这个问题的确值得一提。

首先，这X女士绝不是一个什么天才，不如说她除了炒房工作和骗骗人的巫术以外一无所长。而在我们五香街，只有那为数极少的天才人物（比如笔者，比如寡妇）才是真正的孤独的强者。这个X女士，从我们迄今为止对她的观察看来，可的确是一个孤独者，甚至比笔者和寡妇更为孤独，她不仅对她的丈夫，就连对她的情人Q男士，都总是守着自己内心的秘密，一举一动全像即兴表演似的。关于她的真正的内心情感经历，她透露过什么了吗？什么也没有，蛛丝马迹也找不到。世上只有天才才是最强者，只有最强者才是最孤独者，X既不是天才又不是最强者，却表现出不可思议的孤独，她到底是个什么东西啊？也许这个人并没有，是我们大家的共同虚构，一种集体意识的表现？

然而就在今天上午，笔者分明看见她在五香街口卖蚕豆呢！她系着围裙，两手粗糙，除了眼神仍然是那种异常的空洞之外，与普通的下层百姓人物实在没什么两样。她不仅不是天才，连个精英的位置也够不上（她也从不向我们的精英靠拢，那神气倒好像离得越远越好）。笔者倒的确有一次看见Q男士怯怯地向她提到他自己也许是属于精英阶层，而她，一下子就"脸红"起来，从鼻子里哼了一声，说"幸亏自己连大字也不识一个，这倒是件了不得的好事情"。而她这一脸红，一哼,Q男士也跟着脸红了。这个怪物是从哪里来的呢？她是怎样能在五香街存在下去的呢？

看来我们得从另外一方面入手研究这个问题了，我们不能将眼光停留在X本人身上，却要回到我们自身的观念上头来，细细地加以清理，加以检验，找出毛病的所在，使错误得到纠正。这里面当然离不开艺术的感觉，艺术的感觉永远是我们创造的源泉。

笔者首先从孤独这回事入手分析吧。X女士的孤独，与那种真正的天才的孤独是有着本质的区别的。天才的孤独，是一种超越现实超越时空的高级的东西，是与生俱来，任何人不能模仿的。当我们遇见这样一个稀有的人物时，他往往坐在渺无人迹的山巅或茅屋顶上（就如C，当然C并不是，只不过他模仿得惟妙惟肖罢了）直接与神灵对话，他的周身，泛出一个个金色的光圈，那种对话是我们凡人的耳朵所不能听见的，他是这样一个静态的圣人或化石，只有那些排除了私心杂念，具有极高的修养的人能在抬头仰望的时候偶尔认出他来。他并不总是坐在山巅或茅屋顶上严守他的孤独，他对于人类，还有那种非凡的热情和关注心，他的孤独只在于他总是走在历史的前面，不为人类及时理解。当他从山巅或茅屋顶上走下来的时候，他就与我们的百姓打成一片，无法区分开来啦。他参与时事，孜孜不倦地忙于指导工作，将自己在山巅和茅屋顶上看到的宏观与微观世界传达给众人，带领大伙一道推动历史的车轮往前开动。笔者这一生中见过一两个这类圣人，因为同类，总是很容易相互辨认出来的。

X女士的孤独是怎么回事呢？笔者看来看去，看出这完全是一种病态的东西，她的孤独是冷酷的结果。一个人，既没有与神灵对过话，又无文化教养，整天干着那种庸俗的小生意行当，一点儿也不高出于周围的众人，她的傲气，她的对世人的鄙薄的眼光，肯定来自于内心的虚弱，一种极端自私的欲望的挣扎表现。这种病态发展到了这样的程度：居然无缘无故的就可以让眼睛"退休"，再也"不看任何人"；居然能让全身长出一层钢板似的保护层，"刀枪不入"，"任何外来的袭击全感觉不到"；还居然能用丑角的态度对待百姓，将每个人随便改变称呼，乱喊一些编造的名字；更可气的是居然制造一种与天才的孤独相似的假象，想以此来迷惑我们大家的眼睛呢！谁对她这种冰洞里的孤独感兴趣呀！她就是一声不响地死在那无人知晓的冰洞里，也不会有人及时发觉，从而及时吃惊的。说不定冰封了洞口好多年，我们还毫没注意到这件事呢！她的孤独纯属她个人的疯狂，与人民大众无关，她也绝不要妄想与我们天才的孤独挂上钩来。当我们将X女士作为一个客观的存在容纳于五香街的时候，我们有的糊涂百姓往往忘了把她看作一个病人，一个再平常不过的小人物，他们错误地估计了她的某些奇特举动，一说起那些举动就动情，眼就发亮，无形中拔高了她的形象，弄出重重的迷雾来。这一搞，不知情的外人还以为X女士是什么天才人物呢！这一搞，才产生了X女士是否实有其人，她有何理由存在于五香街的问题，这问题又日渐扩大，枝节旁生，弄得神秘极了，费解极了。若按照这种思路研究下去，一个人，哪怕他何等博学多才，也非得精力耗尽，暴死在这上头不可。笔者的结论是：X女士的孤独属于一种她个人的精神病，毫无研究价值。

其次要谈谈X女士所从事的特种工作。据我们前面所述，X女士好像的确是在从事一种特殊的、她自己取名为"消愁解闷"的工作，这种工作是说不清道不明的，谁个去调查，谁个就下不了台，休想取得意料中的结果，还要留下无数的笑柄。当笔者写到这里的时候，就有那么一两个心怀鬼胎的家伙私下里高兴啦。他们或许说：这下好啦，对于这个遗留下来的最顽固的历史问题，看你又能做出何种胡说八道的解释吧，速记员或艺术家都是些顶顶讨厌的饶舌的家伙，我们希望他们每从事一件作品都砸锅，他们越苦恼，越憔悴，我们就越快活，但愿这世上的速记员或艺术家都死绝！现在读者一定知道笔者的工作带有多大的冒险性质了吧？笔者经常落入这样的境地：就像在激流险滩中挣扎的一个遇难者。

这个要命的问题就难住笔者了吗？笔者一定要知难而退，或默默地被淹死了吗？请那些别有用心者再耐心一点吧，好戏还未开场呢！笔者要避免直接回答这个问题，要将线拉得很长很长，一直拉到X女士那遥远朦胧的童年生活里去。将X妹子的素材和笔者的想象力加以结合，我们眼前出现了X女士那阴郁的童年的画面。那个精瘦的小女孩，天生一双疯狂冒火的黑眼睛，成天跳上跳下，像小狗一样狂吠，指甲留得又长又尖利，从来不会好好地"拿"东西，而是见东西就"抓"，身上穿的花布衫也会被她抓出无数的窟窿来，除了那个疯疯傻傻的妹子，周围的人全被她看作仇敌，她每日里不断地模拟谋杀的游戏，心狠手辣（扔眼镜一事已完全证明了这一点），即使遭到毒打（她父母在走投无路的情况下有过么一两次粗鲁的做法）也不思悔改，反要变本加厉，搞出无数的"新招"来报复。这个可怕的孩子长大了以后就失去了原来的生活环境，她发现在这个世界上，儿时的一切全行不通，如胆敢坚持，就有遭毁灭的危险。她，本性不改。但也不是一个倔头倔脑的家伙，在某些场合她还灵活得很呢！随着岁月的流逝，她那种谋杀心理不仅丝毫未减，还与日俱增了呢！不过她很明智地看出这世上并没有她施展的场地，要是过于念念不忘而又只能死死地闷在心里，她是活不下去的。

　　我的亲爱的读者同志们！朋友们！读到这里，你们一定恍然大悟了吧？X女士，就是凭借她的灵活性和小聪明，选择了我们五香街来了却她的儿时的夙愿的。这以前，她经过多方面的打探，弄清了我们五香街的百姓是这样一些温良敦厚、心地宽广的人，她断定不管她搞出什么乱子来，惩罚也不会降临到她的头上。于是在落户后不久，她就买回了她那罪恶的道具——镜子和一架显微镜。她干这些勾当的时候面带微笑，动作夸张得不得了，还同丈夫和儿子一起为这项"工作"的开始搞了一次"庆祝"，然后就关起门来不理人了。据说有一天，她抱着那宝贝儿子，让他坐在自己膝头上，教他用一只眼从显微镜的镜片中观察了半小时以上，然后母子俩高兴得在床上打滚，说是看见了"世上最最有趣的把戏"，还说要把自己儿时失去的一切都"偿还"给这个宝贝儿子。

这种事一发就不可收拾，这家伙从此每日里沉在那里头，过起什么"二重生活"来了。在白天的那一重生活里，她整天埋头做小生意，五香街的老百姓从其店门口路过，往往被蒙蔽，只顾观察她的视力和脖子等去了，谁也没有觉察到在他们转背离开时，她正用鹰隼似的眼光恶狠狠地勾住他们的背影，（笔者就是在这样一个当口猛地一回头，撞见她的眼光的，为这事笔者后来头晕目眩地躺了三天，至今仍有后遗症。可见从事艺术工作是需要一点牺牲精神的，这可不是那一两个心怀鬼胎的家伙所能理解的，他们还一走进公共厕所就将笔者归入沽名钓誉之徒一类呢。）心中立刻就闪出谋杀的镜头来，那种谋杀的方式是我们从未见过的，既没有凶器也没有血，它只有通过笔者这种深入浅出的分析才能让人感觉到。不如说并不能感觉到，只能"心中有数"。

什么"二重生活"呀，那是她自己放出的烟幕弹。她所干的一切：做小生意（作为盯别人背影的幌子），关门行径（作为分析地形、选择作战阵地的幌子），夜间的照镜活动，包括与Q男士的奸情（为了扩大阵容，多拉一个同谋入伙），其实全是一回事，哪怕是夜间睡觉，那也是在养精蓄锐，不然她何以在谋杀活动中总表现得那么劲头十足呢？她可算得上全世界顶顶会保养自己的家伙啦。解释到这里，又有人会提出一个疑问了：少男少女是怎么回事呀？难道他们也来参与她的谋杀活动不成？曾经在一段时间里，他们可是每天夜间直奔她的房间，严肃地，一动不动地坐在那里面的呀，未必他们每一个人都渴望自己被她杀掉，以此为最大的赏心乐事？在回答这个问题的时候，笔者又要把线拉得很长很长，拉到X女士一家来五香街之前的那个时候去了。

在那个时候，X女士的名声一点儿也不像现在这样显赫，她的存在无人知晓，谋杀的意图也只是藏在心里，从未付诸行动。在乔装打扮潜入五香街，进行了无数次的实地考察之后，她制定了她的计划，后来终于开始着手执行。在她的计划里，少男少女们为第一批谋杀的对象，她经过深思熟虑之后，决定采用效果类似于吸毒的手段来达到目的。这样一搞，那些以赶时髦为最大快乐的小家伙们可高兴啦，他们每夜必去，兴致高，情绪好，一个个乐得要死，有的还声称自己可以"用这种方式出名"，他们哪里会去防备X女士朝他们体内注射的毒药呢？虽然他们有时也怨恨她，要偷走她的皮鞋什么的，但总的来说，这都是些头脑单纯、举动幼稚的孩子，完全在X女士的掌握之中。

X女士这等神通广大，她的谋杀行径是否就造成了很大的惨剧呢？对不起，笔者在这里只能尊重事实，说出真情。真情是，X女士的这一行径，除了在她的同行好友的儿子身上发生了她预料的作用之外，对于其他的人，丝毫也未造成身体上和精神上的损害。因为我们五香街地区的气候条件，早已让生活在这里的人们长出了一种免疫力。这可是X女士在作实地考察时忽略了的关键问题。有了这种免疫力，我们可以在毒汁里长年浸泡而仍然健康无恙。至于同行好友的儿子，那是由于在小时候患了一场大病，丧失了这种免疫力，才偶然中了 X 女士的毒的，而 X 女士，就因为这一件成果而高兴得蹦起来。她那宝贝丈夫，也逢人就说什么"威力无边"啦，"原子弹的能量"啦这类使人笑掉牙的蠢话。X 女士将这一件成果称之为"意外的收获"（她并未有意去影响别人，照她自己的想法，她早就将周围的人"遗忘"得干干净净了）。"没想到还剩下这么一个！"她眉飞色舞着，"这真是一个有勇气的好孩子！没准将来有一天他也要制造奇迹呢。"

我们将同行好友儿子的事深入一分析，就会"心中更有数"了。同行好友的儿子，是同行好友的亲骨血，从降生的那一天就与其他孩子一样身上带着我们五香街人的免疫力，后来他不幸患了一场大病，将这种免疫力丧失了，这也不等于肯定他就必定要成为目前这种人。在他的面前，是铺开着一条通向光明的康庄大道的，他完全可以在先辈们的指导下，避开灾难与疾病，长成为一个杰出的男子汉的。在一个夏天的傍晚，他为一种古怪的呼唤所吸引，顺着那呼唤走进 X 女士的家门，在那里头木木地待上了两小时，忽然就发疯了。这一发疯，他母亲十几年的养育的心血全白费了。X 女士的阴谋就如一个吸盘，将他紧紧地吸住，再也脱不了身了。当母亲的向儿子提到这个可怕的吸盘，试图为他作解脱的尝试，他大发雷霆，阴阳倒错地将母亲的好心斥之为"谋杀"，还说要他回头"毋宁死"！呜呼，X 女士真的不知道她活动的影响所在吗？她真的只关注自己内心的宁静，为了这宁静而搞这夜间的鬼名堂的吗？谁能相信这种神话呢？

一个人，如果真的与世无争，只想修炼，那她就什么活动也不会搞。像X女士这种招摇，这种轰轰烈烈，她本人表情的这种假装的冷漠，这种活动的客观作用（虽然微乎其微），还有贯彻到底的决心，这种种，无一不证实了我们前面的观点。难道一个从小就在暗中培养了谋杀意图的人，一个在后来的生活经历中并未消除反而加剧了这种意图的人，会不可思议地超脱起来，将那意图抛到九霄云外，一味关注起自己内心的宁静，力图成为一个圣人来啦？当少男少女们那年轻幼嫩的胴体在她眼前来来往往变动时，她没有产生那种扑上去咬一口的本能冲动，却"视而不见"啦？要是真的视而不见，真的超脱，就应该坐到茅屋顶上或山巅上去与神灵对话。既在人群的包围中，又成天庸庸碌碌，到夜里才搞几面破镜摆弄或凭空制造什么奇迹，还竟敢谈起什么超脱来！

俗话说"谈虎色变"，我们现在是，X一说超脱我们就"色变"，我们的这个"色变"也并不是惊恐害怕的意思，应该说我们的这个色变相当于"正颜厉色"，我们以这种态度向X显示，我们已完全识破了她的诡计，人人都在冷眼观看她的特种表演呢！超脱=谋杀，事情就是这样，我们这一深入，差不多是"心中完全有数"了。就从谋杀这件事本身来看，X女士不仅没有将她周围的人"遗忘"，反而是白日里夜梦里都加以留心的，她平时的每一设计，每一动作，都是一个个充满诱惑的圈套，是针对她的猎物的。（可惜这种猎物并不多，迄今为止真正上钩的还只有一个。）不然她一次又一次地操练，一次又一次地改进手段（由显微镜进化到"凭空"），是以什么东西作为标准的呢？所谓她的眼睛"退休",原来是一个金蝉脱壳计,(不然为什么大张旗鼓地来"宣布"呀!)神不知鬼不觉地,她的后脑勺上,已经在头发的隐蔽下长出了第三只眼睛,这只眼是更为厉害得多的,不说是穿透一切,至少也是"像利剑一样"。她用这只藏在头发后面的鬼眼看见了外界的一切,对每一个人的动向了若指掌。我们纯真朴素的百姓,只看见了她脸上那两只被她"废黜"的眼睛,许多人就轻信了她,以为她真的开始超脱了,个别人还将这种超脱与天才的超脱混为一谈呢!X本人,正就利用了百姓这种轻信的心理,大谈她的"超脱"学。她说她的这种超脱,比之天才的超脱还要高级,有深意,现在她已经能做到随时随地将自己"一分为二",想分就分,不想分就"合二而一",她根本用不着爬茅屋或上山巅就能与神灵对话,想什么时候对什么时候就能对上,那对话的内容,也远比天才们高超。听她这样一吹起来,就好像她已经成了一个超天才了似的。

对于我们尘世间那些稀有的天才,她也有一番亵渎的议论:"一些夸张事实、装腔作势的家伙罢了。一个人既是活得那么不耐烦,耗尽了他的体力,哪里还会有力气爬茅屋和山巅,他必定是来不及长大成人就完蛋了。想想人是多么的脆弱,当一个天才又谈何可能!幸亏我没有受到这种思想的烦扰,我对当天才毫无兴趣,我的周身早就长出了钢板似的保护层,再也不可能像天才们那样敏感易怒,我几乎是麻木不仁的,这倒使得我保持了内心的宁静,使得我如小丑般快乐。如今世上并无什么天才,只是一些人由于内心虚弱、恐惧,就造出这个词儿哄人来啦。他们以为这么一标榜,自己就得以解脱,可以不负责任啦。

他们终日里将这个词儿挂在口头上东游西荡，逢人便吹牛。说自己马上就要取得与神灵对话的资格了等等。我一点也不同情这些天才们的处境，他们的麻烦全是自找的，我倒想提一个建议，让每一个游手好闲的天才去谋一门职业，过一过普通百姓的穷日子，为柴米油盐操一操心，然后假如他乐意，在业余时间去搞他的天才活动好啦，那活动一点也没有什么高出旁人的地方。"

谁都能看出，她说这话的目的就是发泄内心的妒忌，她很清楚自己不够格当一个天才，又对那些有幸当上了的佼佼者怀恨在心，日积月累，就形成了这么一套歪道理来对抗啦。还一讲起这些就头头是道，仿佛胸有成竹，仿佛明察秋毫似的。每次她谈到这个题目的时候，都尽力将眼珠翻上去，以示"超脱"。听的人哪里知道，其实她的第三只眼正在紧张地活动呢，她对于人们对她的评价可是在乎得不得了呢！如果有人在这当儿发现了她的"第三只眼"，指出她的"超脱"状全是一种伪装，她不气得昏倒才怪呢！我们五香街人都懂得：凡一个人对某件事过分的鄙夷，其实那件事正是他（她）暗中所欲的。X女士用这样的态度谈到天才，在她的心底，是无时无刻不在渴望有朝一日得到人们的承认，与天才们平起平坐的。她只不过是将这意图掩饰得很好罢了，不然她干吗偏要去发表攻击天才的议论呢？她清楚，在我们这条街，人们从不议论那为数极少、高高在上的天才们，因为他们是我们的领袖、指路人，人们生来崇拜的偶像。X女士看到了这个，她认定自己只有发表亵渎天才的议论，才能使人们注意她，将她摆到和天才差不多显赫的位置上来谈论，这样无意中也就将她与天才混为一谈了，这正是她所欲的，只要一提及这一点她就快活得飘飘然,她说她最最高兴看到的事就是"这世界被搅它个稀巴乱"。

我们不妨说,她发表的这种言论也是她夜间谋杀活动的一个组成部分。这恰好是X女士的愚蠢之处。她既然想要当一个天才,就该脚踏实地,忍辱负重,以获得人民大众的信任才是,怎么能一味任性,采取这种歪门邪道的办法来达到目的呢?谁又见过这样古怪的成功者啊?想一想笔者当初忍受了多少的磨难、打击,才挣扎到今天这个地位,而百姓至今并没有公开承认笔者是一个天才呢(笔者知道这是他们出于审慎心理没有这样做,事实上他们的态度早已默认了这一点,对于这个笔者是很能谅解的),未必这X女士,什么也不干,(想想笔者那些艰难的采访吧!)与人民大众"老死不相往来","格格不入",躲在自己那小屋里窸窸窣窣搞些巫术之类的名堂,人民大众反要公认她为"天才"啦?这不是发疯又是什么呢?不仅如此,她还有随意篡改天才定义的念头呢!她将爬茅屋和上山巅这类每个天才必干的事说成是"矫揉造作""摆姿态""大可不必如此严肃"等等。这样说起来,天才的定义一定要依照她的模式来重新规定啦?当然她又说这世上并无天才,天才论已过时等等,她在常识的领域里左奔右突,目的只有一个:就是要"搅它个稀巴乱",她好从中渔利。可以肯定,X女士绝对干不了爬茅屋顶和上山巅这类事,她预感到这将使她受到神灵的惩罚:或遭雷击或在事故中丧生。她一贯的性格是:对于自己干不了的事,就要百般嘲笑、讥讽,说不是自己干不了,而是不屑于干。以为只要这一搞自己就高超了。

她还对她妹子说:"与其煞费苦心去模仿一个天才,我还不如多卖几斤花生!这毕竟实惠得多……"当群众拥至茅屋底下倾听天才的心音时,她故意埋着头,垂着眼,无动于衷地干她的炒房工作。当有人向她提出质问的时候,她还故作惊奇,说她可是从未注意外界有什么动静的,她的内心生活充实而愉快,实在,她看不出有什么必要去管外面发生的事。她"愤怒地甩开"来人的手(那人企图拉她一块儿去茅屋底下,说这是向精英靠拢的唯一通道),斥责来人"干涉她个人的自由",说她"才不干这种瞎起哄的鬼名堂呢"!她"决不少卖一两花生"而将精力花在这种"无谓的事情"上面,她在对自己的精力斤斤计较方面做好了精密的安排,这种安排又是"不可改变"的,来人如此地破坏她的安排,其性质无异于"抢劫"。说完后她就在来人毫无察觉的情形下用第三只眼观察他良久,最后断定来人:"属于抹布一类",于是垂下头去称花生,再也不搭理他了。来人还想争辩什么,却被 X 女士的丈夫用扫帚柄用力一戳,戳出了店门。"这块抹布放得不是地方,它惹得你心烦,我把它扔到垃圾桶里去了。"他用轻松的口气说道。

现在我们又回到迷宫线路图上来吧。我们前面已经将线拉到 X 女士如何勘察地形,如何选定五香街作为她的据点,又如何用软刀子杀人这上头来了。为证实这个,笔者又将她的行径与天才作了对照与区分,从而使得读者几乎"心中完全有数"了。本来笔者的工作十分顺利,眼看就要大获全胜了,却不料接下去又遇到了新问题。笔者的研究因 X 女士放弃夜间活动,窜到大街上向行人宣布她要与其奸夫将关系"正常化"一事而遭到重大挫折。她这么一搞,很多人就对将夜间活动定为"谋杀"这一结论不以为然了,个别人还轻描淡写地说:"夜间活动?那纯粹是她个人的小事!"人们将眼光从夜间活动上移开去,将兴趣完全放在"奸情"这一点上了。

好吧,笔者就暂且放下研究,追随众人的眼光,来看一看 X 女士的新变化吧。什么叫正常化?从法律上和从传统观念上来看,男女间关系的正常化即=一夫一妻制。X 女士,既已有了丈夫,又未曾离异,她如何将她与奸夫的关系来正常化?就算她曾说过要"离开"她现在的丈夫,那也并不等于要去法院办离婚手续,而她本人也毫无要去办手续的迹象,据说她对那种事"从心底感到厌恶"。既然不办手续,又还肆无忌惮地发展奸情,她这个正常化是什么样一种含义呢?她是否打算与 Q 白头到老呢?我们回忆一下就会记起,X 女士,曾经是那样一个水性杨花的女人,对男人"来者不拒","越多越好",还"找上门去"。后来她钓上了这个 Q 男士,再后来她就宣布自己已"钟情于他",还言之凿凿地强调说:"任何赝品(其他男人)都不在我眼中了。"这么说,好像只要她一离婚然后与这个 Q 结婚,就会立即改邪归正,成为一个贤妻良母了。值得指出的是,X 女士在奸情的从头至尾,从来也未提过"结婚"二字,想必她对这种形式也是深恶痛绝的,所以我们绝不要对她抱什么幻想,将她纳入我们道德的任何企图都将以失败告终。在童年就充分暴露了贪婪本性(见东西就"抓")的 X,在长到三十来岁的今天,会具备一种什么样的道德观,这是值得深思的。不结婚,也懒得去法院办离婚手续,她的言下之意无非是:想和谁好就和谁好,愿意和谁同居性交，就和谁同居性交，这才是正常化。

说起来，这一点也不是什么新鲜玩意，历史上有过的"性解放浪潮"不就是这种观点吗？X女士却又似乎一点也不"解放"，当她做出严肃的样子来时简直吓人。她愚顽地认为，第一，她一旦与Q有了奸情，就一定要"离开"她的宝贝丈夫，这才是正常化（虽然后来并未实施，因为Q不买她的账）。第二，她也不必与Q上法院登记，只要"光明正大"地持续奸情，就是正常化。第三，她也不必"眼睛只盯着一个人"，在盯着一个人的同时，如有其他人吸引了她的视线，她马上乐得"转向"。(对于这个观点，Q从一开始就不能接受，后来也一直持有异议，这也是导致两人分道扬镳的原因之一。）看到这里，读者也许按捺不住要叫起来了："这不是那些坐牛车、披麻片的叫花子的老把戏吗？那些人身上长着虱子呢！"对于那些身上长虱子的叫花子，X直言不讳，说她的确"很有好感"，她还对Q说："与这些人比，我们才是野蛮人呢！"在这里她甚至将文明与野蛮的观念也随意颠倒了，凡符合她需要的，即称之为文明，与她的需要相悖，则斥之为野蛮。我们可以设想得出来，她的未来的文明世界就是天下大乱、鸡飞狗窜。她一直居心叵测，想在我们五香街来实现她心中的理想蓝图。亲爱的同志们，X女士的新变化，说穿了一点也不新呢！她的这个正常化，不要说我们的精英百姓，连她的奸夫Q，也从不以为然，或极度反感的。那种正常化是她个人的发明，只能存在于她那发疯的脑瓜子里面。她最好还是将这种观念限制在脑瓜子里，不要付诸行动。只要一动她就会发现自己寸步难行。什么新呢，未必穿起麻鞋，坐上牛车，披起破布就是"新"啦？本来她去穿她的麻鞋，坐她的牛车好了，与我们无关的，谁知她又偏要拉上个Q，还偏要走上大街拉住行人去宣布她的臭主意。（某人计算有五十八人受到她的毒害，幸亏老懵因她企图占据他的阁楼而怀恨在心，在X女士丈夫好友之妻的协助下用弹弓射出一粒石子，打跛了X女士的腿，才使阳光下的罪恶得以暂时中止）这种顽石一般的意志，这种孜孜不倦的努力，是否还有点什么别的含义在里头呢？鉴于X女士的与众不同，她的刁钻古怪，我们是应该警醒的。在短短的半年中，她不择手段地将一个Q弄得家破人亡，还大言不惭地声称她一点不想用结婚的形式来束缚自己和Q，只要"正常化"（即穿麻鞋，坐牛车）就行了。

看来醉翁之意不在酒。X女士所干的一切——所谓的奸情——原来与Q并无多大关系，Q也好，Y也好，全无关紧要的，她不是扬言要"凭空制造奇迹"吗？这就是她的奇迹呀！我们的一些人脑瓜子过于僵化，总将眼光放在她那间密室中和显微镜旁，认为那就是"奇迹"的制造场所，谁要将眼光移动一下，他们就大感不解，半天也反应不过来。X女士正是利用了这一点，就钻了空子迅速行动起来，改换了地点、时间、手段、对象，到那黑幽幽的场所"制造奇迹"去啦！还吹嘘说"这一招比之显微镜不知要高级到哪里去了"呢！（对妹子语。）为了蒙混视听，她还故意放下窗帘，把房间搞得密不透风，让丈夫在门外诈作把守状，一旦外人闯入，她就用梦话和呓语来欺骗人，就连笔者，都差一点中了她的圈套，险些犯了个大错误，而一般人，对于她这种虚晃一枪的做法更是深信不疑。

笔者还记得有一人曾在她窗下守候了三天，不停地用鸡毛掸去拨弄那幅X女士诈称为"奇迹"的黑窗帘，那人一本正经，不畏疲劳，宣称自己这项工作是"最有意义的工作"。当睡魔袭来，头昏脑涨时，他还找了一块石头敲击自己的太阳穴，以振作精神呢！他如果知道那窗帘后面是空无一人，而X女士正在那不知处所的谷仓里，以男性的肉体为对象"制造奇迹"，并为自己的罪恶得到实现不亦乐乎，他将何等失望啊！

"千条江河归大海"，跟随众人走了这么长一段路，我们仍要回到那个老问题上去：制造奇迹正是谋杀的一个组成部分。X女士对Q或Y是全不在乎的，她所在乎的只有一件事——即向世人实行她的全面报复。当某些人中了她的计，去她的窗帘下守候时，她真是兴奋得喜笑颜开呢！她之所以上街去宣布她的主张，也根本不是由于Q对于她具有多大的魅力，而只是想将这人世间的一切"杀它个稀里哗啦"！

据丈夫好友揭露，有一天，X女士的儿子小宝完全可以肯定是受其母的唆使，将街边一块黑板报猛地推倒在地，然后一溜烟逃回了家。X女士，强忍住眉头的喜悦，板起脸劝诫了儿子好久，其劝诫的道理又别具一格，什么"假如那板子倒下来，砸在你的小脑袋上，可就没命了"呀，"你这么一搞，让人发现，你父母就要被罚款或关到牢里去"呀，"小小的年纪，不要去管大人的鬼事情，有这点精力，最好是和伙伴们去拼命玩，打弹子，掏鸟窝什么的，有意思多了"等等，只字不提这一举动的恶劣、愚蠢。因为她心里清楚，儿子的举动正是由于从自己这里耳濡目染的结果，一种相类似的谋杀心理也正在他幼小的体内渐渐形成了。而她，就因为这点对儿子今后的前途"渐渐地看出个眉目来了"（对丈夫语，说这话时笑眯眯地，俨然一副慈母样）。

这个儿子，虽则刚满七岁，但已可以看出正是X女士童年的翻版。只是他在家里未受到任何压力，从而更加胆大妄为（X女士称之为"奔放"）罢了。后来母亲奸情发生，他被同年孩子骂作"婊子崽"之类，他竟也泰然处之，仿佛听不懂，又仿佛麻木不仁，还继承了母亲那种空洞的、梦一般的眼神，稍微一愣，随即又恢复了活泼好动的天性，与伙伴们玩它个天翻地覆去了。这样的孩子，在七岁就已定了型，全身浸透了毒汁，想让他对任何重大事情大惊小怪都是绝不可能的。不管那些热心肠的大人如何开导他（X女士丈夫好友可谓尽心尽力了，有次竟说得"舌尖起泡"），他始终是一种观点不变："我的妈妈、爸爸，还有Q叔叔，都是了不起的人。"问他为什么，他就说："妈妈可以从镜子里看见天上的事，到了半夜还可以起飞。爸爸炒的花生又香又脆，谁也比不上。Q叔叔拍皮球可以连拍一千多下，我才能拍五十七下。"还灵机一动地向他母亲建议："让Q叔叔搬来我家，和我们四人住一起，不是更有趣吗？"这些话无异于打在丈夫好友脸上一记沉重的耳光，以致一星期里他脸上总是紫一块白一块的。

X女士在事件过去之后给妹子写了一封长信，为慎重起见，以寡妇为首的精英们拆阅了这封信。从这封信看来，笔者的迷宫线路图是画得十分精确的，她的确是从未将什么Q或Y放在眼里过，她只是在表演。她在信中声称：她错把Q当作一个穿粗呢大衣的远方来的小贩子，而实在，Q是这块地方土生土长的一个古怪人，虽古怪，毕竟还是土生土长，而她期望的是远方小贩，从理智上她清醒知道那种人只能存在于镜子里，她的本事已发展到可以凭空造奇迹，却不能凭空造出人来，所以只能在土生土长的怪人中去找替身。每一个替身身上都有一些她理想中的远方小贩的气质，但要她下决心永久地与这个替身"合二而一"，她恐怕也做不到。所以只好不停地寻觅，不停地"转向"，而每一次，也许都会让她体验到那种高级的快感，为了这种体验，她甚至可以"不顾一切"。即使到了在旁人看来是身败名裂的今天，她仍然"无所谓"，她还有足够的体力与精力"重新开始"，假如再遇到这类似的机会，她"绝不放过"，当然她并不想伤害任何其他人，她希望与所有的人"友好相处"，如果无意中伤害了别人（例如对Q的老婆，她一贯怀有极大好感，至今想不通她为何要走上绝路，在她看来她完全可以有别一样的好得多的出路），她会很痛苦，但她拿自己毫无办法，她所做的一切全是"身不由己"。

拆阅了这封信之后，笔者曾和寡妇去街口炒房密切注视了X整整一天，想看她如何样"重新开始"，但我们的劳动是白费了，X女士的眼睛重又丧失了视力，她能看见柜台、炒货、手中那杆秤上的准星（不差分毫）等等，只是看不见人，她对着我们横冲直撞，把我们搞得很狼狈。看来她仍然遵循以往的原则，要"不期而遇"，那种我行我素的神气，脸上分明写着那句俗话："姜太公钓鱼——愿者上钩。"当她脸上出现这句话的时候，五香街上有很多人都想充当那条"鱼"，他们都去试探过X女士的鱼钩，都一概遭了挫折！X女士根本不把他们当作鱼，还是按惯例将他们称之为"抹布"。笔者设想，就算有什么Y或Z之类的家伙被她当作大鱼钓了起来，她的目的也不在这些鱼们身上，只要看看她垂着眼称花生、蚕豆的那副尊容，就能猜得出她的快感非同寻常，她所习惯的是谋杀的快感，谁上钩谁就完蛋，开始那家伙也许还自以为是桩好事（像Q似的"热泪盈眶"啦，欢天喜地地赴十字路口的约会啦），到后来才发觉自己成了落网的大鱼，要么鱼死网破，要么鲤鱼跳龙门似的跳了出去，摔它个半死不活，从此落下残疾。而X女士本人是无动于衷的，她犯不上为这种事悲伤，她从来也不习惯悲伤和后悔这类情感，她照旧卖花生，而简直很快就将这件事忘却了，或者说抛之脑后了，然后只要可能她又暗中放下她的钓鱼钩，满怀期望地等着新的上钩者。她对妹子说，她注定了要把这种游戏搞一辈子，她自信即使到了"年老珠黄"的年龄，仍然会有上钩者。"这世界大得很哟。"她说，马上又补充道，"这空空荡荡的世界可就是容不下一个远方来的小贩，我这辈子白等啰。"

我们的迷宫线路图画到这里，很多人一定要嚷嚷起来了："我们已经做了这样多花样繁杂的工作，黑屋会议啦，绘画啦，贴标语啦，尾随啦等等，搞了半天原来全是徒劳，X与Q的事件原来不过是场即兴演出，是X闲得无聊，制造出事端来调戏众人的呀？还是你这个阴险的速记员故作高深，弄出这一番诡辩来显示自己有什么狗屁才华？你要显示自己尽管显示好了，将群众说成狗屎，将一个婊子说成英雄，这种做法也太'怎么样'了。"

等一等，同志们，笔者从来也没说过X就有天大的本事，能把人生当作舞台，自个儿来当导演什么的，笔者只是要强调，

X是一个没有心肝、没有情感的女人，至于她制造事端，充当丑角，也不是有什么雄才大略，而只是天性使得她如此。她没有受过教育（据她自己表白是"连大字也不识一个"，当然带点夸张意味），遇事也从不"考虑"，哪来的什么雄才大略呀？同志们放心好啦，你们所做的一切全不会白做，总有一天"水到渠成"，一切会见分晓的。我们的黑屋会议，我们的高级表达方式，全是空前绝后的，它高度体现了我们民众和精英们的智慧，这一切都已实事求是地载入了我们那本光辉的史册，它至今放在笔者的窗台上，光芒四射。有天夜里一个小偷打算窃走这宝物，不料被射得睁不开眼，摔了个大跟头，那家伙真是太不自量力了。要用笔者的眼光来看，X女士这一辈子真活得不划算，既实现不了她的谋杀，又把自己搞得孤零零的，与谁也不交往，与谁也不能相通，连个说知心话的人也没有，究竟有什么意思哟！靠垂钓打发日子吗？今后上钩者只怕会越来越稀少，只怕她终于会要等得不耐烦呢！

迷宫线路图之二：怎样预测X女士今后发展之方向呢？X女士，经我们以上种种分析，是一个有着种种怪癖的小人物，她的实体存在于我们五香街，这一点似乎已经肯定下来了。就在我们正要放下这桩心事，全力以赴投入黑板报工作中去的时候，第二个问题在笔者的脑海中一闪而过，笔者大叫起来："慢着！"于是所有的人全停下手中的工作，用疑问的眼光紧盯笔者，笔者开始对大家解释：如果不解决好这个问题，前面的工作就等于零。X女士如果是一个实体，她就必然要发展，而一发展，就必定有一个方向的，我们怎能忽视这个基本问题呢？

今天早上，我们全体不约而同地从街口的炒房前面经过，清清楚楚地看见X女士偕同丈夫从一辆三轮车上卸下花生和蚕豆，搬进屋内，我们在一旁伫立了好久，各人都在心里肯定了X女士存在的事实。但是这就完了吗？我们既然肯定了她的存在，这就等于挑起了一副重担，我们要把这担子挑到头的，关于她的将来，她的前途，我们如何能置之不理呢？她不是老哲人，也不会像老哲人那样化为一块化石，所以她的变化是无穷的，所以我们必得要永久性地来关注她，作出判断，做出预测。如果不能做到这一点，那么肯定她的存在也就是不彻底的，是一种缺乏责任心的表现。一个活生生的人，在我们眼皮底下"搞名堂"，我们怎么能在现在与在将来，做得没事人一般，"浑然不觉"？

笔者这一声大喝，惊动了陶醉于自身成功的精英们，他们重又振作起雄风，纠集在一起，开始了紧张的脑力劳动。我们已知，X女士在经历了那场风波之后，重又恢复了内心的平静，每天安心乐意地做她的花生蚕豆的小买卖，铁了心肠"不看任何人"，只看秤上的准星等等。是不是她从这一打击（或游戏）中明白过来，脱胎换骨了呢？这种问题只有幼稚无知的年轻人才会提出，我们这些深谙世事的、与X女士交过锋的精英们是不会存有这种幻想的。俗话说：万变不离其宗。这X女士，不论她以何种面貌出现，她的原形总之只能是一个，那原形是从她出生、从她孩童时代起，就已塑造完工了的。在墨黑的谷仓里尽兴发展奸情与在街口卖炒花生并无本质上的不同，如果想得通，我们还可以将卖花生也称之为"奸情的继续"，或"新的奸情的预备阶段",或"火山爆发前的能量积累",反正这些说法都可以,都合适。她本人在心血来潮的当儿不也向她妹子透露过,她还有足够的力量重新开始吗?她哪里是在卖什么花生呢?她是在调整内分泌呢!她是在运气呢!她是在用第三只眼搜寻新的猎物呢!

在从前,我们多少人倾尽毕生精力来关怀她的命运,有的还搞得家破人亡(例如X丈夫好友),我们抱了多少希望啊,我们这样做,明知不会有任何的收效(X女士不会因此改变分毫,我们也不会因此沾到一星星好处),还是始终如一地坚持下去,"一头钻进去就再也不打算出来"。这些骇人听闻的过程本身,正是我们五香街人优良素质的大展示,这是连神灵也要为之感动的(曾经有一位天才坐在茅屋顶上证实了这一点)。尤其可歌可泣的是,有的人不但不打算沾一星星好处,在过程的始终完全是在进行一种自我折磨,还将这种折磨发展为一种癖好,这是何等样的有毅力的民众啊!有了这样的人民,就不管X女士今后的发展方向是暗淡还是光明,我们都可以"稳坐江山"了。

关于今后的前途,有悲观与乐观两个极端的观点。悲观主义者认为:X女士的欲望膨胀起来,数年之后,将要显示出一定的威力,而群众团体对她的控制则要相对地减弱。悲观主义者不是从X女士本身素质得出这个结论的,却将原因归结到我们群众团体的某些人身上,这些人是一些兴风作浪的病毒,只要蔓延扩散,我们的事业必定毁于他们之手。

我们回忆一下吧,当年X与Q生出那段事(那本来是小事一段,我们完全有能力静待其自行解决)来后,就有一小部分人沉不住气啦,他们丢下手头的本职工作不管,成日围着X女士的小屋转悠,一边趁机偷闲一边说,他们生活的重心发生了历史性的转移,现在可好啦,他们不用再管什么黑板报之类的世俗事情啦,本来,他们就对这种事务性的工作厌烦得要死,早就想撒手不管了,他们不是生来干这种干巴巴的工作的,他们的才华和禀赋应该使他们有更好一点的用武之地,而现在X和Q这段耐人寻味的事情,正好为他们开辟了这样一个用武之地,这真是天赐良机,他们再也不安于默默无闻,所以一个一个纷纷辞职,辞不掉的干脆自动离职,光辉的前途在引诱他们呢!符合他们审美情趣的工作在等待他们呢!在这种关头,不斩钉截铁地做出决定,怎么能轻装上阵,又怎么能在事业上有所成就!要干就干个彻底,首先要绝了自己的后路,辞职便是第一步。辞职以后,真是一身轻松,像蛇一样灵活,狗一样敏感。

而据观察者报道,这一小部分人抛弃了本职工作之后并没有像他们吹嘘的那样去干什么事业,他们借X与Q的事件为幌子钻出家门,绕X家的小屋转悠了几圈之后,就纷纷地跑进他们的堡垒——公共厕所里面去啦,他们在那里面也不是商量什么策略,而是乘机蹲下去不起身,没完没了地进行那种下流、淫秽的谈话,一谈一整天。他们还对这种谈话冠以了一个好听的名称:理论探讨。就是这种"探讨",使得他们鼓着布满血丝的暴眼,在一个无人的拐角处接连袭击了X女士两次,虽未达到目的,却已将群众团体搞得声名狼藉了。这种冒牌的探讨还导致了某些人对我们古老的、优美的语言的亵渎,从此他们中的个别人就摒弃了诸如"业余文化生活""百年之好"这类传统说法,而代之以"搞女人""干女人"这种低级下层的口语,成日里挂在口头,说了又说,以示放荡不羁,以示向传统挑战,真是太可笑、太不自量力了。他们结成团从街上窜过时,谁见了谁恶心,像喝了蛆一样。

值得警惕的是,他们不仅自己辞职,还煽动、挑拨、嘲讽那些忠于职守者,想搞乱我们的队伍。人家每天按时上下班,他们就嘲笑为"机器人""木桩子""天生的苦命相",人家努力工作,他们又说是"笨牛""没理想""没出息"等等,有甚者还唆使某人毁坏劳动工具,说是要"砸烂这千年的锁链","为自由奋斗"。他们的所谓自由,就是坦然地喝着人民的心血,自己优哉游哉地蹲在厕所里描绘春宫图,用污秽不堪的口语来糟蹋我们的古文化,这样做了还不过瘾,对于 X 女士今后的前途,他们竟也大放悲歌,说前途之所以暗淡,问题是出在 Q 身上!他们愤恨地辱骂 Q,说他"半吊子""不彻底""中气不足"等等,边骂边雄赳赳地从 X 窗前经过,做媚态,飞眼波,敲窗棂,扔字条进去,有的还爬窗进去偷镜子,或在门上张贴求爱信。一个家长,就因为自己的子弟这般丢他的老脸,一气之下吊死在门前的树上。

悲观主义者将问题提了出来之后,就各自走散开去,让那夕阳拉长了他们本来消瘦的影子,木木地,再也不想说话了。有什么可说的呢?末日将到来,只要闭眼等待就是。

与其相反,绝大多数人对 X 女士今后的发展前途(亦即五香街今后前途)持一种可喜的乐观态度,他们认为,X 女士尽管是这样一个独特的怪人,不可改变,似乎是与我们民众有意地作对，但总有一日，她会坚持不住，而融化于我们民众宽大的怀抱中，不再出现。从迄今以来她的表现看去，这种趋向是越来越明显了。不错，她仍在街口卖花生，但她的存在，她的地位，是越来越不显眼了，我们一忙起来甚至"没有注意她"，有人还"一个挥手动作就将她从视野中抹去"了。尤其在冬天，大雪覆盖着屋顶和街面的时候，在孤寂中瑟缩的X，是不论搞出何种骚响，也不会起到应有的作用的。我们的民众在这种季节里"大战严寒"，"心灵红似一盆火"，"轰轰烈烈与天斗"，X女士那蚊子似的呻吟又有谁个会去认真倾听，从而认真当回事呢？这种颓废派的乐响，很明显是起不到瓦解或腐蚀作用的。对于这一点，X的解释是广大民众"不懂其中的奥妙"，其实哪里会不懂呢？我们的精英，我们的民众，深深地吃透了她那一套浅薄的伎俩，很快就转移了兴趣，认为"不值深究"了。她还蒙在鼓里，将自己的乐曲用尽气力变出多种花样来，想重新"引人注目"呢！我们相信，她的气力总有一天要"用尽"，而"引人注目"永远达不到。可以设想，有那么一两个好奇的家伙在大雪纷飞的傍晚钻进她的小屋，将耳朵凑近她的嘴巴，细细地倾听了那么些时辰。他们会听出什么来呀？一些单调的、冗长而又重复的低语，不是发自内心，却是发自腹腔，模模糊糊，断断续续，也许竟就没声音，只不过是听者的幻觉，听的人终于不耐烦，一跺脚咒骂着奔了出去，从此以后得了深刻的教训，发誓再也不把X放在眼中了。

再说X女士会融化、会消失这一论点，也不光是从X单独一方做出的，主要的，这论点还是从我们精英的眼光方面得出的，只要我们将那神奇的目光一转，天地间本质的变化就完成了。有一天，我们喝着浓茶在屋檐下谈论起她来，那口气已是如谈论某个远古时代的蛮人了，她的确是渐渐地从我们的记忆和视野中消失了。在我们的记录本上，她的确还有那么一笔，但那一笔是作为历史的参考，或我们民众丰功伟绩的一个小注脚而写下的。作为个人的她，如今是抽象缥缈得只剩下一个似是而非的代号（即 X）了。而总有一天，是连这个代号也会从口语中消失掉，于是她就仅存在于那尘封的记录本上的一笔中了，在后人看来，那一笔是个永远猜不破的谜语。历史的洪流照旧朝着初升的骄阳滚滚前去，天的尽头光芒四射。

我们对前途做出了这种可喜的判断之后，并没有躺在荣誉上睡大觉，我们仍然谨慎而小心，针对 X 的某些最后挣扎的举动采取一些相应的措施。因为我们从自己的眼光中判断出她即将消融，这并不等于她目前"已经完蛋"。要是这样的话，前面关于她存在的迷宫线路图又要重画了。我们人人都见到她目前存在的铁的事实，并且她还总是很猖狂地来那么一下子。比如前天，她又宣称自己有了一种预感，一个什么新的角色又将代替 Q 进入她个人的生活里。她欢欣鼓舞地等待这角色的降临，以便"体验"一次新的情感的升华，"使自己获得净化"，"更为丰富"等等。很清楚，她又想东山再起了。我们谁也不害怕，我们对于她的东山再起还从心底觉得欣喜，这不又是一个展示我们灵魂的好机会吗？我们躲在家中筹划，甚至连地点也替她选择好了，这一次不在谷仓，却在一个寂寞的山谷，就叫"山谷之恋"也行，这名字有含义，那男方，我们就叫他 P 男士。哦，在我们的 X

女士融化之前，还有好长的一段艰难历程要走呢！若不是像我们这样豁达、宽广的胸襟，这样明智的、富于哲理的头脑，又怎能有条不紊地干工作，达到"云开雾散""柳暗花明又一村"呢！

从茅屋顶上的历史宏观景象看起来，这 X 一直混在纷杂的人群中表演假面舞蹈，鬼鬼祟祟，时隐时现，她又是一个小人物，这种人占了人口的绝大多数。有轻敌思想的人就认为，她会于"一转眼"消失得干干净净，至多明后天，这种情况就会到来的。针对这种错误观点，我们乐观主义者表明了自己的态度：前途是光明而美好的，任务却是艰巨的，X 女士目前决不会消失在"一转眼"之间（那一天终究要到来），我们也不会在这个时刻来完成对我们不利的"一转眼"，我们反而要目不转睛地注视她的所为，迅速地做出我们的假设，画出蓝图来，比她本人的体验还要生动，还要历历在目，她走一步，我们便向前迈出五步，看她又能怎么样，前天她才起的意念，今天我们就连地点与名字全想好啦，如果她不放弃，难道在众目睽睽之下表演不穿裤子的把戏？就算她如今"更有勇气"了，敢于表演，面对我们的宣传阵容，她的自信也是维持不了多久的，她只能用闪电般的行动结束了事件，就宣布"新的体验已经完成了！"到那个时候，她气息奄奄地待在小屋里，发出无声的呻吟，到那个时候，某人就是再凑近她的脸去倾听，也听不出个调调来了。于是条件成熟了，我们将完成那神奇的"一转眼"，天地万物都焕发出永恒的青春，X 将从这大地上隐退。关于她的存在，关于她在记录本上的那一笔，全有了新的、不同的解释，那解释最后化为一个谜语般的符号。多年以后，当我们的子孙问起这个符号来的时候，就会有一个胡须雪白的老者蹒跚地走近记录本，用骨节分明的枯指头敲击着封面，告诉子孙们："静待，正是成功之秘诀。请熟读迷宫线路图。"好，迷宫线路图就大放异彩了。根据这个线路图，将有大批的子孙们攀上茅屋顶与山巅，而笔者作为一个寂寞的先驱，其姓名将渐渐为他们所重新发掘出来。

八、寡妇的历史功绩与地位之合理性

在我们五香街的故事始终，寡妇可算得上一个灿烂夺目的人物，这个人物，我们现在要好好地总结一下她的历史功绩，对她的性格进行一番深入的探讨。

在以上的故事部分，我们还只是涉及了她的表面现象，更多地着笔于她的形体，以及由这形体而延伸出来的种种性格特征，我们的印象似乎是：寡妇正是由于她的特殊的体态，由于她的天赋的素质，才在五香街占据了一个显要的位置的，她的一切功绩的根源就在于这个"特殊"。假如她不是生得这般有模有样，这般挑动性欲，那么她会做出什么样的成绩来就很是个问题了，而做出了成绩是否得到精英和群众的这般重视（几乎与天才一视同仁）也更是个问题了。这个印象正是我们要纠正的。

我们的结论正好相反：寡妇不是由于她的个体的特殊性，正好是由于她的普遍性与代表性，才在我们五香街获得如此显赫的地位；受到众人爱戴，成为一个类似巾帼英雄的人物的。第一，寡妇具有强烈的性欲，这种性欲一直保持到了她的老年仍然丝毫未减。这正是我们大部分五香街人的特色，在我们朝气蓬勃、奋发向上的五香街人中，这种性功能方面的表现尤为显著。你走遍全街，几乎看不见一个阳痿或女性阴冷症患者，所有的人全精通、热衷于房中术，一谈起"业余文化生活"就浑身来劲，就连八十岁老翁与十三岁孩童也不甘示弱，这是一些强壮的百姓，富于进取与创造。X女士，出于内心的虚弱与害怕，将他们一概称之为"赝品"，其实是想借此来突出自己，没想到这么一搞适得其反，弄得人家对于她本人的性别倒产生了怀疑。

为说明我们人民货真价实，我们可以随便举个例子（这种例子比比皆是）。比如药房老憎，今年已经八十三岁，就居然还能搞风流艳事，与人行房，这样的例子在古今的历史上都是不多见的。这老憎外表并不强壮，甚至孱弱，体内却是钢筋铁骨，元气丝毫未损，他不仅毫不畏惧与人同居，居然还能做到让年轻妇人"满意""招架不了"的地步！只此一例，就足以驳倒X女士的诡论了。当然，要做到返老还童，我们五香街人还有许多祖传的仙丹妙药，老憎身在药房，不能不说是从那些药品中大得神益，因而永葆青春的。前不久他还甩掉了X女士丈夫好友的老婆，又搞了一个十六岁的姑娘做保姆。那姑娘终日待在阁楼上为他看家，已经养得"面如桃花""肤如豆腐"了呢！那老憎，更是人前人后一副老当益壮的派头。我们人民的这种普遍特点，是得益于世代的遗传，也得益于我们这地方的风水。这风水不但使我们具备了免疫力，也促进了我们的生殖能力，使我们的队伍日益壮大，人数众多。至于寡妇的性欲与其生殖能力成反比，这又是另一个范畴里的问题了，下面我们要涉及的。

X女士对于五香街人的污蔑是不值一驳的，从古到今，性的问题在五香街实在算不得一个问题，这只要看看我们众多的、茁壮的后代，就可以下结论了。在我们这里，只存在节制的问题，不存在提倡的问题，我们全都循规蹈矩，温文尔雅，施行文明的"业余文化生活"。凡纵欲的，图谋不轨的行径均受到广大民众的唾弃。（例如老懵的行径就已遭非议了，哪怕他能使那姑娘"满意"，哪怕有人暗中羡慕他，他的表现也已受到宣传机构的指责。我们期望他"浪子回头"，来一个明媒正娶，与那姑娘结为百年之好。）

第二，寡妇一生中自始至终将自己的性欲压抑下去，从来也未与过世的丈夫以外的任何男子发生实实在在的肉体关系，成为五香街一位公认的楷模，她这一高尚的精神境界，又带动、影响了许许多多的青年男子和女子（例如X女士丈夫好友，例如煤厂小伙，例如X女士同行女友，还有笔者等），从此精神上的友谊在我们五香街便蔚然成风，使外人一到此地就觉得空气新鲜、神清气爽。说起来这又并不是寡妇的新发明，这种心理素质早就存在于比她年长的头戴黑色小绒帽的孤寡老妪身上，也存在于她的表哥还有许许多多其他人的身上，寡妇将这种普遍的优良品质加以发扬光大，才做出了今天的贡献。精神上的友谊的确高于人的生理本能，正是由于它，我们人类才得以共同创造了历史，得以相互依存的。就是在夫妇关系中，精神上的这种联系也是占据着头等重要的位置的。笔者就亲眼看见好多对夫妇，由于这种精神上的爱情过分强烈，以致忽略了生理的本能。他们的"业余文化生活"极为稀少，甚至没有，但双方较之旁人更为情深意笃。这种结合总能白头到老，虽无后代，也是完美的典型。笔者并不要求人人都过这种禁欲主义者的清淡生活，只是希望大家将精神恋爱提到第一位。

我们的煤厂小伙，自从经历了情感上的波澜之后，如今已经成熟得多了。他毅然断绝了与金老婆子的性关系，搬进X女士丈夫好友所在的工棚，与他成了永久的邻居，这又是一个浪子回头金不换的典型。与寡妇、X女士丈夫好友、孤寡老妪等比较起来，他当然远不如他（她）们完美，他是一个犯过错误、成熟较晚的孩子，受到过不健康思潮的侵蚀，在很长一段时期内为X女士所控制，沉溺于肉欲，他的同僚金老婆子更是如此。现在黑暗已经过去，他们自觉地醒悟了，满脸惭愧、自责，决心立刻重新奋起，与自身的罪恶欲望作一番空前的搏斗。搬家的那天喜气洋洋，金老婆子也蓬头赤脚跑来帮忙，跑来跑去的，像姑娘一样矫健有力，一咬牙就能将一张书桌驮到背上，行步如飞。她说："早就盼望这一天了。"又说："这小子在五岁时，我就断定他是个有出息的家伙，现在经过我一番调理，他是显见得一天天不同了。"为庆祝煤厂小伙自立门户，开始新生活，大家全拥进工棚里来唱歌，还肩并肩，手牵手跳起了圆圈舞。X女士丈夫好友则为意外地获得了一个志同道合的朋友感动得号啕大哭，哭完之后又笑，告诉大家：他的事业不愁后继无人了。从前多少年，他一直在一条幽长的隧道中爬行，现在忽然就看见了曙光！

煤厂小伙搬好家之后，寡妇为便于言传身教，在小伙的工棚里待了五天五夜。她充分估计到这青年的思想还很不稳定，决不能掉以轻心的，所以她就抛开了一切来帮助他了。五天五夜，他俩一直在不停地谈话，推心置腹、娓娓道来，即使是谈得疲倦，在泥地上（煤厂小伙决心从此睡在地上）背靠背地进入了梦乡，口里还在不停地谈。他们所谈的，全是有关天堂的问题，在五天五夜里，煤厂小伙一下就换了脑袋！他变成了一个思想深邃的人，对于寡妇的每一个句子，每一声细微的叹息，他都从骨头里感动，都全身发抖，到寡妇用温暖的手掌抚摸着他柔软的头发时，他已是泣不成声了。"从前的生活就像一场噩梦，"他忏悔道，"啊，但愿我能重新降生，重新开始！"寡妇安慰他：他这实际上就等于重新降生，重新开始，今后的日子还很长。他将一天等于一年地活下去，像她似的，有一天他会惊奇地发现，自己是何等的透明与丰富，过的是何等有意义的生活。如今她已彻底升华上去了，取得了与神明对话的资格，一张眼就能看见天堂里的事，但她还不满足，她还要继续修炼，修炼本身对于她已成了一件最大的乐事。接着她又告诉煤厂小伙，作为一个长者与导师，她觉得自己有必要了解一切的细节，才能谈得上对症下药，假设他已与X女士有过肉体关系的话，请他毫无遗漏地谈出来，如果没有，如果他只是单相思，也请他谈出那种意念淫的细节，越详细越好，对他的病症越有利。她能够理解一切，哪怕是说出了最最污秽不堪的情节，她也决不会嘲笑他，反倒要鼓励他。因为这正是他重新开始的第一步，他必须先"吐故"才能"纳新"。

煤厂小伙鼓起勇气涉及自己的隐私了。第一种假设他显然是不存在，于是就谈第二种，谈他在漫长的浑浑噩噩的日子里的单相思，脑子里出现过的各种卑劣的图像，那图像总以自己为主，赤身裸体，丑陋无比，而X女士只是一个朦胧的背影。他详细说及了自己每一种可能的动作，其间总夹杂着对于金老婆子的肉体的体验，颠三倒四，逻辑古怪。寡妇不眨眼地看着他，鼓励他往下说，用双手抚摸着他的小肚子，像哄婴儿一般轻轻吻他的颊，每当他说得疲乏，渐渐地眯起眼来打盹儿，寡妇就毫不怜惜地弄醒他，提醒他："离新生还差老远呢！"于是他重又打起精神来叙述，重又犯瞌睡，而寡妇又冷酷地弄醒他，如此反复几次，他的脸庞就渐渐变得尖削，眼珠可怕地突了出来，嘴角流出涎水。在他终于闭上了眼，谁也推不醒的时候，寡妇就起身去厨房舀了一瓢水转来，朝他兜头浇下，口里说着："这下好了，这一招是最有效的，你总不要松懈，不停地说下去，此外还能怎样呢？"

住在临街工棚里的这两个人，现在成了五香街的先锋分子了。他们并没有与外界隔绝，一个又一个的信号从工棚里向外发出，接受了这些最新信息的群众中就掀起了一阵阵浪潮，他们关在破屋里做梦，而那梦幻世界笼罩着全体百姓，梦幻世界正是百姓处于其中的日常生活，只不过他们有点健忘，有点心不在焉，总将这码事抛到脑后罢了，如今有了这两个执着的先锋分子，作为备忘录，作为报警器，生活中的积极性就得以大大提高了。从不久前发生的一件事也证实了这一点。不久前X女士丈夫好友又带给大家一个消息：那位存在于捕风捉影中的X

女士的新奸夫P，已经与女士有了第一步的接触了！这消息使得情绪渐渐松弛下来的群众重又振奋，重又高涨，他们日益深切地感到他们是离不开这两位先锋分子了，何况他们还住在工棚里，睡在石块或泥地上，要上别处去寻觅两个这样大公无私而又不辞劳苦的公务员，怕不是很容易的。

年近五十的寡妇现在是更有仙风道骨了，在工棚作为煤厂小伙的指导教师住了五天五夜之后，她就穿上了肥大的黑袍子，将那曲线毕露的身体遮了个严严实实。当她庄重地行走于马路上时，就如一大团乌云滚滚前去，令五香街人慑服、敬仰。人们不再提起寡妇往日的"性感"，要提的话，也绝不与现在的寡妇沾边，而是用一个新的绰号代替从前那位令人神魂颠倒的人物，例如称之为"茶花树下的俏娘们儿"之类的。身着黑袍的寡妇如今是更有魅力了，这种排除了性欲的魅力如大海，如彩虹，如原始的林莽，如漫天遥远的星辰，既神秘、幽美、令人陶然如饮清风，又健康、严肃、空灵，有将人类从地面拔高到云端，与天堂面晤的神奇功效。总之只要看她一眼，哪怕是一个性欲勃发的野小子，也会诚挚起来，高尚起来，立即将欲望转化为工作的动力，艺术的灵感，理想的追求等等。

第三，寡妇敏锐的目光所具有的穿透力（这表现在对性问题的探讨方面，对传统审美情趣的维护方面，对男性同胞的估计方面等等）正好代表了我们五香街人在这方面异乎寻常的素质，说穿了，我们每人的眼睛都是一架结构复杂的显微镜与望远镜。（X女士的小把戏可以休矣。）正因为具备了这种优秀的素质，所以我们才能"不动声色"的呀！要不，X那套惑人的巫术，她的胆大包天的行为，怎么丝毫也扰乱不了我们的社会秩序，反而对我们是一种有益的促进？这在外人看来是不可思议的呀！X女士曾大放厥词，说我们"谁也不关注自己的眼珠""不照镜子"等等，以她那种浅薄的思维哪里能够理解我们彻底的自觉性和主动性呢？我们从生下来就具备了这种能力，这种眼光。我们早就将自己的身体结构和特种性能观察得清清楚楚，哪里还用得着挖空心思去搞什么镜子之类的游戏呢！X女士的这种议论无异于"坐井观天"。所以事情恰好倒了过来：不是X女士从镜子中发现了什么（尽管她一次又一次宣称自己的发现），而是我们天生的这种目光洞穿了她的躯体，将她搞得一清二楚，她再有狡诈的本事，再放烟雾也无济于事，我们安静而又严肃地排坐在屋檐下，而同时，一切问题正在暗中"自行了结"。

最能表现我们敏锐目光的便是对谷仓案件了若指掌一事。这种玄妙的事，有谁去调查过，有谁搜集过情报呢？没有。我们好似漠不关心，各自想着自己的心思昏昏欲睡，但只要谈起案件来，谁都是长篇大论，激动不安，如自己的亲身经历一般。这其中的奥妙，只有我们自己知道，我们全都"看见了"，虽然各人见到的不尽相同。假如有必要，我们还能在事情未发之前就看清眉目呢！只有目光具有穿透力的人才会有思路清晰的大脑，我们五香街人凡事重分析、重逻辑规律的探讨，多半也就因了这超人的目光。若换了外人来调查谷仓的事件，他们便会陷入子虚乌有的惶惑中去，周旋老半天一无所得，然后败兴而归。他们什么也没看见，他们脑子里空白一片，没有任何图像，连假设的也没有。我们五香街人，只要召集一次黑屋会议就解决了这个疑难问题，连嘴唇也不动一动，就人人心领神会。

所以说，寡妇的目光绝不是她独有的，高出于众人的东西。我们欣赏她，钦佩她，也不是因为她有什么特异之处（比如像X）；正是因为她能代表众人的利益，我们才打算将来尊她为天才（这个许诺将在她临死前兑现，所以她要经历与笔者同样多的磨难，在那以前，她的天才身份只有笔者能辨认出来）。一想到她，即想到我们自己，一种亲切的依恋之情油然而生。我们看着她的秀目，越看越熟悉，越看越舒服，这种目光的交换总能使我们飘飘然，生出许多崇高的意念。

X女士的目光那就不同了，不但陌生、空洞、别扭，还使你没来由地恐怖，一阵阵起鸡皮疙瘩，你很难与她对视五秒钟以上，即使偶然一瞟也使你晕头转向，乱了方寸。因为她的那种目光，根本就不属于我们所熟悉的范畴，或者说不属于任何范畴，那纯粹是她个人的瞎胡闹。那种目光只能代表她个人的恶劣倾向，谁都对那目光感到憎恶，哪怕自己的背影被她盯视都受不了，就如真被谋杀未遂（如前提到的软刀子杀人一事）一样暴跳如雷。她不是已经用"橘黄色的光波"杀死了一个Q吗？谁能担保下面出现的P或Y的命运呢？谁又能担保她没将这种目光遗传给她的儿子小宝，在未来的日子里继续作恶呢？谁都没法担保。于是我们只能采取用我们自己的目光将她"排除"的策略，对这个策略她是无可奈何的。我们订出这个策略之后，决心除了买卖上的交道之外，大家都不再在她的铺子前久留，就是在买东西的时候，也要防止与她发生目光的交流。我们分外紧张，一走进炒房就蹲下身子，恨不能将身体缩细（大家都知道目前一段时期X的目光一贯平视或上视，从不下视，才采取了这个特殊姿势的）；或者就人站在店门外，只将一只手臂伸了进去交钱，取东西，取了就跑。还有人穿身大红长袍，戴上红色眼镜（X最讨厌红色，这种情形下她必定像见了鬼一样用手抵挡扑面而来的红光，哪还顾得上看清来人）去炒房买东西。

值得一提的是，有一天，我们亲爱的寡妇用她那清纯的、正义的目光与X女士淫邪的目光交锋，一个回合就将她"击败了"。这个新闻第二天就用大字标题刊登在黑板报上。"没有什么了不得的，"寡妇沉着地面带微笑地说，"你只要迎上去就会发现那实在是虚弱不堪一击的。这种事，我早料到，你们有兴趣的话，大家都可以试一试。"大家却犯不着试，有我们寡妇的试验已足够证实了，寡妇代表了大家的能力。总之X女士的目光是虚弱不堪一击的，我们全体都对自己有十足的信心。

第四，寡妇的辨别力与钻研精神，临危不乱的处事风度，正好也代表了五香街人的集体个性。这种个性使我们轻易地渡过了难关，容纳并消化了天外来客似的X一家，不但没被她同化，反而将他们当作营养为我们的肌体所吸收，这样的例子在整个人类历史上确是罕见的。

比如在同行好友叫叫嚷嚷，想要"捉奸"的当儿，我们的民众就表现出令人钦佩的冷静，谁也没有乱动一步，当时大家既没有商量，也没有讨论，只有一种默契，一种铁的一致性在起作用，这种境界可不是一两日功夫就能达到的。我们可以大言不惭地说，只有在我们这种地方，遇上我们这种民众，X才能得以自由自在地发展，才能生出这整个的、可歌可泣的故事，即使到最后她为我们所消化，故事本身却是充分感人的。（哪个民众不为自身的历史所感动呢？）若换个地方，她必定被人"捉奸"，或奸情根本来不及萌生，她的肉体就为人所剿灭。再有一种可能就是奸情得以一次又一次的实现，民众叫好，淫乱之潮席卷整个社会。

睁眼一看，只有我们五香街才是X生存的理想家园。她降落在此地，表面看去是个偶然事件，实际上内里充满了必然性，没有五香街，就不会有X，也不会发生与X有关的这整个故事，五香街是X的温床、摇篮、母亲（她在最后终于要向这母体的子宫复归——消融）。X是到五香街来之后才成其为X的，我们塑造了她，成全了她，在她的由衷表演的折射里，我们的集体精神得以发扬光大，这一切的实现又得益于我们素有的优良品质——通过修炼自身达到控制外界。一个母亲，是不会随便抛弃自己的孩子的，哪怕这个孩子是个无赖，是个叛逆，情况也不会例外。X女士一来到五香街，我们人民大众，虽然嗅出她身上那种异己的气味，仍然像往常一样，张开了自己的怀抱接纳了她。所有的人，只要生长在这块土地上，无一不是母亲的孩子，无一不受到她慈爱的关照，我们人民与这土地早已融为一体，我们中间不断地产生寡妇这类出类拔萃之辈，他（她）们坐在临街的黑屋里一动不动，闪光的大脑却洞悉了外界每一细微的动静，时至今日，这种高度发达的功能的作用已无法估量了。现在别说是一个X，就是再来她十个，我们也是胸有成竹，还要拍双手赞成的。

从前寡妇在性问题上钻研出的那种高深理论，已成了我们历史上的里程碑，她不仅没有过时，还将在很长一段历史时期内指引我们前进。这理论的缔造者，又在进行新的突破了，她的才能是不会枯竭，她也不会长久停在一个老地方的，"她总在朝纵深挺进"。她的脸上晃耀着慈祥的灵光，她的形象与这大地母亲日益相似，没有养育过孩子的她，如今成了我们五香街母性的神圣象征，遇见她，我们的男女老少全都由衷地叫一声"母亲"。

有人回忆起很久以前的情形，那个时候，我们这条街上还没有来过X，更没有发生过X与Q之流的奸情，那个时候，我们的寡妇也没有充分显露她的天才。当时的五香街真是如一个静寂的小岛，人民就如岛上纯朴的蚂蚁。是否因为X的到来就搅乱了我们的生活呢？应当这样说：我们素有的优良品质与高尚情操，通过X这个人物得到了典型表现。实在，这个X正是我们梦寐以求的人物，她之所以降落在五香街，而没降落在其他的地方，也是应了我们人民的召唤而来。"那是一个难忘的日子，那一天的早上，地上开满了大丽菊……"我们全都爱哼这个伤感的歌子。从那一天起我们这些不声不响的蚂蚁高声地向世界宣告了自己的存在，一个个都露出了庐山真面目。我们哪里是什么蚂蚁呢？同志们，你们已经看过我们的表演了，你们将怎样来回答这个问题？X还将继续活下去，我们的表演随着Q的消失而告一段落后并未结束，或许永远不会结束，新招还在后面呢！

不久前我们遇到过一点疑惑，那是一天中午，大家坐在街沿上。一个十六岁的大孩子用清脆的声音对我们大家说："这X的事件，实在是没有一点意思啊。"我们立刻将他团团围住，厉声质问他:"为什么?"他说不知道,反正没意思透顶了,他一直想摆脱出来,去山上采集蝴蝶什么的,他已经浪费了好多宝贵的青春了。他说了又说,说得一脸紫红,像个大茄子。我们就问这小子今年几岁了,他说十六,"差不多十七了呢!"众人先是愤怒得说不出话来,一个个脸上好没趣的样子,后来我们的寡妇过来了,她用一只手抚摸着那孩子的头发,有好久沉默无言,只一味地叹气,叹完气,就做出要走开的样子,后又忽然停住,细细地打量这孩子,问道:"你曾经有过精神上的寄托吗?你追求过某种光明的东西吗?"

那孩子一怔。茫然地看着她,她的声音就渐渐地强硬,渐渐地有威力了:"你有什么资格来谈论人生的意义这种触目惊心的大问题呢?啊?你想要将你的父辈们的精神成果一笔勾销?从你懂事的那一日起,你就理所当然地认定这个世界一贯是这个样子的,所以你生到这个世上来坐享其成也是理所当然的,你从来也没能够料得到在那些漫长的岁月里,你的先辈们一直在一条黑暗的隧道中爬行,前面既看不到出路也看不到光明,只是凭着内心那种坚定的信仰,我们才能做出这种不懈的努力。我们可以说是在绝望中抱着希望,'明知山有虎,偏向虎山行','拼死一争',才打出今天这个世界来的。有的时候,我们大睁着双眼看看四周,简直就是漆黑一团,死路一条,那种水深火热的日子,你哪里体验过一星星?你怎么竟胆敢说什么'没意思透了'这种胡话,你怎么竟胆敢蔑视你的先辈们的勇敢追求?看着你这样的孩子,我们真是痛感自己的疏忽。除了享乐,除了说大话,你们那脑子里还有些什么东西呢?你出言不逊,要抛开你的先辈们争来的一切，以示自己所谓的清高。但是亲爱的孩子，你有什么呢？你将凭什么在这世界站稳了你的脚跟？就用采集蝴蝶这种逃避的行为来显示你的叛逆精神吗？难道我们的青年，都会成为身背蝴蝶网的花花公子，成日里在荒山上游逛？啊，我真是不敢想象这种景象。你一定要不顾死活往地狱里钻，我不管，我只想问你凭什么你要说'没意思透了'这种话？照你的意思，我们这些追求者，这些满心向往光明的人倒是一些空虚、愚昧的，'没意思透了'的家伙，要靠着你们这些狂妄之徒来重新建立一个世界，只因为你们看不惯现今这个世界！我们这一辈人，一生都在奋斗中度过，每分每秒都过得紧张而充实，我们没有时间来考虑有意思或没意思这类闲人们的问题。自从 X 事件出现，我们从隧洞中看到一点光明，燃起希望之火之后，我们惊喜而又忙碌，将自己的全部精力投入这场搏斗中去，人人都表现出从未有过的英勇精神和超人的胆略，凭着这股精神的力量，我们终于战胜了外界的黑暗，走上了光明大道，我们因此而获得了新生。这个孩子，他是我们五香街人的骨血吗？他坐在此地，满不在乎地晃荡着细细的（当然是细细的！）腿子，装腔作势起来，居然大家就认真相信了他！我要说：此地并没有这么一个孩子，他也没说任何有关我们命运的话，他只是张了张嘴，跟我们大家开了开玩笑，如此而已。因为要相信那种话，相信说话的人的存在，全是不可能的事情。他住在五香街，是我们大家的孩子，他在一天中午和大家开了个玩笑。我想他会同意我这个说法的，对吗？亲爱的孩子？"

她拉住孩子的手，而那孩子，不由得就腼腆起来，似乎大家全看见他点了点头,还呜呜地哭起来,将脸藏到寡妇的黑袍里。

"这样的孩子,仍旧是可爱的。"寡妇抬起头来转向众人,"对于这个事件的研究,是越来越深入了,我们朝着那迷雾中的火炬飞奔。"

九、Q男士与X女士丈夫的暧昧地位

到目前为止,我们对X女士这个人物可以说已经做到"心中有数"了,我们把迷宫线路图从她的出生地一直画到另一她未来所在的峡谷与山坡,哪怕她有七十二变或八十三变,也是变不到哪里去的了。

现在最大的问题已不是她,而是她身边的那两位影子似的人物——Q和她丈夫。我们静下心来一想,就发觉这两位人物,较之X女士,是更虚幻缥缈得多的,虽然本文中已有那样多的篇幅描写他们,但在我们的感觉上,他们只是两个影子——X的影子,两棵寄生藤——寄生于X这棵无根的大树上。他们是无色又无形的。X来到五香街,也带来了她的这两个影子,将来有一天X玉体消殒,他们也将随之隐没。当然这只是两个男人给我们的表面感觉,或者说是当他们与X搅和在一起时给我们的错觉,作为单个的人,他们仍然是普通的男人,这已经在谁先发起攻势一段中由 A 博士证实过了的。问题是在我们的故事里，我们从来也不曾将这两位看作单个的人，我们一贯将他们看作三位一体——一个人与两个影子，或一只飞蛾与两条蛹。只要那只飞蛾在大树下摇摇摆摆地飘飞，另外两位就永远只能是僵死不动的蛹，他们的蜕变阶段到此为止了。

在分析这件事的时候，我们五香街的全体男性和女性都愤恨不平，全都想要拔刀相助。这里面又要粗粗地区分一下：基本上说，要拔刀来帮助 Q 的，多为风流标致的女性，因 Q 脾气好，态度谦和，早就惹得女人们心荡神摇的，只是碍于一个 X 不能得手，谁都坚信只要除掉 X，她们对于 Q 是十拿九稳的。

"一念之差呵，"跛足女士一边低头"霍霍"磨刀一边说，"二十五秒钟目光的交锋，本来隐含着改变命运的千百种机会，只因为一念之差，我失掉了一切。他从黑屋里走出，沿着灰色的围墙往前迈步，那实际上并不是新生，而是死亡，他所投奔的，是一具骷髅。"

另外还有很多女性，随着时间的流逝，已经忘记了 Q 身上的弱点，也忘记了他带给她们的种种烦恼，只将那绵绵不断的情思寄托于他身上，说起他在与那妖怪合二而一之前是何等英俊、多情的一个男子，体格是何等的美丽、迷人，证实这一点的有那位与 Q 在机关楼梯下"邂逅"的女性。"一位令人心动神摇的美男子。"那位艳丽的女性说，边说边从衣袋里掏出一把水果刀来，其他的女性也纷纷拔出刀来。

女士们的主观愿望当然是可嘉的，只可惜她们这一招是否有成效很成问题。如今蜕变成蛹之后一动不动地躺在树干缝里的

Q，恐怕是永生永世，再也用不着她们来"拔刀相助"了。这样一个可悲的结局，却是他心甘情愿地选择的，也许后来他也有过后悔吧，但一切都来不及了，他"发了疯地朝死路上奔"。幼稚乐观的小伙子说："然而还有春天的。"但春天已经永远地不属于他了，他只是一个蛹，在春天里他将慢慢地枯干、萎缩，变成个空壳。他抱着那样多的希望投奔了 X，以为自己会变成像她一样的彩蝶，无情的自然规律却将他变成了树缝中的空壳。是什么原因导致了他的毁灭性的结局呢？

纵有千万种原因，直接的原因我们仍然只能从他体内去寻找。

一个人，从十一岁那年起就因为无法摆脱的内心恐惧而发展了某种浪漫情绪，尽管时光飞逝，他始终是一个长不大的孩子。本来他应当保持他的童心，与他那同样长不大的爱妻平平静静、安安稳稳地厮守一辈子的，无奈他又坠入了 X 这个妖怪张开的情网中，表演起种种成人的把戏来，他内心也感到自己的表演是多么的拙劣（例如拍皮球之类的招数，至今仍令他脸红心跳），在旁人看来是多么荒唐，可是他拿自己有什么办法呢？他发神经了。一提到 X 他就崇拜得要死，眼泪双流，整日里只想往那谷仓里钻，恨不得永生永世也不出来。那么这 X，照她所吹嘘的，她对 Q 也是爱得发疯，而且她又善于造奇迹，她干吗不把 Q 也变成一只蝴蝶，两人双双飞到半空去呢？"不，我只能造窗帘，造玩具，不能制造人。"她摇头否认道。好家伙，我们的 Q 就只能停留在树缝里变成一个空壳了！五香街的女性们痛心疾首地用头部撞着树干，直到撞破头皮，血流如注，她们的哀哭惊天动地。她们至死也想不通：这个Q，可爱的美目的男子，既然想变成一个成熟的男性，为什么不来找她们，五香街的标致的女郎们，却要去投奔那该死的骷髅。要知道在她们温情脉脉的怀抱里，他一定会迅速地成长，在很短的时期内脱去稚气，变得行动果敢有力、目光勾魂的。因为她们这些女性，全是一些极富创造性的、强大的女性，她们在以往的日子里曾经造就了多少英雄啊！并且她们从来也不张扬，只是默默地为社会贡献她们的青春与精力，这种大公无私的精神使她们终生魅力不衰，即使到了孤寡老妪的年龄仍然容光焕发，像少女一般无邪、天真、优雅。

最不可饶恕的一件事是：这个Q，曾经与我们未来的天才人物、我们的寡妇邂逅一次，而他竟然有眼无珠，没有细细对她打量一番，并且后来他对自己之所以"性欲勃发、光彩照人"的内在原因一无所知，他忘记了那次邂逅对他所起的作用，就将这一切生理变化的原因张冠李戴地安到X的身上去了，这就叫作"朽木不可雕也"。我们大胆地设想一下，假若在那一次邂逅中，Q真正将寡妇从头到脚看了个清楚，于是猛醒回头，从去谷仓的路上掉转身子追随我们的寡妇，然后在寡妇的循循诱导之下开始自身真正的进化过程，又何至于落得今日成为树缝里的空壳的下场呢？

寡妇的感染力是惊人的，全体五香街人一次又一次领教过了的。坏就坏在Q男士那次没有将她看清，她本人又是向来谦虚、清高，从来不强行表现自己，也不想控制人（X却是见男人就如饿虎扑食，还不惜用趁人昏迷之际注射制幻剂的卑劣手段，拿男人的身体进行残酷的试验，事毕之后即一脚踢开，不管不问，谓之"分道扬镳"），又具有那种慈母般的心肠，忧国忧民，爱民如子。她的一切影响都是潜在的，在当时看不出来的，只有心地纯洁的人才会永久地为她吸引，所以浑身被 X 注满了毒素的 Q，于昏乱中就失去了一生中唯一进化的机会，很快地掉入那深而又深的陷阱里面去了，寡妇对他所做的短暂的瞟视，也仅仅只是使得他在几天内"容光焕发"，他还根本没意识到是怎么回事，寡妇也没来得及进一步对他施加影响，（她的工作太多，太繁重了，她总不能撇下所有的人，来照顾 Q 一个人吧！）他就被 X 这个妖怪拉下了泥坑。据他本人透露，他在与 X 寻欢作乐的间隙里，曾多次起心要洗手不干，摆脱他那种暧昧的处境（这当然是由于寡妇那短暂瞟视的潜在影响），但该死的女巫的魔力使他如醉如痴，所以他拼出吃奶的气力想变成和 X 同样的彩蝶，打消了一度想回头的思想。

"哪怕变不成彩蝶，也领略了做人的真谛。"他咬紧了牙关说道，"反正我当一个小孩子也当腻了。想想看，已经当了近四十年！"

在事件发展到高峰的那一天，Q 男士的同事从毛毯里伸出头来，直截了当地谈了自己的看法。那位同事说："一个人，把自己搞得老不老小不小的，这么大岁数了还拍皮球、照镜子什么的，真不像话，这种事在乡下称之为'中邪'，后果是很可怕的，这家伙满心以为自己想变个什么就会变得成，哪有这种好事！"他说完话之后连打了十几个喷嚏，因为 Q 正在房间另一头猛拍皮球，拍得灰腾腾的。

说怪话的人太多，做鬼脸的人也不少，Q 的眼睛与耳朵又处在看与不看和听与不听之间。其实他是什么都看到了,也什么都听到了,只是经过他的大脑的过滤,这些看到的和听到的就变成一些震耳欲聋的音响,一些光怪陆离的颜色,扰得他日夜不安,时时受到惊吓与逼迫,就是想要清静几秒钟也是不可能的,那腿子总是一弹一弹的,他也就一跳一跳地过活,那滋味可不太好受。他也曾努力地模仿过 X,想要"达到那种最高的宁静",结果是果然达到了有十五秒钟之久,那是与 X 待在一起时,X 带他进入某种幻境里停留了十五秒钟。那以后情形更坏,回来以后他像袋鼠一样东跳西跳,整整三天没有上床,他老婆哭了三天三夜,日渐干瘦。

"那世界吸引着我,可惜不属于我。"他垂头丧气地给自己下了结论,一抬头就从墙上那面镜子里瞟见了自己额头上的皱纹,还有呆板可笑的举止,"我不过是一只蟑螂罢了"。

虽然下过了这种颓废的结论,到了下一次,只要 X 提议两人一同钻入某种幻境里去云游,他马上又迫不及待地动身,还死死地搂住她的腰,生怕她抛下他,更怕自己进去不了。事后只要有人问他看见了什么,他就呆呆地,面孔发烧,眼泪盈满了眼眶,还做出一种傻笑,却忘了回答那人的问题。每次都如此,只有在那种时候,他才能在几秒钟内真正做到不看不听,"心旷神怡"。

说来说去,我们的 Q 活了近四十年,原来全是在做游戏中度过的,那种嘻嘻哈哈的浪漫情调,便是他致死的根本原因。他既不是被什么波,也不是被什么制幻剂,更不是被舆论所杀死的。他钻进树缝里成为空壳,正是他那浪漫主义理想之实现。

从十一岁起，他就盼望着这一天的到来，刚好这一条又与 X 的谋杀心理挂上了钩，才生出这一系列的事端来。我们在上面阐述 X 的谋杀心理时，只是说明其恶毒，并没有强调她的社会能量，她的能量迄今为止仅仅只够将一孩子拖下水，像 Q 这类人物的蜕变，倒与 X 的能量没多大关系，波也好，什么也好，都是一种想象的东西，他的蜕变是他体内成分所致，当然与 X "合二而一"这一举动也起了关键的推动作用。至于生着一个迟钝大脑的 Q，在当初，是一股脑儿将自己"新生"（他满心以为自己要新生了）的原因归结于 X 的眼波的，他多次将 X 称为魔术师，并在频繁的照镜游戏中肯定自己的新生。当他在上衣口袋里装着镜子从马路上昂首而过，当他从橱窗玻璃上打量自己的尊容时，五香街人谁又忍得住不掩嘴而笑呢？尤其他又曾是这样一个严肃、胆怯、一本正经的家伙，除了躺在瓜棚下作那云里雾里的狂想，四十年里从未作过一件离经叛道的事。

我们一想起 Q 这个人，心里就涌出一股怪味，脚底下就觉得不踏实，真的，他到底算是哪门子人物啊？糟糕的是我们这些标致女郎又的确想念着他，想得要死要活的都有，还有人叫嚣：不管怪不怪，踏实不踏实，反正她就是钟情于他，他是她唯一愿与之神交的男人！就是变了树缝里的空壳她也要对他"拔刀相助"！女士们横下一条心，一窝蜂地跑去找 Q。那个瓜棚架下的小屋门口，放着一把空空的躺椅，仔细搜索了好久，才发现 Q 这个人物，已经先于 X 而"消融"了，在屋后的石头下面，女士们发现了摔破的镜子，这一发现使得她们相视一笑。一个披着毛毯走来的面目模糊的家伙告诉女士们：Q 正坐在他的办公室里搞统计工作。

"他发疯的那些日子对我们来说就如一场噩梦。"他说。

楼梯口下的艳丽女子立刻讲出自己的独到见解:"既然恢复了原状,他的魅力也就随之丧失了。在这个事件之前,他可的确没有什么出色的地方。"

大家一思忖,觉得这见解很英明。毕竟,没有X的事件,她们哪里会知道有这么一个Q呢?他不是从那个美丽的下午进入五香街之后,才变得可爱起来的吗?她们争先恐后地想念他,也是一种精神寄托,与那事件直接相关,现在他从事件退出,融化于民众之中成了一个普通人,也就不再是我们五香街的标致女郎们相思的对象了,谁会去爱一个普通人呢?我们这些女郎的爱情,无不是要体现自己的自我牺牲与英勇精神,只有奇特的恋爱才够味,我们可不是灰色的严肃的女人!本来我们一齐跑来这里,又带着刀子,是满心希望经历一场"暴风雨的洗礼"的,我们还做好了准备要"为爱情献身"呢,谁知扑了个空。这Q真是没意思呀,要实现心中的理想真是难上加难呀。我们悔不该陷得这么深,悔不该抱了太大的希望,现实中的事又有几件是能称心如意的呢?往往你设想得好好的,结果却是完全相反,料想不到的打击接踵而来,把你都搞糊涂了。早知这Q不过是想风流风流,并没将"事件"当真,事发即如缩头乌龟,我们是压根儿就不会看得起他的。谁还会跑这破地方来凑趣啊?恐怕永世也不会知道这幢破房子呢!这么七嘴八舌一议论,每个人都觉得是受了极大的侮辱和愚弄,每个人都气得发抖。

在跛足女士的带动下(她一想到那致命的二十五秒钟就觉

得与Q不共戴天,她认为这个该杀千刀的Q,甚至比夺去她处女贞操的那小子还可恶百倍),她们开始用石块砸玻璃,砸完玻璃又砸门,后又拥进屋内将每件家具砸了个稀巴烂,这才走了出来,对着田野开怀大笑,又不知是谁带头唱起进行曲,最后这伙人凯旋。我们的寡妇没去参加这次行动,因为那一天她正在开导一个失足青年。

事后她总结道:"做一个人的原则,就是要首尾一致,坐有坐相,站有站相,讲信用,有责任心。我生平最怕的就是那种变色龙似的人物。一个男人,如果使你捉摸不定,甚至一夜之间面目全非,那是顶顶糟糕的事。作为堂堂的男子汉,怎么能挫伤女人们的自尊心呢?那是犯罪的举动!我们女人,是诚心诚意地相信男人的,我们总愿意自己所爱的男性给自己一种永恒的感觉,这样我们才会活得有生气,有劲头。一般说来,我们五香街的女人在思念某个男人时,总是将这种稳定性不假思索地赋予他,唯愿自己在精神上与他白头到老。这种情况是很自然地发生的,我们可爱的男士们也从未使女士们失望过。轮到Q男士这一次,我们可爱的女士们依然是这样坦白、轻信、毫无保留,谁也没估计到这个木偶,这个身份暧昧不明的家伙会和我们搞这一出恶作剧,他激起了大家的热情和想象之后忽然就逃之夭夭了,把我们这些美丽的女士们撇在田野里面面相觑,我们有谁一生中受过这种戏弄呢?我们都是一些品性高洁的人啊。所以砸门窗和家具的举动我是完全能够理解的,我一点也不认为这有什么野蛮的成分。"

那次行动之后,五香街的女郎们曾一度对男性产生了失望的情绪。"从今以后，我也许要当一个禁欲主义者，失望和颓废情绪的袭击太可怕了。"

她们纷纷说，"比较起来，还是我的丈夫靠得住得多，虽然他平凡，没有刺激性，不能给我以精神上的满足，可他是一个实实在在的人，根本不会给我引起那么多的麻烦。多少年来，我一直打算做一件事来表示我对他的感激之情，我明天早晨就要做那件事。"

到了早上，那些女士们在各自家中做起好事来了，有的将与丈夫的合影放进描金的相框里，挂在屋当中最显眼的地方，而那地方本来是挂先人的遗像或精英领袖的照片的；有的翻出丈夫最好的衣服，一大早就将他装扮起来，然后歇了工作，夫妻双双去逛马路，就像是过节一样；还有的用最拿手的烹调术，做出丰盛的午餐，请来客人聚会，一个个喝得醉醺醺的。做完这些好事之后，她们就觉得自己是轻松了，将Q这个包袱抛之脑后了，不过这情形维持到半夜又不行了。

那时夜深人静，昏暗的街灯闪闪烁烁，人们最容易遐想联翩，而怀中的丈夫，此刻是绝对推不醒的，于是女士们又将那绵绵的情思系到了蜕变前的Q的身上，忆起他初来五香街的第一天所给她们的强烈印象，直想念得全身酥软，泪流满面。为什么他在那个下午不来找她们呢？要知道她们中无论哪一个人，都是做好了充分的思想准备与他神交的，并且那一来，他会变得何等的有出息、有能力，她们诅咒那可恨的一念之差，那一差就差去了十万八千里，那一差改变了全体女性和Q本人的命运。若不是那一念之差，跛足女士不早就扔掉该死的拐杖，成为一个窈窕淑女了吗？寡妇不又多了一项成果，一个信徒了吗？孤寡老妪与四十八岁好友等人，不又在迟暮之年重新焕发出青春，在事业上更为雄心勃勃了吗？而 Q 本人，不也终究成长为一个男子汉，受到社会的表彰了吗？这家伙错过了好机会真是活该，从前有多少可能的好出路任他选择啊。就算他不投入她们的怀抱，只要坚守自己的贞节、独立，不与 X 女士搞那一出鬼戏，那么到如今，他仍然是一个完整的男人，不至于蜕变成树缝里的僵虫，她们全体在夜间，也好有个慰藉，有个实在的寄托，不至于要用怀旧来替代，来空无所傍地胡思瞎想，她们说不定还能偷拍他一张照片藏在床底下，在丈夫不能满足她们时，拿出来偷看几眼，作为一种精神上的支柱呢。

　　反正这一切都不可能了，Q 这家伙把一切全搅乱了。女士们在午夜时分的情景真是苦不堪言，连笔者也不能作详尽的描述，除非找到一个新的理想与精神的寄托，这种情形是不会很快结束的，无形中，公众的事业也受到了损失。因为有的女性，因夜间失眠，竟会一直睡到中午不起床，而耽误了黑板报的工作。还有的女性只想着讨好丈夫，连续几日旷工与丈夫去逛马路，败坏了我们严肃紧张的工作作风。在发现这种令人头疼的情形之后，我们团体的智囊 A 博士关门在家几天不吃不睡，终于想出了那个关于 X 女士新情夫 P 的方案，将这方案一推广，不正之风就迅速地得到了纠正。

　　A 博士将自己的这个学说称之为"移情"说，他四处奔走，宣扬他的主张，将 P 这个人物的形象在人们心目中树立起来，以代替已经消融了的 Q 的形象，使妇女们的内分泌重新活跃起来，重新变得自信而又坚强，加倍地热爱生活，热爱本职工作。

"移情的作用是万能的，"他在总结会上告诉大家，"一个女人的孩子夭折了，使她振作起来的唯一办法就是再生一个孩子。"

A博士现在是成了权威了，从那个月夜他爬上山顶与神灵对过话之后，他就先于笔者和寡妇确立了天才的地位，自那以后，他说话的嗓音总是如洪钟般震耳欲聋，这是五香街人渴望听到的嗓音，所有的人都想要自己的耳膜经受一次这样的冲击，这里面有不能言说的快感。这个Q，在没得到我们女性允许的情况下就可耻地消失了，我们也不屑于对他再分析下去了，我们已经在A博士的帮助下从情思中摆脱出来，另外确立了新的偶像。

下面我们要着手分析X女士丈夫这个人物。从我们以上对于这个人物的描述看起来，我们只能得到一个这样的印象：这个丈夫是一个应声虫、马屁精、阳痿患者，他在与X女士共同生活的漫长岁月里，已经失去了自己的性别，变成太监一类的家伙了，这是他们来五香街之前就已经确定了的事实，X女士是如何造成这一事实，这宝贝丈夫又是如何欣然接受的，这只有天晓得。不过就是这样一个可怜虫，也在挣扎着要表现自己呢。他曾向他那位好友表明心迹，说他本人也有他个人的"爱好"，一问起来呢，原来是跳房子之类的瞎胡闹，我们可不能因为他跳房子什么的就说他没有阳痿病。

他在与X的关系中始终充当的是保姆的角色，这是一清二楚的。请看他在家里都干了些什么活儿吧：替X守门啦，充当卫士的角色啦，悬挂窗帘，购置显微镜与镜子啦，反正都是一些莫名其妙的瞎忙，还那么郑重其事，哪里还像个男人呢？有的时候，他也有他的苦恼，但很少和人诉说，仅仅只对他的姨妹子说过一次，他说他"只想与X一道逃到一个没人的地方去过安静的日子"，因为"街上的灰尘太厚了，简直没法呼吸"。他这个理想当然从未实现过，将来也永远不会实现，他就只好闷在肚子里。

从我们寡妇对于性问题的高深见解来看，这个丈夫完全是由X一手造就的，只要他离开X，得到一个适当的保护人（例如同行好友）的指引，不说他会"性欲勃发"，至少也会重新恢复男性的功能，现在这种男不男女不女的状况算个什么呀？对于他，我们五香街的女性可没半点好感，这在前面已述说过了，要补充的一点是关于他的脾气。他是远不如Q那般温和与多情的，他对女性的态度不仅傲慢，还是一个吝啬鬼、势利眼，他生怕自己对旁的女性流失了一星星情感，公开声称他的情感是要留着去讨好X的。从寡妇看透他的灵魂之后，我们的女性对他真是鄙夷到极点了，人人都知道他是一个美男子（我们不想否认事实，颠倒黑白），但这又能帮他什么忙呀？这不是俗话所说的"金玉其外，败絮其中"吗？他倒不如长得丑一点，我们看起来还要顺眼一点呢！造化有时就爱与人作对。我们在那次黑屋会议上将这个人归纳来，归纳去，就是无法将他归到哪一类，最后还是同行女士叫了出来：

"他本来就不能算一个人嘛，你如何归纳？我与亲爱的X作了十多年知交，从来也没将他当个人，尤其是当个男人，我在他们家出出进进，从来是将他看作门帘一类的东西。以我们这种女性魅力，哪个男人又能不动心？这在十多年的朋友关系中早经反复验证过了的，但我就是没想到过要去吸引这个人，十多年里，我连正眼也没瞧过他一下，至今不知他为何等模样。不像有的人，自命为天才，却又对这个人千方百计加以勾搭，在光天化日之下拉拉扯扯，将自身的关键部位暴露在他眼里，仍然没有达到卑劣的目的。"

她说完之后，寡妇紧接下去发言了：

"这个丈夫，是最最值得同情的一个人物。对于X一家来五香街之前的那段年月，这个男人是如何落入她的掌握之中的，我们已无法考察出来了，我们只知道，从我们看见这个男人的第一天起，他就是一个丧失了性别的人，他的一举一动，全受到那女人的严密监视，以致他形成了一种条件反射：见女人就逃。久而久之就发展成畸形的厌恶心理，他这一辈子都在猥猥琐琐中度日，除非X先于他而消失，他才能抬起头来、恢复他男人的本来面貌。有些狂妄的人以为自己没有打他的主意，就显得自己很高超似的，这种人又可笑又狭隘，她不知道在我们五香街，是没有任何一个女性会真正去打这个男人的主意的，就因为他并不是一个男人，女人无法去打他的主意。我在从前的日子里曾有好多次力图启发、唤起他身上的男性因素，最后都以失败告终，X将他的本质彻底破坏了，而我，又不能为了他一个人耗去过多的精力，有那么多人需要我，所以这事就一直听之任之。但就是对于本人偶尔为之的这些努力，我们五香街群众内部那个别狂妄的人，也在心眼里和我过不去，不认为我是在牺牲自己拯救他人，倒认为我是在打他的主意，打一个丧失了男性功能的人的主意！一个窝囊废的主意！世上居然有这种白痴！散布这种言论的人正好暴露了她自己的内心世界，她若不是整日里虎视眈眈地盯着这个徒有其表的美男子，又怎么能知道哪一时刻有人打了他的什么主意呢？这种事真微妙极了呀！必定这个窥视者，也是一个发育不全的阴阳人，一个身上缺乏女性激素的家伙，这种人所喜欢的正好是X女士丈夫这种长不大的男孩，而且一旦喜欢上，马上就变得出奇的妒忌和专制，只要旁的女人对他望一眼，（不是像我这样出于高尚的目的，谁又会去望他？）她马上就被激怒，恨不能马上同想象中的情敌干一场。同志们，事情是这样的：对于我来说，不论这男的或这女的，都是我拯救的对象，我知道他们的发育不全不能责怪他们自己，还有种种外界因素的影响，我一直想做的，就是扫除那种不良影响对他们身体的作用，释放他们体内的能量，将他们还原为真正的男性和女性，可惜一个人的能力是有限的，她不能面面顾到，还要躲避来自各方面的明枪暗箭（这也花费我很大一部分精力）。我已经做了许多工作，其中有成功的，也有失败的，我承认我对X女士丈夫的努力是失败了，这是由于我一直过于轻视他，很少把注意力放在他身上。我万万没有想到我所做的这一点点工作，还要被人称为'勾搭'之类的，就算说这话的人也是我拯救的对象，就算她是由于发育不良而口出狂言，我也要深挖这种思想的根源，让大家从中受到教育。在我们这里，为什么会有这种长不大的男孩的存在呢？是谁造就了他们？你们也许会说是X造就了这类人。其实远远不止她一人的作用。正是因为在我们五香街，存在着许多与X丈夫同类的长不大的女孩儿，那些男孩儿才不觉得孤单，不觉得自己异样，而理所当然地认为世界、认为人，就是他们眼中的那个样子呀，就是这个才使得他们长不大的呀，要是他被我吸引过来，脱离了X的控制，要是某某狂妄女士不来打岔，让他一直处于我的良好影响之下，他又何至于长不大呢？总之现在是迟了，全迟了，那可怜的男孩和这个饶舌的女孩，一概停留在侏儒的阶段，再也长不大了！生活多会跟人开玩笑啊！"

这两个人的发言中，女性同胞们当然全体一致地倾向她们的领袖，她们那灵敏的头脑已经体会出一点什么不对劲的味儿来了，联想从前发生过的事（关于那次去警察局告发X的通奸行为），想到历史又开始重演，她们全有些愤愤地，于是开始板脸。

同行女士面对这些板脸的人如坐针毡，她连忙站起身假装找她的手提包，想要就势溜走。溜到门口，又被X女士妹子丈夫好友的老婆，那个力大无穷的黑皮肤女人挡住了去路，她大喝一声：

"你想来糊弄我们吗？你凭什么说他是副门帘？这种比喻后面有鬼！一个人，哪怕是丧失性功能的男人，绝不是一副门帘！你这种说法可给了我当头一棒！所有的男人，包括这个男人，对于我都是暗自怀着一种崇拜之心的，我和我的领袖一样，对他们满怀同情，刚才听到领袖将他比喻成无法长大的男孩，我几乎流下了怜悯的泪水。而你这个铁心肠的家伙，竟将一个活生生的，在痛苦的蜕变中挣扎的小男孩比喻成门帘！从那次告发行为之后，我们一直猜不透你是由什么材料拼凑起来的家伙，你的心肠坚硬到了什么程度，我们一直在冷眼观察你。啊，老天，世上还有你这样歹毒的女人！刚才听了领袖的分析，我才明白过来，你想要达到的是什么目的。原来你的所作所为全是因为发育不良！在你那种变态的性心理中，你最感兴趣的就是漂亮的小男孩，你将他说成不值一钱的门帘，实际上是想避开众人，将他偷偷留下自己享用。我敢打赌，只要你这一溜走，马上就去找他。你放了一通烟幕，然后溜之大吉，心里自认为高明得了不得，没想到有一个先知早识破了你的诡计，等候在这门口，这下你狼狈了吧？听我的话，回去老实躺下，收起你的如意算盘，免得当众出丑。一个人做事总要讲章法，该怎么着就怎么着，你睁开眼看看这满屋子的同胞，谁又像你这样莽撞？我跟你说，你可要仔细点，在我们这里还有一个艺术家，他担任着撰写历史的任务，从那个乘凉的夜晚，我和他一同奔进小黑屋里，我将一些秘诀传授给他之后，他真是变得又灵巧、又幽默了，你可不要在他面前提什么门帘，那是十分危险的，我们这个艺术家现在快要达到我的水平了，他一眼就能洞悉你的内心世界。我的天，跟你说话怎么这么费力？我生平没有进行过这种冗长的谈话，你真是出奇的迟钝。"

黑女人说完之后，并没有让同行女士过去，她目光炯炯地瞪着同行女士，将全身伸展成一个"大"字堵在门口。

"不，我改变了主意，"她又说，"我决定不放你回家了。今夜我也不回家，我要守在这门口直到天亮，我感到这是关键的一夜，我不能容忍别人对严肃的问题造谣生事。关于门帘的无稽之谈一旦流传开去，我的社会地位将一落千丈。"

召开了多次的会议之后，X女士丈夫的角色问题仍然是十分的含糊暧昧，笔者曾用迷宫线路图解决过 X 女士的面貌问题，但线路图的手法并不适合于这个男人，特殊的矛盾一定要用特殊的方法解决，我们一定要找到启开这扇门的钥匙。我们的 A 博士用"移情"的方法解决了 Q 的矛盾，笔者肯定，对于这个男人，就是 A 博士也会束手无策，这是天才的义不容辞的任务。笔者在心中排除了任何人解决这个问题的可能性之后，就开始单枪匹马地行动了。笔者想到"近朱者赤"这个比喻，就登门去拜访 X 的妹子了。

这里要交代一下，X 的妹子自从与她的奸夫私奔，后又"和平解决"之后，就与她的现任丈夫住在一个极其窄小的阁楼上，阁楼紧挨粪码头，一天到晚处在大粪臭气的蒸熏之中，但这一对男女竟是很愉快似的，从面对粪码头而开的窗口时常可以看到他俩拥抱接吻的镜头，他们还间或从窗口伸出头来大呼小叫，至于叫些什么鬼都听不清。

笔者去拜访那女人时，在房子周围转了好多圈，始终找不到上楼的楼梯口，只好叉着腰站在粪码头等待。等了约莫半小时，那窗玻璃上映出了两张吃惊的脸，笔者连忙打手势比画起来。那女人微笑了一下，缩了回去，又过了十分钟，从窗口放下了一架棕绳和木棍做的软梯，笔者胆战心惊地抓住软梯攀缘而上。

"这下好了。"女人对男人说，"我们采取的这种办法很安全，没人上得来，不是吗？宝贝？这个小伙子是我们这里的艺术家。"

"艺术家？"男人吃了一惊，"对不起，我这就要工作去了。"

他爬上窗口，沿着软梯而下，到了地面之后又朝着老婆高叫一声："当心那个该死的家伙！"然后头也不回地消失了。

"他非常可爱。喂,请将窗子关紧,又开始打粪了。你想从我这里打听我姐夫的事,我实在没什么好跟你说的。"

"为什么呢,你们关系密切。"

"那是在我搬到这里来之前。到这阁楼上之后,我把过去的事全忘得一干二净了,我现在整天不出门,更不能回忆,一回忆我就要发疯的,真可怕。你用不着这么关心他,我看他这一辈子也顶划算的,他是一个美男子,不愁找不到幸福。当然我的丈夫也是一个美男子,你刚才见到了的,你都想象不出我们住在这楼上有多么快乐,像两只小鸟一样。而且他,这宝贝儿,又发明了这架软梯,我们立刻就将通到楼下的通道堵死了,这简直就如神仙的日子,你觉得怎么样?我已经有三个月没出门了,我再也不打算出门了,我姐姐的事对我来说就像一场杀鸡给猴子看的把戏。我又胆小又软弱,幸亏我的宝贝儿找到了这间阁楼,我要是在下面,在你们人群中,是待不下去的,太吓人了。注意!"

她蹦起来,左看右看了几秒钟,飞快地钻到桌子下面蹲着。"你来,请你坐在桌边,我好和你谈话。你知道,只要坚持不出门,我们在这上头是快活的,但也不等于无忧无虑,经常就有那么一些人爬上屋顶来捣乱。最大的困难是大小便,一只马桶提上提下,还遭袭击,这种困难你是无法想象的。"

"我能够想象,"笔者体贴地说,"我来找你,是关于你姐夫的事,你或许还记得——"

"我哪能记得,你这不是强人所难吗?我每天只记得钻桌子和马桶的事,这种事不能有一丝一毫的疏忽,我已经告诉了你,我并不是无忧无虑的，我必得要惦记这两件事，哪怕和宝贝儿睡觉的时分也如此。前几天，就在那种时刻，有人从屋顶往我们这儿扔来铁块，我的烦恼多着呢，我哪还有心思去记别的事！从我们搬到这楼上来起，我就发觉自己的记忆力丧失了，钻桌子与马桶的事太重要了，你无法逃避，还得高度集中注意力，打个比方，你总不愿意房间里满是粪便吧？你更不愿意你老婆被人砸得浑身千疮百孔吧？一个过去的女友来看我，被我拒绝在楼下了，我哪里还有多余的精力来应付这种事呀？今天虽然你来了，我也不能因此放松了我的警惕，我的注意力只能放在这两桩事上，你休想把我扯开。请你打开窗子看看宝贝儿回来没有，他每天在工作时抽空回来倒马桶，因为我不能出门，我一出门便遭袭击，你不要以为他不愿意，他倒是甘心乐意的。我们是合适的一对。我喜欢家庭气氛，虽然这种条件显然不可能生孩子，在这一点上我和我姐姐是有分歧的。我喜欢从一而终，我打算跟现在这个丈夫白头到老。哈，小鸟飞回来了！"

她奔过去打开窗，放下梯子，然后转身对笔者说："你应该走了，我奇怪你怎么还在这儿？他可是不大喜欢你的，我看出来了。"

那天下午，笔者在那阁楼上一无所获。当笔者心烦气躁地坐在街沿上敲鞋底的时候，一只沉甸甸的手掌压在笔者的肩头，抬起头来，笔者看见了同类——身穿黑衣的全街人的母亲。

"我已经把那件事重新评价过了，你并没有得罪我，你的长处是不可忽视的，像你这种人才毕竟不可多得。"她拍了拍笔者的脸颊，沉思着说："你这种苦苦追寻的精神我很欣赏。就在刚才这一刻,你已经成功了。"

"什么?"

"你的工作完成了,因为那娃娃已经与X女士分手了,我亲眼看见了这一幕,他背起行李就从五香街消失了。问题就这样解决了!我们撰写历史的时候完全可以将他一笔勾销。啊,免去了多少不必要的争执!我这心里空荡荡的,说不出是一种什么感觉,从这娃娃来的第一天起我就背着包袱,现在总算到头了,我该高兴才是,怎么会这样地无所适从呢?我突然觉得,他在这里的时候我反而有朝气、有目标一些,那时我看起来更年轻,对不对?假如他在走以前来和我告别,让我在精神上有一个适应过程,情形也许不同一些,可背起行李就出门,这太无情无义了!我们多年来已经习惯他的存在了,我每一次组织活动都将他考虑进去,就连自己穿什么衣服,都是针对他而来的,想想我那些精彩的演讲吧,我一直将他假设成我的观众,因为这种设想我才发挥得分外有力。他怎么会想出这种残酷的分手方式来的呀?我还以为他至少会要来我家和我道一声别呢。难道我和他不早就是心心相印的好朋友了吗?我一直认为我和他之间存在着朋友的默契的,因为你们任何一个人都与我有这种默契,我是全街人的母亲。从X钓上另外的男人之后,我就心平气和地开始了等待,我认为在一个风雨交加的夜晚,他一定会走进我的家门,他没地方可去,只能上我这儿来,那个时候,从前的记忆全都复活,我们这位朋友眼里出现了从未有过的丰满动人的形象,他一下子就把那形象与眼前这个从头到脚蒙在黑布里的悲哀的妇人联系起来了,他神魂颠倒地记起了这形象的种种迷人勾魂之处，痛悔自己错过了大好机会。可以断定，他甚至会于一刹那间产生邪念，于一刹那间迅速地由孩子变成男子汉。

"这时黑布里头的妇人抬起了眼睛，两道目光飞快地交叉掠过，是成年人深沉的对视，然后小伙子首先垂下了美丽的头。'为什么我从前是这样的盲目？'他痛苦地说道。

"我将耐心地安慰他，告诉他一切都还来得及，他从前犯过错误，这甚至是一件大好事，他会变得更加强有力，百折不挠，没有那三十多年的错误，就不会有今天觉醒的他。我们每个人都犯过这样那样的错误，这些错误反而成了前进的动力，我觉得经过这样一场误会，我们俩都看清了对方的真面貌，我眼中的他已不再是一个小男孩，而是一个有魅力的男子汉了。这使我万分欣慰，我从前那种种的引导工作总算没有枉费心机，它取得了应有的成效，从这里也可以看出我对他是抱着一腔纯洁之情的，这一下就推倒了某些人的污蔑不实之词。我坐在门口，满怀信心地看着日子一天天过去，看着我们会面的时刻不断临近，看着那小伙子的眼光一天比一天阴沉、绝望，看着形势渐渐地变得对我有利，看着某些人的阴谋表演，我什么全看到了，什么全估计到了，只是没有估计到他会背起行李就走，没有估计到他会如此坚决地斩断我们的友谊。当然说到底，他这种过激的行为也是可以理解的，这也是我从前那些引导工作的一个意外的结果，他在觉醒之后羞愧难当，决心与过去一刀两断，才采取了这种过激的行为。本来他这样做也算得上一件好事，给我们免去麻烦，我们只要将他从历史上一笔勾去就成了。因为他这样做了之后，就等于他在五香街并未生存过，至于他长大成人之后去到别的地方重新开始，那就与我们无关了。作为一个普通群众来讲，这种想法是合情合理的，但是我是一个母亲，看着新生的婴儿脱离自己，远走他乡，那滋味可不大好受。不瞒你说，当他消失在街口的时候我还掉了眼泪呢！他完全可以留在这儿不走，我的大门日夜对他敞开着，他想什么时候来就可以什么时候来，这孩子为什么这么想不开呢？是不是某人恶意的不实之词传到了他的耳朵里，他为了保护心爱的人不受伤害，才决定牺牲自己的呢？相形之下，那人的嘴脸是多么的肮脏、丑陋，这孩子出走一举将阴谋家的内心世界暴露无遗了，在我们大义凛然的目光下，她还有勇气来陈述她那套诡辩吗？速记员同志，刚才我见到你，发现你也在和我进行同一项工作，我的心头立刻轻松了一点儿：关心这件事的并不止我一人。你想到过没有，眼前的这件事正是一个绝妙的题材？如果你能将我刚才讲述的所有那些微妙的心理活动全记录下来，本身就已经十分精彩、十分雄辩了，所有的人都将从中受到教育、启发，阴谋家将无地自容。他并不是一去不复返的，你相信这一点吗？一个人，弄得如此地步，连自己的存在都很成问题了，大家都忘记了他的本名，只用一个'X丈夫'的别扭符号来称呼他，要想在他跌倒的地方爬起来是很难很难了，又由于一些客观条件的限制，他没有来得及与本人交心，受到本人的保护，所以一时他就消沉了，看不到那唯一的一条出路了。他这一走，主观上是抱着一种毁灭的决心的。客观上当然不会是这么一回事，我对他的潜在影响必将决定他的一生。他获得新生之后去外面兜一个圈子，最后，仍然将回到他的母亲、他唯一敬仰的朋友身边度过他的晚年。速记员同志，我跟你说了这些之后，我的思路已经逐渐理清了，这不是一种惊人的本领吗？我现在对于 X 丈夫的前途已经乐观起来了，他已经完成了从一个别扭的符号到一个人的转变，今后他还将完成他在外界的旅游，最后，全身心地投入我的怀抱。二十分钟前我心情沮丧地看着他离我而去，一下子苍老了十岁，这是你亲眼所见的，可是只过了二十分钟，我立刻恢复了情绪，现在我看起来怎样？"

笔者告诉她，她看起来好得不能再好，完全可以称之为"含苞欲放"，却又比"含苞欲放"更有意味，任何一个人，在感受了她的娇艳之后，都不会满足于那些青春少女了，她真是一个完美的象征。

笔者到现在才回忆起来，自己一早出门，直至现在，是走了一条曲折的道路，笔者的目的地并不在粪码头边上的小阁楼上，那只是一个借口，一个假象，笔者从那地方下来之后，神灵就将笔者带到了真实的所在。现在问题已经解决了，解决的办法即是"一笔勾销"，这太痛快了！可惜笔者没有带着记录本，不然当下就能完成这一伟大的创举，这正是"英雄所见略同"，"殊途同归"，今天真是一个有纪念意义的日子。这一伟大的创举在本质上又是仁慈与博爱的，我们给一个陌生人建立了故乡，这故乡的大门日夜对游子敞开，这种事，想一想就感动。

寡妇又对笔者补充说：她已经在天蒙蒙亮的时候，从 X 家的窗台上拿走了那男人的一双鞋，现在这双富于象征意味的布鞋已经保存在她那个装纪念品的抽屉里了。这也是一个有力的证据，万一她发生了不测，请笔者记住这双鞋，可以用这个事实来击退预料中可能发生的攻击。

现在,笔者终于将这两个暧昧人物的遗留问题弄完了,这对于笔者来说无疑是一种解放,在寡妇家里,笔者拿到了那双布鞋,于是他们俩同时嘘出一口气,这意味着他们一个段落的工作已结束了。寡妇在门口的靠椅上坐了下去,目光中明显地露出了呆滞、麻木的表情,身体也仿佛消瘦了好多似的,笔者暗自思忖她是老了。

"并没有什么意义,"她忽然苦笑了一下,"风在你面前吹,街道横亘在你眼前,这一切,实在并没有什么的。我不断地问自己:我这是怎么啦。我容光焕发,年轻妩媚,这又是为了什么?即使老如枯木,如戴黑色小绒帽那一个,也是坏不到哪里去的。我只要抛开自己的社会责任感回到家中,坐在这棺材一般的小屋中,关于死亡的思索就慑住了我。最近,对人类前途的担忧与对自身的怀疑是越来越经常了。我这一生,活得太累,我敞开心扉告诉你,如果刚才那个男人不是那般绝情,我真恨不得与他一道远走高飞,重新开始。我们这个地方,的确是太闭塞了一点,我一下子觉得万念俱灰似的。"

她又苦笑起来。她的情绪感染了笔者,笔者忽然也产生了一个冲动,想回家将那本珍贵的历史记载扔进火里烧了,幸亏那冲动只延续了三十七秒钟。幸亏三十七秒钟之后,又有一个新的问题占据了亲爱的朋友的头脑,我们才一同抛开了个人的伤感情绪。

十、我们怎样化不利因素为有利因素，选举 X 女士作我们的代表

选举 X 女士作为我们的代表，这件事曾引起过很多人的反感。这些年来，X 一直是作为一个对抗性的人物存在于五香街的，要说她一下成了群众的代表，每个人都觉得不能习惯。一种新思想、新观点的诞生总要遭到来自各方面的压力，这一点也不奇怪。就在这种对抗持续了几个月之后，X 终于以群众代表的身份进入了历史史册。

我们这样说，读者一定觉得好不奇怪，从常识上来说，这种观点无法成立，破绽百出，并使人怀疑这其中有鬼。一个天外来客，一个被排斥于群众团体之外的异己分子，一个怀着谋杀阴谋处处与众人作对的家伙，一个诱使青少年犯罪的教唆犯，一个道德品质败坏的女流氓，一下子成了人民代表！真叫人不寒而栗啊。但新观点终于诞生了，并以其顽强的生命力存活下来了，

思想的改造是于不声不响中暗中完成的。今天，当外地代表团的成员们走进秩序井然的五香街作实地考察时，市民们大言不惭地声称：

"曾经有过的X女士，已被选举为我们大家的代表，这件事很值得一提，这标志着历史的转折。"接下去就有那么一两个人拉住代表们的衣袖子，拖他到街道边去"畅谈"。觉醒了的群众在畅谈中发出了这种很有分量的议论：

"从很久以前开始，我们就对X的那一套有本质上的了解，我们对那一套实在熟悉得很，从未有过什么大惊小怪的。X所犯的根本错误只在于她没有时间观念，她完全混乱了，对我们今天的社会秩序视而不见，把一切全弄糟了。只要设想一个实验，将她这一套搬到未来的社会里去，我们就会发现，她所做的，其实是我们早就想到了的，只不过我们没有勇气释放我们的原始本能，没有勇气藐视陈规罢了，并且这种勇气又是毫无必要、处处坏事的，只有疯子才会具备这种勇气。从本能上说，我们每个人都天生的有一种破坏性，只是从我们一生下来，就受到了良好的制约，将欲望引上了正路，我们才变成这种有教养的人。X所做的一切，并没什么新东西，那是我们早就先造成，早就所欲的，我们克制了原始的欲望，将它放到高度发达的未来社会中去释放，事情就是这样。为什么我们在考虑X的种种行为时，会感到一种油然而生的贴近感、亲切感呢？会觉得这个女性与我们生死攸关呢？我们细细地想到了有关她的一切之后，发现她原来是在作一场拙劣的表演，表演我们在将来社会里所要做的一切，这也是我们在现在的社会里没有勇气去做的一切。这一切，我们每个人都能轻而易举地做到，我们不做，只因为我们是有教养的民众，不是野人。我们谁也不想出风头，不想被人背后议论，所以谁也未曾做出X这种出格的举动。以我们的才能而言，我们相信，任何一个人只要他去表演，都能比X出色好几倍，X不过是投机取巧，做了众人所不屑、不愿做的事罢了，我们能做得更好！凭我们的才能，以及我们清晰的时间观念，在将来的有一天，我们要开始那种真正的演出。今天我们选举X当代表，倒不是因为她才能出众，或她正确地代表了我们（这里要强调一下：她的表演的确是拙劣的），我们之所以选举她，只是因为她先于我们表演了我们将表演的题材。我们不是好妒忌的人，一种新形式产生了，哪怕它是何等的幼稚、单薄，甚至反动，我们都会明智地容纳下来，给它一席地位，直到它在发展中消融。在这个意义上说，X是有她的进步作用的，不管她表演得如何，我们都要选她当我们的代表，这体现了我们团体的宽容精神。代表同志们，你们现在所感兴趣的，不应当是X女士所表演的内容，而是她的外在形式，那就是我们全体的形式，正式的演出还未到来，在将来社会的舞台上，我们将使全世界震惊。"大家对代表畅谈了自己的感想之后，就排成长队去请X讲演，因为她已被公认为群众代表了。

X正在炒房里洗蚕豆，满头大汗的。群众默默地停在外面，A博士和B女士走进去传达了大家的心愿。快嘴快舌的B女士一边帮X洗蚕豆一边向她解释说，对于她的精彩的讲演，在从前的确是产生过那么一次大的误会，群众对她做出过某些不当的举动，在某种程度上损害了她，这一点也不奇怪，这正是一种新东西诞生必然面临的局面。请她理解人民的举动，因为他们的本意是要保护她，她可不要因为这些误会就站在人民的对立面去。经过一个漫长的发展过程，她的某些形式已逐渐为人民所接受了，大家已在心目中将她看作"未来派"，愿她不要小看了这份信任，未来派即是代表人民的未来，这是非常光荣的。作为B女士的她，已经为群众的利益工作了这么多年头，贡献了整个的青春，差不多可以说是鞠躬尽瘁了，可是直到今天，她还未捞到类似的美称，还只不过是无名小卒B女士，而她，无功受禄，什么也没干，只不过跳上一个石凳随便说了几句话，诈做受伤状在屋里躺了一个月，一下子就得到这么高的荣誉，不但当代表，还冠以"未来派"的桂冠。她不要以为这是她理当享受的荣誉（想想五香街那些默默为群众工作的无名英雄吧），一点也不是，她只是碰中了机会，交了好运罢了。

在从前对她实行的那一次改造中，B女士的确得罪过她，那完全是为了公众的利益，那次改造的行动是非常正确的，没有那次改造，她今天成不了代表，也当不了未来派，她不但不应记恨妇女们的那次行动，还应好好感谢才是，她今天的一切荣誉全是由妇女同志们促成的，而这些促成她的人至今什么好处也未得到。就冲这一点着想，她也应当履行她的演讲义务，难道她就没有过良心的不安和谴责吗？众人拾柴她烤火，这太不公平了，这种不公平一目了然，她完全应想法子来加以弥补，任何一个心地善良的人都会坐立不安的。一个人，本来所做的一切全是为了个人的享受，忽然就从天上掉下了荣誉和地位，忽然就成了革命的先驱，如果她自己是那个人的话，她早就惭愧至死了。

B女士边洗蚕豆边说了这些道理，她洗得那么认真，弄得X女士一下子感动了，一感动，就将她的道理听入了耳。总之最后X女士弄明白了这个女人的意思，并回答了她的问题。X女士说，今天大家要选她当代表，又给她这么高的荣誉，她觉得挺感动的。要是他们早一点来找她就好了，在早先，她一直想当代表，也想得荣誉，她为这些做出过好多无谓的努力。要是她在那个时候当上了代表的话，她一定给大家做出了无数次深入人心的讲演了。可惜现在已经迟了，时光流逝，她已届中年，一颗心如死灰，不仅不想当代表，连见人都觉得十分为难。比如刚才，不是B女士有帮她洗蚕豆的举动，她根本就看不清屋里进来的这一男一女，也听不见女士的谈话，自从她打消了当代表的念头之后，她就变得又聋又瞎了。请问他们要她这样一个残废的女人有什么用呢？要是将她推上讲台去讲演，她必定跌倒在地，洋相百出，不，他们根本用不着她，他们一定是犯了错误，把本质的事情搞混了。她当代表？这太好笑了，她死也不当代表，如果硬要逼她当，她就去台上学狗叫，翻它几个筋斗。

X女士答完之后就去晾蚕豆，她一脚重重地踩在A博士的脚背上，痛得他发出吓人的尖叫。

"这个男人怎么还没走呢，我可一点也看不见他。"她说。

现在轮到A博士讲话了，他倚墙而立（因怕再次踩脚），侃侃而谈起来。他谈到代表的崇高意义，全街人对她所寄托的殷切期望。他，作为一个研究她这种问题的博士，对这个问题再清楚也没有了。"这是至高无上的荣誉"，请不要以为这种荣誉是她自己凭本事挣来的，一点也不是，他可以向她透露一点内情：她这种荣誉，完全是他这个权威所给的。从那次关于谁先发起攻势的讨论结束，他大获全胜之后，他的地位真是蒸蒸日上，他的每一句话都成了圣旨，老百姓对他这个博学的人无比爱戴，不管五香街发生了什么重要的事，需要人来裁决，他们立刻不假思索地说：找A博士来吧。离开了他，人民就成了迷途的羔羊，现在他的一句话，一个眼色，都决定着全街人的命运，他的脑子里成天装满了严峻的问题，差不多都要炸开了。最近一段时期X的问题成了核心问题，他的一句话就使她成了一个显赫的人物，只因为他抱着改造她的决心，才有意地来这么一手。要知道多少人，辛辛苦苦熬了一辈子，他也没给他们这种机会，有的人还在他面前哀求下跪呢！他认为她刚才的表现不可思议，不感恩倒也罢了（他从不期望受益者来感恩，他是一个思想高尚的人，不喜欢庸俗的吹捧），她还来踩他的脚，弄得他的脚趾到现在还是麻木的，她这种举动使他真的犹豫起来了：也许他将桂冠轻易地给了她是一种错误？想想他在代表团面前说了她多少好话啊，那些好话又怎么能在外地人面前收回呢？到目前为止，他还是坚持与她合作的初衷。他请X女士仔细考虑一下，不要轻举妄动，她毕竟还年轻，还有几十年时间要在五香街度过，而只要在此处生活，就离不了他的统辖，要是她一时意气用事，得罪了他，她今后的前途又成问题了。他将不给她任何机会，不但不能当代表，连她的名字都不会再有人提及。在五香街，好几个历史学家和艺术家都是他的生死之交，他们的每篇文章全要交他过目，请问脱离了社会舆论的支持，她的改革和标新立异还有谁来过问呢？她永世也没出头的机会了。假如她就此觉悟，他还可以原谅那一脚的伤害，他从来是个宽宏大量的有修养的学者，别人伤害了他，他一次也没计较过，只是希望她马上改变态度。

X女士翻了翻眼，不看贴在墙上的这两个人，在屋里忙个不停，一会儿工夫，她的新妹夫进来了，她马上一把捉住他，大声诉苦：

"刚才又钻进来两个，简直是无孔不入啊！你替我到外面看看，我觉得我被包围了。"

新妹夫告诉她，外面的确有许多人，不过不要紧的，这帮人涣散得很，嗑瓜子的嗑瓜子，爬树的爬树，一些人正在陆陆续续地回家，等到中午，门口就会没一个人了，他们的耐性是极差的。只要她不出去，他们立刻就会忘了他们的初衷。他又凑近她的耳朵告诉她：在房子里，有两个可疑的家伙贴在壁上，要不要赶他们出去？

"啊，随他们去！"她说，"原来你们躲起来了，我已经说了，我对当代表的事毫无兴趣，你们怎么就不死心。你们躲在那地方事情也不会有什么改变的。"又说要是他们闲得没事干，可以来帮她干活，她将十分感激。

听说他俩中的那位男性是一个博士，她可不认为当了博士就有什么了不起，在她的心目中，卖花生的比博士还要高出几等，博士不过是些吹牛的骗子，如有条件，个个都应该下炒房来改造改造，去掉说假话的劣根性。她这一生，恨死了博士之流，请这博士自己去当代表好了，要是一个博士藏在她家里，她会神经错乱的,她一发疯就可能乱打人。她说着威胁地扬了扬秤杆,吓得那两人一头逃了出去。

"博士全是一些奸贼。"她对妹夫说,接着她又嘲弄地眨了眨眼道:"我的妹子,仍然对建立家庭的事念念不忘?"

妹夫回答说,正是这样,他就喜欢她这股劲儿,只不过每天将马桶提上提下挺辛苦的,要是有个婴儿——咳,真不能设想。

"大粪的臭气肯定要熏坏他的脑子,环境太可怕了。"他有点垂头丧气的。

"你们都来我店里帮工怎么样?她整日坐在阁楼上,会得下肢瘫痪的。一个人,怎么能整天一动不动呢?"

"不行不行,"他连忙说,"她已经全盘崩溃了,你都想不到她现在是多么的神经质,她日夜防备。我们都是弱者,真对不起。"

"我想教她学会使用标枪。"

"已经迟了,亲爱的姐姐,现在她终日蹲在桌子底下,因为有人在屋顶捣乱。我想请个好医生,可惜没人愿意从软梯爬上去,一说起打通楼道的事她就要从窗口跳下去。"

X女士当选代表的事并未就此不了了之,谁都明白这件事不是一两个回合就能有眉目的,这只要稍微回想一下从前一系列的事就明白了。既然无法沟通,那就只有在该女士缺席的情况之下进行选举了。因为不死心,忠心于她的煤厂小伙等人又去邀请了她几次,他们看见她高高地坐在窗台上,真的又聋又瞎了,他们只好失望而归。后来选举就在黑屋中进行了,果然不出意料,X女士大获全胜,几乎得了全票,她成了名副其实的代表了。只有极个别有野心的家伙,不自量力地想当代表,才投了反对票,他们的希望破灭之后就纠集在一块，策划一个阴谋，后又被 X 女士丈夫好友一声大喝吓得四处逃散，那中间就有 X 女士的同行女友和 B 女士等人，众人这才醒悟过来：B 女士根本不期望 X 女士当代表，她去炒房那一次，其目的就是为了搞破坏！X 女士之所以坚持不出席选举，责任全在于她！X 女士丈夫好友在气愤已极的情况之下当即抄起一把铁铲，想叫 B 女士的脑瓜"一分为二"。

"这么多的人，"他气哼哼地说，"这么多的人都聚在此地要一睹 X 女士的风采，现在连个影子也没见着。我这么些年的努力，我的全部希望，不就在今天吗？想起那些伤心的往事就心痛欲裂，我本以为苦日子到头了的，谁知又钻出这么一个！我正告你，你这种人根本没理由活下去，你不但打击了我，还粉碎了我的朋友煤厂小伙的理想，看看他那副样子吧（他正在哭丧着脸挖鼻孔），从他成为我的邻居以来我们共同经历了多少患难！你这只秃尾巴的乌鸦，去死吧，去死吧！"

他高悬铁铲的手终于落了下来，但却是朝着自己的脚背砸去，砸得自己龇牙咧嘴地在屋里跳了五圈。后来他忽又高兴起来，搂着煤厂小伙的肩头说：

"这是最后一次验证了，我脚背的裂口露出骨头了，在可敬的女士出头的今天，我的光荣的日子也快来到了。我从来就坚信她是代表我们的未来的，这信念一刻也没动摇过，我想这一定是潜意识在起作用，我有天才，这还不清楚吗？我的朋友！我们俩都有天才。在不为人所理解，孤军作战的情况之下，我们坚持到了今天，请看我后脑勺上的这个大疱，这就是长期睡石板磨出来的。X女士是谁？她就是我塑造出来的样板人物，名声显赫的未来派呀！只是由于我鲜为人知的努力，同志们才能在此处进行隆重的选举仪式。朋友，今天夜里我俩要开个晚工，订出一套新的方案，你有一种紧迫感没有？"

煤厂小伙肯定说，他"每根肠子都有一种紧迫感"，连气都出不来了。最主要的是，X女士无故缺席这一事件隐伏着无数的危险兆头，不，他一点也不为今天的选举陶醉，他看不出有什么值得陶醉的。他早就多次领教过X的高招了，时常，当大家以她为中心而忙碌，而陶醉的时候，她压根儿就没在意。当初为着吸引她的注意力，他用过多少手段呀，可全都没起到应有的作用。有一天他在街上遇见她，和她打招呼，她就称他为"新来的"。当然不陶醉不等于就是要放弃努力，进行了选举，这就是说要做的事做了一半了，而X女士未曾出席，就是说另一半还未进行，要是不能让X女士出席会议，那就是半途而废，虎头蛇尾。

邀请X女士的重任落在了笔者的肩上。"因为你是一个速记员，这种事正好适合于一个速记员去干。"大家严肃地对我说。于是笔者在炒房从早磨到晚，向X女士力陈当代表的重要性，并设置障碍，弄得她不能专心干活，将注意力转移到自己身上来。最后女士妥协了，同意跟笔者去会场，但她有一个要求，即她去了之后只在台上翻两个筋斗就回来，她"决不为这狗屁事浪费时间"。她去了，全体起立，肃然起敬，她一个箭步冲上台，"嘣隆嘣隆"翻了两个筋斗就夺门而出，不见踪影了。众人如从梦中苏醒，感慨万分，纷纷说道："真精彩，不同凡响。看那功夫，那架势，冰冻三尺，非一日之寒呀。"

笔者的历史使命完成了，这一下，就是X丈夫好友和煤厂小伙也没说的了。虽则没有演说，效果可比演说还好十倍！要知道X女士现在是名人了，名人的举动当然是与众不同的，翻筋斗一事正是她独特的风格之体现，"未来派"正应该这样行事，不然还叫什么未来派呀？当然在目前，除了笔者这类高级知识分子，其他人还很难理解X女士翻筋斗的真实含义。有的人的表演，是给几十、几百年以后的观众欣赏的，这种表演我们照样鼓励、欢迎，只要筋斗翻得好，翻得自如，我们就把这看作高尚的艺术。在我们五香街这个文化舞台上，如今可真是称得上百花盛开了！

X女士走了之后，大家就开始载歌载舞，城里的摄影师也来了一大帮，拍下了好多阳刚之类的照片，有个人的也有集体的，妇女们则成了这类美照的陪衬。在热烈的气氛中大家又选举"雄狮"（即男子汉的首领），这一次大家几乎是众口一致地推出了A博士。通过时间的检验，大家已经看清了这是一位真正的硬汉，并且刚中有柔，对待妇女们永远是那么彬彬有礼，从来也不耍态度、摆架子，至于学问更没说的了，何等的谦虚！何等的有远见！好，A博士就成了雄狮了，摄影师叫他把头发搞得乱蓬蓬的，"眼里射出勇敢无畏的光芒"，照了好几张，又叫他将头发梳理整齐，双手托住下颌，"目光阴沉"，照了好几张。最后摄影师叫他照个翻筋斗的相，却被他严词拒绝了。

他振振有词地告诉大家，翻筋斗是艺术家和未来派的玩意儿，像他这种严谨的哲人怎么能来这一套？那可是有损形象的事，并非他翻不了，他可以比X女士翻得漂亮几倍，但这是他早年的爱好，过去了的事，他可不想在这个年纪了还来冒充青年，他现在留长发，就是为了在不久之后上山巅，他马上就要与亲爱的众人分别了。他到了那个世界以后，不会忘记大家的殷切期望，他会惦记着大家的苦难的，而且他还要频繁地下山来联系群众，为民排忧解难。这些照片，请大家保留好，看见照片就等于看见他本人，这样，他就永远生活在群众之中了。

摄影师的到来改变了会议的程序，大家死命往前挤，想拍下永久的纪念，好挂在屋当中，而对这次开会的宗旨，他们可是一点也不在乎了。他们来开会，就是为了拍照，为了体现自身的阳刚之美！这可是难得的机会！笔者亲眼看见这争名逐利的场面，心里真是气坏了。A博士也气喘吁吁地挤过来，对笔者发出由衷的叹息：艺术的普及，谈何容易！他打算专门写一本书，对X女士所翻的那两个奇妙的筋斗作详细的诠释，他断言这本书将是空前绝后的，当然，这书不是为今天的读者写的，它是写给几百年以后的人们看的。

"我们不能抛弃X女士，"A博士说，"凡是目前不能理解的东西我们都不能抛弃，历史的教训告诉我们，不能理解的东西往往是最高级的东西。这一点我有先知先觉，绝不会弄错的。比如方才那两个筋斗，我就将其录了音，我从来考虑周全。从明天起，我将这录音每天放它几十遍，形成一种条件反射，然后完成从感性到理性的飞跃。我们过去所犯的错误太多了，要是大家都像我这样对未来派持审慎的态度，也不会出现今天这种庸俗的场面。"

他反复说了几句"庸俗"就回家搞诠释工作去了。屋子里还在闹哄哄的，摄影师的半边脸被拥挤的人们撞得青肿，笔者看不下去，也大声说了一句"庸俗"，就回家了。

X女士翻完筋斗就回到了炒房，她一点也没注意到自己引起的骚动，她正一边干活一边哼着"孤单的小船"的曲子，就在她将一筐花生倒进木盆的时候，忽然眼前"咔嚓咔嚓"掠过两道闪电，这真把她吓了一跳，她放下筐子，往后一跳，恶狠狠地问道："什么人？"门外躲着两个机灵的摄影师，他们一声不响，满脸全是冒险家的喜悦，他们打算等X女士脾气发作，跳将出来时，再来它两张正面照。可X女士问了那一句之后，一点也没有要跳将出来的意思，他们一直又等了好几个钟点也没有跳将出来，所以那戏剧性的场面也就没有拍到。就在他们站得腿子发麻的时候，里面的人发话了："现在我的活儿完了，我可以给你们摆几个姿势，不过你们要付我钱。"

摄影师诚惶诚恐，点头如鸡啄米，连忙将照相机对准了她。原来X女士已换了装：她腰间扎一根打带，手执一把剑站在那里，完全可以称得上"飒爽英姿"。她谦虚地说："可惜我并不会玩这剑，就坐在这剑上照一张吧！"

摄影师觉得这是个绝妙的主意，一致赞同，于是她将剑垫在屁股下面，不是照了一张，而是照了十张！那十张照片各具特色，虽则表情一致，但由于摄影师们高超的技艺，真是越看越有层次，越不凡。过了几天，X女士就写信给摄影师去索钱。这一举动又惊动了照相馆：天底下竟有这种怪人，人家替她出了名，倒好像别人欠了她的账。而且口气强硬，说到自己目前经济困难，列举为照相耽误的活计。

大小摄影师们先是鼓眼，后来忽然欢呼起来。因为他们都联想到了Ａ博士发表在报纸上的那篇妙文的提纲，一对照那提纲，所有的疑问全都释然了。一个未来派，有这种古怪的举动正好在情理之中，要是她行为平庸的话，就根本不值得他们为她花这么多心血来照相，现在她这种与众不同的举动，说明他们为她花的心血是完全值得的，他们不曾看错人，他们希望她的举动越古怪越好，这直接影响到照相馆的声誉，他们还将与速记员联系，专门撰文来描绘她同本照相馆的这种古怪关系。至于钱，他们虽不能完全满足她的要求（这与财经制度相悖），但他们决定募捐，由他们私人掏腰包聊表心意。他们这腰包掏得情愿，这一掏，大家都感到自己成了有传奇色彩的人物了。

选举了Ｘ女士为代表之后，人心非常的激动，现在人们动不动就爱集会，议论这件事。"我们五香街，真是人才济济啊。"终于由这件事的引发，在五香街掀起了一个"创新运动"。这个运动在开始是自发的。

一天早上，几个小伙子不约而同地将毛衣扎在头顶上街了。那扎的方法极为新颖，远远望去，就仿佛头顶长了一个大包，又有人说是"仿佛被沉重的思想压弯了脖子"。那几个人在街上来回走了好几趟。

第二天，五香街有一半以上的人将毛衣扎在头顶了，主要都是青年，他们是创新运动的中坚，当然也有Ａ博士这样的老哲人在领导着运动。Ａ博士在引导运动向前发展的过程中发现了一个致命的弱点，这个弱点正使得某些人从群众中游离出去，他们单纯地追求古怪、轻浮的风格，而且三五成团，"似有谋反心理"。这个别的人已抛弃了在头顶扎毛衣的形式，开始没日没夜地高谈阔论，谈到激动之处，还有人跳上窗口，"大呼小叫"，扰得全街人神经紧张。

A博士全神贯注地对这伙人观察了好久，终于发现了问题的症结所在。这种现象的出现表明运动在一开始就有纲领上的模糊性。我们在选举X女士为代表时，一味地为某种情绪冲昏了头脑，忘记了这位女士在目前还并不是与我们目标一致的，她只是一种象征，一线未来的曙光，我们之所以要推崇她，根本不是为今天服务，而是为几百年后的子孙服务的，所以某个别人的盲目模仿是一点也要不得的。若将她那一套搬到现实生活里去，真是非驴非马，可笑已极。

A博士建议再召开几次讨论会，明确地告诉大家：X女士今天的所作所为，与现实生活一点关系也没有，那是一种模拟表演，要是我们错误地理解了这一切，那对她的推崇还有什么积极意义呢？A博士又说，这样的运动，只能在他的引导下进行，这是需要好大的冒险精神的，搞不好就会变成"谋反"，要掉脑瓜的，如果他不每时每刻严密注视、及时站出来"纠偏"，什么局面都可能出现。他是一个久经沙场、有丰富经验的过来人，十几年前，就经历了一场类似的运动，那场运动因为没有他这样的领导人，始终未能向前发展，到后来变成了小孩捉迷藏的游戏，现在一想起就觉得痛心，因为那是人类智力的退化。A博士说到这里，记起了上次在谁先发起攻势讨论会上他舌战群儒的事，他提请大家注意"象征"这个词儿的含义，"那只是一种形式，一个模型，一个不确定的模型，我们选举一个女人来代表这种东西，再合适也没有了,这里面有很多值得动脑筋的东西"。关于 X 女士对当选代表无动于衷这件事,A 博士的评论是:"她很了解自己的地位。女人,尤其是 X 女士这样一个受到众人注目的女人,还能怎么样？当代表只不过是形式,是大家慷慨赠送的荣誉,她除了自爱自尊,加倍将筋斗翻得娴熟,在其他方面实在不应有什么变化。要是自以为了不起,从此就不再操练,生疏了自身的技艺,她就会失去这荣誉的,荣誉可不是吃不完的老本,搞不好还会变成包袱呢!"

十一、X女士脚步轻快，
在五香街的宽阔大道上走向明天

笔者将这个复杂的故事叙述到这儿，已经面临着告一段落了。笔者今天早上与刚刚当选为代表的X女士见过了面。在笔者眼中，X女士在这几年中一点也没见老，只是经过反复的审视，才发现那额头上有一条若隐若现的细纹，那是岁月的痕迹，但那皱纹一点也不显眼，简直就可以忽视，X女士依然是"光彩照人"，"撩人情欲"，如果她愿放弃自己的独身主义，笔者敢打赌，就是A博士（假若他老婆生急病去世的话）这个年长她十几岁，仍然身体健壮，并且地位显赫的男人，也会愿意与她结为百年之好的。至于煤厂小伙和她丈夫的好友就更不必说了，他们如要结婚，都会将她作为第一个考虑对象。笔者今早略施小计盘问了X女士：在丈夫出走和Q的事件败露之后，是否有意重整旗鼓，与一年龄相当之英俊男性结为伉俪？在身负代表的重任之后,她是否愿找一个事业上的志同道合者,两人携手走向美好的明天?

X女士怎样回答笔者的问题呢? X女士告诉笔者(说话间左顾右盼,生怕有人偷听),她这一生最大的心愿,就是周围的人将她"忘记",或者根本感觉不到她这个人的存在,那将是她最大的舒心事。她观察了这么些年,心里面慢慢地明白了一件事:她这个人与众不同,并不像他人一样是一个人,只不过是一种主观愿望之体现,这种愿望因为永远不得实现,所以只是起着扰乱人心的作用。如果大家果真能做到如A博士所说,仅仅将她看作一个符号,并且在时光的流逝中将她忘却,那当然是最大的美事。矛盾就在这里,大家并不将她看作符号,一定要将她看作人,还不断地用做人的标准来要求她,麻烦她,一下子要她翻筋斗,一下子又要她照相(说到这里她又对摄影师没有如约付给报酬一事表示了极大的愤慨),现在还想引诱她嫁人(她翻了笔者一眼),这就将她的身份搞得暧昧极了,既不是普通老百姓,又不是一个抽象的符号,而是在二者之间摇摆,像踢皮球似的将她踢过来踢过去的,看来她这一辈子注定了就是这样一个命:想当百姓当不成,想当符号也当不成,真是见了鬼了。不过不要以为她就没法活下去了,她还有"钢板似的保护层"呢,所以她至今还是过得"出人意料的好",谁也用不着为她的婚姻大事操心,她"自有打算"(说到这里她不正经地朝笔者嫣然一笑,使得笔者在两秒钟内心脏猛跳)。她说:

"就在昨天,我还有过一次令我心醉神迷的约会呢,这种事,你们查不到的,白费力气。"

笔者心中一亮，赶紧追问是不是P。"也可能是O，反正总有人，你们查不出。"

"你怎么能如此轻浮？"笔者大为愤慨，"要知道我们假设出P这个人，才不过是前不久的事，连他的影子也没见着，现在可好，又是O了。身为一个代表，怎么能干出这种可耻的事来呢？"

笔者恳请X女士改变主张，仍旧将注意力放在P的身上，因为她现在身份不同了，一举一动都要考虑在群众中的影响，不然的话，叫笔者怎么去向群众交代呢？由于笔者反复强调，拿出一股蛮劲磨下去，X女士就吃不消了。她答应将最近约会的对象改为P，但她说着说着走了神，又称呼起O或D来了，于是笔者又不厌其烦地予以纠正，说那个人是P。

"究竟与你何干？"她忽然发怒了，用不胜厌恶的目光瞪了笔者头上那块地方一眼，就好像笔者头上悬着一堆臭鱼烂虾。

笔者说，这件事，与笔者私人毫无关系，但与五香街全体人民的命运有关系，这个P，是全体人民假设出来的偶像，怎么能一下将它全砸碎，或偷天换日呢？这不行的，即使她要换人，也得让民心有个适应的过程，不能像这样突然袭击，也不能一天一个，走马灯似的，这叫人产生这世界上没什么可相信的东西了的错觉。失去信仰的民众就如被斩断了根的大树。不行，请她不要这样干，这太危险了。这个P，已经与民众结下了不解之缘，一提到他，大家就激动不安，生出使不完的劲头，来议论，来假设，来规划，就连八十老翁（例如老憎）也不例外，他的出现激起了所有民众的青春朝气，所以P是个好东西，是不以

X女士为转移的客观存在,请X女士用明智的态度对待这个存在,不要将这个存在看作是自己的私有财产。他根本不是她的私有财产,他是全体人民的共同创造。

笔者力陈了P的种种利害关系之后,又告诉X女士,从那次选举之后,她已经成了大家的朋友了,她的大方向与民众是一致的。不久她这小屋门口就将门庭若市,据笔者统计,几乎每个人(包括精英甚至天才)都渴望与她交心,与她建立更为亲密的关系,只是由于一些过去积存的误会、隔阂,他们才暂时没有上门,他们怕仓促行事产生不好的结果,所以都在等待她的表态。她是否应当发表一个声明之类的东西张贴出去,或投一稿登在黑板报上,作为向人民靠拢的第一步?如果她觉得这种形式不习惯,也可以仅仅将门窗打开,在窗台上放一花瓶,自己端坐窗口,作为一种姿势,这一来,谁都明白了她内心的转化,对于我们民众的宽阔胸襟,她应该是深有体会的。她不是干过许多"极其出格"的事吗?我们不是至今并没有把她"怎么样"吗?用我们今天崭新的眼光看起来,她那些出格的事我们不但不追究,还可以将它们与未来派的形象挂上钩呢!是因为她主动抛弃了Q,我们才假设出这个P的,如果她至今仍然与Q搞谷仓幽会,"如胶似漆",大家可能还因此"深受启发"呢!不管如何,她应体会到这五香街是一个不可多得的、美妙的所在,道路是多么宽阔!建筑多么古老严肃!只有在这块神奇的土地上,她的存在才会受到如此的尊重,她也才能自由自在地发展自己。

笔者说完这番话时,发现X女士已不在房中了。后来笔者又在炒房找到了她,正想向她提出打开门户和放花瓶的建议,忽听她大声抱怨:"上次欠的钱还没还呢?"

"谁?"

"狗屁摄影师吧!还能有谁?我再也不上当了!哼!"她说完话之后重又变得又聋又哑了,不管笔者拿出何等样的蛮劲都无济于事。

不久之后X女士的生活中又发生了一件大事情。她的房子,临街的那一面墙,由于风雨长年的侵蚀,似乎面临倒塌的危险。为这事X女士慎重地考虑了一个上午,决定向群众团体交一份申请,要他们派人来维修。X女士对这事倒并没抱多大希望,交申请的举动也与她要周围人将她"忘记"的愿望相悖。那么她干吗交申请呢?这里我们告诉读者,X女士的某些原则倒也不是一成不变的,有时还一日三变呢。她一点也不郑重地对待求助的事,反而抱着一种"看把戏"的旁观者的态度,就好像面临倒塌的,不是她家的墙,而是什么不相干的人的。"看他们如何办。"她幸灾乐祸地想道。接下去就优哉游哉,对此事不再过问了。只是从那天起,她就锁上了当街的房门,每天绕到后门出进。

群众团体接到她的申请之后,群情激动,大家公认,这是X女士第一次主动与群众发生联系啦!她成了我们中的一员啦!请问鱼儿离得了水吗?瓜儿离得了藤吗?X女士终究是离不了广大人民群众的,我们选举她当代表也是完全正确的。假如她早些时候与我们发生直接联系(比如从搬来的第一天就交申请),说不定她早就当上代表了呢!只因为她出于某种古怪的原则,一直没能提出申请,大家又不好包办代替,她才一直与大众保持这种若即若离的关系。实际上,我们可从来是将她算作我们中的一员的，这一点从未改变过。今天她提出申请，就一切前嫌全都冰释了，现在大家想起她就觉得亲切，将她看作自己家里的人，称之为"我们的X女士"，要多亲热有多亲热。至于她提的维修墙壁的事，众人并不认真对待，他们认为那是一个由头，一个她想与大家靠拢的借口。重要的是她提申请这件事，这可是一件空前的大事！A博士授意笔者连夜赶写大字报："轰动全街的特大新闻。"

"那面墙起码还可以支撑五十年。"寡妇唾沫横飞地说道，"称之为'牢不可破'也不过分。为什么交申请呢？一贯的虚荣心作怪，放不下臭架子呀。不过这种举动我们还是要欢迎，这毕竟算得上是一个姿态，这个姿态与洞开门户、在窗台上放花瓶，然后端坐窗口的姿态没什么两样的，不过是她干什么都喜欢拐弯抹角罢了。"

煤厂小伙与丈夫好友也向黑板报投了稿，他们在长达万言（约占了十几块黑板）的文章中叙述了他们与这位当今代表的亲密关系，字字句句催人泪下，他们认为X女士之所以有今天的觉悟，他俩是立下了汗马功劳的。他们差不多是"用生命的代价换来了今天的美好前景"。看看他们所住的地方吧，看看他们吃的是什么吧，只有石头才不会感动！他们是两个脚踏实地的实际工作者，就连A博士这样的高等理论家，在撰写论文时也离不了他们所提供的出色的素材的。在荣誉面前，他们从不伸手，他们甘当小人物，这使他们得到更大的乐趣。如今，看着他们所爱戴的女士终于甩掉了包袱，脚步轻快地向美好的明天迈进，怎不感到由衷的快慰呢！他们早就盼着这个特殊的日子了呀！

黑板报刊出之后，他俩紧紧拥抱，热泪滚滚。他们加倍地热爱 X 女士，因为她竟能想出这么好的一个由头来，他们祝愿她今后想出更多的由头，写出更多的申请，从而使他们的才智也得以更大的发挥。"在墙壁稍受风雨侵蚀，但离倒塌还差得远的情形之下提出申请，实在是一种极为可爱的举动。若果真即将倒塌才提申请，就未免有功利之嫌了。"

然而两星期之后，人们走过 X 女士家，看见临街的前面那间房成了一堆碎砖瓦砾，幸亏 X 女士早有防备，将一切值钱的东西都移到了后房，而后房的四面墙还结实得很，"起码可以支撑五十年。"X 女士似乎也很高兴，逢人就说："早就料到结果会是这样。之所以递申请，是想让他们自己打自己的耳光。"

房子倒塌后，她果然获得了好长一段时间的清静。我们五香街的群众，对于 X 女士的思想动态固然十分关心，那与每个人的命运直接相关的，但讲到砌房子，众人便踌躇起来了：有这个必要吗？会不会过分地娇纵了她，使得她从此又目中无人起来，使得她刚刚获得的一点进步、一点成绩又丧失得一干二净呢？不行，在这个问题上，他们觉得一定要作慎重的考虑，他们的态度关系今后的前途。这样想过之后，大家就在房子的问题上装聋作哑起来了。每个人都说没有亲眼看到申请，或没有看清。"那是上面的事，我们的博士会安排好一切的，听说他对这个问题有独到的见解。"有的人还闪烁其词地推卸责任。人们仍然关心 X 女士，只是在这段时间里没人上门去找她了。因为要去找她，就得绕过那堆碎砖瓦砾进到她屋里，万一被她一把揪住，充作小工，那可不是什么好事，出点力倒没什么，主要是怕破坏了原则。再说我们大家都忙得不得了，对于我们的X女士，我们只要在心里惦记着她就行了，用不着每天找上门去麻烦她。后来他们将房子问题用了一个代号"T"来代替。"T的问题，"他们说，"A博士自有安排。"

X女士现在得出一条经验：有的时候，欲让人们将自己遗忘，就得有意找上门去。提请人们注意自己，才能达到目的。她将这条经验反复背诵了几次，从中获得一种精神上的享受。在后来的日子里，她又反复运用了这条经验，据说"都很成功"。不管X女士的主观意图如何，反正从她交申请这一举动上，说明X女士与大家是有着很好的、正常的关系了。每当外地代表团到来，我们就亮出X女士的申请，告诉代表们，我们五香街，是怎样一条街，在旁人看来是无法设想的事，在我们这里如何得到了实现。

X女士一连交了五份申请。这五份申请，除了第一份是修房子的外，其他四份，一份是要求补助钱粮的，一份是要求免除她的社会活动的（理由是来访者太多，她接待他们便是间接参加了社会活动），一份是要求替她维修铺面的（那铺面已经很旧，油漆的红字也暗淡无光了），一份是要求给她一个安静的环境的（因为她要潜心研究未来派，所以她希望任何人不得进入她的屋子）。我们现在已经将她交申请的举动看作一种象征了，每当她交一回申请，大家心里都感到说不出的欣慰，她的举动给了每个人一种心怀坦荡的感觉。

那五份申请，每一份都注上了说明，用镜框嵌好，挂在会议室的精英肖像下面了。我们希望X女士把她的申请继续写下去。

真的，有了这样的环境、这样的人民，她还有什么不满足的呢？她真是太幸运了，她一定从来到五香街的第一天起，就打定了主意，要寸步不挪地死守在这块地方的，可以说她在这地方实现了自己的一切愿望，她在得了好处之后，为了不让外人知晓（怕引起妒忌），就用写申请书这种形式来表达她与人民的鱼水关系，所以那申请的内容，我们可以不加理睬（况且她自己也似乎毫不在乎，一次也未找上门来强调过）。对于她所采取的形式，我们却要大加渲染，我们已经这样做了，今后还要做得更出色。她在倒塌了半边的屋子里，不仍旧住得很舒服吗？一个人，若在物质上给他提供过高的待遇，他就会停止了精神上的追求的，我们的不加理睬，其实是一种高瞻远瞩的目光在起作用，这一来她就会加倍努力，取得更大成就。

X女士就住在那倒塌了半边的小破屋里，每天用提请人们注意她的写申请的方式，来达到人们将她遗忘的实际效果。现在她写起这类申请来真是得心应手了，简直就和从前摆弄显微镜一般熟练，她将这也称之为一种创造。为了显得与众不同，她的申请又长又啰唆，呓语连篇，谁也看不出个所以然。起先她的申请还有标题，像前面那五份，她都将她申请组织给予的东西用显赫的大字写在前面，这样我们才得以知道她申请的内容。自从她将写申请当作一种"创造"之后，就谁也读不懂她的申请书了。那上面全是一些残句，一些毫不相干的词语连在一起，翻来覆去，烦琐得要死。好在我们从一开始就确定了我们的大方向，谁也没有钻进那个圈套里面去。我们要去弄清那些毫无意义的事干什么呢？事情很简单：X女士每天来交申请了，她终于认识到孤立的错误了，这举动于我们有利，我们欢迎。她有时要发一点小小的牢骚，并将这些牢骚写进申请中去，这也是可以的，反正那种东西谁也不会去看。再说我们并没看她的申请，怎么能用老眼光判断一个人呢？说不定在她的申请里，根本没有任何牢骚，全是一些赞词呢？为什么就不会是这种情况呢？从她所获得的地位（完全不费吹灰之力），从广大群众对她的爱护出发，她完全可以写这样一些赞词的，这应该成为她灵感的源泉。我们希望她想出更多的妙语，更奇特的组句方式，来写这些赞词，我们将竭尽全力保留好她的手迹，留给几十、几百年后的子孙们看。

由于我们这种鼓励的态度，X女士的申请写得更勤了，几乎每天一份。为了不影响她，为了照顾她不要别人去打扰她的要求，我们从不上她家里去取申请，而是派一名成员装成顾客去她店里买蚕豆，而她，也就心领神会地将申请充作蚕豆的包装纸给了那名成员。笔者肯定，她对于群众团体这种煞费苦心的体贴是深有体会的。在一次交蚕豆的时分，笔者（那次刚好是本人去买蚕豆）看见X女士"眼眶红红的"。拿到申请之后，我们群众总忍不住一遍又一遍地感叹：X女士了不得！将申请充作蚕豆包装纸的形式了不得！比"未来"还"未来"！更了不得的是漫不经心——她的确是漫不经心地将申请书充作包装纸呢！我们五香街出了人物了，我们全体成了人物了！

她的申请，一定是越写越有激情了，她不仅在纸上写，还在她那半边小屋的粉墙上写呢。我们的A博士，用利剑一样的目光穿透她家墙壁，发现了那些密密麻麻的蝌蚪小字。X似乎也并不忌讳自己夜间的行为,时常还主动告诉顾客:"昨夜失眠,又写了个通宵。"那口气就如说"又卖了十斤花生"一般随便。从她将写申请与卖花生等同起来之后,她的私生活就不再引起我们的关注了,再说那倒塌了半边的危房也让人望而却步,即使是她丈夫好友这样热心肠的人,也没有胆量钻进那危房内去"偷看户口簿"了。(尽管 X 本人断言"起码还能再住五十年"。)

笔者打赌,就是 X 女士现在上大街,用粉笔在每家的墙上写满她的申请,也不会有人围观她的。因为:一,决不会有人钻进她的圈套,花力气去弄懂她写的那些玩意;二,这行为本身又单调又枯燥,与她从前搞的那种桃色事件属两码事,请问谁又有耐心跟在她屁股后头看她用粉笔乱涂乱画呀?她要画尽管画好了,我们一点也不想关心她画出的东西,哪怕那东西的研究价值再高,那可是后人的事,我们的责任,只在给她提供场地,保护她的工作,使之流传于后世。又因为现在并没有人来鉴定她的工作,所以她也不要以为自己就能享受什么特权(她享受到的东西已经够多了)。到底是真金还是黄铜,还要等后人来鉴定呢!一个人,在她的工作未得到正式鉴定之前,当然不能凭她自己的判断,我们就认为她能凌驾于我们之上,我们习惯于仍旧将她看作卖花生的,又亲切又富于神秘感。设想我们向外地代表团介绍经验的时候,我们滔滔不绝地讲到未来派的前途,它在我们这块土地上如何兴旺发达,这中间蕴含着何等样深刻的哲理等,然后突然冒出一句:"我们的未来派代表,是一个卖花生的呢!"让代表团吓得目瞪口呆,这是何等惬意的事情啊!现在我们终于想通了,我们不再作任何努力,将她拉入我们的精英队伍，我们要永生永世，让她操持卖花生的行业，这对我们，对她，都是最好的表现形式。我们还希望她不要认为自己终究是个卖花生的，就松懈了写申请的事，申请可得不断写，要想出人头地，要想在死后为人所追认，除了写申请，她还有什么更好的办法呢？我们只能根据她的申请的多少来确定她的地位，她的这一招就是她生存的价值。X女士毕竟是个小聪明十足的人，她不用我们作任何暗示就明白了以上的道理，并且就自觉地照着行事了，于是我们源源不断地收到她的申请（依然是用包装纸的形式）。她的不事声张的日常活动也很使我们满意，我们与她就这样保持着一种默契，正如鱼儿和水之间的默契一样。

一个多云的早上，X女士步行到郊外，坐在很久以前，她在上面与一年轻小伙度过了一夜的一块石板上，她还在石板上捡到一个小硬币，那是那天夜里从小伙的口袋里掉出来的。她回忆起那天夜里的种种事情，回忆起最终他们是怎样的并没有成其好事，想到这个地方，她就无缘无故地笑了起来，笑过之后，就将捡到的硬币用力一抛，抛到远处的草丛里去了。

她不知道，就在不远的灌木丛里，埋伏着我们五香街的两个侦察兵呢！X女士一大早的行动太使人放心不下了，我们不得不派人尾随她，万一她出了什么意外，整个破坏了我们的计划，那可是一件丢脸的事。看见她在石板上坐下之后，我们的侦察兵就猜想，她是不是在等P？他俩同时想到P这个人物。这个人物在五香街太深入人心了。要是果真在等P，那他俩看到的，就是最为惊心动魄的一幕了。他们为这个想法激动得要命，真想念出一种符咒，将那不知身处何地的传奇人物P召唤到此地，了却全体五香街人的心愿。他们等了又等,那人物迟迟不出现,却看见X女士仰面瘫在石板上睡着了(也许是装睡)。

X女士的确是睡着了,当然也可以说她没睡,因为她的梦乡清澄如白昼,她的眼睛张得很大很大,什么也没有看见。她就这样睡到黄昏,然后打了一个哈欠站起身来,朝五香街的所在走去。

我们的侦察兵尾随其后,看见她脚步轻快,向着明天、向着美好的未来迈步。侦察兵突然感动了,他们大声叹道:"从历史的宏观背景来看,发生在我们五香街的事情,是何等可歌可泣呵!"

这极其壮观的一幕,当然很快就出现在笔者的记录本上了。经过这一系列的洗礼,现在大家都公认X女士"妙不可言"了,连寡妇也不例外。

当然这"不可言"的感受,各人都是不尽相同的。

附　录

残雪作品中的自嘲的乌托邦

夏谷（Goran Sommardal）/ 文
柳闻 / 译

不论所涉及的是戏剧还是叙事文学，我们几乎都是不假思索地将那些具有一个明明白白的、有必然性的，并且又是无可争辩的开头的作品认作和鉴定为艺术的理想化作品。

亚里士多德是这样说的，刘勰也是这样宣称的。

无论我们设想在我们被引进实际的情节之前，已经发生过了多少和什么样的激动人心的人间喜剧，故事的展现却总好像是在我们注意到它的那一瞬间它才刚刚开始。只有当幕布终于被拉开，或故事的第一个句子，第一段或第一页被恰当的读者（也可说是我自己）所攻击、所包围、所消费时，故事才真正开始了。

但又有问题了：哪里是开端？开端又是在何处开始的？

要等到我们弄清楚故事发生在哪里，我们才会知道开端是怎么回事。因此，开端首先是一个所在地点的问题，第二，甚至第三，才是开端是怎么回事的问题。也就是说，开端最初是关于地点、关于出发和关于目的地的问题，正是在开端的意义上，存在着"离开"。

那么，残雪是从哪里开始的？

她故事中的主人公是从何处出发的？他们从前是在什么样的环境中成长的？他们要到哪里去？他们是从什么时候开始认识到关于他们的所在地的这个疑问，是具有强有力的、深奥的意义的？他们是如何样、从什么时候开始自觉地——不论多么不乐意——参与到这个故事（虚构的，寓言般的）中来的？也许，这个故事其实本质上是关于他们不愿意参与故事中的所有活动的故事？

或者不如这样提问：这些问题难道不是徒劳地对一位作者提出的吗？要知道这位作者再三显露出来的整个目的，似乎正是要设法对于这些问题产生一种沉醉般的遗忘？

因此我们在此的提问，其实是希望这些问题始终得不到回答。

对于残雪来说，从一开始就没有地点。她是以其作品《山上的小屋》《黄泥街》《天堂里的对话》和《突围表演》①等标志出这一点的。自那个时候以来，残雪作品中的叙事是朝着那越来越诱惑着人的目的地行进，寻找着那越来越虚幻，但又始终是有形的、吸引着人的乌托邦（这乌托邦没有地点，也不在任何地方）。

乌托邦这个词是英国政治家和社会哲学家托马斯·莫尔（1478—1535）从古希腊语中所杜撰出来的。τόπος，"地方"的意思，加一个前缀 οὐ，意思是没有的，组成了乌托邦这个词，意思是一个没有的地方，一个哪里都不存在之处。在将这样一

---

① 这是残雪的第一部长篇小说，正确的译法是《突围表演》，后来按照惯例改名为《五香街》，来自小说中一条主要街道的名字。

个地方解释成未来的精神的食粮的同时，莫尔也发挥了这个事实，那就是"eutopia"（意思是好地方，前缀 εὖ 的意思是"好"）和"utopia"这两个词在英语读音中相似。他认为这使得"utopia"这个词在读起来时似乎带上了一种肯定的语气，就像中文的"大同"一样。

正如"大同"这个出自《礼记·礼运》中的词包含了中国编年史上最古老的乌托邦社会的观念，柏拉图的《共和国》则为我们提供了欧洲传统中最古老的乌托邦范例。虽然柏拉图的文章要长一百倍，但两者之间还是有相似之处。比如两者都注重对理想王国的领导人的挑选。柏拉图将他的希望寄托在那些哲人王身上，因为苏格拉底也认为那些最不愿意进入统治层的人是最适合治理国家的。而中国式的对理想国的想象也是"选贤举能"，以确保社会乌托邦的法律制定。在《礼记》的例子中，被提倡的社会美德是古代的美德，虽然这种美德也延伸至超出家庭和家族的范围，采取一种集体性礼仪的形式①。柏拉图则对正义的界定的讨论非常关注②。但总的来看，柏拉图与《礼记》的作者都或多或少在细节上勾画出了一个世界，一个王国和一种社会氛围，它们的统治原则同那个时代的乌托邦时代精神有强烈的共鸣，而且确实，所有未来的世纪都将继续向我们提供这些原则。

我们将几个明显的中国领域的乌托邦梦想的例子和相应的欧洲的例子相比较，便发现了相同之处，也发现了相当大的不

---

① 故人不独亲其亲，不独子其子，使老有所终，壮有所用，幼有所长，鳏寡孤独废疾者，皆有所养。
② δικαιοσύνη. 希腊语：正义。

同之处。中国文学中的乌托邦，虽然也考虑到了治理的明确的原则，但它主要考虑的还是具体的措施和礼节上的得体，以使社会契约能健康发展。有时，这必须从一个充满了政治斗争的混乱的世界中逃离，如同陶渊明在《桃花源记》中描写的那样。那里面写道，在秦汉王朝的动乱时期，逃亡者发现，从一片桃树林后面进入山中有一个安全的避难所。有时，则就住在地理上与外界隔绝的地方，就像《老子》第80章所描述的"小国"的臣民们一样。他们那里人口稀少，他们虽然拥有相当数量的用具和武器，船只和航行图表，但从不拿来使用，因为怕用生命冒险而从不离家太远。他们注重的是食物的香甜，服饰的漂亮，住宅内的舒适，并对他们的这种民风感到欢乐。

由于这种怀旧和集体主义精神（这甚至令人想起"原始共产主义"），中国式的好世界的想象同欧洲的乌托邦区分开来了。它更多地属于一种社会秩序乌托邦，也就是关于社会的理想化构成、一种理想化的社会秩序的想象。

而柏拉图的乌托邦社会观念已经是非常专注于政治治理的问题了——注意！这种治理是对于自由人来说的，奴隶和妇女不在哲学的计算之列——虽然托马斯·莫尔（参看《乌托邦》①）和弗朗西斯·培根（参看《新大西洋国》②）内心十分关心人的自由和人性的实现，但他们在设定人与人的合作与调解的预想中的状态时，却用一种非常严格的议事日程去限制国民的行为。在托马索·康帕内拉的《太阳城》中，居民们甚至被要求穿制服，

---

① 初版于1514年用拉丁文出版。
② 1627年出版。（指这样一个地方："慷慨而开明，尊严而华丽，虔诚而公益。"）

以表明他们的平等①。

为了对人类渴望一个更好的世界的这些幻想给出一个粗略的版本，我也研究过一点乌托邦的洲际编年史。我的研究包括了几个中国历史上的知识分子的作品（他们都是男性），为的是将残雪作品中的乌托邦元素同这些经典文本做出对比。这些早期描绘的和谐社会共同体的最明显的共同特征之一，便是它们对于外界，即另一个世界的排除。它们在构成上全都像大大小小的国家，没有外交政策，更正确地说是没有针对外国的政策。在《老子》第80章里，外面的世界确实被人们看作实在有形的，但虽然你能听到最近的"外面"村庄里传出家禽的咯咯声和狗的吠叫声，"里面"的人们却窝在家里，从不渴望去那里看看。

在这样的历史语境中，残雪作品中的乌托邦，这无地址、无处所在的处所，是由叙事的冲力从一个完全相反的方向发生作用为其特征的。她的《从未描述过的梦境》②并未构成任何凭空虚构的、相应地设防的、有理论地位的、注定为幸福的王国。残雪境界中的乌托邦，不如说意味着从"真实"世界或历史性特指处所飘离，然而又从未想要离开它，或表明一个实质性的离开的计划。不如说，它只是意味着同这些庸常生活中的无法想象的可能性或潜在性一道飘荡。它们有可能意外地展开来，超越到历史之上或进入到历史底下，但却又奇妙地仍然处在历史之中。这种现实主义和理想主义（idealism在此处是指理想主义

---

① 1602年出版。
② 残雪短篇小说集的标题，用英文"dream worlds"来翻译《从未描述过的梦境》中的"梦境"，未免有些庸俗。

而不是唯心主义)之间的能动的运动，令人想起王国维的《人间词话》①一书中的主张。他在书中将现实主义和理想主义规定为对立的，但又相互依存的概念："……此理想与写实二派之所由分。然二者颇难分别。因大诗人所造之境，必合乎自然，所写之境，亦必邻于理想故也。"②

残雪的两卷本短篇小说集的序言的标题为"异端境界"③。实际上残雪是在借用最初由王国维设立的用于研究诗词性质的概念，来论述她自己的短篇小说的出发点④。正如在王的例子中，境界的观念同艺术作品中的内在宇宙有关一样，残雪的"境界"不仅仅是一个想象的地方，甚至是一种匪夷所思之地⑤，同时它也意味着这样一种境界的实际的面貌是作者们对它的成功创造的结果⑥。正如在中国经典诗学中，情与景二者总是相互渗透，相互表达，相互削弱和相互激发一样，这样一个境界同时拥抱着人与兽，自然与文明，情感与风景，它是符合艺术作品本身的特征和修辞模式的。

使得残雪作品中的乌托邦或乌托邦元素同中国经典中的"境界"(王国维)或更早时期的"意境"(朱承爵)区分开的，是她对于那种出自简单化二分法的所谓的真实的拒绝。这种二分法

---

① 《人间词话》，首次出版于1907年。
② 此段完整的原文为：有造境，有写境，此理想与写实二派之所由分。然二者颇难分别。因大诗人所造之境，必合乎自然，所写之境，亦必邻于理想故也。
③ 我更喜欢复数。
④ 《人间词话》，1909年初版。
⑤ 残雪在序言中用了"匪夷所思"这个词。
⑥ "境非独谓景物也。喜怒哀乐，亦人心中之一境界。故能写真景物、真感情者，谓之有境界。否则谓之无境界。"

在给定的自然界和形而上学的观念之间进行简单的区分，并用这种区分来解释内部的世界和外部世界的不同之处。可以这样说，王国维也许在某种程度上从西方哲学中关于艺术的论述获得了灵感（尼采和康德是他最喜欢的两位哲学家），于是在中国经典诗学的脉络中努力进一步定义和解释某些事物；残雪却与之相反，在她的文学中尽力对那同一些事物不加定义。她做到这一点所采取的方法是混合情感与风景的表达，悬置而不是取消内与外、所见和所想象之事物之间的界限。结果是，触摸与描述感知与存在这两种状态之间的界限，或者说，提供一种实际的或想象的认知上不确定的诗性精神，往往成了故事的关键节点。

正是在这套出版于2004年的短篇小说集的第一篇中，我们发现了这种文学功效的典范。这就是《山上的小屋》。在这篇故事的开头，描述者用一种令人信服的事实陈述的口气将小屋作为将要讲述之事的缩影介绍给读者，然而到头来，这小屋，又一次，仅仅只是顺便地被宣布了，是非存在物。故事因此就给读者留下了开放的界限，让他们可以在阅读中来来往往地穿越。

残雪的第一个长篇是它的时代在故事讲述方面的真正异端的作品。我译的标题为"突围表演"。在小说中有一个复杂的猜谜事件席卷了五香街上的众多的邻居们和访问者们，这猜谜逼真地围绕着又重复缠绕着一位X女士那无法描述的年龄进行。这些细节性的、扩散着的假设和推测，使得整个情节（虚构的）和它的完全世俗的街坊们处在引起好奇心和隐秘的刺激感的年龄猜测的激情中，进入到飘飘然的境界。这些市民，他们的政治社会角色从属于一个未言明的街道委员会，一些人显然是在小型工厂或基层的商业零售部门工作，他们都显出种种的年龄和社会出身方面的多样化，而现在，他们都从存在的根源上受到了激发，于是努力要上升到一个新地方，一个给他们提供意外前景的乌托邦。正是他们对那冲昏头脑的未知场所的好奇心和飘向那里的冲动，从文学上被那些不断发展着的，关于主人公X女士的钟摆似的年龄的空谈推动着，而这些空谈都是发生在街坊和外来人员之间的。这些空谈接下去又摇晃着残雪的叙事的摇篮，使其进一步脱离中国文学最初那种将叙述看作由"文革"后果导致的社会——政治性的恶意抨击的立场，但却仍然更深地扎根于传统都市生活的社会性的街谈巷议的母体。于是，将这些明显的历史化的时空打破之后，读者已做好准备去参加X女士那有几分荒谬的镜子和显微镜的实验了；他们也将被引进那种不合时宜的、不受限制的性的遭遇，这种遭遇在故事的整个演出期间已经一次又一次地被设想过了；更不要说还有X女士居然被选为五香街社区代表，作为代表出现在众人面前这件妙事了！

我们还应该提到X女士开始填表申请给予房屋修缮，扩大铺面，给予营养津贴等超现实的行为，这些行为很快就进入了怪诞的描写，它们常常被写在墙上，是一些蝌蚪尾巴似的小字，和对于常人来说晦涩的图案。这些内容甚至被亵渎性地写在她做生意时用来包蚕豆和花生的包装纸上。这个次要情节显然可以解释成一种预告，甚至一种意图的宣布，关系到残雪作品的整体。这部小说中不时提到的一种"未来派"的构想，可以看作残雪日后的叙事的隐喻，这种叙事是将要用来取代《突围表演》中这种仍旧像是准自传的生活的。"到目前为止"，或者说，从这一刻起,所有这些以请求和申请形式对于世俗生活和当代社会的现实主义的要求,都将从审美上获得提升,呈现为大量乌托邦叙事的文学表达。这一来,这种文学表达讽刺性地显示出,它正是因为没有完全摆脱它的"底层"世界的最强烈的记忆而成了乌托邦[①]。

为着这个目的而进行的叙事逻辑的论述的实践又一次令人想起王国维为着造境的设计对于环境的知觉规定:它必须符合自然的规律。这种明显的能动的自嘲元素添加到王国维的客观性主张中,可以看作残雪的新乌托邦现实主义对于经典诗学的贡献。

然而,尽管飘移和灵动的元素构成了乌托邦论述的重要主题,担任着看不见的描述星盘的职责,确实还存在着另外的构成残雪创作的乌托邦冲力的本质性元素。

从她的徐徐进展的作品中可以观察到,主要人物的称呼,已经持续地在从中国人的命名习惯游离。在她的早期作品中,父亲、母亲和姊妹是很一般地作为文学人物出现,一些中国人的名字也如此。有时甚至还浸染着南方风味,比如短篇小说《阿梅在一个太阳天里的愁思》中阿梅的"阿"字,还有这篇小说中的一个小名"大狗"就是这样。在残雪的第一部长篇《突围表演》中,她逐段地抛开了传统的命名习惯,将故事中的一些主人公命名为X女士或Q男士,还有神秘的神游者P,勤劳的调查员A博士等等,仅仅在性别或职业特征上面加一个拉丁字母表中的字母。然而,大部分名字还是行使着一种"马马虎虎"的中国

[①] 在她的《最后的情人》序言中,她清楚地说,小说的故事是她自己的故事,她希望与读者的故事融合。她还宣布,她在努力创造一个元小说的境界。

式命名的功能。

我将这个早期的骚乱解释为一种手段，用来拒绝更早时期所流行的为阶级斗争服务的社会现实主义的"愤怒"。虽然"文革"后的第一代作家常常根据为着政治上复兴的那个章程来改写历史，但这些从80年代后期开始写作的作家，比如余华，残雪，以及晚些时候的王小波，却朝着让迄今为止还在政治统治下的文学取消管制更向前迈进了一步。这种统治认为将公认的社会阶层的划分作为个人的特征应该或多或少是自明的。余华在他出版于1988年的短篇"往事如烟"中，既是出于明显的故意又是有意的轻率，让故事的参加者以数字来命名——1，2，3，4，5，等等。在这样做时，他撇开了根据社会阶级来对人进行划分的教条的准则。

残雪对于她所创造的人物的称呼的方式自《突围表演》的出版以来已经扩散开来了。她后来所写的两个长篇常被人作为系列看成与第一个长篇所组成的三部曲，这就是出版于2005年的《最后的情人》和出版于2013年的《新世纪爱情故事》。这两部作品至少对于残雪渴望乌托邦的全部努力提供了一条线索。

在《最后的情人》这部作品中，关键的人物全部被指定了非中国人的名字：乔和马丽亚；文森特和丽莎；里根和埃达（还有其他好几个）。我使用的西方版本是由安纳莉丝·芬尼根·瓦斯曼翻译的英译本。但即使在中文版本中，仍然不像中国的流行译法，使用西方第一人名来作为人的个性方面的额外成分。[这种方法尤其适用于国际性的职业，比如：杰基·成（龙），杰克·马（云），马吉·张（可颐），托尼·梁（家辉）等。] 由于残雪采用了另类的命名策略,她又一次创造了一个"无处"来展开她的故事。可以这样说,正是在她的特殊的文学实例中,她创造了一个为她那些故事设定的乌托邦,是它使得故事相互关联,相互介入,相互纠缠。这种命名方面的麻烦使得大部分英语版本的评论者将小说发生的地点看作是在一个"未指明的、但显然是西方的国家里"。

我认为这里面有某种混淆。

首先,像残雪小说中的里根所拥有和管理的那种橡胶园,在西方国家里应该是很少见到的,事实上我没听说过它。撇开这种欧洲中心论的烟雾不谈,对于评论者将故事的地点置于一个匿名的,但又是明确的欧美国家的最为激烈的反驳,是作品中的乌托邦的设定本身。残雪在接受一个重要的文学奖项时写了一篇文章,她写到她的小说中社会历史背景是"准西方",也就是非西方人所构想的西半球[①]。故事可以发生在A国,乔可以决定去东方,但这些地理位置的命名(包括他自己提到的他对欧洲的访问)仍然首先是指向存在的王国,精神的家园,而这些领域是要由作家的叙事来铸型的。此外,乔在冥想中打算去东方访问的C国,根据传闻,那里的男男女女都抽鸦片,在飘荡着的蓝色烟雾中梦游,他们能够当场进行时间穿越,重返他们的青春。这样一种意象标志着将阅读的和写作的行为的本质引人注目地并列起来了。残雪在她的这本书的前言中已经在思考着这个问题。

简言之,"审美幻觉的管辖权与指称幻觉的管辖不一致"[②]。

在《最后的情人》中有好几个例子是关于阅读活动,关于

---

① 《明报》2015年6月27日。
② 魏尔纳·沃尔夫:美学就是幻想(有参考作用幻想)吗?向(叙事的)描述及其与虚构和现实的关系中的"沉没"。载于《JL流行一族》(03.03.2009)

生活的艺术，关于感知的虚幻特征，以及三者之间的联系的，这些内容都在小说中得到了讨论，并被赋予了文学的形式。在小说的一开始乔就反思了他的那种延伸的书籍阅读，甚至向他的老板文森特提到这件事。乔从一个非常实际的观点得出结论：也许他对所有这些故事的熟悉使得他成了古丽服装公司的一名更好的销售经理呢。他的更具形而上学意味的终生计划是重读他读过的所有的书籍。这个计划可以看作一种（文学的）策略，这就是重新创造重新捕捉或干脆就是重活他的整个一生。

那种计划蓝图的逻辑性结果在第13章开始几页之后得到了描述。那时乔已经去东方了，他的妻子和儿子也就是马丽亚和丹尼尔一起走进他的书房。他们发现所有的书架都倒在了地上，地板上覆盖了厚厚的一层书。这时妻子得出结论：他离弃了所有这些东西，他自己则已经变成了一个故事。

为了给几个段落之后的乔的启程做铺垫，此处提供了一个更有现实背景的故事，这是典型的残雪的多层次的叙事。读者在小说中读到了乔同马丽亚的父亲那阴森的，又有几分喜悦的第一次见面。

最后，乔飞到了种植鸦片的国家，他又一次作为失踪的儿子的角色出现，而旅行这个词（实际上是在时间、空间和生命中从一个点到另一个点）不时地突现出来，作为关键的动词来描写人如何样趋向和追寻乌托邦。

于是，这位克服了内心最后的踌躇登上了飞机，来到未来乌托邦的乔，刚一到达那里就面对着性压抑发出的低语。显然有人命令他脱衣，结果是他进入了彻底被诱惑的场面：情人们的身体里有蛇在舞蹈中钻进钻出，她递给他一把闪闪发光的匕首，让他下意识地刺穿她的两只"疯狂"的乳房的左边那一只。最后，在另一个地方，他被山间的雪所亲吻，达到了那种高潮，那种我们也可以称之为极境的状态。这种状态同他的被冻僵的器官是完全一致的。在一种同雪山的雪花的庄严的融合之中，飞来的大群的蝴蝶令他全身颤抖。而这雪山的名称同西藏的大地有共鸣。

乔的老板的妻子丽莎对马丽亚讲述了她昨夜的一个梦，那个梦与马丽亚的幻觉处在平行的时空中。当时她已经历了长征，正在过铁索桥。此处提到的是1934－1935年的红军长征。当时确实发生了神话般的一幕，这就是21名战士抢占了那座铁索桥。丽莎在梦里头想，如果她没有被困在铁索桥上，如果她在西藏遇到了乔，她就要替马丽亚问候他。残雪以这种描述的模式将她的故事串在一起。但同样重要的是她使得当代历史讽刺性地容纳了她的叙事的根茎。这种隐喻也可以包含那同一座"泸定铁索桥"，它由康熙皇帝下令建于1706年，当时是为了在汉人和西藏人的土地之间建造起一种永久的联系。长征还可以看作唐朝诗人王昌龄的诗歌中的长征。就这样，叙事使得历史一会儿增殖了，一会儿减少了，但仍要说它使充满事件的历史增殖了，就好像作者成了珀涅罗珀(译者注：珀涅罗珀，古希腊神话中战神奥德赛的妻子，坚守贞节20年，以编织为借口阻挡了其他求婚者)，在对世界的重新编织中寻求在数量上超过它的过分简化的可数性一样。

在这样做之际残雪向着运动开放了她的宇宙。这个宇宙同无论是中国的还是西方的经典乌托邦幻想的明显的静止状态形成了强烈的对照。事实上，静止是在经典乌托邦观念的核心中，因为乌托邦的建筑正是由完美的永恒的设想所支撑的。而在残雪的作品中，却是运动，旅行，也就是"离开！"构成了她的乌托邦元素的核心。那么乌托邦，在她的文学中，终究不是意味着无地点，无处所在，也不是意味另一个地点，在另一处所。

理所当然，我们在这本出版于2005年《最后的情人》中所发现的一些"外面"的世界的人的痕迹，不可能在出版于1990年的《突围表演》中找到存身之地。这种差异必须从中国与世界之间所发生的新的混合的视角去看。但不管怎样，残雪的乌托邦旅行路线图的设计不会一般而言地仅仅指向文化全球化的连续的历史过程。我们也必须认识到，这里的这些个标志本身，也是有特质的实体。比如未来的西藏的一位向导；先前的一位姓金的司机（也许是朝鲜人，那么就是姓 Kim）；一位做环卫工的黑人美女；一位日本来的书店老板（从他的姓氏伊藤，可以看作1909年在哈尔滨被暗杀的明治维新政治家）；一位穿黑裙子的东方女人；一位中国（原文如此！）女人；一位越南未婚妻；一位阿拉伯女人和几位其他人员。所有这些人都或多或少是配角，并非不重要，但被限制在叙事的范围之内。然而，他们的本质性的角色都是为了构成"离开"这一乌托邦意义上的提醒者。

同样，对于残雪来说，乌托邦的旅行路线图既不能归于地理的方向，也同种族无关。一旦我们打开欲望哲学三部曲的第三部——《新世纪爱情故事》的第一页时，这一点就变得明显了。我们立刻在回溯中领悟到，这三部长篇在叙事模式上所具有的重要的暗示性的区别。

在残雪的第一部长篇小说《突围表演》中，一开始，"笔者"的出现似乎预示着这是一部主流的元小说。那里面有一位亚里士多德意义上的诗人，他是故事的发明者和情节（虚构的）的设计者，但他又是作为现代主义意义上的剧情解说者来行动的，为的是公开地主导那些模拟性的报道。然而，当这令人震惊的故事展开后，有一件事变得完全清楚了，那就是笔者的工作被——又一次讽刺性地——局限在文学小工的范围内，他主要是忙于列举整理人们关于X女士的年龄的意见，并完全形式化地对一些细节做出评论，而这些细节对于读者来说是那么微不足道，如果他不提及，读者甚至都不会注意到。

取代了"笔者"的X女士很快就以本质上的诗人和五香街上发生的事件的创造者的面貌出现了，并且直观上同她的姿态一致的是她还是最重要的主人公与情节和事件的原始推动者（原动力）。从残雪的宏大的进展着的作品的整体视角来看，X女士给当局递申请那件事就可以理解了。当时她以极为难以辨认的书写方式将申请写在她家的墙上。我们可以将它看作对于"下一个乌托邦"的期待。它（申请）在这本出版于2005年的小说中从文学上变得完全可以清晰地辨认了——这就是《最后的情人》。在后一部小说中，描述者审慎地深入到了叙事的内部，作为境界里面的境界，现实之上的现实的任性的却又是无形的制造者，常常以魔术般的手法将最为具体的日常生活同一种想象的或无法想象的生存的幻境连接起来。

在出版于2013年的《新世纪爱情故事》中，读者面对着一个更为明确的具有细节和特点的世俗世界，如果将这部小说同《最后的情人》中的A国的公民给读者带来的虚幻感和陌生感进行比较，它可以被构想为某种存在意义上的"被遣返者"。然而这种直觉上更可辨认的（肯定是中国化的）回归，并没有堵塞小说中的乌托邦元素，它反而增强了同残雪的世界观的自由意志的原则的密切联系。

在这部小说中，残雪迈出了超越《最后的情人》的叙事立场的关键性的一步。她的策略是将肥皂厂工人韦伯描写成寡妇牛翠兰的相好，而不是情人或爱人。这就避开了那个被罗曼蒂克情调所玷污的词汇。不过这并不意味着"情人"这个词会一直受到拒绝，它在小说中只在角色们相互表达直接的爱时才使用，或者用来履行一种主观叙述的职能。就这样残雪以青出于蓝而胜于蓝的方式，重新阐释了深深扎根在中国哲学史和审美历史中并贯穿始终的思路。她既不是从经典学说的历史的织物上抽出纱线，也不是以重新定义它们来做到这一点的，她的方法是将经典的用途世俗化，从道德上将推论的实践现代化。这个长篇的"情词"的用法没有进一步同那些传统"情词"联用词群的词汇表相连，比如"情因景现"、"景以情生"、"以景激情"等等，只不过我们完全可以指出，以往的修辞规律仍在很大程度上成了《最后的情人》的叙事特征。在这部小说中，尽管是在现代主义隐喻的语境里，风景和动物还是常被用来表达和理解情感与欲望的作用。

除了构成一种言说的策略用来避免相互关系中强烈的情感空间之外，"相好"的疏离的用法也表明了某种宽松，这并不是作为社会范畴的道德，而是同社会习俗和历史悠久的得体的标准有关。我称之为宽松的这种倾向可以说是同顺其自然与留有余地的方式一道，构成了乌托邦言说的重要元素。

《最后的情人》在一系列缠绕的从属情节中成形，这些情节展开着，围绕着小说中的人物旋转，但也插入到故事主线的进程。它们有时创建出平行发展的时空结构，有时则似乎相互干扰。

《新世纪爱情故事》则被一种更为虚幻的现实特质所浸透。这种世俗线圈的真相的大部分都被织进了这些故事的织物中，这使得故事整体在似乎可能和不可能之间具有了更大的能动性。而这一点又使得关于生命的乌托邦品质和这些主人公的生存二者的描述在对照中既从背景中突现出来，又完全自然地与背景融为了一体。

这三部小说有个共同的倾向，那就是描述中的梦视的模棱两可性。比如说，叙事同模拟的因果关系和顺序的逻辑的反复商讨的方式。从上下文联系来看，与《突围表演》形成对比，《新世纪爱情故事》很显然是具有章节的长篇。但同《最后的情人》相比，它却更像一个由故事编成的花圈，这些故事本质上相互关联，但每一个故事又具有自己的独立性。

一些故事更为严格地、亦步亦趋地追随着主人公的生活，勾画出他或她的命运的轮廓，留意着性格的发展；而另一些则是存在的探讨，也是寓言。

不知怎么，我忍不住要将刘医生访问县城的那段情节读作残雪的文学实践的一个丰富的寓言。有一本很特殊的气功杂志在那小城里出版。它的总编辑是前鞋匠胡瓜，协助他的仅仅有一位兼职美术编辑和一只调皮的猴子。《气功探秘》这本杂志的读者群不大，但覆盖面很广，而且都是素质很好的读者。这些读者有的住在附近，有的是这个地区的，有的是国内的，还有不少读者是国外的。按故事的情节所解释的典型的，或者说理想的读者，不是一位博学的学究，而是一位自学的乡巴佬，用他的微薄的低保养老金来买一本"精神食粮"的孤寡老人。刘医生就是寄了一篇论文给这个杂志社，总编辑称他的论文有令人感兴趣的"理论上的进取心"。

将残雪的第一部长篇中X女士写给昔日当局的越来越不可理解的申请，与《新世纪爱情故事》中设想的高尚而谦卑的读者作个比较，也许这向我们暗示了作者的审慎，还有她对阅读与写作之间的关系的看法。

还有一件值得注意的事就是：刘医生是一位专攻镇痛和草药镇痛剂的乡村医生。他很不愿意施行手术或让病人服用常规抗生素。他自己的最高医学"乌托邦"理想是让这些仁慈的草药在病人体内扎根，待在那里缓解疼痛。

2015年7月17日写于斯德哥尔摩
作者系瑞典国家电台首席文化记者，著名文学批评家